Nocturna

GUILLERMO DEL TORO
y
CHUCK HOGAN

 WILLIAM MORROW *Una rama de* HarperCollins*Publishers*

Nocturna

Libro I

DE

La Trilogía de la Nocturna

Traducción del inglés por Santiago Ochoa

NOCTURNA Copyright © 2009 por Guillermo Del Toro y Chuck Hogan. Traducción © 2009 por Santiago Ochoa. Todos los derechos reservados. Impreso en los Estados Unidos de América. Se prohíbe reproducir, almacenar o transmitir cualquier parte de este libro de manera alguna, ni por ningún medio, sin previo permiso escrito, excepto en el caso de citas cortas para críticas. Para recibir información, diríjase a: HarperCollins Publishers, 10 East 53rd Street, New York, NY 10022.

Los libros de HarperCollins pueden ser adquiridos para uso educacional, comercial o promocional. Para recibir más información, diríjase a: Special Markets Department, HarperCollins Publishers, 10 East 53rd Street, New York, NY 10022.

Diseño del libro por Shubhani Sarkar

Este libro fue publicado originalmente en inglés en el año 2009 en Estados Unidos por William Morrow, una rama de HarperCollins Publishers.

PRIMERA EDICIÓN RAYO, 2009

Library of Congress ha catalogado la edición en inglés.

ISBN: 978-0-06-178717-1

09   10   11   12   13   DIX/RRD   10   9   8   7   6   5   4   3   2   1

Dedicado a Lorenza, Mariana y Marisa,
y a todos los monstruos de mi habitación infantil:
espero que nunca me dejen solo

—GDT

Para mi Lila

—CH

La leyenda de Jusef Sardu

H abía una vez", dijo la abuela de Abraham Setrakian, "un gigante".

Los ojos de Abraham se iluminaron y, de pronto, la sopa *borscht* que humeaba en el plato de madera le pareció más sabrosa, como si el picante gusto a ajo se hubiera esfumado. Era un chico pálido y enfermizo, casi raquítico y de ojos grises. Para animarlo a comer, su abuela se sentó frente a él y lo entretuvo con un cuento.

Una *bubbeh meiseh*, un "cuento de abuela", una fábula, una leyenda.

"Era el hijo de un noble polaco y se llamaba Jusef Sardu. El señorito Sardu era más alto que cualquier hombre o techo de su aldea. Para cruzar por cualquier puerta tenía que inclinarse tanto como si estuviera haciendo reverencia a un rey. Pero su gran estatura era un lastre: una enfermedad de nacimiento y no una bendición. El joven sufría mucho; sus músculos no tenían la fuerza suficiente para sostener sus largos y pesados huesos. En algunas ocasiones le costaba incluso caminar. Utilizaba un bastón, una vara larga más alta que tú, con una empuñadura de plata coronada con la cabeza de lobo del emblema familiar".

"¿Sí, Bubbeh?", dijo Abraham entre una cucharada y otra.

"Era lo que le había tocado en la vida, y le enseñó la humildad, algo

1

realmente carente cuando de un noble se trata. Sentía mucha compasión por los pobres, los trabajadores y los enfermos. Era particularmente afecto a los niños de la aldea, y sus bolsillos grandes y profundos —del tamaño de sacos repletos de nabos— siempre estaban colmados de baratijas y golosinas. Prácticamente no había tenido una infancia, pues a los ocho años ya tenía la misma estatura de su padre, y a los nueve le llevaba una cabeza. Su fragilidad y gran estatura eran una vergüenza secreta para su padre. Pero el señorito Sardu era realmente un gigante amable, muy querido por su gente. Decían que aunque estuviera por encima de los demás, él no menospreciaba a nadie".

La abuela le hizo un gesto con la cabeza para recordarle que tomara otra cucharada. Él masticó una remolacha hervida, llamada "corazón de bebé" debido a su color, forma y fibras casi capilares.

"¿Sí, Bubbeh?"

"Era amante de la naturaleza y no le interesaba la brutalidad de la caza, pero, como noble y hombre de rango, a los quince años su padre y sus tíos le pidieron que los acompañaran en una expedición de seis semanas a Rumania".

"¿Venían aquí Bubbeh?", preguntó Abraham. "¿El gigante estuvo aquí?"

"Fueron a los oscuros bosques del norte, *kaddishel.* Los Sardu no vinieron a cazar jabalíes, osos, ni alces. Vinieron a cazar lobos, el símbolo de la familia, el emblema de la casa de Sardu. Estaban cazando animales de caza. La tradición de la familia Sardu decía que comer la carne de lobo le daba a los hombres Sardu valentía y fuerza, y el padre del joven amo creía que esto podía llegar a curarle los músculos débiles a su hijo".

"¿Sí, Bubbeh?"

"Sumado a la inclemencia del clima, el camino que iniciaban era largo y arduo, y para Jusef una lucha extrema. Nunca había salido fuera de la aldea, y las miradas que le dirigieron los extraños a lo largo del camino lo hicieron sentir avergonzado. Cuando llegaron al bosque oscuro, le pareció que aquel paraje silvestre estaba lleno de vida. Numerosas manadas de animales merodeaban por el bosque durante la noche, como si hubieran sido desplazados de sus cuevas, albergues, nidos y guaridas. Eran tantos que los cazadores no podían conciliar el sueño en el campamento. Algunos querían marcharse, pero la obstinación del patriarca de los Sardu terminó imponiéndose. Escuchaban el aullido nocturno de los lobos, y él anhelaba darle uno a su hijo, a su único heredero, cuyo gigantismo era como una sífilis en la estirpe de los Sardu. Quería extirpar esa maldición de su linaje y casar a su hijo para que le diera muchos herederos saludables.

"Pero justo antes del anochecer del segundo día, su padre salió a perseguir un lobo, y fue el primero en separarse del grupo. Lo esperaron toda la noche en vano, y al amanecer salieron a buscarlo. Y así fue que, esa noche, al volver de la búsqueda, faltaba un primo de Jusef . Y lo mismo sucedió, noche tras noche, con todos".

"¿Sí, Bubbeh?"

"Hasta que el único restante era Jusef, el niño gigante. Reanudó el camino al día siguiente y, en un lugar que habían recorrido anteriormente, descubrió el cuerpo de su padre, y los de todos sus tíos y primos, yaciendo a la entrada de una cueva subterránea. Sus cráneos habían sido aplastados con una fuerza descomunal, pero sus cuerpos estaban intactos. Habían sido asesinados por una bestia con una fuerza inusitada, pero no porque tuviera hambre o miedo. No pudo descubrir la verdadera razón, y de repente se sintió observado, quizá incluso estudiado, por un ser que merodeaba en el interior de la caverna.

"El señorito Sardu retiró todos los cuerpos, cavó una tumba profunda y los enterró. Naturalmente, este esfuerzo lo debilitó severamente, dejándolo casi sin fuerzas. Estaba exhausto, estaba *farmutshet*. Y no obstante, a pesar de estar solo, preso del miedo y del cansancio, regresó esa misma noche a la cueva para enfrentar al diabólico ser rondando en esa oscuridad, dispuesto a vengar a sus antepasados o morir en el intento. Esto se sabe por su diario, el cual fue encontrado muchos años después en el bosque. Esos fueron sus últimos apuntes".

Abraham estaba boquiabierto. "Pero, ¿qué sucedió, Bubbeh?"

"La verdad es que nadie lo sabe. En la aldea, después de transcurrir seis semanas, ocho y luego diez sin noticia alguna, se temía que el grupo entero estaba extraviado. Varios aldeanos emprendieron una búsqueda, pero no los encontraron. Y al cabo de once semanas, un carruaje de ventanas oscuras se detuvo una noche frente al castillo Sardu: era el joven amo. Se recluyó en un ala del castillo, cuyas habitaciones estaban vacías, y rara vez, o casi nunca, volvió a ser visto. Comenzaron a circular rumores sobre lo que había sucedido en el bosque rumano. Las pocas personas que sostenían haber visto a Sardu —si es que se le puede dar crédito a sus relatos— insistieron en que se había curado de su deformidad. Algunos aseguraban incluso que había adquirido una fortaleza equiparable a su estatura sobrehumana. Sin embargo, el dolor de Sardu por su padre, sus tíos y primos era tan profundo, que nunca se lo volvió a ver a la luz del día, y despidió a la mayoría de sus sirvientes. A la noche había algo de actividad en su castillo —se podía ver el fuego de las chimeneas resplandecer en las ventanas—, pero el lugar se fue viniendo abajo con el paso del tiempo.

"Algunos afirmaban que, al caer la noche, se oía al gigante rondar por la aldea. Fueron los niños quienes se encargaron de difundir la historia según la cual decían haber escuchado el *pic-pic-pic* del bastón que Sardu ahora utilizaba no para caminar, sino para invitarlos a salir de sus camas y obsequiarles baratijas y golosinas. Los incrédulos eran invitados a mirar los hoyos del suelo, algunos justo afuera de las ventanas de sus habitaciones —pequeños hoyitos como si fueran de su bastón con cabeza de lobo".

Los ojos de la Bubbeh se ofuscaron. Miró el plato de su nieto y vio que estaba casi vacío.

"Entonces, Abraham, comenzaron a desaparecer varios niños de la aldea. Circularon historias de otros que también desaparecieron de las aldeas cercanas, incluso de la mía. Sí, Abraham, cuando era niña tu Bubbeh vivía tan sólo a medio día de camino del castillo de Sardu. Recuerdo a dos hermanas cuyos cuerpos fueron encontrados en un claro del bosque, tan blancos como la nieve que los rodeaba, sus ojos abiertos y cristalizados por el hielo. Una noche, yo misma escuché el *pic-pic-pic*; era un sonido fuerte, rítmico y no muy distante. Me cubrí la cabeza con la manta para no oírlo más y luego pasé varias noches sin dormir".

Abraham terminó la sopa mientras escuchaba el final de la historia.

"Casi toda la aldea de Sardu fue abandonada y se convirtió en un lugar maldito. Cuando la caravana de gitanos pasaba por nuestra aldea, vendiendo sus mercancías exóticas, nos hablaban de sucesos extraños, de encantamientos y apariciones cerca del castillo; de un gigante que erraba por los campos iluminados por la Luna como un dios nocturno. Fueron ellos quienes nos advirtieron: 'Coman para que sean fuertes, o Sardu vendrá por ustedes'. Ya ves que no se trata de un juego, Abraham. *Ess gezunterhait*, come para que seas fuerte. No dejes nada en el plato, pues de lo contrario, Sardu vendrá por ti". Con esta frase, la anciana dejó atrás aquel oscuro recuerdo de su infancia y sus ojos recobraron su brillo habitual. "Sardu vendrá. *Pic-pic-pic*".

Abraham dejó el plato vacío, sin el menor rastro de remolacha. La historia había terminado, pero su estómago y su mente estaban rebosantes, al igual que su corazón. Su comportamiento en la mesa había complacido a su Bubbeh, y el rostro de la anciana le pareció la expresión más clara de amor que podía existir. En la privacidad de ese momento, y en torno a la desvencijada mesa familiar, la abuela y su nieto —con una generación de por medio— compartieron el alimento del corazón y del alma en perfecta comunión.

Diez años después, la familia Setrakian tuvo que dejar atrás su taller de ebanistería y su aldea, no por causa de Sardu, sino por los alemanes. Una noche, conmovido por la generosidad de esa familia que había compartido su ración con él sobre aquella misma mesa, el oficial nazi acantonado en su casa les aconsejó que no obedecieran la orden de reunirse en la estación del tren y abandonaran la aldea esa misma noche.

Y eso hicieron. Los ocho miembros de la familia partieron hacia el campo con las pocas pertenencias que pudieron cargar, pero se retrasaron por causa de la abuela. Peor aún, ella lo sabía, y se maldijo a sí misma y a sus piernas viejas y cansadas por poner a toda la familia en peligro. Reanudaron la marcha y el resto de la familia siguió adelante, pero Abraham —quien ahora era un joven fuerte y prometedor, todo un ebanista a pesar de su tierna edad y un estudioso del Talmud particularmente interesado en el Zohar, los secretos de los misticismos judíos— decidió permanecer al lado de su abuela. Cuando supieron que sus familiares habían sido detenidos en el pueblo más cercano y deportados en un tren a Polonia, la Bubbeh, desgarrada por la culpa, insistió, por el bien de su nieto, que la dejara entregarse a los alemanes.

"Huye, Abraham. Huye de los nazis y de Sardu. *Escapa*".

Pero él no la obedeció. No dejaría que lo separaran de su abuela.

Al día siguiente la encontró tendida en el suelo, junto a la cama que habían compartido en casa de unos granjeros que les dieron posada. Tenía los labios resquebrajados y negros como el carbón, y una mancha del mismo color alrededor del cuello, producto del veneno para ratas que había ingerido la noche anterior. Con la venia de la familia protectora, Abraham Setrakian la enterró debajo de un abedul en flor. Talló con paciencia una hermosa lápida de madera con flores y pájaros, y otros motivos que la habían alegrado en vida. Lloró, inconsolable, y luego se marchó.

Se escabulló de los nazis, pero siguió escuchando un *pic-pic-pic* detrás de él...

El Mal lo seguía muy de cerca.

EL
COMIENZO

Grabadora de voz de la cabina de mando N323RG

Fragmentos. Trascripción NTSB, vuelo 753, de Berlín (TXL) a Nueva York (JFK), 24/09/10:

2049:31 [El micrófono para dirigirse a los pasajeros está encendido].

CAP. PETER J. MOLDES: "Señores pasajeros, les habla el capitán Moldes desde la cabina de mando. Estaremos aterrizando en pocos minutos y sin contratiempos. Simplemente quiero agradecerles, en nombre del primer oficial Nash y de toda la tripulación, por haber elegido Aerolíneas Regis. Espero que vuelvan a utilizar nuestros servicios..."

2049:44 [El micrófono para dirigirse a los pasajeros está apagado].

CAP. PETER J. MOLDES: "...para así poder conservar nuestros trabajos". [Risas en la cabina.]

2050:01 Control de tráfico aéreo de Nueva York (JFK): "Regis 7-5-3, aproximándose por la izquierda, en dirección 1-0-0. Listo para aterrizar en la pista 13R.

CAP. PETER J. MOLDES: "Regis 7-5-3, aproximándose por la izquierda, en dirección 1-0-0, aterrizando en la 13R. Todo bajo control.

2050:15 [El micrófono para dirigirse a los pasajeros está encendido].

CAP. PETER J. MOLDES: "Auxiliares de vuelo, prepárense para aterrizar".

2050:18 [El micrófono para dirigirse a los pasajeros está apagado].

RONALD W. NASH IV, PRIMER OFICIAL: "Equipo de aterrizaje listo".

CAP. PETER J. MOLDES: "Siempre es agradable regresar a casa..."

2050:41 [Ruido de un golpe. Estática. Sonido agudo].

FIN DE LA TRANSMISIÓN.

EL ATERRIZAJE

Torre de control del
Aeropuerto Internacional JFK

L e decían el plato. Era de un verde monocromado y brillante (el JFK llevaba más de dos años esperando nuevas pantallas de colores), como un plato de sopa de arvejas al que le hubieran agregado grupos de letras con señales luminosas codificadas. Cada señal luminosa representaba cientos de vidas humanas, o *almas*, para decirlo en la antigua jerga náutica que perdura hasta el día de hoy en la navegación aérea.

Cientos de almas.

Tal vez era por eso que todos los controladores de tráfico aéreo le decían "Jimmy el Obispo" a Jimmy Mendes. El Obispo era el único controlador aéreo que permanecía de pie durante su turno de ocho horas, con un lápiz número 2 en su mano y caminando de un lado a otro de la torre de control, a 321 pies sobre el Aeropuerto Internacional John F. Kennedy, desde donde hacía aterrizar a los aviones comerciales que arribaban a Nueva York como un pastor orientando a su rebaño. Utilizaba el borrador rosado para visualizar la nave que tenía bajo su control y observar la distancia entre las aeronaves, en lugar de recurrir exclusivamente a la pantalla bidimensional de su radar.

Allí, donde a cada segundo titilaban cientos de almas.

"United 6-4-2, doble a la derecha en dirección 1-0-0; suba a cinco mil pies".

Pero no podías pensar así cuando estabas en el plato. No podías pensar demasiado en todas esas almas cuyos destinos estaban bajo tu control: seres humanos confinados dentro de misiles alados que volaban por los aires. Es imposible estar pendiente de todo: los aviones en tu plato, los controladores a tu alrededor sosteniendo conversaciones codificadas a través de sus audífonos, los otros aviones en sus platos, y también la torre de control del Aeropuerto LaGuardia... y las de cada aeropuerto en cada ciudad de los Estados Unidos... y de todo el mundo.

Calvin Buss, el administrador de control de tráfico aéreo, y supervisor inmediato de Jimmy el Obispo, se le acercó por detrás. Había tomado un corto descanso; de hecho, aún estaba masticando comida. "¿En qué vas con el Regis 7-5-3?"

"El 7-5-3 ya aterrizó". Jimmy el Obispo miró rápidamente su plato para confirmarlo. "Se está acercando a la puerta". Miró de nuevo la planilla de las puertas de embarque, buscando el 7-5-3. "¿Por qué?"

"El radar terrestre dice que tenemos una nave detenida en Foxtrot".

"¿En la pista de rodaje?" Jimmy miró otra vez su plato, asegurándose de que todos los comandos estuvieran funcionando bien, y abrió de nuevo su canal a DL753. "Regis 7-5-3, esta es la torre de control del JFK".

No recibió respuesta y lo intentó de nuevo. "Regis 7-5-3, esta es la torre de control del JFK; adelante".

Esperó, pero no escuchó siquiera el clic de la radio.

"Regis 7-5-3; esta es la torre de control del JFK. ¿Me escucha?"

Un auxiliar se les acercó por detrás.

"¿Un problema con el sistema de comunicación?", sugirió.

Calvin Buss dijo: "Seguramente es una falla mecánica seria. Alguien dijo que el avión se había oscurecido".

"¿Oscurecido?", exclamó Jimmy el Obispo, pensando en el golpe de suerte que hubiera sido que una nave presentara desperfectos mecánicos serios justo después de aterrizar. Memorizó el número 753 para jugarlo a la lotería cuando regresara a casa.

Calvin conectó su audífono en el *b-comm* de Jimmy.

"Regis 7-5-3. Esta es la torre de control del JFK. Por favor responda. Regis 7-5-3... esta es la torre, cambio".

Esperó, pero no obtuvo respuesta.

Jimmy el Obispo miró los puntos luminosos en el plato: no había señales de alerta, y ningún avión mostraba problemas. "Será mejor desviarlos lejos de Foxtrot", dijo.

Calvin desconectó el audífono y retrocedió. Su mirada se concentró en la media distancia, observando más allá de la consola de Jimmy por las ventanas de la cabina de la torre, en dirección a la pista de rodaje. Su mirada denotaba tanta confusión como preocupación. "Necesitamos despejar Foxtrot". Se dirigió al auxiliar de tráfico: "Envía a alguien para que haga una inspección visual".

Jimmy el Obispo se agarró el abdomen, como si quisiera meter la mano debajo de su piel para mitigar la náusea que sentía en la boca del estómago. Su profesión era básicamente la de un partero, pues les ayudaba a los pilotos a sacar sus aviones llenos de almas fuera del útero del vacío y los conducía a tierra, sanos y salvos. Sintió punzadas de temor, al igual que un médico al recibir su primer nacido muerto.

Terminal 3, Pista de estacionamiento

LORENZA RUIZ se dirigía hacia la puerta en el transportador de equipaje, que básicamente es una rampa hidráulica sobre ruedas. Cuando el 753 no apareció en la esquina a la hora establecida, fue a echar un vistazo, pues pronto tomaría su descanso. Llevaba protectores auditivos, un suéter de los Mets debajo de su chaleco reflector, lentes —el polvo de la pista era insoportable—, y los dos bastones luminosos para guiar al avión hasta la puerta de embarque descansaban en el asiento, junto a sus caderas.

¿Qué diablos pasa aquí?

Se quitó los lentes, como si necesitara ver directamente con sus ojos. Allí estaba el gran Regis 777, una de las nuevas adquisiciones de la flota, sumido en la oscuridad del Foxtrot. En la *oscuridad total,* sin siquiera las luces de navegación de las alas. El cielo estaba vacío aquella noche; la luna llena de cráteres, las estrellas secas: no había *nada*. Lo único que alcanzó a ver fue la superficie suave y tubular del fuselaje y de las alas brillando débilmente bajo las luces de aterrizaje de los aviones que se aproximaban. Uno de ellos, el 1567 de Lufthansa, por poco choca contra el avión detenido.

"¡Jesús santísimo!", exclamó Lorenza.

Reportó el incidente de inmediato.

"Vamos en camino", le dijo el supervisor. "'El nido del cuervo' quiere que vayas y eches una mirada".

"¿Yo?", dijo Lo.

Frunció el ceño; eso le pasaba por ser curiosa. Avanzó por el carril de servicios de la terminal de pasajeros, cruzando las líneas de las pistas de rodaje que demarcaban la zona de estacionamiento. Estaba un poco nerviosa y alerta, pues nunca había llegado tan lejos. La FAA tenía reglas muy estrictas sobre la circulación de los remolques y transportadores de equipaje, así que estuvo muy atenta a los aviones en movimiento.

Dobló delante de las luces azules de orientación que bordeaban las pistas de rodaje. Le pareció que el avión se había apagado por completo, desde la nariz hasta la cola. Las señales luminosas de seguridad y las luces interiores del avión estaban apagadas. Generalmente, incluso desde el suelo —que estaba a 30 pies—, se podía ver el interior de la cabina de mando a través de los ojos rasgados del parabrisas sobre la nariz característica del Boeing: el panel superior y las luces de los instrumentos con su típico resplandor rojo. Pero no se veía ningún tipo de luz.

Lorenza observó el avión a 10 yardas de la punta del ala izquierda. Cuando llevas mucho tiempo trabajando en la pista —ocho años en el caso de Lo, mucho más que la suma de sus dos matrimonios—, logras aprender varias cosas. Los desaceleradores y los alerones —las aletas giratorias detrás de las alas— estaban derechos, tal como los sitúan los pilotos después de aterrizar. Los turborreactores estaban detenidos y silenciosos; generalmente tardan un poco para dejar de absorber aire, incluso después de detenerse, succionando polvo e insectos como unas aspiradoras descomunales y voraces. La nave había tenido un aterrizaje normal, sin presentar ningún problema antes de *apagarse por completo*.

Más alarmante aún, si había sido autorizado para aterrizar, los problemas que pudiera haber tenido debieron suceder en un lapso de dos o tres minutos. *¿Qué problemas pueden surgir en tan poco tiempo?*

Lorenza retrocedió un poco más, pues no quería ser succionada y triturada como un ganso canadiense si los turboventiladores se encendían de repente. Caminó a un lado de la zona de carga, el área del avión con el que estaba más familiarizada, hasta llegar a la cola, y se detuvo debajo de la puerta de salida de pasajeros. Puso el freno de mano y hundió la palanca para levantar la rampa, que tenía casi treinta grados de inclinación en su máxima altura. No era suficiente, pero era algo. Tomó los bastones luminosos y caminó por la rampa hacia el avión muerto.

¿Muerto? ¿Por qué había pensado eso? Ese aparato nunca había estado vivo...

Lorenza pensó fugazmente en un enorme cadáver en descomposición, en una ballena varada sobre la playa. La aeronave le parecía eso, un leviatán moribundo.

Cuando se acercó a la parte superior del avión, el viento se detuvo. Hay que señalar algo sobre las condiciones climáticas de la pista de estacionamiento del JFK: el viento nunca se detiene. *Nunca jamás. Siempre* hay viento en la pista; allí, donde los aviones vienen y van, entre los saladares y el helado océano Atlántico al otro lado de Rockaway. Pero, de repente, todo se hizo realmente silencioso, tanto que Lo se quitó los grandes protectores de felpa para estar segura de lo que sucedía. Creyó escuchar un martilleo en el interior del avión, pero no tardó en comprender que era tan sólo el latido de su propio corazón. Encendió su linterna y alumbró el costado derecho de la nave.

Siguió el rayo circular de la luz, y notó que el fuselaje aún estaba húmedo y resbaladizo luego del aterrizaje, y sintió un repentino olor a lluvia de primavera. Iluminó la larga hilera de ventanas con la linterna, pero todas las persianas estaban cerradas.

Se asustó, pues eso era muy extraño. Se sintió apabullada por el enorme avión de 250 millones de dólares y 383 toneladas de peso. Tuvo una sensación fugaz, pero fría y palpable de estar ante una bestia semejante a un dragón; un demonio que sólo aparentaba estar dormido, y que en realidad era capaz de abrir sus ojos y su horrible boca en cualquier momento. Fue como un relámpago psíquico, un escalofrío que la recorría con la fuerza de un orgasmo al revés, tensionando y anudándolo todo.

Entonces notó que una de las persianas estaba levantada. Los vellos de la nuca se le erizaron tanto que tuvo que poner su mano sobre ellos para aquietarlos, como apaciguando a una mascota nerviosa. Ella no había visto esa persiana antes. Siempre había estado abierta: siempre.

Tal vez...

La oscuridad se agitaba en el interior del avión, y Lorenza sintió que algo la estaba observando.

Gimió inútilmente como una niña. Estaba paralizada. Una punzante avalancha de sangre, precipitándose como si acatara una orden, le apretó la garganta...

Y entonces ella entendió de manera inequívoca: *algo iba a devorarla...*

La ráfaga de viento comenzó de nuevo, como si no hubiera amainado nunca, y Lo no necesitó ninguna otra insinuación. Bajó la rampa, saltó al interior del transportador y salió en reversa, activando la bocina de alerta, con la rampa todavía levantada. El chirrido que escuchó provenía de una de las luces azules de la pista de rodaje que se había atascado debajo de los neumáticos del transportador a medida que se alejaba a toda prisa, rodando entre el césped y la pista, dirigiéndose hacia las luces de media docena de vehículos de emergencia que se aproximaban.

Torre de control del Aeropuerto Internacional JFK

CALVIN BUSS se había puesto otro par de audífonos y estaba dando las respectivas órdenes de rigor, de acuerdo a las instrucciones de la Administración Federal de Aviación para casos de incursiones en la pista de rodaje. Todas las salidas y llegadas de vuelos fueron suspendidas en un espacio aéreo de cinco millas alrededor del JFK. Esto significaba que el volumen de tráfico se acumularía rápidamente. Calvin canceló los descansos y les ordenó a los controladores de turno que rastrearan el Vuelo 753 en todas las frecuencias disponibles. Era lo más cercano al caos que había visto Jimmy el Obispo en la torre del JFK.

Los funcionarios de la Autoridad Portuaria —de saco y corbata, murmurando en sus Nextels— se habían apretujado detrás de él, y esa no era una buena señal. Es curioso cómo las personas se reúnen espontáneamente cuando se enfrentan a lo inexplicable.

Jimmy el Obispo intentó llamar de nuevo sin obtener resultados.

Uno de los funcionarios le preguntó: "¿Hay señales de secuestro?".

"No", dijo Jimmy el Obispo. "Nada".

"¿Alarma contra incendios?"

"Por supuesto que no".

"¿Y la alarma de la puerta de cabina?", preguntó otro.

Jimmy el Obispo concluyó que habían entrado en la etapa de "preguntas estúpidas" de la investigación. Se armó de la paciencia y el buen juicio que hacían de él un exitoso controlador de tráfico aéreo. "La nave aterrizó y llegó sin problemas. El Regis 7-5-3 confirmó la puerta de embarque asignada y abandonó la pista de aterrizaje. Yo observé el radar y lo transferí al Departamento de seguridad del aeropuerto".

Calvin dijo con una mano sobre el micrófono de sus audífonos: "Tal vez el piloto tuvo que apagarla".

"Tal vez", dijo Jimmy el Obispo. "O tal vez se le apagó".

Un funcionario preguntó: "¿Entonces por qué no han abierto una puerta?".

Jimmy el Obispo ya estaba pensando en eso. Por regla general, los pasajeros no permanecen sentados un minuto más del necesario una vez que el avión se ha detenido en la puerta de embarque. La semana anterior, un Jet Blue que había despegado de Florida estuvo a punto de sufrir un motín, y sólo porque *las rosquillas del refrigerio estaban rancias*. Y ahora resultaba que los pasajeros del 7-5-3 llevaban unos quince minutos sentados en la oscuridad total.

Jimmy el Obispo dijo: "Tiene que haber comenzado a subir la temperatura. Si el sistema eléctrico está apagado, el aire no circulará ni habrá ventilación dentro del avión".

"¿Qué demonios están esperando entonces?", dijo otro funcionario.

Jimmy el Obispo percibió que la ansiedad iba en aumento. Era ese vacío en el estómago que sientes cuando sabes que algo realmente malo está a punto de suceder.

"¿Qué tal si no pueden moverse?", murmuró antes de decir algo de lo que podría arrepentirse.

¿Te refieres a que han sido tomados como rehenes?", le preguntó el funcionario.

El Obispo asintió en silencio... pero no estaba pensando en eso. Por alguna razón, en lo único que pensaba era en... *almas*.

Pista de rodaje Foxtrot

Los bomberos y socorristas de la Autoridad Portuaria se aproximaron a la aeronave con la parafernalia habitual que incluía seis vehículos, entre ellos, uno con rociador de espuma para derrames de combustible, un surtidor, y un camión con una escalera aérea. Se detuvieron frente al transportador de equipaje atascado, antes de llegar a la línea de luces azules que bordean la Foxtrot. El capitán Sean Navarro saltó de la parte posterior del camión con la escalera, y se plantó frente al avión inerte con su traje de bombero y su casco. Las luces de los vehículos de rescate titilaban contra el fuselaje, dotando a la nave de un latido rojo y falso. Parecía un avión vacío para una rutina de entrenamiento nocturno.

El capitán Navarro se dirigió al frente del camión, y se subió a un lado de Benny Chufer, el conductor. "Llama al equipo de mantenimiento y pídeles que traigan las luces. Luego hazte detrás del ala".

Benny dijo: "Las órdenes son mantenernos alejados".

El capitán Navarro señaló: "Ese avión está lleno de gente. No nos pagan para iluminar pistas, sino para salvar vidas".

Benny se encogió de hombros e hizo lo que le había indicado el capitán. Navarro salió de la cabina, trepó al techo, y Benny alzó el *boom* para llevarlo hasta el ala. El capitán Navarro encendió su linterna y subió al borde de la salida que estaba entre dos alerones elevados, pisando con sus botas justo donde decía en letras grandes y negras: NO PISAR AQUÍ.

Caminó sobre el ala, que estaba a 20 pies de altura y llegó a la salida de emergencia, la única puerta de la nave que posee un mecanismo de apertura exterior.

La ventanilla estaba descubierta, y Navarro intentó ver a través de la condensación acumulada detrás de las ventanas gruesas y dobles, pero sólo vio más oscuridad. El ambiente en el interior del avión debía ser sofocante, pensó; como si fuera un pulmón de acero.

¿Por qué nadie pedía ayuda? ¿Por qué no se escuchaba movimiento alguno? Si el avión todavía estaba presurizado, estaría sellado y los pasajeros debían estar quedándose sin oxígeno.

Empujó los dos alerones rojos con sus manos enguantadas y abrió el mecanismo de la puerta. Lo giró en dirección de las manecillas del reloj —casi 180 grados—, y lo haló. La puerta debería haberse abierto de inmediato, pero no se movió. Haló de nuevo en vano y comprendió que todo esfuerzo sería inútil. Era imposible que la puerta estuviera atrancada del otro lado. La manija debía estar obstruida. ¿O sería que algo la estaba sujetando desde adentro?

Regresó al extremo superior de la escalera. Vio la luz anaranjada girando en las farolas de uno de los vehículos del aeropuerto que venía del muelle internacional. Cuando estuvo lo suficientemente cerca, el capitán distinguió las chaquetas azules de los agentes de la Administración para la Seguridad del Transporte que iban en el interior.

"Aquí vamos", murmuró el capitán Navarro, bajando por la escalera.

Eran cinco en total, y en el momento de las presentaciones, el capitán Navarro no hizo ningún esfuerzo para recordar sus nombres. Mientras que él había ido al avión con las máquinas de bomberos y el equipo de rescate, ellos acudían dotados de teléfonos móviles y sofisticadas computadoras portátiles. Por un momento prestó atención a las conversaciones telefónicas, que se entrecruzaban las unas con las otras:

"Necesitamos pensarlo muy bien antes de llamar al Departamento de Seguridad Interior. Nadie quiere que se desate una tormenta de mierda por nada".

"Ni siquiera sabemos qué es lo que sucede. Si tocas la alarma y haces entrar en alerta roja a los aviones de combate de la Base Otis de la Fuerza Aérea, toda la flota naval de la costa Este entrará en pánico".

"Si se trata de una bomba, entonces los terroristas esperaron hasta el último momento posible".

"Tal vez quieren detonarla en suelo norteamericano".

"Es probable que se estén haciendo los muertos. Apagaron la radio para que nos acerquemos. Sólo están esperando que lleguen los medios".

Un hombre leyó en la pantalla de su teléfono: "Aquí aparece que el vuelo salió de Tegel, en Berlín".

Otro habló desde el suyo. "Busquen a un alemán que hable inglés. Que nos diga si han visto alguna actividad sospechosa allá. También necesitamos un informe sobre los procedimientos de manejo del equipaje".

Otro ordenó: "Revisen el plan de vuelo y la lista de pasajeros. Examinen cada nombre de nuevo y tengan en cuenta todas las variantes posibles".

"De acuerdo", dijo otro, leyendo un mensaje de texto en su móvil. "Todas las teorías posibles".

"El registro del avión es N323RG. Boeing 777-200LR. El chequeo más reciente fue hace cuatro días, en Hartsfield, Atlanta. Le reemplazaron un tubo giratorio gastado en el retro propulsor del motor izquierdo, y la montura de un cojinete averiado en el derecho. Se aplazó la reparación de una muesca en el alerón izquierdo interior debido al horario de vuelo. En resumen: está en buenas condiciones".

"Los 777 son nuevos, ¿verdad? Tienen apenas un año o dos de funcionamiento".

"Y una capacidad máxima de trescientos un pasajeros. Este vuelo tenía doscientos diez. Ciento noventa y nueve pasajeros, dos pilotos, y nueve auxiliares en la tripulación de cabina.

"¿Algunos sin registrarse?", preguntó en referencia a recién nacidos.

"Aquí aparece que no".

"Una táctica clásica", dijo el funcionario convencido de la teoría más tenebrosa. "Crean un problema para atraer a los organismos de reacción, aseguran una audiencia, y luego detonan la bomba para lograr el máximo impacto".

"Si es así, entonces ya estamos muertos".

Todos se miraron entre sí con incomodidad.

"Necesitamos retirar los vehículos de rescate. ¿Quién fue el imbécil que se acercó al ala?", preguntó un agente.

El capitán Navarro se adelantó y lo sorprendió con su respuesta: "Yo".

"Ah, vaya". El hombre tosió en su puño. "Capitán; sólo el personal de mantenimiento está autorizado para subir. Son las reglas de la FAA".

"Lo sé".

"¿Vio algo?"

Navarro le contestó: "Nada. No vi nada ni escuché nada. Todas las persianas de las ventanillas estaban cerradas".

"¿Dijo que estaban cerradas? ¿Todas?"

"Todas".

"¿Intentó abrir la salida de emergencia del ala?"

"Por supuesto".

"¿Y?"

"Estaba atascada".

"¿Atascada? Eso es imposible.

"Está atascada", dijo el capitán Navarro, teniendo más paciencia con aquellos cinco hombres que con sus propios hijos.

El agente que parecía estar al mando se retiró para hacer una llamada. El capitán Navarro miró a los demás. "¿Qué vamos a hacer aquí entonces?"

"Eso es lo que esperamos descubrir".

"¿Esperan descubrir? ¿Cuántos pasajeros hay en este avión? ¿Han hecho llamadas de emergencia?"

Un hombre negó con la cabeza. "Todavía no han llamado al 911 desde el avión".

"¿No?", dijo el capitán Navarro.

El hombre que estaba a su lado señaló: "¿Cero llamadas al novecientos once? Eso no está bien".

"Nada bien".

El capitán Navarro los miró asombrado. "Tenemos que hacer algo, y ya. No necesito ningún permiso para romper las ventanillas con un hacha y evacuar pasajeros muertos o agonizantes. Ese avión ya no tiene aire".

El funcionario de mayor rango regresó después de hacer una llamada telefónica. "Ya vienen con la antorcha. Lo abriremos de una forma u otra".

Dark Harbor, Virginia

La Bahía de Chesapeake, negra y agitada a esa hora tardía.

En el interior del patio con paredes de cristal de la casa principal, en un acantilado panorámico con vista a la bahía, un hombre permanecía reclinado en una silla médica hecha a su medida. Las luces de la casa estaban difuminadas para su bienestar y también por discreción. Los termostatos industriales, de los que solo en aquel espacio había tres, mantenían una temperatura de 62 grados Fahrenheit. *La consagración de la primavera*, de Stravinski, sonaba a bajo volumen, a través de los parlantes dispuestos con discreción para ahogar el bombeo incesante de la máquina de diálisis.

Una débil bocanada de aire salió de su boca. Cualquier espectador desprevenido habría pensado que el hombre estaba a punto de morir, que estaba presenciando los últimos días o semanas de lo que, a juzgar por su propiedad de 17 acres, había sido una vida sumamente exitosa. Habría notado incluso la ironía de un hombre de semejante riqueza y posición enfrentado al mismo final de un mendigo.

Sólo que Eldritch Palmer no había llegado a su fin. Con setenta y seis años a cuestas, Palmer no tenía la menor intención de rendirse ante nada en absoluto.

El reconocido inversionista, hombre de negocios, teólogo y confidente de las altas esferas había padecido el mismo procedimiento durante tres o cuatro horas cada noche en los últimos siete años de su vida. Su salud era frágil pero manejable; Palmer era supervisado a todas horas por varios médicos con la ayuda de un sinnúmero de equipos médicos de hospital instalados en su casa.

Las personas adineradas pueden permitirse un excelente cuidado de la salud y ser excéntricos también. Eldritch Palmer mantenía sus peculiaridades ocultas de la vista pública, e incluso de su círculo íntimo. Nunca se había casado ni engendrado heredero alguno, por lo cual era tema obligado especular sobre el destino que Palmer le daría a su fortuna después de su muerte. No tenía un segundo al mando en el Grupo Stoneheart, su principal grupo de inversiones. No tenía ninguna vinculación pública con fundaciones ni instituciones de caridad, a diferencia de los dos hombres que le disputaban el primer lugar en la lista *Forbes* de los norteamericanos más ricos del mundo: Bill Gates, fundador de Microsoft, y Warren Buffett, propietario de Berkshire Hathaway. (Si ciertas reservas de oro en Suramérica y otras posesiones de corporaciones oscuras en África fueran tenidas en cuenta por la revista Forbes, Palmer ocuparía el primer lugar de la lista). Palmer no había redactado siquiera un testamento, un error impensable en un hombre que tuviera al menos la milésima parte de su dinero y riqueza.

Pero sencillamente, Eldritch Palmer no pensaba morirse.

La hemodiálisis es un procedimiento en el que la sangre es extraída del cuerpo por medio de un sistema de tubos, es completamente filtrada por un dializador que hace las veces de un riñón artificial, y es devuelta al cuerpo sin toxinas ni impurezas. Varias agujas son insertadas en un injerto arterio-venoso sintético, instalado de manera semi permanente en el antebrazo. La máquina que realizaba este procedimiento era un sofisticado modelo Fresenius que monitoreaba continuamente los niveles de calcio y fósforo de Palmer y le alertaba al señor Fitzwilliam, quien siempre estaba cerca, de cualquier lectura anormal.

Los inversionistas leales estaban acostumbrados al aspecto demacrado de Palmer, tanto así que se había convertido prácticamente en su sello distintivo, un símbolo irónico de su fortaleza monetaria, que un hombre tan delicado y de aspecto tan gris, tuviera tanto poder e influencia en las finanzas y en la política internacional. Su legión de inversionistas fieles ascendían a treinta mil y constituían una élite financiera: la inversión mínima era de dos millones de dólares, y muchos de quienes llevaban varias décadas invirtiendo con Palmer tenían fortunas que ascendían a nueve dígitos. El poder de compra de su Grupo Stoneheart le daba un enorme apalancamiento económico, que él utilizaba de manera efectiva y ocasionalmente despiadada.

Las puertas del costado oeste se abrieron desde el pasillo amplio, y el señor Fitzwilliam, quien oficiaba como el director de seguridad personal de Palmer, entró con un teléfono portátil sobre una bandeja de plata. Este ex *marine*, con cuarenta y dos muertes demostrados en combate, poseía una mente rápida, y sus estudios médicos habían sido financiados por Palmer. "Señor, es el subsecretario del Departamento de Seguridad Interior", le dijo, y una bocanada de aire humedeció el cuarto frío.

Normalmente, Palmer no admitía intrusiones durante su diálisis nocturna, pues prefería dedicarse de lleno a la contemplación. Pero esta era una llamada que él estaba esperando. Recibió el teléfono, y esperó a que el señor Fitzwilliam se retirara.

Palmer respondió y le informaron sobre el avión detenido. Se enteró de que existía una gran incertidumbre entre los oficiales del JFK sobre la forma de proceder. Su interlocutor hablaba con ansiedad y con una formalidad afectada, como un niño que divulga orgulloso un acto encomiable. "Se trata de un evento bastante inusual, y pensé que usted querría recibir información de inmediato, señor".

"Sí", respondió Palmer. "Agradezco su cortesía".

"Que tenga buenas noches, señor".

Palmer colgó y dejó el teléfono en su pequeño despacho. *Realmente* era una buena noche. Sintió una punzada de ansiedad; había esperado esto desde hace mucho tiempo. Y ahora que el avión había aterrizado, Palmer supo que todo había comenzado, y de qué manera.

Se dio vuelta bruscamente hacia el televisor de plasma que estaba en la pared lateral y utilizó el control remoto del brazo de su silla para activar el sonido. No vio ninguna noticia sobre el avión. Pero pronto...

Presionó el botón del intercomunicador. El señor Fitzwilliam dijo: "¿Sí, señor?".

"Que preparen el helicóptero, señor Fitzwilliam. Tengo que ocuparme de un asunto en Manhattan".

Eldritch Palmer apagó el televisor, y luego observó por el enorme ventanal hacia la gran bahía de Chesapeake, negra y turbulenta, ligeramente al sur del lugar donde el plateado Potomac desemboca en sus oscuridades profundas.

Pista de rodaje Foxtrot

EL EQUIPO DE MANTENIMIENTO estaba introduciendo tanques de oxígeno al avión por debajo del fuselaje. La incisión era un procedimiento de emergencia de último recurso. Todas las aeronaves comerciales estaban equipadas con zonas "destructibles". La del 777 estaba en la parte posterior del fuselaje, debajo de la cola, entre las puertas de carga en el costado derecho del avión. Las siglas LR del Boeing 777-200LR significaban "rango extenso", correspondientes a un modelo con una autonomía de vuelo de 9.000 millas náuticas —casi 11.000 millas norteamericanas— y con capacidad de 200.000 litros de combustible (más de 50.000 galones), almacenados en tres tanques auxiliares, además de los situados en el interior de las alas. Era por eso que este tipo de aviones debía tener una zona que pudiera abrirse sin peligro.

Los integrantes del equipo de mantenimiento estaban utilizando una cortadora Arcair, una antorcha exotérmica muy utilizada en situaciones de desastre, no solo por ser muy portátil, sino también porque funcionaba con oxígeno y no contenía gases secundarios peligrosos como el acetileno. Podrían tardar una hora en perforar el grueso casco del fuselaje.

Nadie esperaba un final feliz: ninguno de los pasajeros había llamado al 911. No había luces, sonidos, ni señales de ningún tipo en el interior del Regis 753. La situación era realmente desconcertante.

Un vehículo de servicios de emergencia de la Autoridad Portuaria avanzó por la pista de estacionamiento y se detuvo detrás de los potentes reflectores que apuntaban al jet. Los integrantes del equipo SWAT estaban entrenados para atender evacuaciones, rescate de rehenes, y neutralizar asaltos antiterroristas a puentes, túneles, terminales de buses, aeropuertos, líneas ferroviarias y puertos marítimos de Nueva York y Nueva Jersey. Las fuerzas de choque estaban equipadas con corazas blindadas y ametralladoras Heckler-Koch. Un par de pastores alemanes husmearon el equipo de aterrizaje —dos juegos de seis llantas enormes—, y siguieron con sus hocicos al aire como si también fueran capaces de oler un problema.

El capitán Navarro se preguntó si realmente habría alguien a bordo. ¿Acaso en la serie televisiva *The Twilight Zone* no aparecía un avión que aterrizaba vacío?

El equipo de mantenimiento encendió las antorchas Arcair y estaba comenzando a trabajar debajo del casco cuando uno de los mastines comenzó a ladrar. El perro aulló a pesar de su bozal, mientras daba vueltas en pequeños círculos.

El capitán Navarro vio a Benny Chufer subido en la escalera, y señalando la parte central de la aeronave. Una sombra negra y delgada apareció ante sus ojos, un corte vertical de un negro profundo, alterando la superficie completamente suave del fuselaje.

Era la puerta de salida sobre el ala, la misma que el capitán Navarro no había podido abrir.

Ahora estaba abierta.

Le pareció insólito, pero Navarro guardó silencio, perplejo por lo que había visto. Quizá una falla en el pestillo o de un defecto en la función de la manija... tal vez no lo había intentado con la fuerza suficiente... o quizá... alguien había abierto finalmente la puerta.

Torre de control del Aeropuerto Internacional JFK

LA AUTORIDAD PORTUARIA inspeccionó el equipo de audio de Jimmy el Obispo, quien estaba de pie como siempre, preparado para observar atentamente en compañía de otros controladores, cuando los teléfonos comenzaron a sonar desaforadamente.

"Está abierto", informó uno de los controladores. "Alguien abrió la 3L".

Todos intentaban ver de pie. Jimmy el Obispo observó el avión iluminado desde la cabina de la torre. La puerta no se veía abierta desde allí.

Calvin Buss dijo: "¿Desde adentro? ¿Ha salido alguien?".

El controlador negó con la cabeza, con el teléfono todavía en la mano. "Todavía no".

Jimmy el Obispo tomó un par de binóculos pequeños de la repisa y observó el Regis 753.

Allá estaba: era una pequeña mancha negra encima del ala, un filón de sombra, como una lágrima fúnebre sobre el casco de la aeronave.

Jimmy sintió la boca completamente reseca. Las puertas se abren ligeramente si se les quita el seguro, pero luego giran y se repliegan contra la pared interior. Así que técnicamente, lo único que había sucedido era que la esclusa del aire se había desconectado. La puerta todavía no estaba realmente abierta.

Dejó los binóculos en la repisa y se retiró. Por alguna razón, su mente le estaba diciendo que era un buen momento para huir.

Pista de rodaje Foxtrot

LOS SENSORES DE GAS RADIACIÓN elevados a la altura de la puerta no mostraron resultados anormales. Un oficial de la unidad de emergencia que estaba acostado sobre el ala logró abrir la puerta unas pocas pulgadas más con la ayuda de una polea larga con un gancho en la punta, mientras que dos agentes del escuadrón SWAT lo cubrían desde la pista. Introdujo un micrófono parabólico que captó una amplia gama de timbres y sonidos: eran las llamadas sin respuesta repicando en los teléfonos móviles de los pasajeros, con un sonido inquietante y lastimero, como pequeñas alarmas personales de angustia.

Luego insertaron un espejo sujetado a la punta de una vara, una versión gigante del instrumento dental que se utiliza para extraer las muelas cordales. Lo único que alcanzaron a ver fueron dos sillas plegables y vacías.

Las órdenes transmitidas por los megáfonos resultaron infructuosas. No hubo ninguna respuesta en el interior de la aeronave: ni luces, ni movimientos, ni nada.

Dos oficiales de la unidad ESU protegidos con corazas livianas permanecían alejados de las luces de la pista de rodaje para dar instrucciones. Observaron un plano del avión que mostraba a diez pasajeros sentados por donde entrarían: tres en cada una de las hileras laterales, y cuatro en el medio. El interior del aeroplano era estrecho, y decidieron reemplazar sus ametralladoras H-K por Glocks 17, que eran más manejables, y se prepararon para combatir en aquel espacio cerrado.

Se pusieron las máscaras antigás dotadas con radio y lentes de visión nocturna, y guardaron los gases paralizantes, las esposas y las municiones adicionales en sus cinturones. Unas cámaras con lentes infrarrojos del tamaño de palillos de dientes remataban sus cascos.

Subieron por la escalera de bomberos y avanzaron hacia la salida de emergencia. Se recostaron contra el fuselaje a ambos lados de la puerta; uno de ellos la empujó con su bota y entró agachado hasta alcanzar el panel divisorio más cercano, permaneciendo a la espera y sentado en el piso. Un compañero suyo no tardó en seguirlo.

El megáfono habló por ellos:

"Ocupantes del Regis 753. Esta es la Autoridad Portuaria de Nueva York-Nueva Jersey. En este momento estamos ingresando a la aeronave. Por su seguridad, les pedimos el favor de permanecer sentados con las manos sobre sus cabezas".

El primer hombre permanecía de espaldas al panel, escuchando. Su máscara hizo que el sonido pareciera ahogado, pero no pudo detectar ningún movimiento en el interior de la aeronave. Movió un botón de sus gafas nocturnas, y el interior del avión se hizo verde como una sopa de arvejas. Le hizo el gesto acordado a su compañero, preparó su Glock e ingresó a la amplia cabina a la cuenta de tres.

AHORA ABORDANDO

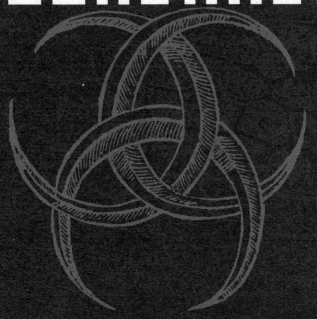

Calle Worth, Barrio Chino

E phraim Goodwather no podía decir si la sirena que acababa de escuchar había sonado en la calle —lo que equivalía a decir que era *real*—, o si era parte de la banda sonora del video juego que estaba jugando en ese momento con su hijo Zack.

"¿Por qué siempre me matas?", le preguntó Eph.

El niño de pelo rubio se encogió de hombros, como si la pregunta lo hubiera ofendido. "De eso se trata, papá".

El televisor estaba al lado de la amplia ventana que daba al oeste, que, de lejos, era el espacio más agradable del pequeño apartamento, ubicado en un segundo piso en el extremo sur del barrio chino. La mesa de la cocina estaba repleta de cajas abiertas de comida china; tenía también una bolsa de cómics de *Forbidden Planet*, el teléfono móvil de Eph, el de Zack y los olorosos pies del chico. Se trataba de otro juguete que Eph había comprado pensando en Zack. Del mismo modo en que su abuela exprimía el jugo de media naranja, Eph trataba de aprovechar el máximo de diversión y alegría del escaso tiempo que pasaban juntos. Su único hijo era su vida, su aire, su agua y su alimento, y tenía que nutrirse de él mientras pudiera, porque a veces pasaba una semana entera, y el único contacto que tenía con su hijo se reducía a una o a dos llamadas telefónicas, algo semejante a pasar una semana sin ver el sol.

"Qué...", Eph presionó su control, ese objeto inalámbrico y extraño en su mano, hundiendo todos los botones equivocados. Su soldado caía una y otra vez al suelo. "Déjame levantarme por lo menos".

"Demasiado tarde. Estás muerto de nuevo".

Para muchos de sus conocidos, hombres que estaban en una situación semejante a la suya, el divorcio parecía haber sido tanto de sus esposas como de sus hijos. Podían hablar todo lo que quisieran, decir que extrañaban a sus hijos, que sus ex esposas socavaban las relaciones con sus hijos —bla-bla-bla—, pero realmente nunca parecían esforzarse de verdad. Un fin de semana con sus hijos se transformaba en un fin de semana *fuera* de su nueva vida libre. Para Eph, en cambio, los fines de semana con Zack *eran* la esencia de su vida. Él nunca había querido divorciarse, ni siquiera ahora. Reconocía que su matrimonio con Kelly había terminado, pues ella había dejado muy en claro su posición, pero él se negaba a renunciar a reclamar a Zack. La custodia del niño era el único asunto sin resolver, la única razón por la cual seguían legalmente casados.

Este era el último de los fines de semana de prueba para Eph, tal como fue estipulado por el consejero familiar designado por la corte. Zack sería entrevistado la próxima semana, y luego se tomaría una decisión final. A Eph no le importaba que obtener la custodia fuera un proceso largo, pues era la batalla de su vida. *Haz lo correcto por Zack* constituía el *quid* de la culpabilidad de Kelly, que obligaba a Eph a conformarse con unos derechos de visita generosos. Pero lo correcto para Eph era aferrarse a Zack. Eph le había torcido el brazo al gobierno norteamericano —su empleador—, para poder establecerse con su equipo en Nueva York y no en Atlanta, donde estaba localizado el CDC, para evitarle más molestias a Zack de las que ya había padecido.

Él podía luchar más duro y sucio, tal como se lo había aconsejado su abogado en muchas ocasiones. Ese hombre conocía todos los trucos relacionados con los divorcios. Una de las razones por las cuales Eph no se atrevía a hacerlo era por su prolongada melancolía que sentía tras el fracaso de su matrimonio. La otra era toda la piedad que era capaz de acumular en su interior, cualidad que lo hacía ser un médico extraordinario, a la vez que un cliente lamentable en un caso de divorcio. Le había concedido a Kelly casi todas las demandas y exigencias financieras solicitadas por su abogado y lo único que quería era vivir con su único hijo.

El mismo que en aquel instante le estaba lanzando granadas.

Eph replicó: "¿Cómo puedo responderte con disparos si me arrancaste los brazos?"

"No lo sé. ¿Por qué no intentas con los pies?"

"Ahora sé por qué tu madre no te deja tener un sistema de juegos".

"Porque me vuelve hiperactivo, antisocial y... ¡AH, TE MATÉ!"

La barra que indicaba la capacidad de vida de Eph quedó en cero.

Fue entonces cuando su teléfono móvil comenzó a vibrar, deslizándose entre las cajas de comida como un escarabajo hambriento y metálico. Probablemente era Kelly, para recordarle que le suministrara a Zack el inhalador para el asma. O tal vez llamaba para asegurarse de que no se hubiera ido con Zack a Marruecos o algo parecido.

Eph tomó el aparato y miró la pantalla. Era un número local, con código de área 718. El buzón de mensajes decía escuetamente: CUARENTENA JFK.

Los Centros para el Control y Prevención de Enfermedades tenían una estación de cuarentena en la terminal internacional del JFK. No era una unidad de atención, ni siquiera de tratamiento ambulatorio; simplemente constaba de algunas oficinas pequeñas y una sala de revisión: una estación auxiliar y un cortafuego para identificar y sofocar los estallidos que amenazaran a la población general norteamericana. Gran parte de la labor de dichos centros consistía en aislar y evaluar pasajeros enfermos, o en diagnosticar ocasionalmente una meningitis meningocócica o un síndrome respiratorio agudo y severo (SARS, por sus siglas en inglés).

La oficina permanecía cerrada por las noches, y Eph estaría libre hasta el lunes por la mañana. Desde hacía varias semanas, había reemplazado a otros médicos para poder pasar todo el fin de semana con Zack.

Desactivó el sistema de vibración y dejó el teléfono al lado de la caja con panqueques de cebolla. No era su problema. "Fue el chico que me vendió esto", le dijo a Zack, señalando el juego. "Llamó para burlarse de mí".

Zack se estaba comiendo otra masa china. "No puedo *creer* que hayas conseguido boletos para el juego de mañana de los Yankees contra los Red Sox".

"Lo sé. Son buenos puestos; al lado de la tercera base. Tuve que sacar dinero de tu fondo universitario para comprarlas. Pero no te preocupes; con tus capacidades, llegarás lejos simplemente con un grado de secundaria".

"Papi..."

"De cualquier modo, ya sabes cómo me duele echarle siquiera un dólar al bolsillo de Steinbrenner. Es básicamente un acto de traición".

Zack dijo: "Fuera, Red Sox; vamos, Yankees".

"Primero me matas, ¿y ahora me provocas?"

"Pensé que ya te habías acostumbrado".

"Eso es..." Eph envolvió a su hijo con un abrazo rotundo, haciéndole cosquillas en las costillas, y Zack se retorció, estremeciéndose de risa. Zack se estaba haciendo más fuerte, y se había estremecido con una fuerza considerable, este chico, al que anteriormente solía cargar en un hombro. Zachary tenía el mismo cabello de su madre, tanto por su color rubio (tal como ella lo tenía cuando Eph la conoció en la universidad) como por su textura fina. Y sin embargo, para asombro y alegría de Eph, reconoció sus propias manos en las de su hijo de once años. Las mismas manos de amplios nudillos que no querían hacer otra cosa que jugar baloncesto, que detestaban las lecciones de piano y que anhelaban con impaciencia formar parte del mundo adulto. Era extraño ver de nuevo esas manos jóvenes. Una cosa era cierta: nuestros hijos llegan al mundo para reemplazarnos. Zachary era como un ovillo humano perfecto, y su ADN contenía todo lo que Eph y Kelly fueron alguna vez el uno para el otro: sus esperanzas y sueños, todo el potencial de su juventud mutua. Probablemente era por esto que cada uno de los dos trabajaba tan duro, a su propio modo contradictorio, para sacar lo mejor de él. Tanto así que pensar que Zack estuviera creciendo bajo la influencia de Matt, el novio con quien vivía Kelly, un tipo "querido" y "amable", pero tan moderado en todo que era prácticamente invisible, era un motivo de desvelo para Eph. Él quería verdaderos desafíos para su hijo, inspiración y grandeza en su vida. La batalla por la custodia de Zack ya estaba zanjada, mas no la batalla por la custodia de su espíritu, de su alma misma.

El teléfono de Eph empezó a vibrar de nuevo, avanzando por la mesa como aquellas cajas de dientes de juguete castañeantes que le regalaban sus tíos en Navidad. El aparato interrumpió el alboroto que habían armado, y Eph soltó a Zack, resistiendo el impulso de mirar la pantalla; algo grave estaba sucediendo; de lo contrario, no lo estarían llamando. Seguramente se trataba de una epidemia o de un viajero infectado.

Eph se obligó a *no* atender el teléfono. Alguien más tendría que hacerse cargo de la situación. Era su fin de semana con Zack, quien lo estaba mirando en ese momento con mucha atención.

"No te preocupes", dijo Eph, dejando el teléfono de nuevo sobre la mesa, y la llamada se fue al correo de voz. "Ya cumplí con mi deber. No trabajaré este fin de semana".

Zack asintió animado, pues había encontrado su control. "¿Quieres más?"

"No lo sé. ¿Cuándo llegaremos a la parte en que el pequeño Mario comienza a lanzarles barriles a los monos?"

"Papi..."

"Prefiero esos estereotipos italianos que corren y engullen hongos para marcar puntos".

"De acuerdo. ¿Y cuántas millas de nieve tenías que recorrer cada mañana para llegar a la escuela?"

"Ahora sí..."

Eph se abalanzó sobre él, pero Zack estaba preparado y apretó los codos para que no lo tocara en las costillas. Eph cambió de estrategia y se dirigió al infalible tendón de Aquiles, forcejeando con los talones de Zack, a la vez que intentaba esquivar una patada en la cara. El chico estaba suplicando un poco de piedad cuando Eph advirtió que su móvil estaba vibrando *de nuevo*.

Eph saltó enfadado, sabiendo que, esa noche, su trabajo y su vocación lo iban a alejar de su hijo. Miró el identificador de llamadas, y esta vez el número estaba antecedido por el indicativo de Atlanta. Esa era una noticia muy mala. Eph cerró los ojos, presionó el teléfono contra su sien e intentó despejar su mente. "Lo siento, Z", le dijo a Zack. "Déjame ver qué sucede".

Se fue a la cocina con el teléfono en la mano para contestar la llamada.

"¿Ephraim? Es Everett Barnes".

Era el doctor Everett Barnes, director del CDC.

Eph estaba de espaldas a Zack. Sabía que su hijo lo estaba observando y no se atrevía a mirarlo. "Sí, Everett, ¿sucede algo?"

"Recibí una llamada de Washington. Tu equipo se está dirigiendo en este momento al aeropuerto".

"Señor, en realidad..."

"¿Lo viste en la televisión?"

"¿En la televisión?"

Eph se dio vuelta y estiró su mano abierta frente a Zack, para pedirle paciencia. Encontró el control remoto y hundió algunos botones, pero la pantalla se oscureció por completo. Zack le arrebató el control y sintonizó malhumorado la televisión por cable.

El canal de noticias mostraba un avión estacionado en la pista de aterrizaje. Los vehículos de apoyo formaban un perímetro amplio y presuntamente intimidante. Era el aeropuerto internacional JFK. "Creo verlo, Everett".

"Jim Kent acaba de ponerse en contacto conmigo. Está llevando todo lo que necesita tu equipo Canary. Estarás al frente de esto, Ephraim. No van a hacer ningún movimiento hasta que llegues allá".

"¿Quiénes, señor?"

"La Autoridad Portuaria de Nueva York y la Administración para la Seguridad del Transporte. La junta de la Seguridad Nacional del Transporte y el Departamento de Seguridad Interior se encuentran allá en estos momentos".

El Proyecto Canary era un equipo de reacción rápida integrado por epidemiólogos entrenados para detectar e identificar amenazas biológicas. Su labor incluía la detección de amenazas naturales, tales como enfermedades virales y rickettsiales que se encuentran en la naturaleza, así como brotes de origen humano. La mayoría de sus fondos provenían de las aplicaciones de Canary en el campo del bioterrorismo. Su sede estaba localizada en la ciudad de Nueva York, con filiales ubicadas en hospitales universitarios de Miami, Los Ángeles, Denver y Chicago.

El Programa debía su nombre al antiguo recurso utilizado por los mineros de llevar un canario enjaulado a las profundidades de las minas de carbón como un sistema de alerta biológico crudo, aunque eficaz. El organismo altamente sensible de este pájaro detectaba rastros de gas metano y de monóxido de carbono antes de que alcanzaran niveles tóxicos o explosivos, haciendo que esta criatura generalmente cantarina, se silenciara y balanceara en su percha.

En esta época moderna, todos los seres humanos tienen el potencial de ser ese canario avizor. La labor del equipo de Eph consistía en aislarlos cuando dejaran de trinar, tratar a los infectados, y contener la propagación.

Eph preguntó: "¿Qué sucede, Everett? ¿Murió alguien en el avión?".

El director respondió: "Todos están muertos, Ephraim. Todos".

Calle Kelton, Woodside, Queens

KELLY GOODWATER se sentó a la pequeña mesa frente a Matt Sayles, el "compañero" con el que vivía (la palabra "novio" sonaba demasiado juvenil, mientras que "conyuge" sonaba demasiado anticuada). Estaban compartiendo una pizza casera con pesto, tomates secos y queso de cabra, decorada con un poco de jamón crudo y acompañada de una botella de vino Merlot de once dólares y un escaso año de antigüedad. El televisor de la cocina estaba sintonizado en NY1 porque a Matt le gustaban las noticias. En cuanto a Kelly, detestaba este tipo de canales con todas sus fuerzas.

"Lo siento", le dijo ella de nuevo.

Matt sonrió, haciendo un círculo desganado en el aire con su copa de vino.

"Claro que no es mi culpa. Pero sé que teníamos este fin de semana planeado para nosotros solos..."

Matt se limpió los labios con la servilleta que tenía en el cuello de su camisa. "Él suele encontrar la forma de interponerse entre nosotros. Y no me refiero a Zack".

Kelly miró la silla que estaba vacía. Era indudable que Matt quería que el chico estuviera ausente el fin de semana. Zack estaba pasando algunos fines de semana con Eph en su apartamento del Bajo Manhattan, mientras se decidía la batalla por su custodia con la mediación de la corte. Para ella, esto significaba una cena íntima en casa, con las usuales expectativas sexuales por parte de Matt, que Kelly no tenía reparos en cumplir, y que inevitablemente hacían que valiera la pena la copa adicional de vino que ella se permitiría.

Pero no esa noche. Aunque sentía lástima por Matt, también estaba muy complacida consigo misma.

"Te debo una", le dijo ella guiñándole el ojo.

Matt sonrió en señal de derrota. "Trato hecho".

Por eso es que Matt era tan reconfortante. Después de la irritabilidad de Eph, de sus estallidos, de su personalidad recia y del mercurio que circulaba por sus venas, ella necesitaba a alguien tranquilo como Matt. Se había casado con Eph siendo todavía muy joven, y aplazó muchas cosas —sus propias necesidades, ambiciones y proyectos— para ayudarle a ascender en su carrera médica. Si ella pudiera darles algún consejo sobre la vida a las niñas de cuarto grado en la Escuela Pública 69 de Jackson Heights, sería el siguiente: nunca se casen con un genio, especialmente si es apuesto. Kelly se sentía tranquila con Matt, y de hecho, disfrutaba de la ventaja que tenía en esta relación. Ahora era su turno para recibir cuidados.

En la pequeña televisión blanca de la cocina se anunciaba el eclipse del día siguiente. El reportero ensayaba varios lentes para los ojos y los calificaba según su grado de seguridad, transmitiendo desde un quiosco en Central Park donde vendían camisetas. Los presentadores anunciaban la cobertura en vivo y en directo por la tarde siguiente.

"Será un gran espectáculo", dijo Matt, y Kelly supo gracias a ese comentario que él no permitiría que su deserción le arruinara la noche.

"Se trata de un importante evento astronómico", dijo Kelly, "y lo están abordando como si fuera simplemente otra tormenta de nieve".

A continuación apareció el aviso "Noticia de última hora". Esta era generalmente la señal para que Kelly cambiara de canal, pero la particularidad de la historia despertó su interés. Las cámaras de los reporteros mostraban la imagen distante de un avión en la pista de estacionamiento del JFK rodeado de luces. La aeronave estaba tan iluminada y con tantos vehículos y hombres alrededor, que cualquiera pensaría que un OVNI había aterrizado en Queens.

"Terroristas", dijo Matt.

El aeropuerto JFK estaba a sólo 10 millas de distancia. El reportero informó que la aeronave en cuestión se había apagado por completo después de un aterrizaje normal, y que hasta el momento no se había presentado ningún contacto con la tripulación ni con los pasajeros. Todos los aterrizajes habían sido suspendidos como medida de precaución, y el tráfico aéreo estaba siendo desviado a Newark y a LaGuardia.

Kelly comprendió que aquel avión era la causa por la cual Eph llevaría a Zack de regreso a casa. Lo único que ella quería ahora era que Zack regresara pronto. Kelly se preocupaba mucho, y su casa era sinónimo de seguridad para ella. Era el único lugar del mundo que podía controlar.

Kelly se puso de pie y fue a la ventana que había frente al fregadero. Disminuyó la intensidad de la luz y observó el cielo, más allá del patio de su vecino. Vio las luces de los aviones dando vueltas sobre el aeropuerto LaGuardia, girando como escombros relucientes atrapados en el remolino de una tormenta. Ella nunca había estado en el centro del país, donde los tornados pueden verse a varias millas de distancia, pero aquello le produjo la misma sensación, como si algo amenazante viniera en su dirección y ella no pudiera hacer nada al respecto.

Eph llegó y estacionó la Ford Explorer del CDC. Kelly tenía una pequeña casa rodeada de setos bajos en una calle pendiente con casas de dos pisos; era un vecindario ordenado. Ella lo recibió en el andén, como si no quisiera que entrara a su casa, y lo trató como a un resfriado del que finalmente se había liberado después de una década de sufrirlo.

Se veía más rubia y delgada; aún era muy linda, aunque le pareció estar frente a una persona distinta; evidentemente, Kelly había cambiado mucho. En algún lugar, probablemente en una vieja caja de zapatos escondida detrás de un clóset, estaban las fotos de la boda de una mujer joven y sosegada, con el velo corrido, sonriéndole triunfalmente a su novio de esmoquin, los dos jóvenes y felizmente enamorados.

"Había sacado todo el fin de semana", dijo él, saliendo del auto delante de Zack, y empujando la verja de hierro. "Es una emergencia".

Matt Sayles salió al corredor iluminado, y se detuvo en el escalón superior. Tenía la servilleta metida en su camisa, tapándole el logo de Sears, pues administraba la tienda del centro comercial de Rego Park.

Eph fingió ignorar su presencia, y se mantuvo concentrado en Kelly y en Zack, quien cruzó el jardín. Kelly le sonrió, y Eph no pudo dejar de preguntarse si ella prefería eso: que Zack se fuera con él para pasar sola un fin de semana con Matt. Kelly lo abrazó de forma protectora. "¿Estás bien, Z?"

Zack asintió.

"Me imagino que estás decepcionado".

Zack asintió de nuevo.

Ella vio la caja y los cables en su mano. "¿Qué es eso?"

Eph se adelantó: "Es el nuevo sistema de juegos de Zack. Se lo presté por el fin de semana". Eph miró a Zack, su cabeza contra el pecho de su madre, con su mirada perdida. "Pero si puedo desocuparme, tal vez mañana —esperemos que así sea—, regresaré por ti y recuperaremos lo que podamos de este fin de semana. ¿De acuerdo? Ya sabes que te lo compensaré, ¿verdad?"

Zack asintió con su mirada todavía distante.

Matt le dijo: "Ven, Zack. Veamos si podemos conectar eso".

Era un tipo amable y de fiar. Era indudable que Kelly lo había entrenado bien. Eph lo vio abrazar a su hijo, y Zack miró una última vez a Eph.

Ahora estaba solo, y él y Kelly se miraron mutuamente en el pequeño pedazo de césped. Detrás de ella, sobre el techo de su casa, giraban las luces de los aviones que esperaban la orden para aterrizar en alguno de los dos aeropuertos alternos de la ciudad de Nueva York. Toda la red de transportes, sin mencionar las diversas agencias gubernamentales y las encargadas del cumplimiento de la ley, estaban esperando a este hombre que miraba a una mujer que decía no amarlo más.

"Es ese avión, ¿verdad?"

Eph asintió. "Todos están muertos. Todos los que iban a bordo".

"¿Todos están muertos?" Los ojos de Kelly brillaron de preocupación. "¿Qué . . . ? ¿Cómo pudo ser?"

"Eso es lo que tengo que averiguar".

Eph sintió que la urgencia de su trabajo comenzaba a agobiarlo. Le había fallado a Zack, pero el mal ya estaba hecho y tenía que seguir adelante. Se metió la mano al bolsillo y le entregó un sobre cerrado con un gancho. "Para mañana en la tarde", le dijo. "Por si no regreso antes".

Kelly vio los boletos, frunció el ceño al ver el precio y los metió de nuevo en el sobre. Lo miró con una expresión cercana a la simpatía. "Procura no olvidar nuestra reunión con el doctor Kempner".

Era el terapeuta familiar, y quien decidiría la custodia de Zack. "Por supuesto", respondió. "Estaré allá sin falta".

"Ten cuidado", dijo ella.

Eph asintió y se marchó.

Aeropuerto Internacional JFK

UNA MULTITUD SE HABÍA REUNIDO afuera del aeropuerto, atraída por el evento inexplicable, extraño y potencialmente trágico. Mientras

Eph conducía, la radio abordaba el asunto del avión como un posible secuestro, y especulaba sobre un vínculo con algún conflicto internacional.

En la terminal, dos vehículos del aeropuerto pasaron al lado de Eph. Uno de ellos llevaba a una madre en llanto, tomando de la mano a un par de niños asustados; en el otro iba un hombre de raza negra con un ramo de rosas rojas en su regazo. Eph no pudo dejar de pensar en los niños como Zack y en las mujeres como Kelly que estarían en el avión. Pensó detenidamente en eso.

Su equipo lo estaba esperando frente a la puerta de embarque número seis. Como siempre, Jim Kent hablaba por teléfono a través del micrófono que tenía en la oreja; era el encargado de manejar los aspectos burocráticos y políticos del control de enfermedades en el CDC. Tapó el micrófono del teléfono con la mano y dijo a manera de introducción: "No hay reportes similares en ninguna otra parte del país".

Eph subió al vehículo de la aerolínea y se sentó en la parte posterior, al lado de Nora Martínez. Nora, bioquímica de formación, era su mano derecha en Nueva York. Llevaba guantes de nailon, pálidos, suaves y lúgubres como azucenas. Ella le abrió un poco de espacio y él lamentó la atmósfera enrarecida.

El coche se puso en movimiento y Eph olió la sal del mar en el viento. "¿Cuánto tiempo estuvo el avión en la pista antes de oscurecerse?", preguntó.

Nora dijo: "Seis minutos".

"¿No hubo contacto por la radio? ¿La del piloto también se apagó?"

Jim se dio vuelta y dijo: "Presumiblemente, pero no se ha confirmado. Los agentes de la Autoridad Portuaria ingresaron a la cabina de pasajeros, vieron una multitud de cadáveres, y salieron tan rápido como habían entrado".

"Espero que hayan utilizado máscaras y guantes".

"Afirmativo".

El vehículo dobló por una esquina, y sus ocupantes vieron el avión que estaba en la distancia. Era una enorme aeronave, que iluminada desde distintos ángulos, brillaba como la luz del día. La bruma de la bahía cercana formaba un aura resplandeciente alrededor del fuselaje.

"¡Que cosa!", exclamó Eph.

Jim dijo: "Le dicen el triple siete. El 777 es el birreactor más grande del mundo. Tiene un diseño único y está equipado con tecnología de punta. Y por eso a las autoridades les intriga que todos los equipos se hayan apagado. Creen que se trata de un acto de sabotaje".

Las llantas del tren de aterrizaje eran enormes. Eph miró el orificio negro de la puerta abierta sobre el ala izquierda.

Jim dijo: "Ya hicieron un examen para detectar gases o cualquier otra sustancia fabricada por el hombre. No saben qué hacer; simplemente tienen que comenzar de cero".

Eph dijo: "Y nosotros somos esa cifra".

Aquella nave silenciosa y misteriosamente ocupada por personas muertas era como si un agente que trabaja con sustancias peligrosas en HAZMAT un día despertara con un tumor en la espalda. El equipo de Eph estaba al frente del laboratorio de biopsias encargado de informarle a la Administración Federal de Aviación si tenía señales de cáncer o no.

Los oficiales de la TSA, vestidos de chaqueta azul, acudieron a Eph tan pronto se detuvo el coche para darle la misma información que le había suministrado Jim. Le hicieron preguntas y hablaron entre ellos como si fueran reporteros.

"Esto ya ha ocurrido demasiado", dijo Eph. "La próxima vez que suceda algo así de inexplicable, nos llaman de segundos. Primero los de HAZMAT, y luego nosotros. ¿Entendido?"

"Sí, doctor Goodweather".

"¿El equipo HAZMAT está listo?"

"Está a la espera".

Eph se detuvo frente a la furgoneta del CDC. "Debo decir que esto no tiene apariencia de formar parte de un evento contagioso espontáneo. ¿Seis minutos en tierra? El factor tiempo es sumamente corto".

"Tuvo que ser un acto deliberado", dijo uno de los oficiales de la TSA.

"Es probable", replicó Eph. "Tal como están las cosas, debemos aplicar una estrategia de contención en términos de lo que pueda esperarnos allá". Le abrió la puerta trasera de la furgoneta a Nora. "Nos pondremos los trajes y veremos qué hay".

Una voz lo detuvo. "Uno de los nuestros va en ese avión".

"¿Uno de quiénes?"

"Un agente federal aéreo. Es un procedimiento normal en vuelos internacionales en los que participan aeronaves norteamericanas".

"¿Iba armado?"

"Sí, tal como se acostumbra".

"¿Los ha llamado? ¿Les ha hecho alguna advertencia?"

"Absolutamente nada".

"Seguramente fueron aniquilados de inmediato". Eph asintió, y observó la expresión preocupada de los hombres. "Quiero su número de silla. Comenzaremos por ahí".

Eph y Nora subieron a la furgoneta del CDC, cerraron la doble puerta de atrás, y se olvidaron de todo el frenesí que había en la pista de estacionamiento.

Tomaron dos trajes de contención nivel A de un gabinete. Eph se quitó la ropa y quedó en camiseta y shorts, y Nora en sostenes deportivos negros y calzones color lavanda. Ambos movieron sus codos y rodillas como pudieron dentro de la estrecha furgoneta Chevy. El pelo de Nora era grueso, oscuro y desafiantemente largo para una epidemióloga de campo. Se lo recogió con una cinta elástica, moviendo sus manos con rapidez y determinación. Su cuerpo era agradable y voluptuoso, y su piel tenía el tono cálido del pan ligeramente tostado.

Eph y Nora tuvieron un romance fugaz después de que él se separó definitivamente de Kelly y ella inició los trámites del divorcio. Fue un asunto de una sola noche, seguido de una mañana embarazosa e incómoda que se prolongó durante algunos meses... hasta el segundo flirteo de unas pocas semanas atrás, más apasionado que el primero y lleno de intenciones para superar los obstáculos que los habían abrumado la primera vez, pero que no obstante los había conducido a hacer otra pausa prolongada e incómoda.

De cierto modo, él y Nora trabajaban muy de cerca: si hubieran tenido trabajos remotamente normales o convencionales, el resultado habría sido diferente; todo habría sido más fácil y casual, pero aquello era un "amor en la trinchera", y como cada uno de ellos se entregaba tanto al proyecto Canary, les quedaba muy poco para darse mutuamente, o al resto del mundo. Era una alianza tan demandante que nadie les preguntaba "¿cómo te fue hoy?" durante los tiempos de receso, porque éstos eran simplemente inexistentes.

Un ejemplo de esto se dio en ese instante: quedaron prácticamente desnudos el uno frente al otro de la forma menos sensual posible, pues ponerse un traje biológico es la antítesis de la sensualidad. Es lo contrario a la atracción: es un adentrarse en la profilaxis... en la esterilidad.

La primera capa consistía en un traje Nomex blanco y de una sola pieza, marcado al respaldo con las iniciales del CDC. El cierre iba desde las rodillas hasta el mentón, el cuello y los puños se cerraban con cinta Velcro, y las botas negras les llegaban a la altura de las pantorrillas.

La segunda capa era un traje blanco y desechable elaborado con Tyvek, un material semejante al papel. Las medias elásticas iban sobre las botas, y los guantes *Silver Shield* para protegerse de sustancias químicas iban encima de una capa de nailon, sujetados en las muñecas y los tobillos. Luego estaban los equipos para respirar: un arnés SCBA, un tanque de titanio liviano, una máscara de oxígeno del tamaño de la cara, y un sistema de seguridad de alerta personal (PASS) con una alarma de bombero.

Vacilaron antes de ponerse las máscaras. Nora esbozó una sonrisa a medias y le tocó la mejilla a Eph con la mano. Le dio un beso y le preguntó: "¿Estás bien?".

"Ajá".

"No pareces... ¿Cómo estaba Zack?"

"Malhumorado y molesto: no era para menos".

"No tienes la culpa..."

"¿Y qué? Lo cierto es que el fin de semana con mi hijo se ha ido al diablo y nunca podré recuperarlo". Se acomodó la máscara. "¿Sabes algo? Hubo un tiempo en mi vida donde todo se reducía a mi familia o a mi trabajo. Creí escoger mi familia. Pero aparentemente, no bastó con eso".

Hay momentos como éstos, que se dan sin previo aviso, generalmente en tiempos de crisis, cuando miras a alguien y comprendes que te dolerá estar sin esa persona. Eph vio lo injusto que había sido con Nora al aferrarse a Kelly —ni siquiera a ella, sino al pasado, a su matrimonio difunto, a lo que había sido alguna vez—, y todo por el bien de Zack. Nora quería al chico, y era obvio que él también la quería.

Sin embargo, no era el momento para profundizar en eso. Eph sacó su respirador y revisó el tanque. La capa exterior consistía en un traje "espacial" hermético de color amarillo canario, un casco sellado con una ventana de visualización de 210 grados, y un par de guantes incorporados. Éste era el traje de contención de nivel A, el "traje de contacto" de doce capas, que una vez selladas, aislaban por completo la atmósfera exterior.

Nora revisó que el traje de Eph estuviera debidamente cerrado, y él hizo lo mismo con el de ella. Los investigadores que trabajan con materiales peligrosos operan con un compañerismo semejante al de los buzos. Sus trajes se inflaron un poco debido al aire en circulación. Aislar los agentes patógenos implicaba acumular sudor y calor corporal, y la temperatura dentro de sus trajes podía ser treinta grados mayor que la temperatura ambiental.

"Lo siento bien apretado", dijo Eph a través del micrófono que había en el interior de su máscara.

Nora asintió, detectando su mirada a través de su máscara. Se miraron como si ella fuera a decirle algo. Pareció cambiar de opinión y le preguntó: "¿Estás listo?".

Eph asintió. "Empecemos con esto".

Jim encendió su consola de comando en la pista de estacionamiento y conectó las cámaras que ambos tenían en sus respectivos monitores. Encendió las pequeñas linternas que llevaban en las solapas de los hombros, pero la destreza de sus movimientos se vio limitada por el grosor de las múltiples capas de los guantes.

Los agentes de la TSA se acercaron y les dijeron algo, pero Eph fingió estar sordo; sacudió la cabeza y se tocó el casco.

Se aproximaron al avión, y Jim les mostró a Eph y a Nora un plano que contenía una vista vertical de las sillas, los números correspondientes a los pasajeros y los tripulantes listados en el respaldo. Señaló el punto rojo en la 18A.

"Es la silla del agente federal aéreo", dijo Jim por el micrófono, "su apellido es Charpentier: fila de salida, asiento de la ventana".

"Entendido", dijo Eph.

Jim señaló otro punto rojo. "La TSA mencionó a otro pasajero importante. Un diplomático alemán que iba en el vuelo: Rolph Hubermann. Clase ejecutiva, segunda fila, silla F. Venía para hablar sobre la situación de Corea en el Consejo de la ONU. Es probable que llevara una de esas valijas diplomáticas que no son examinadas en la aduana. Quizá no se trate de nada, pero en estos momentos, un contingente de alemanes viene en camino desde la ONU para reclamarla.

"Está bien".

Jim se fue a mirar los monitores. El interior del perímetro era más claro que el día, y ellos se movían casi sin proyectar sombras. Eph subió por la escalera del camión de bomberos, y caminó sobre el ala hasta llegar a la puerta.

Eph fue el primero en entrar. La quietud era palpable. Nora entró después, y permanecieron de espaldas uno contra el otro a la entrada de la cabina central.

Los cadáveres estaban sentados frente a ellos en una hilera tras otra. Los rayos de luz proyectados por las linternas de Eph y Nora enfocaron las cuencas vacías de sus ojos abiertos.

No tenían sangre en la nariz, los ojos desorbitados, la piel hinchada ni manchas negras; tampoco espumarajos ni restos de sangre alrededor de la boca. Todos permanecían sentados sin mostrar señales de pánico ni de resistencia. Sus brazos colgaban de las sillas o descansaban sobre sus regazos. No había señales de trauma evidentes.

Aquí y allá los teléfonos móviles —en regazos, bolsillos, y bolsos de mano— emitían timbres de mensajes o sonaban con tonos vivaces. No se escuchaba ningún otro sonido.

Vieron al agente aéreo en la silla de la ventana, muy cerca de la puerta. Era un hombre de unos cuarenta años, cabello negro y despoblado, vestido con una camisa de béisbol de botones y ribetes azules y naranjas distintivos de los Mets, con Mr. Met, la mascota del equipo, y jeans azules. Su mentón descansaba sobre el pecho, como si estuviera durmiendo una siesta con los ojos abiertos.

Eph se inclinó sobre una rodilla; el amplio pasillo de salida le daba espacio para moverse. Le tocó la frente, le echó la cabeza hacia atrás, y ésta se movió libremente sobre el cuello. Nora, que estaba a su lado, le alumbró los ojos con su linterna, pero las pupilas de Charpentier no reaccionaron. Eph le abrió la mandíbula y alumbró el interior de su boca, su lengua y la parte superior de su garganta, que tenía una tonalidad rosada, sin señales de sustancias tóxicas.

Eph necesitaba más luz. Se estiró para abrir la persiana de la ventana, y las fuertes luces retumbaron en el interior como un grito blanco e incandescente.

No había vómito ocasionado por inhalación de gases. Las víctimas envenenadas con monóxido de carbono presentan decoloración y ampollas en la piel, lo cual les confiere un aspecto deslucido y macilento, como el del cuero secándose al sol. Su postura no denotaba incomodidad ni señal de resistencia agónica. A su lado estaba una mujer madura que vestía ropas típicas de balneario y lentes de lectura sobre su nariz, frente a sus ojos apagados. Estaban sentados como lo estarían los pasajeros normales, con las sillas completamente verticales, esperando a que se apagara la señal de ABROCHAR SUS CINTURONES.

Los pasajeros que estaban frente a la salida delantera tenían sus objetos personales en compartimentos empotrados en la pared de la cabina. Eph sacó una bolsa de Virgin Atlantic del bolsillo frente al asiento Charpentier y abrió el cierre hasta arriba. Sacó una camiseta gruesa de Notre Dame, un puñado de libros de crucigramas descuadernados, un audio-libro de terror, y una bolsa de nailon pesada y con forma de riñón. Abrió el cierre y vio la pistola negra y forrada en caucho que había adentro.

"¿Ven esto?", preguntó Eph.

"Lo vemos", dijo Jim por la radio. Jim, los agentes de la TSA, y todos aquellos cuyo rango les permitía estar cerca de los monitores, veían todo lo que sucedía gracias a la cámara instalada en el hombro de Eph.

Eph dijo: "Cualquier cosa que haya sido, lo cierto es que los tomó a todos por sorpresa, incluyendo al agente federal".

Eph cerró la bolsa, la dejó en el suelo y avanzó por el pasillo. Se estiró sobre los cadáveres, levantando la persiana cada dos o tres filas, y la fuerte luz proyectó extrañas sombras, mostrando sus rostros en alto relieve, como viajeros que hubieran perecido luego de acercarse demasiado al sol.

Los teléfonos seguían repicando y la disonancia se hizo cada vez más estridente, como si decenas de relojes despertadores sonaran simultáneamente. Eph procuró no pensar en la angustia de quienes los estaban llamando.

Nora se acercó a un cadáver. "No tiene ninguna señal de trauma", señaló.

"Lo sé", dijo Eph. "Es jodidamente aterrador". Observó la galería de muertos y pensó. Entonces dijo: "Jim, alerta a la OMS en Europa. Infórmale de esto al ministro de salud alemán, y ponte en contacto con los hospitales. Si esto llegara a ser contagioso, seguramente también habrá brotes allá".

"Lo haré", respondió Jim.

En la cocina situada entre la primera clase y la ejecutiva, cuatro auxiliares de vuelo —tres mujeres y un hombre— estaban sentados en sus sillas con los cinturones abrochados y con el cuerpo hacia delante, presionando las correas de los cinturones de seguridad. Eph pasó frente a ellos y tuvo la sensación de flotar sobre un naufragio.

Escuchó la voz de Nora: "Eph, estoy en la parte trasera. No hay novedades. Regreso en un momento".

"De acuerdo", dijo Eph mientras regresaba a la cabina iluminada gracias a la luz que entraba por las ventanillas, abriendo las cortinas del separador de las amplias sillas de la clase ejecutiva. Localizó a Hubermann, el diplomático alemán, sentado al lado del pasillo. Tenía sus manos rollizas cruzadas sobre su regazo, la cabeza desplomada, y un mechón canoso sobre los ojos.

La valija diplomática que había mencionado Jim estaba en la maleta debajo de su asiento. Era de vinilo azul y tenía un cierre en la parte superior.

Nora se acercó. "Eph, no estás autorizado para abrir eso..."

Eph abrió el cierre; sacó una barra de Toblerone a medio consumir, y un frasco plástico lleno de pastillas azules.

"¿Qué es eso?", preguntó Nora.

"Creo que es Viagra", dijo Eph, introduciendo el recipiente en la bolsa y ésta en la maleta.

Se detuvo frente a una madre y a una niña que viajaban juntas. La pequeña tenía su mano enlazada en las de su madre. Ambas tenían un aspecto tranquilo.

Eph dijo: "No hay señales de pánico; de nada".

"Es absurdo", comentó Nora.

Los virus requieren de la propagación, y ésta toma tiempo. Los pasajeros que empezaran a contagiarse o aquellos a un paso de desmayarse habrían entrado en pánico y no habrían respetado las señales encendidas de ABROCHARSE LOS CINTURONES. Si se trataba de un virus, éste era diferente a cualquier patógeno que Eph hubiera observado en los años que llevaba como epidemiólogo en el CDC. Más bien, todos los indicios apuntaban a un veneno letal introducido en el ambiente hermético de la cabina del avión.

Eph dijo: "Jim, quiero que hagan otra prueba de gas".

Jim respondió: "Ya tomaron muestras del aire y las midieron en partículas por millón. No encontraron nada".

"Lo sé, pero... es como si estas personas hubieran sido atacadas súbitamente, sin la menor advertencia. Tal vez las sustancias tóxicas se esfumaron al abrir la puerta. Quiero que inspeccionen la alfombra y cualquier otra superficie porosa. Examinaremos los tejidos pulmonares cuando estas personas estén en la morgue".

"De acuerdo, Eph. Entendido".

Eph avanzó con rapidez por las espaciosas sillas de cuero de la primera clase y llegó a la cabina de mando. La puerta tenía barrotes, un marco de acero a ambos lados, y una cámara en el techo. Estaba cerrada y Eph agarró la manija.

Escuchó la voz de Jim en el interior de su casco: "Eph, me están diciendo que solo se abre con una llave. No podrás..."

La puerta se abrió frente a él.

Eph permaneció inmóvil en el marco de la puerta. Las luces provenientes de la pista de rodaje brillaron a través del parabrisas oscuro de la cabina, iluminando la cubierta de vuelo. Todos los tableros de los sistemas estaban apagados y oscuros.

Jim dijo: "Eph, me están diciendo que debes tener mucho cuidado".

"Diles que gracias por su experto consejo", dijo Eph antes de entrar.

Los tableros de los sistemas alrededor de los interruptores y los reguladores estaban oscuros. Un hombre en traje de piloto estaba sentado al lado derecho. Dos más, el capitán y el primer oficial, estaban sentados en las sillas gemelas frente a los controles. El primer oficial tenía las manos entrelazadas sobre su regazo, la cabeza caída sobre el hombro izquierdo y el quepis puesto. El capitán tenía la mano izquierda sobre una palanca, mientras el brazo derecho le colgaba de la silla, rozando la alfombra con sus nudillos. Tenía la cabeza echada hacia delante, y su quepis en el regazo.

Eph se inclinó sobre la consola de control entre las dos sillas para levantarle la cabeza al capitán. Le examinó los ojos con su linterna; tenía las pupilas fijas y dilatadas. Luego le asentó la cabeza sobre el pecho con suavidad.

Eph se estremeció al sentir algo; era una presencia.

Se retiró de la consola y examinó la cubierta de vuelo, dando un círculo de ciento ochenta grados.

Jim preguntó: "¿Qué te pasa, Eph?".

Eph llevaba mucho tiempo tratando con cadáveres como para sentir nervios. Pero había algo allí... en algún lugar cercano.

Dejó de sentir la extraña sensación, como si hubiera sido apenas un simple mareo. Eph trató de ignorar lo sucedido. "Nada. Tal vez sea claustrofobia".

Luego miró al otro hombre que estaba en la cabina. Tenía la cabeza abajo, su hombro derecho contra la pared lateral, y el cinturón desabrochado.

Eph preguntó en voz alta: "¿Por qué no tenía el cinturón abrochado?"

Oyó la voz de Nora: "Eph, ¿estás en la cabina? Voy para allá".

Eph miró el pisa corbatas del hombre muerto con el logo de Regis Air. La placa en su bolsillo decía REDFERN. Eph se arrodilló frente a él y lo tomó de las sienes para levantarle la cabeza. Tenía los párpados abiertos y los ojos hacia abajo. Eph le examinó las pupilas y creyó ver algo: un rayo de luz. Lo miró de nuevo, y el capitán Redfern se estremeció y emitió un gruñido.

Eph retrocedió, cayendo entre las sillas de los dos capitanes, y chocando contra la consola de control. El primer oficial se desplomó sobre él, y Eph lo apartó con un empujón. Por un momento quedó atrapado debajo del peso muerto y desgonzado del cadáver.

Jim lo llamó con urgencia, "¿Eph?".

La voz de Nora denotaba pánico. "¿Qué te pasa, Eph?"

El epidemiólogo hizo un esfuerzo para dejar el cadáver del primer oficial en la silla, y se puso de pie.

Nora le preguntó: "¿Estás bien, Eph?".

Eph miró al capitán Redfern, quien estaba tendido en el suelo con los ojos abiertos y la mirada perdida. Sin embargo, su garganta se movía, y su boca abierta parecía atragantarse con el aire.

Eph dijo con los ojos completamente abiertos: "Tenemos un sobreviviente".

"¿Qué?", exclamó Nora.

"Aquí hay un hombre vivo. Jim, necesitamos una camilla hermética para este hombre. Súbanla al ala. ¿Nora?" Eph hablaba con rapidez, mirando al piloto que temblaba en el piso. "Tendremos que examinar a todos los pasajeros, uno por uno".

ABRAHAM SETRAKIAN

EL ANCIANO ESTABA SOLO EN EL ABIGARRADO PISO de su casa de empeños en la calle 118 East, en Spanish Harlem. Una hora después de cerrar, y con el estómago vacío, se resistía a subir al segundo piso. Las persianas metálicas estaban cerradas delante de las puertas y ventanas como si fueran pestañas de acero, y los habitantes de la noche se habían apoderado de las calles. No era aconsejable salir a esa hora.

El anciano se dirigió a los interruptores y apagó cada una de las luces. Estaba de un humor melancólico. Miró su tienda, las vitrinas de cromo y de vidrio veteadas, los relojes de pulso exhibidos en estuches de felpa y no de terciopelo, la plata labrada que no había logrado vender, las joyas de diamante y oro, el juego completo de té debajo del cristal, los abrigos de cuero y las pieles que en esta época resultaban polémicas; los nuevos lectores de música que tenían alta rotación, y los radios y televisores que ya no se molestaba en recibir. Y allí estaban sus tesoros, a ambos lados de la sala: un par de hermosas cajas fuertes recubiertas de asbesto —mucho cuidado con ingerirlo—, una video-grabadora Quasar de los años setenta de madera y acero del tamaño de una maleta, y un antiguo proyector de 16 milímetros.

En última instancia, una gran cantidad de basura con poco movimiento. Una casa de empeño tiene algo de bazar, de museo y de anticuario de barrio. El prestamista ofrece un servicio que nadie más puede prestar. Es el banquero de los pobres, alguien al que la gente puede acudir y pedir veinticinco dólares prestados sin preocuparse por su historial de crédito, empleo ni referencias. Y en medio de una recesión económica, veinticinco dólares era una suma considerable para muchas personas. Con veinticinco dólares se pueden comprar medicamentos para prolongar la vida. Siempre y cuando un hombre o una mujer tengan un colateral, algo de valor para obtener un préstamo, él o ella podrán salir de su tienda con dinero en efectivo en la mano: era algo sencillamente hermoso.

Subió al segundo piso y apagó las luces. Tenía suerte de ser el propietario de ese lugar, que compró a comienzos de los años setenta por siete dólares y algunos centavos. Está bien, tal vez no fue por tan poco, pero ciertamente tampoco por mucho. En aquella época la gente incendiaba edificios para calentarse. Préstamos y Curiosidades Knickerbocker (el nombre que ya tenía la tienda) nunca fue una fuente de riqueza para Setrakian, sino más bien un conducto, una puerta de entrada al mercado subterráneo y anterior a Internet, allí, en la capital del mundo, para este hombre interesado en herramientas, artefactos, curiosidades y otros objetos misteriosos del viejo mundo.

Había pasado treinta y cinco años negociando joyas baratas durante el día, y acumulando herramientas y armas durante la noche. Treinta y cinco años ofrendando su tiempo; treinta y cinco años de preparación y espera. Pero ahora el tiempo se le estaba acabando.

Tocó el *mezuza* de la puerta y se besó las yemas de sus dedos torcidos y arrugados antes de entrar. El antiguo espejo del corredor estaba tan rayado y opaco que tenía que estirar el cuello para encontrar un fragmento de superficie en el que pudiera ver su reflejo. Su cabello blanco de alabastro, que nacía en lo alto de su frente arrugada, deslizándose hacia atrás de las orejas y el cuello, necesitaba un corte desde hacía mucho tiempo. La piel del rostro le colgaba, y su mentón, lóbulos de las orejas y ojos, sucumbían ya a ese enemigo llamado gravedad. Sus manos, tan maltrechas y precariamente curadas desde hacía tantas décadas, se habían transformado en muñones artríticos que él ocultaba siempre bajo de unos guantes con incisiones en las puntas de los dedos. Sin embargo, detrás de la ruinosa figura de este hombre, aún había fortaleza, fuego y energía.

¿Cuál era el secreto de su fuente interior de la juventud? Un factor simple: la venganza.

Muchos años atrás, en Varsovia y luego en Budapest, vivió un profesor llamado Abraham Setrakian, un renombrado catedrático de literatura y folclor de Europa oriental. Un sobreviviente del holocausto que había sorteado el escándalo de haberse casado con una estudiante, y cuyo campo de estudio lo llevó a algunos de los lugares más remotos del planeta.

Y ahora que era un prestamista envejecido en América, aún tenía un asunto pendiente.

Tenía una deliciosa sopa de pollo con *kreplach* y fideos de huevo que un conocido le traía directamente desde Liebman's, en el Bronx. Introdujo la taza en el microondas y se aflojó el nudo de la corbata con sus dedos torcidos. Luego de escuchar el timbre del horno llevó la taza caliente a la mesa, sacó una servilleta de lino —¡nunca de papel!— de la cómoda, y se la acomodó en el cuello de la camisa.

Sopló la sopa. Era un ritual de bienestar y de consuelo. Recordó a su abuela, a su *bubbeh* —pero más que un simple recuerdo era una sensación, un *sentimiento*— soplándole la sopa cuando él era un niño, sentada a su lado en la desvencijada mesa de madera en la fría cocina de su casa en Rumania. Antes de que empezaran los problemas. El aliento de la anciana desviaba el vapor que se elevaba sobre su rostro imberbe, la magia silenciosa de ese acto tan simple como insuflándole vida al niño. Y ahora que soplaba él, que ya también era un anciano, observó la forma que el vapor le confería a su aliento y se preguntó cuántas bocanadas de aire le restaban.

Sacó una cuchara de un cajón lleno de utensilios extravagantes y dispares con los dedos contraídos de su mano izquierda. Introdujo la cuchara en la sopa y la sopló, meciendo el caldo exiguo antes de llevárselo a la boca. Los sabores iban y venían, las papilas de su lengua moribundas como soldados viejos, víctimas de muchas décadas de fumar pipa, un antiguo vicio de profesor.

Encontró el control del antiguo televisor Sony, un modelo de cocina de color blanco, y la pantalla de trece pulgadas se calentó, iluminando el cuarto. Se puso de pie y fue a la despensa, hurgando con sus manos en las pilas de libros arrumados en una hilera estrecha sobre la alfombra raída del corredor. Los libros estaban por todas partes, apilados a gran altura contra las paredes; había leído muchos y le era imposible desprenderse de ellos. Levantó la tapa de un recipiente para sacar el último pedazo de pan de centeno que había guardado. Llevó el pan envuelto en papel a la silla mullida de la cocina, se sentó pesadamente, y comenzó a retirar los pequeños pedazos de moho mientras disfrutaba de otro delicioso sorbo de caldo.

Lentamente, la imagen de la pantalla captó su atención: un avión jumbo estacionado en la pista de algún aeropuerto, iluminado como una pieza de marfil sobre la felpa negra de un joyero. Tomó los lentes de aros negros que le colgaban del pecho y entrecerró los ojos para descifrar la leyenda del recuadro inferior de la pantalla. La noticia crítica de aquel día estaba ocurriendo al otro lado del río, en el aeropuerto JFK.

El viejo profesor miró y escuchó, concentrado en la aeronave de aspecto prístino. Un minuto se convirtió en dos, luego en tres, y la habitación se desvaneció a su alrededor. Quedó transfigurado —realmente transportado— por la primicia noticiosa, sosteniendo la cuchara con la mano que ya le había dejado de temblar.

La imagen del aeroplano detenido pasó frente a los cristales de sus anteojos como un futuro anunciado. El caldo de la taza se enfrió, el vapor se disipó, y el pedazo de pan de centeno permaneció intacto sobre la mesa.

Él lo *sabía*.

Pic-pic-pic.

El anciano lo sabía.

Pic-pic-pic.

Sus manos deformes comenzaron a dolerle. Lo que vio frente a él no era un presagio, sino una incursión. Era el acto en sí mismo. La cosa que había estado esperando, aquello para lo cual se había preparado durante toda su vida.

Cualquier alivio que hubiera sentido inicialmente —de estar vivo en ese instante, de tener esta oportunidad de venganza en el último minuto—, se vio opacado de inmediato por un miedo agudo y semejante al dolor. Las palabras salieron de su boca con una bocanada de vapor.

Él está aquí... Él está aquí...

LA
LLEGADA

Hangar de mantenimiento, Regis Air

Como la pista de rodaje del JFK necesitaba estar despejada, la aeronave fue remolcada hacia el espacioso hangar de mantenimiento de Regis Air una hora antes del amanecer. Nadie abrió la boca mientras el infortunado 777 lleno de pasajeros muertos pasaba como un enorme ataúd blanco.

Una vez les colocaron los seguros a las ruedas y el avión se detuvo, los empleados extendieron lonas negras impermeables para cubrir el piso de cemento manchado. Instalaron cortinas prestadas por un hospital para demarcar una amplia zona de contención entre el ala izquierda y la nariz de la aeronave. El avión estaba aislado en el hangar como un cadáver en una morgue inmensa.

Por petición de Eph, la Oficina Principal del Forense de Nueva York despachó a varios funcionarios veteranos de Manhattan y Queens, que llevaron consigo varias cajas con bolsas de plástico. La OCME, la oficina de exámenes forenses más grande del mundo, tenía experiencia en el manejo de desastres con un elevado número de víctimas, y ayudó a implementar un plan para evacuar los cadáveres.

Los oficiales de la HAZMAT de la Autoridad Portuaria, vestidos con trajes de seguridad completamente aislados, extrajeron el cadáver del agente federal aéreo primero—permitiendo que solemnes oficiales le rindieran tributo a su compañero enfundado en una bolsa cuando éste apareció por la puerta del ala—y luego a los pasajeros que estaban sentados en la primera fila de la cabina principal. A continuación, retiraron las sillas vacías para obtener el espacio necesario para facilitar la labor de enfundar cadáveres. En el avión, cada cuerpo fue amarrado a una camilla de uno en uno y bajado al piso cubierto de lonas.

El proceso fue cuidadoso y horripilante en ciertas ocasiones. Habían bajado alrededor de treinta cadáveres, cuando uno de los oficiales de la Autoridad Portuaria trastabilló súbitamente y se alejó de la fila gimiendo y agarrándose el casco. Dos oficiales de la HAZMAT acudieron en su ayuda, pero él los lanzó contra las cortinas, irrumpiendo en la zona de contención. Todos entraron en pánico y le abrieron paso a aquel oficial que posiblemente estaba envenenado o infectado, y que se arañaba su traje de protección mientras salía del hangar cavernoso. Eph se encontró con él en la pista, donde, a la luz del sol matinal, el oficial consiguió quitarse el casco y arrancarse el traje como si fuera una piel opresora. Eph lo agarró, pero el hombre se desplomó en la pista y permaneció sentado con lágrimas en los ojos.

"Esta ciudad", dijo el oficial en medio de sollozos. "Esta maldita ciudad".

Posteriormente se propagó la historia de que ese oficial de la Autoridad Portuaria había trabajado en la "Zona Cero" durante las primeras semanas infernales, primero como integrante de la misión de rescate, y luego en las tareas de recuperación. El espectro del 11 de septiembre todavía acechaba a muchos oficiales de la Autoridad Portuaria, y la intrigante situación actual de bajas masivas había despertado nuevamente aquel espectro.

Un equipo "especial" de analistas e investigadores de la junta de la Seguridad Nacional del Transporte en Washington llegó a bordo de un Gulfstream de la FAA. Viajaron para entrevistar a todos los que habían participado en el "incidente" del vuelo 753 de Regis Air, inspeccionar los últimos momentos de navegabilidad de la aeronave, y extraer la caja negra con las grabaciones de los tripulantes. Los investigadores del Departamento de Salud de la ciudad de Nueva York, quienes habían sido relegados a un segundo plano por el CDC durante esta crisis, fueron informados de los pormenores del incidente. Sin embargo, Eph rechazó sus reclamos en torno a la supuesta jurisdicción que tenían, pues sabía que debía continuar con el plan de contención si quería hacer las cosas bien.

Los representantes de la Boeing que habían llegado del estado de Washington ya habían afirmado que el apagamiento absoluto del 777 era "mecánicamente imposible". Un vicepresidente de Regis Air, a quien habían despertado de su cama en Scarsdale, insistía que un equipo de mecánicos de la aerolínea inspeccionara la nave una vez se levantara la cuarentena médica. La corrupción del sistema de circulación del aire era la principal hipótesis sobre la causa de la muerte de los pasajeros. El embajador alemán en los Estados Unidos y su delegación todavía estaban esperando la valija de su funcionario, y Eph los llevó al Salón Diplomático de Lufthansa, localizado en la terminal uno. El secretario de prensa del alcalde convocó a una conferencia de prensa para las horas de la tarde, y el comisionado de la policía llegó a la sede del NYPD con el director del departamento de antiterrorismo, a bordo de un vehículo de respuesta inmediata.

A mediados de la mañana solo restaban ochenta cadáveres por evacuar. El proceso de identificación avanzaba con velocidad, gracias a la revisión electrónica de los pasaportes y a la información detallada sobre los pasajeros.

Durante uno de los descansos, Nora y Eph conversaron con Jim a un lado de la zona de contención, con el fuselaje de la aeronave visible a través de las cortinas. Los aviones ya estaban despegando y aterrizando de nuevo; ellos escucharon la aceleración y desaceleración de los propulsores, y sintieron la actividad en la atmósfera, la agitación del aire.

Eph le preguntó a Jim mientras bebía sorbos de agua: "¿Cuántos cuerpos puede examinar La Oficina del Forense de Manhattan?".

Jim le dijo: "Queens tiene jurisdicción aquí. Pero tienes razón, la sede de Manhattan está mejor equipada. En términos logísticos, vamos a repartir las víctimas entre las dos oficinas, así como en las de Brooklyn y el Bronx. Así que serán unos cincuenta en cada una".

"¿Y cómo vamos a transportarlos?"

"En camiones refrigerados. El investigador médico me dijo que eso fue lo que hicieron con los restos encontrados en la tragedia de las Torres Gemelas. Ya se han contactado con el Mercado de Pescado Fulton, en el Bajo Manhattan".

Eph solía pensar que el control de enfermedades era como un esfuerzo para resistir en tiempos de guerra, donde él y su equipo daban una buena pelea, mientras que el resto del mundo intentaba seguir con sus vidas bajo la avalancha de la ocupación, los virus y bacterias que los asediaban. En ese escenario, Jim era un locutor radial clandestino que hablaba tres idiomas, podía conseguir desde mantequilla hasta armas, y sacarlas con seguridad por el puerto de Marsella.

Eph preguntó: "¿Nada de Alemania?".

"Todavía no. Cerraron el aeropuerto durante dos horas y realizaron una inspección de seguridad muy exhaustiva. No hay empleados enfermos en el aeropuerto, ni reportes de enfermedades súbitas en los hospitales".

Nora estaba ansiosa por hablar. "Pero aquí no encaja nada".

Eph asintió en señal de consentimiento. "Continúa".

"Tenemos un avión lleno de cadáveres. Si esto hubiera sido causado por un gas, o por algún aerosol en el sistema de ventilación —bien fuera accidental o no— no habrían fallecido de una manera tan... *pacífica*, por así decirlo. Se habrían presentado estallidos de asfixia, convulsiones y vómito; los pasajeros hubieran muerto a distintas horas debido a sus tipos corporales, los cadáveres se habrían puesto azules, y la tripulación habría entrado en pánico. Ahora, si más bien se trató de un evento infeccioso, entonces estamos enfrentados a un tipo de agente patógeno completamente descabellado, súbito y totalmente desconocido, algo que ninguno de nosotros ha visto antes, indicando así la presencia de una sustancia elaborada por el hombre y creada en un laboratorio. Hay que recordar que no se trata únicamente de los pasajeros que murieron, sino que, adicionalmente, el avión colapsó. Es como si alguna *cosa*, algún *objeto incapacitante* hubiera golpeado el avión, aniquilando todo lo que estaba adentro, incluyendo a los pasajeros. Pero esto no es totalmente exacto, ¿verdad? Porque —y creo que esta es la pregunta más importante en este momento—, ¿quién abrió la puerta?" Nora miró una y otra vez a Eph y a Jim. "Es decir, *pudo* ser el cambio en la presión. Tal vez la puerta ya estaba sin seguro y se abrió por la descompresión del avión. Podemos dar explicaciones rebuscadas para casi cualquier cosa porque somos científicos médicos, y eso es lo que hacemos todo el tiempo".

"Y las persianas de las ventanillas", dijo Jim. "Los pasajeros siempre las suben para ver el aterrizaje: ¿quién las cerró todas?".

Eph asintió. Se había concentrado tanto en los detalles durante toda la mañana, que era agradable dar un paso atrás y ver los extraños sucesos en retrospectiva. "Por eso es que los cuatro sobrevivientes nos darán la clave. Si es que vieron algo, claro está".

"O si participaron de otra manera", comentó Nora.

Jim dijo: "Los cuatro están en estado crítico pero estable en el pabellón de aislamiento del Centro Médico del Hospital Jamaica. Ellos son: el capitán Redfern, tercer piloto, sexo masculino de treinta y dos años; una abogada de cuarenta y un años del condado Westchester; un programador de computadoras de Brooklyn, de cuarenta y cuatro años; y Dwight Moorshein, un músico famoso de Manhattan y Miami Beach, de sexo masculino y treinta y seis años de edad".

Eph se encogió de hombros. "Nunca había escuchado su nombre".

"Su nombre artístico es Gabriel Bolívar".

"¡Ah!", exclamó Eph.

"Guau", dijo Nora.

Jim continuó: "Viajaba de incógnito en primera clase. No llevaba su espantoso maquillaje ni sus lentes de contacto, así que tendremos una mayor cobertura de los medios".

Eph preguntó: "¿Hay alguna conexión entre los sobrevivientes?".

"Todavía no hemos encontrado ninguna, pero es probable que los resultados de sus chequeos médicos nos revelen algo. Los sobrevivientes viajaban en clases separadas. El programador viajaba en clase turista, la abogada en clase ejecutiva, y el cantante en primera. Y por supuesto, el capitán Redfern estaba en la cabina de mando".

"Es muy desconcertante", dijo Eph. "Pero de todos modos ya hay algo. Es decir, si ellos recuperan la conciencia y conseguimos que nos den algunas respuestas.

Uno de los oficiales de la Autoridad Portuaria llegó en busca de Eph. "Doctor Goodweather, es mejor que regrese al depósito de carga; encontraron algo".

Los baúles de acero que contenían los equipajes ya habían comenzado a ser descargados por la escotilla lateral del depósito de carga, para ser abiertos e inspeccionados por el equipo HAZMAT de la Autoridad Portuaria. Eph y Nora pasaron junto al remolque que cargaba el equipaje, que tenía las llantas aseguradas con tacos metálicos.

En el extremo del compartimiento inferior había una caja larga y rectangular de madera negra; parecía pesada, como un baúl enorme descansando sobre su respaldo. Era de ébano mate y tenía unos ocho pies de largo por cuatro de ancho y tres de alto. Era más alta que un refrigerador. El lado superior tenía grabados elaborados, con florituras laberínticas acompañadas por letras de un idioma antiguo, o al menos tenía esa apariencia. Muchas de las espirales evocaban figuras humanas etéreas, y con un poco de imaginación, a rostros emitiendo gritos.

"¿Nadie la ha abierto aún?", preguntó Eph.

Los oficiales del HAZMAT negaron con la cabeza. "No la hemos tocado", señaló uno.

Eph examinó la parte posterior. Tres correas de amarre anaranjadas, con sus ganchos de acero todavía unidos a los orificios metálicos, estaban tiradas en el suelo al lado del armario.

"¿Y estas correas?"

"Estaban sueltas cuando llegamos", dijo otro.

Eph miró alrededor del compartimiento. "Es imposible", dijo. "Si hubieran estado sueltas durante el viaje, los contenedores de las maletas, y posiblemente las paredes interiores del compartimiento de carga, se habrían averiado seriamente". Lo examinó de nuevo y preguntó: "¿Dónde está la placa? ¿Qué dice la lista de carga?"

Uno de los oficiales tenía un fajo de páginas laminadas en un pasador redondo. "No está aquí".

Eph lo verificó personalmente. "No puede ser".

"El único equipaje inusual que aparece aquí, aparte de tres juegos de palos de golf, es un kayak". El hombre señaló la pared lateral donde estaba el kayak envuelto en plástico, amarrado con el mismo tipo de correas anaranjadas, y con varias etiquetas de la aerolínea.

"Llama a Berlín", dijo Eph. "Deben tener un historial de la carga. Seguramente alguien recordará este objeto. Debe pesar fácilmente cuatrocientas libras".

"Ya lo hicimos y no hay ningún historial. Cada uno de los miembros de la cuadrilla de equipaje será interrogado".

Eph miró de nuevo la caja negra. Ignoró los grabados grotescos, se inclinó para examinar los bordes y vio tres bisagras en la parte superior de ambos lados. La tapa era una puerta doble de apertura lateral. Eph la tocó con sus guantes, y la agarró de abajo para tratar de abrirla. "¿Alguien me quiere dar una mano?"

Un oficial se acercó; llevaba guantes y puso su mano debajo de la tapa, al otro lado de Eph. Éste contó hasta tres y abrieron las dos puertas simultáneamente.

Las dos alas laterales descansaron sobre las bisagras grandes y sólidas. El olor que salió de la caja era semejante al que emana de un cadáver, como si el armario hubiera permanecido sellado durante un siglo. Parecía vacío, hasta que uno de los oficiales encendió su linterna y alumbró el interior.

Eph introdujo los dedos en la masilla espesa y negra. La masa terrosa era suave y reconfortante como la crema pastelera, y ocupaba dos tercios de la caja.

Nora retrocedió un paso: "Parece un ataúd", dijo.

Eph retiró los dedos y los sacudió. Miró a Nora y esperó una sonrisa que no recibió. "Es un poco grande para eso, ¿no te parece?"

"¿Por qué alguien enviaría una caja llena de tierra?", preguntó ella.

"No", señaló Eph. "Tenía que haber algo adentro".

"Pero, ¿cómo...?", dijo Nora. "Este avión está en cuarentena absoluta".

Eph se encogió de hombros. "¿Cómo hacemos para darle una explicación a esto? Lo único que sé con seguridad es que estamos frente a una caja desamarrada y sin seguro, y no tenemos el reporte de los equipajes". Miró a los demás. "Necesitamos examinar esta tierra; retiene bien cualquier evidencia; la radiación, por ejemplo".

Uno de los oficiales preguntó: "¿Crees que se utilizó alguna sustancia para dominar a los pasajeros...?"

"¿Estás insinuando que venía aquí? Es lo mejor que he escuchado en todo el día".

Jim los llamó por teléfono. "¿Eph, Nora?"

"¿Qué pasa?", dijo Eph.

"Acabo de recibir una llamada del pabellón de aislamiento del hospital Jamaica. Creo que querrán ir de inmediato".

Centro Médico del Hospital Jamaica

LAS INSTALACIONES DEL HOSPITAL estaban a solo diez minutos al norte del JFK, por la autopista Van Wyck. Este hospital era uno de los cuatro centros designados para la planeación y preparación contra el bioterrorismo en la ciudad de Nueva York. Era una entidad que participaba de lleno en el Sistema de Vigilancia Sindrómica. Pocos meses atrás, Eph había conducido allí un seminario sobre Canary, por lo cual sabía que el pabellón de aislamiento para infecciones por vía aérea estaba en el quinto piso.

Las puertas dobles de metal exhibían un prominente símbolo naranja contra los peligros biológicos compuesto de tres pétalos, señalando una amenaza real o potencial contra materias celulares u organismos vivos. El aviso decía:

ZONA DE AISLAMIENTO.
PRECAUCIÓN DE CONTACTO OBLIGATORIA.
SOLO PERSONAL AUTORIZADO.

Eph mostró sus credenciales del CDC en la recepción, y la administradora lo reconoció gracias a las prácticas de contención biológica que había dirigido allí. Ella lo condujo al interior. "¿Qué sucede?", le preguntó él.

"No quiero ser melodramática", dijo ella, pasando su carné de identidad por la banda electromagnética y abriendo las puertas del pabellón, "pero creo que tienes que verlo personalmente".

El pasillo era estrecho, pues quedaba en el ala exterior del pabellón, y estaba ocupado básicamente por la sala de las enfermeras. Eph siguió a la administradora detrás de unas cortinas azules y llegó a un amplio vestíbulo que contenía bandejas con implementos de seguridad: camisones, lentes, guantes, botas, respiradores y un gran cubo forrado con una bolsa roja para arrojar los contaminantes biológicos. El respirador era una máscara NP5, equipada para filtrar el 95 por ciento de las partículas con un tamaño igual o superior a 0,3 micrones. Esto significaba que ofrecía protección contra la mayoría de los patógenos virales y bacteriológicos por vía aérea, pero no contra agentes químicos ni gaseosos.

Después de llevar puesto el traje de contención de nivel A en el aeropuerto, Eph se sintió muy expuesto con la escasa protección que le proporcionaba una simple máscara de hospital, una gorra de cirugía, unos lentes, un camisón y un par de cobertores en los zapatos. La administradora, vestida de la misma forma, presionó un botón y abrió un juego de puertas interiores. Eph sintió una presión similar a un vacío, a consecuencia del sistema de compresión negativa y del aire que entraba a la zona aislada para evitar la fuga de partículas.

Un corredor recorría de izquierda a derecha la estación central de provisiones. La estación consistía en un carro que contenía medicamentos e implementos de emergencia, una computadora portátil cubierta con un estuche plástico y un sistema para comunicarse con el exterior, además de material aislante.

La zona de los pacientes tenía ocho habitaciones pequeñas de aislamiento total para un distrito que tenía más de 2.250.000 habitantes. La "capacidad en aumento" es el término empleado por los organismos de prevención de desastres para referirse a un sistema de salud que puede expandirse con rapidez, más allá de su operatividad normal, a fin de satisfacer demandas de salud pública en caso de una emergencia a gran escala. El número de camas disponibles en los hospitales del estado de Nueva York era de sesenta mil, y cada vez se reducía más. Mientras tanto, la sola ciudad de Nueva York tenía 8,1 millones de habitantes, una cifra que iba en aumento. Canary fue fundado con la esperanza de compensar este desequilibrio, como una especie de estrategia preventiva para contener un desastre. El CDC catalogaba esa conveniencia política como "optimista", pero Eph prefería llamarla "pensamiento mágico".

Siguió a la administradora a la primera habitación. No se trataba de un tanque de aislamiento biológico propiamente dicho, pues no había cámaras de aire ni puertas de acero. Era simplemente un espacio para el cuidado médico habitual en un ambiente segregado. El piso era de baldosas y la iluminación fluorescente. Lo primero que notó Eph fue una camilla Kurt contra una pared. Se trata de una camilla desechable de material plástico, semejante a una tabla transparente, con dos compartimentos para guantes profilácticos a cada lado, y equipada con tanques de oxígeno removibles. Una chaqueta, una camisa y unos pantalones estaban apilados a un lado; se los habían retirado al paciente con tijeras quirúrgicas, y el logo con la corona alada de Regis Air sobresalía en el quepis del piloto.

La cama en el centro de la habitación estaba rodeada de cortinas plásticas transparentes, afuera de las cuales había equipos con monitores y un dispensador electrónico de suero repleto de bolsas. La cama tenía sábanas azules y grandes almohadas blancas, y el extremo superior estaba en posición vertical.

El capitán Doyle Redfern estaba sentado en el medio, con las manos sobre el regazo. Tenía las piernas descubiertas, sólo llevaba un camisón corto de hospital y parecía estar consciente. De no ser por el dispensador conectado a su mano y su brazo, y por la expresión distante de su rostro —parecía haber rebajado diez libras desde que Eph lo vio en la cabina de mando—, tendría todo el aspecto de un paciente esperando un chequeo médico.

Eph se acercó y el capitán lo miró con optimismo. "¿Eres de la aerolínea?", le preguntó.

Eph negó con la cabeza. La noche anterior, ese hombre se había desplomado al piso de la cabina de mando del vuelo 753 con un gemido y los ojos completamente desorbitados, como si estuviera a punto de morir.

El delgado colchón se dobló cuando el piloto se acomodó. Redfern cerró los ojos como para desperezarse y preguntó: "¿Qué sucedió en el avión?".

Eph no pudo ocultar su decepción. "Eso mismo vine a preguntarte".

Eph permaneció mirando a Gabriel Bolívar, la estrella del rock que estaba sentado en el borde de la cama como una gárgola de pelo suelto y negro, enfundado en un camisón de hospital. Estaba sin su maquillaje terrorífico y era sorprendentemente apuesto, a pesar de su pelo greñudo y de los vestigios de una vida desenfrenada.

"Parece una resaca interminable", dijo Bolívar.

"¿Algún otro malestar?"

"Muchos". Pasó la mano por su cabello largo y negro. "La moraleja de esta maldita historia es que nunca volveré a volar en aerolíneas comerciales".

"Señor Bolívar, ¿podría decirme qué es lo último que recuerda del aterrizaje?"

"¿Cuál aterrizaje? Lo digo en serio. Estuve bebiendo cantidades industriales de vodka con agua tónica desde que despegamos, y estoy seguro que me quedé dormido". Miró hacia arriba y entrecerró los ojos a causa de la luz. "¿Qué tal si me dan un Demerol cuando pase el carro de los refrescos?..."

Eph vio las cicatrices en los brazos desnudos de Bolívar y recordó que uno de sus actos característicos durante los conciertos era cortarse en el escenario. "Estamos tratando de establecer una correspondencia entre los pasajeros y sus pertenencias".

"Eso es fácil. Yo no traía nada. Cero maletas, sólo mi teléfono. El vuelo chárter se canceló, y abordé este vuelo a último minuto. ¿Acaso mi manager no te lo dijo?"

"Todavía no he hablado con él. Me refiero específicamente a un armario grande".

Bolívar lo miró. "¿Se trata de una prueba mental?"

"Estaba en el depósito de carga; es una caja vieja con tierra".

"No sé de qué estás hablando".

"¿No la trajiste de Alemania? Parece el tipo de cosa que alguien como tú quisiera coleccionar".

Bolívar frunció el ceño. "Lo mío es una puesta en escena, un maldito *show*. Un espectáculo. Maquillaje gótico y letras duras. Busca mi historial en Google: mi padre era un predicador metodista, y en lo que a mí se refiere, lo único que me gusta coleccionar son coños. A propósito, ¿cuándo diablos saldré de aquí?"

Eph dijo: "Todavía faltan algunas pruebas. Queremos cerciorarnos de que estés en perfectas condiciones de salud antes de dejarte ir".

"¿Cuándo me devolverán mi teléfono?"

"Pronto", dijo Eph, abandonando la habitación.

La administradora tenía problemas con tres hombres a la entrada del pabellón de aislamiento. Dos de ellos eran más altos que Eph y seguramente eran escoltas de Bolívar. El tercero era más bajito, llevaba un maletín, y tenía todo el aspecto de un abogado.

Eph dijo: "Caballeros, esta es un área restringida".

El abogado señaló: "He venido para que den de alta a mi cliente Gabriel Bolívar".

"El señor Bolívar está siendo sometido a pruebas médicas en este momento, y será dado de alta a la mayor brevedad posible".

"¿Y cuándo será eso?"

Eph se encogió de hombros. "Tal vez en dos o en tres días, si todo sale bien".

"El señor Bolívar ha solicitado que lo den de alta, a fin de ser cuidado por su médico personal. No sólo tengo facultades como abogado, sino que también puedo velar por su salud en caso de que sufra algún tipo de discapacidad".

"La única persona autorizada para verlo soy yo", respondió Eph. Miró a la administradora y le dijo: "Apostemos un guardia aquí de inmediato".

El abogado dio un paso adelante. "Escuche, doctor. No conozco muy bien la ley de la cuarentena, pero estoy seguro de que se necesita una orden ejecutiva impartida por el presidente para que alguien sea mantenido en aislamiento médico. A propósito, me gustaría ver esa orden.

Eph sonrió. "Actualmente, el señor Bolívar es paciente mío, y también el sobreviviente de una tragedia colectiva. Si deja su número telefónico en el escritorio de las enfermeras, haré lo que esté a mi alcance para mantenerlo al tanto de su recuperación. Obviamente, con el consentimiento del señor Bolívar".

"Mire, doctor". El abogado le puso la mano en el hombro con una familiaridad que a Eph no le gustó. "Puedo conseguir resultados más rápidos que una orden de la Corte, simplemente movilizando a los admiradores de mi cliente". Su amenaza también iba dirigida a la administradora. "¿Quieren una multitud furibunda de chicas góticas y de tipos raros protestando afuera del hospital, o irrumpiendo enloquecidos en estos pasillos para tratar de verlo?"

Eph miró la mano del abogado hasta que éste la retiró de su hombro; tenía que visitar a otros dos sobrevivientes. "Mire; realmente no tengo tiempo para esto, así que déjeme hacerle algunas preguntas. ¿Su cliente tiene alguna enfermedad transmitida sexualmente y de la que yo deba estar enterado? ¿Tiene un historial de consumo de drogas? Se lo pregunto únicamente porque si tengo que examinar todo el historial médico de su cliente, este tipo de cosas pueden caer en manos equivocadas. Y me imagino que usted no quiere que todo el historial médico se filtre a la prensa, ¿verdad?"

El abogado lo miró. "Esa es una información confidencial, y darla a conocer sería un delito grave".

"Y seguramente una auténtica vergüenza", dijo Eph, mirando fijamente al abogado para lograr el máximo impacto. "Imagínese si alguien pusiera todo su historial médico en Internet para que cualquiera pudiera verlo".

El abogado quedó atónito y Eph avanzó entre los dos escoltas.

———

Joan Luss, socia de una firma de abogados y madre de dos hijos, graduada en Swarthmore, residente de Bronxville y miembro de la Junior League, estaba sentada en el colchón de espuma de la cama del pabellón de aislamiento, y aún llevaba puesto aquel ridículo camisón, mientras tomaba notas apoyada en el colchón. Joan movía ansiosamente los dedos de los pies. No querían devolverle su teléfono, y ella tenía que recurrir a zalamerías o amenazas simplemente para que le proporcionaran un lápiz.

Iba a tocar de nuevo el timbre cuando apareció una enfermera. Joan le lanzó una sonrisa inquisitiva. "Hola. Me preguntaba si sucedía algo, pero veo que has llegado. ¿Cómo se llama el doctor que estuvo aquí?"

"Él no es un médico del hospital".

"Lo sé muy bien. Estaba preguntando su nombre".

"Su nombre es doctor Goodweather".

"Goodweather", dijo y lo anotó. "¿Y su primer nombre?"

"Doctor", dijo la enfermera escuetamente. "Para mí, el primer nombre de todos aquí es Doctor".

Joan hizo un gesto, como si no estuviera segura de haber escuchado bien, y se acomodó debajo de las sábanas tiesas. "¿Trabaja en el Centro para el Control de Enfermedades?"

"Creo que sí. Ordenó varios exámenes..."

"¿Cuántas personas sobrevivieron al choque?"

"En realidad no hubo ningún choque".

Joan sonrió. Algunas veces tienes que fingir que el inglés es su segunda lengua para hacerte entender. "Lo que te estoy preguntando es: ¿Cuántas personas sobrevivieron en el vuelo 753 que salió de Berlín con destino a Nueva York?"

"Hay otros tres pacientes en este pabellón. El doctor Goodweather quiere tomar unas muestras de sangre y..."

Joan dejó de prestarle atención. La única razón por la que estaba en esa habitación era porque sabía que podía reunir más información si seguía el juego. Pero esa estrategia estaba llegando a su fin: Joan Luss era una abogada especializada en "agravios", término legal que significa "perjuicios civiles", y causal ampliamente reconocido para entablar una demanda. Por ejemplo, un avión lleno de pasajeros donde todos mueren, a excepción de cuatro sobrevivientes, uno de los cuales es una abogada especializada en perjuicios.

¡Ay de Regis Air! En lo que a ellos se refiere, quiso la suerte que sobreviviera una pasajera equivocada.

Joan dijo, ignorando las instrucciones de la enfermera: "Quisiera una copia de mi informe médico hasta la fecha, la lista completa de las pruebas de laboratorio que me han realizado, así como sus resultados..."

"¿Señora Luss? ¿Está segura de que se siente bien?"

Joan se desvaneció un momento, pero simplemente era un rezago de lo que le había sucedido al final de ese horrible vuelo. Ella sonrió y negó enfáticamente con la cabeza, lista para comenzar de nuevo. La rabia que estaba sintiendo le daría las suficientes energías para enfrentar las casi mil horas facturables que pasaría examinando todos los pormenores de esta catástrofe y llevando a juicio a la nefasta y negligente aerolínea.

"No tardaré en sentirme realmente bien", concluyó.

Hangar de mantenimiento de Regis Air

"No hay moscas", dijo Eph.

"¿Qué?", dijo Nora.

Estaban frente a varias filas de bolsas negras extendidas afuera del 777. Los cuatro camiones refrigerados se habían estacionado en el hangar, y sus carrocerías habían sido pintadas de negro para ocultar los letreros del Mercado de Pescado Fulton. La Oficina del Forense de Nueva York había identificado todos los cuerpos y le había puesto a cada uno una placa con un código de barras en los pies. Para decirlo en su jerga, esta tragedia era un "universo cerrado", un desastre masivo, con un número fijo y establecido de bajas, algo completamente opuesto al colapso de las Torres Gemelas. Gracias al rastreo de los pasaportes, a la lista de pasajeros y al estado intacto de los restos, la identificación de las víctimas fue una tarea simple y sencilla. El verdadero desafío sería determinar la causa de las muertes.

Los miembros del HAZMAT subieron con toda la solemnidad posible a los camiones las bolsas de vinilo azul amarradas con correas.

Eph insistió: "Debería haber moscas". Las luces que habían instalado alrededor del hangar les permitieron ver que el aire que había alrededor de los cadáveres era limpio, a excepción de una polilla o dos. "¿Por qué no hay moscas?"

Después de la muerte, las bacterias del tracto digestivo comienzan a valerse por sí mismas después de cohabitar simbióticamente con su anfitrión humano.

Empiezan a alimentarse de los intestinos, devorando todo a su paso hasta llegar a la cavidad abdominal para consumir los órganos. Las moscas pueden detectar el gas putrefacto que emana de un cadáver en descomposición a una milla de distancia.

En el avión había doscientos seis platos de comida. Por consiguiente, el hangar debería estar infestado de bichos.

Eph avanzó por la lona hacia el lugar donde un par de oficiales de la HAZMAT estaban sellando otra bolsa negra. "Esperen", les dijo. Suspendieron sus actividades y retrocedieron, mientras Eph se arrodillaba para abrir el cierre y dejar al descubierto el cadáver que había adentro.

Era la niña que había muerto tomada de la mano de su madre. Eph recordaba casi sin darse cuenta dónde la había encontrado: uno siempre recuerda a los niños.

Su cabello rubio era liso, el sol sonriente que colgaba de un lazo negro descansaba en la base del cuello, y su vestido blanco le daba un extraño aire nupcial.

Los oficiales se apresuraron a sellar y trasladar la próxima bolsa. Nora se le acercó por detrás a Eph y lo miró. Él tomó con delicadeza la cabeza de la niña con sus guantes y la dio vuelta.

El rígor mortis se manifiesta de lleno unas doce horas después de la muerte, y se prolonga por un período de doce a veinticuatro horas. Cuando ha transcurrido la primera mitad de este período, los depósitos de calcio que hay en los músculos se desintegran de nuevo y el cuerpo recupera su flexibilidad.

"Todavía está flexible", dijo Eph. "No hay rigidez".

Tomó a la niña del cuello y las caderas, y la acostó bocabajo. Desabotonó la parte posterior de su vestido, dejando al descubierto la parte baja de su espalda y las apófisis superiores de las vértebras de la columna. Su piel era pálida y ligeramente pecosa.

Cuando el corazón deja de funcionar, la sangre se acumula en el sistema circulatorio, formando pequeños coágulos. Los vasos capilares —tan delgados como una célula— se revientan, pues no tardan en sucumbir a la presión, y la sangre se extiende a los tejidos cercanos, estancándose en el lado más bajo y "dependiente" del cuerpo y coagulándose con rapidez. Se dice que la rigidez se presenta aproximadamente dieciséis horas después.

Y ya había transcurrido ese período de tiempo.

Luego de morir sentada y de haber sido acostada posteriormente, el efecto de la sangre acumulada y espesa debería darle un color morado oscuro a la zona lumbar de la niña.

Eph le echó un vistazo a las hileras de bolsas. "¿Por qué estos cadáveres no se están descomponiendo como deberían?", se preguntó.

Eph recostó de nuevo a la niña sobre el suelo y le abrió el ojo derecho. La córnea estaba nublada, tal como debería estarlo, y la esclerótica —la membrana blanca y opaca del ojo—, también estaba debidamente seca. Le examinó las yemas de los dedos de la mano derecha que habían estado en contacto con las manos de su madre, y observó que estaban ligeramente arrugadas debido a la evaporación, tal como debía suceder.

Se sintió intrigado por las señales mixtas que estaba recibiendo e insertó dos dedos entre sus labios secos. El sonido semejante a un jadeo que salió de la mandíbula de la niña era simplemente efecto del gas. El vestíbulo del paladar no mostraba nada notable; Eph introdujo uno de sus dedos para bajarle la lengua y comprobar si había más rastros de sequedad.

El paladar y la lengua estaban completamente blancos, como si estuvieran tallados en marfil. Era como un modelo anatómico. La lengua estaba rígida y extrañamente erecta. Eph la movió a un lado y observó el resto de la boca, que estaba igualmente seca.

Seca... ¿y ahora?, pensó. *Los cadáveres están completamente secos: no tienen una sola gota de sangre.* Podría haber citado a Dan Curtis, que decía en una película de terror de los años setenta: *"Comandante, a los cadáveres... ¡les han sacado la sangre!"*, y luego se escuchaba la música fúnebre de un órgano.

Eph estaba comenzando a sentirse cansado. Sostuvo firmemente la lengua con su dedo índice y el pulgar, y alumbró la garganta clara con una pequeña linterna. Le pareció que tenía un aspecto ligeramente ginecológico, como si fuera una muñeca inflable en una tienda porno.

La lengua se movió. "¡Cielos!", Eph retiró los dedos y retrocedió. El rostro de la niña seguía siendo una plácida máscara funeraria, con los labios ligeramente abiertos.

Nora lo miró. "¿Qué fue?"

Eph se limpió el guante con los pantalones. "Un simple acto reflejo", dijo. Miró la cara de la niña pero no resistió más y subió el cierre de la bolsa.

Nora preguntó: "¿Qué puede ser? ¿Será algo que retrasa de alguna manera la descomposición de los tejidos? Estas personas están muertas..."

"En todos los aspectos, salvo en la descomposición". Eph negó con la cabeza en señal de incomodidad. "No podemos hacer esperar más a los camiones. En última instancia, necesitamos que esos cadáveres estén en la morgue. Tenemos que abrirlos y tratar de descifrar esto desde adentro".

Vio a Nora mirar el armario, separado del resto de equipaje que habían descargado. "Esto no tiene nada de lógico", dijo ella.

Eph miró al otro lado, en dirección a la enorme aeronave. Quería volver a subir. Seguramente habían pasado algo por alto. La respuesta tenía que estar allá.

Pero antes de hacerlo, vio a Jim Kent entrar al hangar en compañía del director del CDC. El doctor Everett Barnes tenía sesenta y un años de edad, y aún seguía siendo el mismo médico rural y sureño que había sido en sus comienzos. El Servicio de Salud Pública del cual hacía parte el CDC se había originado en la Marina, y aunque se había convertido en una institución autónoma, muchos altos directivos del CDC todavía preferían utilizar uniformes militares, entre ellos el Director Barnes, quien era una mezcla contradictoria de caballero campechano de barba blanca en forma de candado, vestido con un traje de fatiga caqui y toda suerte de ribetes militares, lo que le daba un aspecto semejante a un Coronel Sanders condecorado.

Después de los preliminares y de mirar rápidamente uno de los cadáveres, el Director Barnes preguntó por los sobrevivientes.

Eph le dijo: "Ninguno recuerda nada de lo que sucedió. No nos han sido útiles".

"¿Qué síntomas tienen?"

"Dolor de cabeza severo en algunos casos. Dolor muscular y zumbido en los oídos. Desorientación, resequedad en la boca y falta de equilibrio".

El director Barnes señaló: "En términos generales, nada peor de lo que sucede luego de un vuelo trasatlántico".

"Es extraño, Everett", dijo Eph. "Nora y yo fuimos los primeros en subir al avión. Ninguno de los pasajeros —y me refiero a todos—tenía signos vitales ni respiraba. Cuatro minutos sin oxígeno es el límite para que ocurra un daño cerebral permanente. Creemos que estas personas pudieron estar inconscientes durante más de una hora".

"Todo parece indicar que no", dijo el director. "¿Y los sobrevivientes no te dijeron *nada*?"

"Me hicieron más preguntas a mí que yo a ellos".

"¿Algún rasgo común entre los cuatro sobrevivientes?"

"Estoy trabajando en eso. Te iba a pedir tu colaboración para confinarlos hasta que terminemos con nuestra labor".

"¿Mi colaboración?"

"Necesitamos que los cuatro pacientes cooperen".

"Ya contamos con su colaboración".

"Solo por ahora. Yo... no podemos correr ningún riesgo".

El director se acarició su corta barba blanca mientras hablaba. "Estoy seguro de que si utilizamos ciertas tácticas, podemos contar con su agradecimiento por haber sobrevivido a este destino trágico, y hacer que sean dóciles". Su sonrisa reveló la existencia de varias prótesis dentales.

"¿Qué tal si aplicamos la Ley de Poderes de Salud...?"

"Ephraim, sabes que hay una gran diferencia entre aislar a unos cuantos pasajeros para un tratamiento preventivo y voluntario, y confinarlos en cuarentena. Para ser sincero, hay asuntos más importantes que debemos tener en cuenta, como por ejemplo, los medios de comunicación".

"Everett, con todo respeto, pero estoy en desacuerdo..."

El director puso su pequeña mano en el hombro de Eph. Exageró un poco su acento sureño, tal vez con la intención de suavizar el golpe. "Permíteme ahorrarnos un tiempo, Ephraim. Si analizamos las cosas de manera objetiva, este accidente trágico ha sido incluso favorable y felizmente contenido. No tenemos más muertes ni enfermedades en ningún otro avión ni aeropuerto del mundo, a pesar de que han transcurrido casi dieciocho horas desde que esta aeronave aterrizó. Estos son elementos positivos y debemos enfatizar en ellos. Tenemos que enviar un mensaje a nivel masivo, a fin de asegurar la confianza de la población en nuestro sistema de transporte aéreo. Tengo la certeza, Ephraim, de que si motivamos a estos afortunados sobrevivientes y apelamos a su sentido del honor y del deber, será suficiente para hacer que cooperen". El director retiró la mano y le sonrió a Eph como un militar animando a su hijo pacifista. "Además", continuó Barnes, "esto tiene todas las características de un escape de gas, ¿verdad? Tantas víctimas neutralizadas de un momento a otro, el ambiente cerrado... y los sobrevivientes recuperándose tras ser evacuados del avión".

Nora dijo: "Solo que el aire dejó de circular cuando el sistema eléctrico se apagó, justo después de aterrizar".

El director Barnes asintió, frotándose las manos mientras pensaba en eso. "Bueno, es indudable que hay muchas cosas por resolver. Pero fue una práctica excelente para el equipo de ustedes, y manejaron bien la situación. Y ahora que las cosas parecen haberse resuelto, veamos si pueden llegar al meollo del asunto tan pronto termine esta maldita conferencia de prensa.

"¿Qué?", exclamó Eph.

"El alcalde y el gobernador darán una conferencia de prensa junto a los representantes de la aerolínea, los oficiales de la Autoridad Portuaria, etcétera. Tú y yo representaremos a la división federal de salud".

"Ah, eso no. No tengo tiempo, señor. Jim puede hacerlo..."

"Sí: Jim *puede* hacerlo, pero hoy lo harás tú, Ephraim. Como dije, ya es hora de que estés al frente de esto. Eres el director del proyecto Canary, y quiero a alguien que haya tenido contacto personal con las víctimas. Necesitamos darle un rostro humano a nuestros esfuerzos".

A eso se debía toda la discusión sobre no detener a los sobrevivientes ni mantenerlos en cuarentena. Barnes estaba siguiendo la política oficial. "Pero realmente yo no sé nada", le dijo Eph. "¿Por qué una conferencia de prensa con tanta rapidez?"

Barnes sonrió, mostrando de nuevo sus implantes dentales. "El primer artículo del juramento médico es no hacer daño; el del político, salir en la televisión. Además, entiendo que el factor tiempo también cuenta, pues quieren que la conferencia se transmita antes del maldito evento solar; de esas manchas solares que afectan las ondas de radio o algo parecido".

Eph había olvidado por completo el eclipse total que tendría lugar a las tres y media de la tarde. Era el primer evento solar de ese tipo en la ciudad de nueva York desde el descubrimiento de Norteamérica, hacía más de cuatro siglos. "¡Cielos, lo había olvidado!"

El mensaje que les daremos a los habitantes de este país será simple. Ha ocurrido una gran pérdida de vidas que está siendo investigada de manera exhaustiva por el CDC. Se trata de una verdadera tragedia humana, pero el incidente ha sido controlado, su naturaleza parece ser única y no hay la más mínima razón para alarmarse".

Eph dejó de mirar al director. Lo estaban obligando a salir ante las cámaras y a decir que todo estaba de maravilla. Abandonó la zona de contención y atravesó el espacio estrecho que había entre las enormes puertas del hangar, saliendo a la aciaga luz del día. Estaba buscando la forma de olvidarse de todo eso cuando el teléfono móvil que tenía en el bolsillo de sus pantalones vibró contra su muslo. Lo sacó y vio el símbolo de un sobre titilando en la pantalla. Era un mensaje de texto enviado del teléfono de Matt. Eph lo leyó:

Yankees 4 Red Sox 2. Qué sillas. Te extraño, Z.

Permaneció mirando el mensaje electrónico de su hijo hasta que sus ojos se enfocaron de nuevo. Y luego miró su sombra en la pista del aeropuerto, la cual, a no ser que estuviera imaginando cosas, había comenzado a desvanecerse.

EL OCULTAMIENTO

Acercándose a la totalidad

La ansiedad aumentó en tierra a medida que la pequeña hendidura en el costado occidental del sol —el "primer contacto" lunar— se transformó en una negrura inquietante, en una muesca redonda que consumió gradualmente el sol de la tarde. Inicialmente no hubo una diferencia evidente en la calidad o cantidad de la luz en la tierra. Ya el boquete negro en lo alto del cielo, formando una hoz sobre el sol habitualmente confiable, hacía que ese día fuera diferente a cualquier otro.

En realidad, el término "eclipse solar" es inexacto. Un eclipse ocurre cuando un cuerpo celeste pasa por el intervalo de la sombra proyectada por otro. Durante un eclipse solar, la luna no *entra* en la sombra del sol, sino que realmente pasa *entre* el sol y la tierra, oscureciendo el sol y produciendo la sombra. El término correcto es "ocultamiento". La luna oculta al sol, y proyecta una pequeña sombra en la superficie de la tierra. No se trata pues de un eclipse solar, sino de un eclipsamiento de la tierra.

La distancia entre la tierra y el sol es aproximadamente cuatrocientas veces mayor que la que hay entre la luna y la tierra. En una coincidencia notable, el diámetro del sol es casi cuatrocientas veces más grande que el de la luna. Y por eso, la luna y la fotosfera del sol —el disco brillante— parecen tener casi el mismo tamaño si se les observa desde la tierra.

Un ocultamiento total sólo es posible cuando la luna está en su fase nueva y cerca del perigeo, el punto más cercano a la tierra. La duración de la totalidad depende de la órbita de la luna, que nunca supera los siete minutos con cuarenta segundos. Este ocultamiento en particular debía durar exactamente cuatro minutos y cincuenta y siete segundos: poco menos de cinco minutos de una noche irreal en medio de una hermosa tarde a comienzos de otoño.

Cubierta a medias por la luna nueva e invisible, el cielo aún brillante comenzó a adquirir una tonalidad oscura, como si se tratara de un atardecer, aunque sin la calidez propia de esa luz. En la tierra, la luz tenía un aspecto pálido, como si hubiera sido filtrada o atenuada, y las sombras habían perdido su nitidez. Tal parecía que el mundo se hubiera difuminado.

La hoz seguía haciéndose más pequeña al ser consumida por el disco lunar, su precario brillo resplandeció como en señal de pánico. El ocultamiento pareció cobrar fuerza —al igual que una especie de velocidad desesperada— a medida que el paisaje terrestre se hacía gris y los colores perdían su fuerza habitual. El poniente se oscureció más rápido que el saliente debido a la sombra de la luna.

El eclipse sería parcial en gran parte de los Estados Unidos y Canadá, alcanzando la totalidad en una zona que tenía 10.000 millas de largo por 100 de ancho, y describiendo el oscuro umbral de la mancha lunar sobre la tierra. La trayectoria de oeste a este era conocida como el "sendero de la totalidad", que comenzaba en el cuerno de África, daba una curva en el océano Atlántico para terminar al oeste del lago Michigan, y se movía a una velocidad de más de 1.000 millas por hora.

A medida que el sol menguante fue estrechándose, el firmamento adquirió una tonalidad violeta y ahogada. La oscuridad del poniente reunió fuerzas, cual sistema de tormentas, silencioso y sin viento propagándose por el firmamento y cercando al sol debilitado, como un gran organismo sucumbiendo a una fuerza corruptora que se explayara desde su interior.

El sol se hizo peligrosamente delgado, y el espectáculo —visto con lentes protectores— era como una ranura elaborada por el hombre que hubiera sido lanzada al firmamento y bloqueado la luz diurna. El semicírculo despidió un brillo blanco y adquirió una tonalidad plateada en sus últimos estertores agónicos.

Extrañas bandas de sombra comenzaron a proyectarse sobre la tierra. Las oscilaciones formadas por la refracción de la luz en la atmósfera terrestre, semejantes al efecto de la luz titilando en el fondo de una piscina, se retorcían como si fueran serpientes difusas. Estos inquietantes juegos de luz hicieron que a todos los espectadores se les pusieran los pelos de punta.

El final llegó con rapidez. Los últimos destellos fueron escalofriantes e intensos, y la media luna se redujo a una línea curva, a una delgada cicatriz en el cielo, y luego se fragmentó en perlas de un blanco incandescente, representando el último de los rayos del sol que atravesaba los valles más profundos de la superficie lunar. Las gotas fulguraron y desaparecieron con rapidez, apagándose como la débil llama de una vela sofocada en la cera negra. La cromosfera de color carmesí, esa atmósfera delgada y superior del sol resplandeció durante algunos segundos finales, y el rey de los astros desapareció.

Era la totalidad.

Calle Kelton, Woodside, Queens

KELLY GOODWEATHER no podía creer lo rápido que había oscurecido. Permaneció en el andén, al igual que todos sus vecinos, en lo que normalmente —a esa hora del día— era el lado soleado de la calle, observando el cielo oscurecido con unos lentes con marco de cartón que venían incluidos en las botellas de gaseosa Diet Eclipse de dos litros. Kelly era una mujer instruida y sabía qué estaba sucediendo desde un punto de vista intelectual. Y sin embargo, sintió una descarga de pánico casi aturdidora, un deseo de correr y esconderse. El alineamiento de cuerpos celestes y el paso de la sombra de la luna agitaron algo en su interior. Tocó las fibras recónditas del animal asustado por la noche que surgía en su interior.

Seguramente otras personas sintieron lo mismo. La calle se había silenciado durante el eclipse total. Todos estaban bajo una luz extraña, y aquellas sombras como gusanos, proyectadas en el césped, justo fuera de su visión, contra las paredes de la casa, parecían espíritus errantes.

Era como si un viento frío hubiera soplado en la calle sin mecer cabello alguno, pero estremeciéndolos por dentro.

Es lo que te dice la gente cuando tiemblas: *Alguien acaba de caminar sobre tu tumba.* Ese era el aspecto que tenía ese "ocultamiento". Algo o alguien estaba caminando sobre alguna tumba mientras la luna muerta avanzaba sobre la tierra viva.

Miró hacia arriba y vio la corona solar: un anti-Sol, negro y sin rostro, brillando demencialmente alrededor de la vacuidad de la luna, observando la tierra con el cabello blanco y resplandeciente, como una cabeza de la muerte.

Bonnie y Donna —la pareja que vivía al lado— estaban abrazadas, y Bonnie tenía la mano metida en el amplio bolsillo trasero de los jeans de Donna. "¿No es sorprendente?", dijo Bonnie sonriendo.

Kelly no fue capaz de responder: ¿acaso ellas no entendían? Para Kelly, esto no era una simple curiosidad ni un entretenimiento vespertino. ¿Acaso no veían que esto era una especie de presagio? Las explicaciones astronómicas y los razonamientos intelectuales podían irse al diablo: ¿Cómo era posible que aquello no significara algo? Probablemente no tenía un significado inherente per se. Se trataba de una convergencia de órbitas. Pero, ¿acaso había algún ser sensible que no fuera capaz de atribuirle algún significado, ya fuera negativo o positivo, religioso, psíquico o de algún otro tipo? Simplemente porque entendemos cómo funciona algo, no significa necesariamente que lo *comprendamos...*

Ellas hablaron de nuevo con Kelly, quien estaba sola, y le dijeron que podía quitarse los lentes. "¡No querrás perderte esto!"

Kelly no se iba a quitar sus lentes, independientemente de lo que dijeran por la televisión sobre los procedimientos a seguir durante la "totalidad". La televisión también decía que comprar costosas píldoras y cremas rejuvenecedoras evita el proceso de envejecimiento.

En toda la calle se escucharon "ohhs" y "ahhs" al unísono, en un evento realmente colectivo en el que las personas se sentían cómodas con la singularidad del momento y lo aceptaban. A excepción de Kelly. "¿Qué me pasa?", se preguntó ella.

Su sensación se debía parcialmente al hecho de haber visto a Eph en la televisión un momento atrás. No dijo mucho en la conferencia de prensa, pero por la expresión de sus ojos y la forma como habló, Kelly supo que estaba sucediendo algo realmente malo y que iba más allá de las aseveraciones del gobernador y del alcalde sobre la muerte súbita e inexplicable de doscientos seis pasajeros en un vuelo trasatlántico.

¿Se trataba de un virus? ¿De un ataque terrorista? ¿De un suicidio masivo?

Y ahora esto.

Deseó que Zack y Matt estuvieran en casa. Anheló su compañía en ese instante, que ese asunto del ocultamiento solar terminara de una vez por todas, y tener la certeza de que nunca más volvería a sentir esa sensación. Miró hacia arriba a la luna asesina en su oscuridad triunfal a través del filtro de los lentes, y temió no ver el sol nunca jamás.

El estadio de los Yankees, el Bronx

Zack permaneció en su asiento al lado de Matt, quien observó el eclipse boquiabierto y frunciendo el ceño como un conductor para ver mejor el tráfico. Más de cincuenta mil seguidores de los Yankees tenían puestos lentes de protección para el eclipse, y se habían puesto de pie para mirar la luna que oscurecía el cielo en aquella tarde perfecta de béisbol. Todos menos Zack Goodweather. El eclipse era agradable y todo lo demás, pero él acababa de verlo, así que concentró su atención en la banca, pues prefería ver a los jugadores de los Yankees. Allá estaba Jeter, con los mismos lentes que tenía Zack, apoyado en una rodilla en el escalón superior como si esperara su turno al bate. Los lanzadores y los cátchers habían salido de la zona de calentamiento, y estaban reunidos en el campo derecho, contemplando el espectáculo como todos los demás.

"Damas y caballeros", anunció Bob Sheppard al público, "niños y niñas: pueden quitarse los lentes de seguridad".

Todos lo hicieron. Cincuenta mil personas, casi al unísono. Exclamaron en señal de admiración, algunos aplaudieron, y entonces estalló una exclamación general, como si los seguidores estuvieran tratando de hacer salir a Matsui, el jugador modesto e infalible, para que recibiera sus merecidas alabanzas después de lanzar un pelotazo hacia el Monument Park.

En la escuela, Zack había aprendido que el sol era un horno termonuclear de 6.000 grados Kelvin de temperatura, y que su corona —es decir, la capa exterior, visible desde la tierra únicamente durante un eclipse total— estaba conformada por un gas de hidrógeno inexplicablemente más caliente, pues su temperatura alcanzaba los dos millones de grados Kelvin.

Lo que vio al quitarse los lentes fue un disco blanco y perfecto bordeado por una delgada capa carmesí, y rodeado por un aura de luz blanca y tenue. Era como un ojo: la luna, una pupila negra y ancha; la corona, la parte blanca del ojo; y los rojos fulgurantes centelleando de los bordes de la pupila —volutas de gas calcinante estallando desde los bordes del sol—las venitas inyectadas en sangre. Era un poco como el ojo de un zombi.

¡Qué bueno!

Cielo zombi. No: *Zombis del eclipse. Zombis del ocultamiento. ¡Zombis ocultos del planeta Luna!* Un momento: la luna no es un planeta. *Luna Zombi.* Podía ser una idea para la película que él y sus amigos pensaban filmar ese invierno. Las radiaciones lunares del eclipse transformaban a los jugadores de los Yankees de Nueva York en zombis que se alimentaban de cerebros humanos. ¡Sí! Y su amigo Ron, que parecía una versión joven de Jorge Posada: "Oye, Jorge. ¿Me podrías dar tu autógrafo?... Un momento... ¿qué haces?... Oye, ese es mi... ¿qué tienes... en los ojos?... Ay... No... ¡NOOO!!!".

Se escuchaba el sonido de un órgano y algunos borrachos convertidos en directores de orquesta movían los brazos y exhortaban a la tribuna a cantar una floja canción que decía "la sombra de la luna me persigue". Los fanáticos del béisbol casi nunca necesitan una excusa para hacer ruido. Esa gente hubiera gritado incluso si el ocultamiento se debiera a un asteroide que estuviera a punto de chocar contra la tierra.

¡Guau! Zack concluyó sorprendido que eso mismo habría dicho su padre de haber estado allí.

Matt estaba admirando ahora los lentes gratuitos; le dio un pequeño codazo a Zack: "Será un recuerdo muy agradable, ¿verdad? Creo que toda esta gente entrará a eBay mañana a esta hora".

Un borracho tropezó contra el hombro de Matt, derramando cerveza en sus zapatos. Matt permaneció un momento inmóvil, y luego le blanqueó los ojos a Zack, como diciendo: *¿Qué se puede hacer?*. Sin embargo, no dijo ni hizo nada. Ni siquiera se dio vuelta para mirarlo. Zack advirtió en ese instante que nunca había visto a Matt tomar cerveza; sólo vino blanco o tinto por las noches, en casa y en compañía de su madre. También tuvo la sensación de que a pesar de todo su entusiasmo por el béisbol, Matt sentía miedo de los fanáticos que había a su alrededor.

Deseó que su papá estuviera a su lado y sacó el teléfono del bolsillo de Matt para ver si le había respondido.

La pantalla decía: *buscando señal*. Aún estaba fuera de servicio. Los rayos solares y la radiación afectaban las ondas radiales y los satélites; eso era lo que se decía. Zack guardó el teléfono y miró de nuevo el campo de juego, buscando a Jeter con los ojos.

Estación espacial internacional (ISS)

A 220 MILLAS sobre la tierra, la astronauta Thalia Charles, ingeniera de vuelo norteamericana de la Expedición 18, flotaba en la gravedad cero en compañía de un comandante ruso y de un ingeniero francés, por el vestíbulo que unía el módulo del Unity con la parte posterior de la escotilla del laboratorio Destiny. La nave espacial de investigación orbitaba la Tierra dieciséis veces al día, casi cada hora y media, a una velocidad de 17.000 millas por hora. Los ocultamientos no eran un espectáculo grandioso en la órbita inferior de la tierra: bastaba con bloquear el sol con cualquier objeto redondo en una ventana para ver la corona espectacular. Por lo tanto, a Thalia no le interesaba el ocultamiento, sino el resultado que este fenómeno tenía en la lenta rotación de la tierra.

Destiny, el principal laboratorio espacial de la ISS, medía 28 pies por 14 —aunque el espacio interior del módulo cilíndrico era más pequeño, debido a los equipos que estaban en los costados—, y era tan largo como cinco personas acostadas por una de ancho. Cada ducto, tubo y conexión de cable tenía acceso directo y estaba a la vista, por lo que cada una de las cuatro paredes del Destiny parecía del tamaño de una placa madre. En ciertas ocasiones, Thalia se sentía como en un pequeño microprocesador que realizaba las computaciones dentro de un gran computador espacial.

Thalia caminó con sus manos en el nadir, el piso del Destiny —pues en el espacio no hay arriba ni abajo— hacia un anillo ancho y con forma de lente que contenía varios pernos. La contraventana del portal estaba diseñada para proteger la integridad del módulo ante posibles colisiones con micro meteoros o basura espacial. Abrió la manija de una pared con los pies, revelando una ventana de 2 pies de diámetro y con calidad óptica.

La circunferencia azul y blanca de la tierra se hizo visible.

La labor de Thalia consistía en tomar algunas fotografías de la tierra con una cámara Hasselblad por medio de un cable disparador. Pero cuando miró inicialmente el planeta desde su inusual punto de vista, se estremeció con lo que había visto. La enorme mancha negra de la sombra lunar parecía un punto muerto sobre la tierra, una falla oscura y amenazante en lo que habitualmente era este planeta, de un saludable color azul. Más desconcertante aún era que no podía ver nada dentro de la umbra, la parte central y más oscura de la sombra de la luna, esa zona había desaparecido en un abismo negro. Era como ver una imagen satelital de una verdadera catástrofe: la destrucción causada por un incendio horas después de haber consumido a la ciudad de Nueva York, y el mismo propagándose sobre una amplia franja de la costa Este.

Manhattan

LOS NEOYORQUINOS ESTABAN REUNIDOS en el Central Park, y el enorme césped de 55 acres fue invadido como para un concierto de verano. Los que habían traído sábanas y sillas portátiles en la mañana estaban de pie como el resto de los espectadores, los niños trepados en los hombros de sus padres y los bebés en los brazos de sus madres. El Castillo Belvedere, púrpura y gris, se erguía sobre el parque como un fantasmagórico detalle gótico en medio de ese espacio pastoral eclipsado por los rascacielos del Este y Oeste de la ciudad.

La vasta isla-metrópolis se detuvo, y todos sintieron la quietud de la ciudad a esa hora. El ambiente era como el de un apagón, tenso, pero comunitario. El ocultamiento impuso una especie de cualidad sobre la ciudad y sus habitantes, una suspensión de la estratificación social durante cinco minutos. Todos estaban bajo el mismo sol, o bajo la falta de éste.

Las radios sonaban en el césped, y la gente cantaba la popular "Eclipse total del corazón", de siete minutos de duración que transmitía la radio emisora Z-100.

A lo largo de los puentes del Este que conectaban a Manhattan con el resto del mundo, los espectadores permanecieron junto a sus vehículos estacionados, o sentados sobre ellos, y algunos fotógrafos con cámaras especiales tomaban fotos desde los andenes.

En muchas terrazas de edificios sirvieron cócteles, como en una celebración de Año Nuevo opacada momentáneamente por el espectáculo aterrador del cielo.

La gigantesca pantalla Panasonic Astrovisión de Times Square transmitía el ocultamiento a las masas terrestres, a la vez que la fantasmagórica corona del sol resplandecía sobre "la encrucijada del mundo" como una advertencia lanzada desde un sector lejano de la galaxia, pero la transmisión se vio interrumpida por parpadeos de distorsión.

Los sistemas 911 de emergencia y 311 de no-emergencia recibieron un torrente de llamadas, incluyendo las de algunas mujeres embarazadas que decían tener contracciones prematuras "inducidas por el eclipse". Se enviaron unidades de emergencia médica, aunque el tráfico se había paralizado virtualmente en toda la isla.

Los dos centros psiquiátricos localizados en Randall's Island, al norte del East River, confinaron a los pacientes violentos en sus cuartos y ordenaron cerrar todas las persianas. Los pacientes no violentos fueron llamados para reunirse en las cafeterías, donde estaban proyectando películas —comedias— aunque durante los minutos del eclipse total, algunos pacientes mostraron señales de impaciencia y quisieron abandonar la cafetería, pero no pudieron decir por qué. En Bellevue, el pabellón psiquiátrico ya había registrado un aumento en el ingreso de pacientes esa mañana, antes del ocultamiento.

Entre Bellevue y el Centro Médico de la Universidad de Nueva York, dos de los hospitales más grandes del mundo, estaba el que era quizá el edificio más feo de todo Manhattan. La sede de la Oficina Principal del Forense de Nueva York era un rectángulo contrahecho de un turquesa enfermizo. A medida que bajaban de los camiones de pescado las bolsas con los cadáveres en camillas con ruedas hacia las salas de autopsia y los refrigeradores del sótano, Gossett Bennett, uno de los catorce investigadores médicos de la oficina, salió a tomar un breve descanso. No pudo ver la luna ni el sol desde el pequeño parque detrás del hospital —pues la edificación se interponía entre él y el firmamento— así que se limitó a mirar a los espectadores. En la normalmente transitada autopista FDR, al otro lado del parque, las multitudes permanecían paradas junto a autos estacionados. El East River estaba tan oscuro como el alquitrán, reflejando a un cielo igualmente inerte. A lo largo de él, una penumbra se cernía sobre la totalidad de Queens, interrumpida tan solo por el resplandor de la corona solar reflejada en algunas de las ventanas más altas que daban al oeste, como las llamas blancas de alguna fábrica de materias químicas.

Así es como se verá el comienzo del fin del mundo, pensó Eph para sus adentros antes de regresar a la oficina con el fin de ayudar a clasificar los muertos.

Aeropuerto Internacional JFK

Los familiares de los pasajeros y tripulantes fallecidos en el vuelo 753 de Regis Air fueron invitados a suspender los trámites y el café que les había brindado la Cruz Roja, con el fin de dirigirse al área restringida ubicada detrás de la terminal 3. Con nada en común salvo su dolor, los dolientes de miradas vacías observaron el eclipse tomados de la mano, apoyados unos sobre otros en señal de solidaridad o por la necesidad de un contacto físico, y dirigieron su mirada triste hacia el poniente oscuro.

No sabían que serían divididos en cuatro grupos y conducidos en autobuses escolares a las dependencias de la Oficina del Forense, donde cada familia entraría por turnos a una sala para ver una fotografía post mórtem y ayudar a identificar formalmente a su ser querido; las familias que lo solicitaran podrían ver los restos físicos. Luego recibirían cupones para alojarse en el hotel Sheraton del aeropuerto, donde les ofrecerían una cena tipo bufé y un grupo de psicólogos estaría a su disposición durante toda la noche para ayudarles a sobrellevar el duelo.

Por ahora, observaban el disco negro brillando como un farol al revés, succionando la luz de este mundo para transportarla al firmamento. El fenómeno era un símbolo perfecto de su pérdida. El eclipse no era insólito en lo más mínimo. Simplemente les pareció congruente que el cielo y su Dios estimaran conveniente ilustrar de algún modo su desespero.

Nora se mantuvo apartada de los demás investigadores afuera del hangar de mantenimiento de Regis Air, esperando que Eph y Jim regresaran de la conferencia de prensa. Dirigió sus ojos hacia el orificio negro de mal augurio en el cielo, pero tenía la mirada extraviada. Se sintió atrapada en algo que no entendía, como si hubiera visto surgir un enemigo nuevo y extraño. La luna muerta eclipsando al sol vivo. La noche ocultando al día.

Una sombra pasó a su lado. La vio con el rabillo del ojo, tomándola por un destello semejante a la sombra serpentina que se había deslizado sobre la pista antes de la totalidad. Era algo que estaba más allá de lo que ella podía ver, en el extremo mismo de su percepción, escapando del hangar de mantenimiento como la sombra de un espíritu oscuro, y que ella atinó a *sentir*.

Y durante el breve instante que tardó en dirigir su pupila hacia ella, la sombra desapareció.

Lorenza Ruiz, la operadora del remolcador de los equipajes y quien había sido la primera persona en tener contacto con el avión muerto, estaba alucinada con la experiencia. No había podido olvidar la noche anterior, cuando estuvo bajo la sombra de la aeronave. Dio vueltas durante toda la noche sin poder dormir, hasta la hora de levantarse. La copa de vino blanco que tomó antes de acostarse no surtió efecto. La experiencia le pesaba como algo de lo cual no podía desprenderse. Lorenza miró el reloj al amanecer y descubrió que estaba impaciente por regresar al JFK. No porque sintiera una curiosidad morbosa, sino por ver de nuevo la imagen del avión inactivo, la cual se había grabado en su mente como una luz brillante alumbrando sus ojos. Lo único que sabía era que tenía que regresar para verlo de nuevo.

Ahora sucedía este eclipse, y por segunda vez en veinticuatro horas, el aeropuerto estaba cerrado. Esta interrupción se había planeado varios meses atrás —la FAA había decretado suspender las actividades durante quince minutos en todos los aeropuertos localizados en zonas donde ocurriría el ocultamiento, pues no era aconsejable que los pilotos utilizaran lentes con filtros durante el despegue o el aterrizaje; sin embargo, a ella todo le pareció bastante concluyente y simple:

Avión muerto + eclipse solar = Nada bueno.

Cuando la luna apagó al sol como una mano sofocando un grito,

Lorenza sintió el mismo pánico eléctrico que había sentido mientras permanecía frente a la rampa de equipajes bajo el fuselaje del 777. Sintió el mismo deseo de correr, aunque acompañado de la certeza de que no tenía absolutamente ningún lugar a dónde ir.

Ahora lo estaba escuchando de nuevo. Era el mismo sonido que había oído al comienzo de su jornada, sólo que ahora era más fuerte y consistente. Era un zumbido monótono, y lo más extraño es que ella lo escuchaba con la misma intensidad independientemente de que tuviera puestos los protectores auditivos o no. En ese sentido, era semejante a un dolor de cabeza, algo que sentía en su interior. Y sin embargo, se agudizó en su mente al reanudar sus labores.

Decidió aprovechar los quince minutos de descanso que tenía por causa del eclipse para rastrear la fuente del sonido. Sin la menor sorpresa, se vio a sí misma observando el acordonado hangar de mantenimiento donde estaba el moribundo 777.

El ruido era diferente al de cualquier máquina que hubiera escuchado. Era un sonido sordo y precipitado, como el de un líquido circulando. O como el murmullo de una docena de voces, de cien voces diferentes, tratando de acoplarse. Tal vez las vibraciones del radar se estaban alojando en los fragmentos metálicos de sus calzas dentales. Varios oficiales y asistentes miraban el ocultamiento, pero nadie parecía perturbarse o ser consciente incluso del zumbido. Y sin embargo, por alguna extraña razón, se sintió importante de estar allí en ese momento, escuchando el ruido y con la esperanza de poder entrar al hangar —para calmar su curiosidad, ¿o tal vez para algo más que eso?— y mirar de nuevo el avión, como si la vista de la aeronave aliviara de algún modo el sonido persistente en su cabeza.

De repente, sintió una carga en la atmósfera, como una brisa cambiando de dirección, y tuvo casi la certeza de que la fuente del ruido se había desplazado al hemisferio derecho de su cerebro. Le sorprendió este cambio súbito bajo la luz oscura de la luna resplandeciente, mientras llevaba las gafas y los protectores de felpa en la mano. Los vertederos de basura y los remolques de almacenamiento estaban frente a algunos contenedores grandes, y más allá había algunos matorrales, así como pinos ralos y grises azotados por el viento, con la basura enganchada en sus ramas. Luego estaba la barrera contra los huracanes, detrás de la cual la maleza silvestre se extendía por varios acres.

Voces. Le pareció que el sonido se asemejaba a voces que intentaban esbozar una sola voz, una palabra... algo.

Lorenza se acercó a los remolques, pero un crujido abrupto de los árboles, un chasquido, la hizo retroceder. Gaviotas con panzas grises, aparentemente asustadas por el eclipse, huyeron despavoridas de las ramas y de los vertederos, desperdigándose en todas las direcciones como los cristales de una ventana rota.

Las voces se habían hecho más agudas, casi angustiosas, y la estaban llamando. Eran como un coro de condenados, una cacofonía que pasaba del susurro al rugido, y se transformaba de nuevo en un susurro, esforzándose en articular una palabra que ella no pudo descifrar, y que sonaba a algo como:

"...aaaaaaaqqqqqquuuííí".

Lorenza estaba a un lado de la pista; se quitó los protectores y conservó las gafas con filtros para el eclipse. Se alejó de los vertederos y del olor rancio de la basura, y se dirigió hacia los grandes remolques de almacenamiento. El sonido no parecía provenir del interior de los remolques, sino detrás de ellos.

Caminó entre dos contenedores de 6 pies de altura, pasó al lado de una llanta de avión vieja y desgastada, y vio otros contenedores aún más viejos, de un color verde pálido. Volvió a oír el sonido. No sólo escuchó el repiqueteo, sino que también lo *sintió*; era un cúmulo de voces que vibraban en su cabeza y en su pecho, llamándola. Tocó los contenedores pero no sintió ninguna palpitación extraña; siguió su camino y se detuvo en la esquina.

Sobre la hierba alta y calcinada por el sol, y la basura llevada por el viento, había una caja grande de madera, con grabados elaborados y de aspecto antiguo. Lorenza se dirigió hacia el pequeño claro, preguntándose por qué alguien dejaría una antigüedad tan valiosa abandonada en un lugar como ese. Los robos —organizados o de otro tipo— eran comunes dentro del aeropuerto: tal vez alguien la había ocultado allí con la intención de recogerla más tarde.

Luego vio los gatos. Los exteriores del aeropuerto albergaban cientos de gatos salvajes, algunos de los cuales habían sido mascotas domésticas que escaparon de sus jaulas de transporte. Otros fueron dejados allí por residentes locales que querían deshacerse de ellos. Peor aún, no faltaban los viajeros que los abandonaban a su suerte para no pagar la elevada tarifa de transporte. Los gatos domésticos, incapaces de defenderse solos, se unieron a la colonia de gatos salvajes que deambulaban por los cientos de acres de terrenos sin construir, a fin de no ser presas de animales más grandes y de poder sobrevivir en manada.

Los gatos famélicos estaban sentados sobre las patas traseras, observando el armario. Lorenza creyó ver unos pocos felinos sucios y roñosos, pero miró a lo largo de la barrera contra los huracanes, y vio que el número de gatos ascendía fácilmente a cien, observando sentados la cómoda de madera, y sin reparar en Lorenza.

La caja no se movía; desde allí tampoco salía el sonido que ella había escuchado. Le intrigó haber ido hasta allá, ver esa escena extraña, pero no encontrar lo que estaba buscando. Siguió escuchando aquel coro inquietante. ¿Sería que los gatos también lo oían? No: estaban concentrados en la cómoda cerrada.

Lorenza se dispuso a regresar y los gatos se pusieron rígidos. El pelaje del lomo se les erizó a todos. Giraron sus cabezas costrosas al mismo tiempo, cien pares de ojos de gatos salvajes mirándola en la noche crepuscular. Lorenza quedó petrificada, pues temía que la atacaran; y otra oscuridad se cernió sobre ella, como un segundo eclipse.

Los gatos huyeron por el terreno descampado, trepando por la reja oscura, o resguardándose en huecos y madrigueras.

Lorenza no pudo moverse; una oleada de calor la envolvió como un horno abierto detrás de ella. Sintió una presencia. Intentó moverse y los sonidos en su cabeza se unieron en una voz única y terrible.

"AQUÍ".

Algo la levantó del suelo.

Los gatos regresaron; Lorenza yacía con la cabeza destrozada al pie de la barrera atestada de basura. Las gaviotas habían llegado antes, pero los gatos las ahuyentaron con rapidez y empezaron a desgarrar su ropa con voracidad para saciarse con su cuerpo.

Préstamos y curiosidades
Knickerbocker, Calle 118, Spanish Harlem

EL ANCIANO SE SENTÓ FRENTE A las tres ventanas de su apartamento en penumbras, observando el sol oculto en el oeste, cinco minutos de oscuridad a mediados del día.

Era el acontecimiento astronómico más importante que tenía lugar en Nueva York en cuatro siglos.

El tiempo no podía ignorarse.

Pero, ¿con qué objeto?

La urgencia se apoderó de él como una mano febril. No abrió la tienda ese día, y se dedicó a sacar cosas del sótano desde el amanecer. Objetos y curiosidades que había adquirido con el paso del tiempo...

Herramientas de funciones olvidadas. Implementos raros de oscuros orígenes. Armas de procedencia olvidada.

El anciano estaba muy cansado, y sus manos nudosas le dolían. Sólo él podía ver lo que iba a suceder. Era algo que —según todos los indicios— ya había comenzado a suceder.

Sin embargo, nadie le creería.

Goodfellow... o *Goodwilling*, cualquiera que fuera el apellido del hombre que habló en la ridícula conferencia televisiva, al lado del médico con uniforme de la marina. Todos los demás parecían exhibir un optimismo prudente, regocijándose por los cuatro sobrevivientes, a la vez que decían desconocer el número total de muertos. *Queremos asegurarle al público que esta amenaza ha sido contenida.* Sólo un funcionario público se atrevería a declarar que algo semejante ya había concluido y que no suponía ningún riesgo, sin saber siquiera de qué se trataba.

El hombre que estaba detrás de los micrófonos era el único que parecía saber algo más sobre aquella aeronave defectuosa y llena de pasajeros muertos.

¿Goodwater?

El informe provenía de la sede del Centro para el Control de Enfermedades de Atlanta. Setrakian no lo sabía con certeza, pero presintió que su mejor oportunidad era aliarse con aquel hombre. Tal vez era la única que tenía.

Cuatro sobrevivientes: si sólo supieran...

Observó de nuevo el disco negro y resplandeciente en el cielo. Era como mirar un ojo cegado por una catarata. Era como vislumbrar el futuro.

Grupo Stoneheart, Manhattan

EL HELICÓPTERO aterrizó en el helipuerto de la sede del Grupo Stoneheart en Manhattan, un edificio de acero y cristales oscuros en el corazón de Wall Street. Los últimos tres pisos estaban ocupados por la residencia privada de Eldricht Palmer en Nueva York, un lujoso *penthouse* con pisos de color ónix, esculturas de Brancusi y paredes adornadas con cuadros de Francis Bacon.

Palmer se sentó en el salón de medios audiovisuales con las cortinas cerradas mientras observaba en su pantalla de 62 pulgadas el resplandeciente globo ocular negro, cuyos bordes centellaban un carmesí furibundo, rodeado de un blanco encendido. Este salón, como su casa de Dark Harbor y la cabina de su helicóptero médico, también tenía una temperatura constante de 62 grados Fahrenheit.

Él podría haber salido a la terraza para observar el ocultamiento; a fin de cuentas, el clima estaba lo suficientemente fresco. Pero la tecnología lo acercó a este suceso, no a la sombra proyectada, sino a la imagen del sol subordinado a la luna, que era el preludio de la devastación. Su estadía en Manhattan sería breve. La ciudad de Nueva York no le parecía lo suficientemente agradable como para pasar mucho tiempo allí.

Realizó algunas llamadas telefónicas; consultas reservadas a través de su línea privada. Su cargamento había llegado tal como estaba previsto.

Se levantó sonriente de la silla y se dirigió con lentitud —y firmeza— a la inmensa pantalla, como si se tratara de un umbral que estuviera a punto de cruzar. Tocó la imagen del furioso disco negro en la pantalla LCD, con los píxeles líquidos serpenteando al igual que bacterias bajo las arrugadas yemas de sus dedos, como si estuviera estirándose para tratar de tocar al ojo mismo de la muerte.

Este ocultamiento era una perversión cósmica y una violación del orden natural. Una piedra fría e inerte secretando a una estrella viva y calcinada. Para Eldricht Palmer, era la prueba de que cualquier cosa era posible, incluso la negación más rotunda de las leyes naturales.

De todos los seres humanos que observaban el ocultamiento, bien fuera directamente o a través de la televisión, él era quizá el único partidario de la luna.

Torre de control del
Aeropuerto Internacional JFK

Quienes estaban en la cabina de observación de la torre de control, a 321 pies sobre la tierra, observaron el misterioso crepúsculo del atardecer en el oeste, más allá de la enorme sombra de la luna y de la umbra. La penumbra, un poco más luminosa por la ardiente fotosfera del sol, le había dado una tonalidad amarilla y naranja al firmamento lejano, como el borde de una cicatriz.

Esa columna de luz, sumergida en la oscuridad desde hacía exactamente cuatro minutos y treinta segundos, avanzaba sobre la ciudad de Nueva York.

"¡Pónganse los lentes!", fue la orden, y Jim Kent se puso los suyos, ansioso por ver de nuevo la luz solar. Miró a su alrededor en busca de Eph —todos los participantes de la conferencia de prensa, incluyendo al gobernador y al alcalde, habían sido invitados a la torre para observar el evento— y como no lo vio, concluyó que había regresado al hangar de mantenimiento.

De hecho, Eph había utilizado su descanso obligatorio de la mejor manera posible: revisando varios planos y catálogos del Boeing 777.

El fin de la totalidad

El final se vio marcado por un fenómeno extraordinario. Protuberancias radiantes de luz afloraron en el costado occidental de la luna, mezclándose en un solo rayo luminoso que producía el efecto de un diamante montado sobre un anillo de plata. Pero el precio de tanto esplendor, a pesar de la vigorosa campaña cívica para el cuidado ocular durante el ocultamiento, fue que más de 270 personas —noventa y tres de las cuales eran niños—quedaron ciegas de por vida luego de observar la dramática reaparición del sol sin la debida protección. La retina no tiene sensores para medir el dolor, y los afectados se dieron cuenta de que se habían lastimado los ojos cuando ya era demasiado tarde.

El anillo de diamante se expandió lentamente y se convirtió en un grupo de joyas conocido como las "Cuentas de Baily", los cuales se fundieron con la media luna del sol, y básicamente empujaron a la luna fuera de su camino.

En la tierra se vieron de nuevo las sombras, proyectadas débilmente sobre el suelo como espíritus inaugurales anunciando el paso de una forma de existencia a otra.

A medida que la luz natural comenzó a aparecer de nuevo, el relieve humano en la tierra adquirió destellos épicos. Hubo un estallido de aclamaciones, abrazos y aplausos espontáneos. Las bocinas de los automóviles sonaron por toda la ciudad y la voz de Kate Smith se escuchó por los parlantes del estadio de los Yankees.

Noventa minutos después, la luna se había retirado definitivamente de la trayectoria del sol y el ocultamiento había terminado. En realidad, nada había sucedido: nada había alterado o afectado el firmamento, nada en la Tierra había cambiado más que unos minutos de sombra vespertina a lo largo del noreste de Estados Unidos. En Nueva York, los espectadores recogieron sus cosas como si un espectáculo de fuego artificiales hubiera terminado y aquellos que tenían que conducir reemplazaron la inquietud inspirada por el oscurecimiento, por el fastidio que les causaba la anticipación del tráfico que los esperaba. Un fenómeno astronómico excepcional había provocado asombro y ansiedad en los habitantes de los cinco condados de la ciudad, pero este era Nueva York, y una vez que el evento concluyó, sus habitantes automáticamente dirigieron su atención a otras cosas.

EL
DESPERTAR

Hangar de mantenimiento, Regis Air

Después de dejar a Jim en compañía del Director Barnes, Eph se dirigió al hangar, donde él y Nora podrían hallar un poco de tranquilidad después de todo lo ocurrido.

Las lonas del piso y las cortinas aislantes del hospital habían sido retiradas de la puerta de acceso al avión. Habían instalado escaleras en las puertas de salida, y un grupo de oficiales de la junta de la Seguridad Nacional del Transporte, o NTSB, estaba realizando labores cerca de la zona de carga. La aeronave había sido declarada escena de un crimen. Eph observó a Nora, quien llevaba un overol Tyvek, guantes de látex y el pelo recogido debajo de una gorra de papel. No estaba equipada para una contención biológica, sino para preservar evidencias.

"Es realmente sorprendente, ¿verdad?", le dijo a manera de saludo.

"Sí", respondió Eph, con los planos del avión bajo el brazo. "Es algo que solo ocurre una vez en la vida".

Había café servido en una mesa, pero Eph sacó un cartón de leche helada de la nevera portátil y vació el contenido con rapidez. Desde que había dejado el alcohol, sentía deseos de tomar leche entera a todas horas, como un bebé sediento de calcio.

Nora dijo: "Todavía no hay nada aquí. La NTSB está sacando las grabaciones y el historial de vuelo. No sé por qué creen que las cajas negras funcionarán, cuando todos los elementos del avión han fallado de una manera tan contundente. Sin embargo, admiro su optimismo. Hasta este momento, la tecnología no nos ha conducido a ninguna parte. Ya han pasado veinticuatro horas, y este caso todavía está sin resolver".

De todas las personas que Eph conocía, Nora era quizá la que mejor trabajaba bajo presión. "¿Alguien ha subido al avión desde que sacaron los cadáveres?"

"Creo que no".

Eph subió con sus planos por la plataforma de las escaleras y entró al avión. Todas las sillas estaban vacías y la iluminación era normal. La única diferencia con respecto al reconocimiento anterior era que él y Nora ya no llevaban los trajes de contención. Todos sus cinco sentidos estaban disponibles.

"¿Hueles eso?", preguntó Eph.

"¿Qué es?", dijo Nora.

"Amoníaco".

"¿Huele a fósforo también?" El olor le hizo cerrar los ojos. "¿Fue eso lo que los aniquiló?"

"No. En el avión no hay rastros de gases. Pero..." Eph miró algo que no podía verse sin la ayuda de luces especiales. "Nora, anda y trae por favor las lámparas Luma".

Nora fue a buscarlas, y Eph cerró las persianas de las ventanas, tal como lo habían hecho la noche anterior. La cabina quedó a oscuras.

Nora regresó con dos lámparas que irradiaban una luz negra semejante a la que se utiliza en los parques de diversiones, dándole un aspecto fantasmagórico a los algodones de azúcar. Eph recordó la fiesta del noveno cumpleaños de Zack, celebrada en una bolera con este tipo de iluminación, y como cada vez que su hijo sonreía, los dientes le resplandecían de un modo extraño.

Encendieron las luces, e inmediatamente la cabina oscura se transformó en un abigarrado remolino de colores que envolvían su interior, desde el piso hasta las sillas, delineando las siluetas oscuras donde habían estado los pasajeros.

"¡Dios mío!", exclamó Nora.

La sustancia, salpicada y resplandeciente, cubría incluso una parte del techo.

"No es sangre", dijo Eph, anonadado por lo que acababa de ver. La escena era semejante a un cuadro de Jackson Pollock. "Se trata de algún tipo de materia biológica".

"No sé qué pueda ser, pero está regada por todas partes, como si hubiera explotado. Pero, ¿de dónde viene?"

"De aquí; donde estamos nosotros". Eph se arrodilló y examinó la alfombra, donde el olor era más fuerte. "Necesitamos tomar una muestra y analizarla".

"¿Te parece?", dijo Nora.

Eph se levantó sorprendido. "Mira esto". Le mostró un plano del avión donde aparecían los accesos de emergencia del Boeing 777. "¿Ves este módulo sombreado al frente al avión?"

Ella lo vio. "Parecen unas escaleras".

"Justo detrás de la cabina de mando".

"¿Qué significa OFCRA?"

Eph fue a la cocina, localizada antes de la cabina de mando. Las iniciales estaban en una pared.

"Significa 'área de descanso de la tripulación' ", dijo Eph. "Algo usual en los aviones que hacen vuelos trasatlánticos".

Nora lo miró. "¿Alguien ha mirado aquí?"

"No lo sé, pero nosotros no", respondió Eph.

Se agachó y le dio vuelta a una manija que había en la pared, abriendo el panel. Una puerta que se plegaba en tres partes dejó al descubierto unos peldaños estrechos y en curva que ascendían a un compartimiento oscuro.

"¡Mierda!", exclamó Nora.

Eph iluminó las escaleras con su lámpara Luma. "Supongo que quieres que yo suba primero".

"No, enviemos a otra persona".

"No sabría qué buscar".

"¿Acaso nosotros sí?"

Eph ignoró el comentario y subió las escaleras angostas.

El compartimiento era estrecho, bajo y sin ventanas. Indudablemente, las lámparas Luma eran más apropiadas para exámenes forenses que para iluminar interiores.

Vieron dos sillas contiguas de clase ejecutiva plegadas en el primer módulo. Detrás de ellas había dos literas pequeñas inclinadas hacia la pared. La luz oscura les permitió ver que ambos módulos estaban vacíos.

Sin embargo, también reveló rastros de la misma sustancia que habían descubierto abajo: en el piso, sobre los asientos, y en una de las literas, aunque la de arriba estaba marcada con algo semejante a huellas.

"¿Qué diablos es esto?", preguntó Nora.

También olía a amoníaco, y a otra sustancia indefinible y penetrante.

Nora se tapó la nariz con la mano. "¿Qué es?"

Eph estaba arrodillado entre las dos sillas. "Huele a gusanos", dijo, intentando definir aquello. "Cuando yo era niño, los desenterrábamos y los cortábamos por la mitad para ver cómo se movía cada parte. Tenían el mismo olor de la tierra fría en la que vivían".

Eph alumbró las paredes y el piso con su linterna negra, y registró el compartimiento. Estaba a punto de terminar cuando vio algo detrás de los zapatos de papel de Nora.

"No te muevas", le dijo.

Se agachó para tener un mejor ángulo del piso alfombrado, y ella se detuvo como si fuera a pisar una mina explosiva.

Un terrón pequeño sobresalía en la alfombra. Era negro y debía pesar pocos gramos.

Nora dijo: "¿Es lo que creo que es?".

"La cómoda...", dijo Eph.

Regresaron a la zona del hangar reservada para el equipaje, donde los carros de los alimentos estaban siendo inspeccionados. Eph y Nora vieron las montañas de equipaje, las bolsas de golf y el kayak.

La cómoda de madera negra había desaparecido y la lona que la recubría estaba vacía.

"Alguien debió moverla", dijo Eph, mirando el equipaje. Retrocedió unos pasos y observó el resto del hangar. "No puede estar lejos".

A Nora le brillaban los ojos. "Apenas están comenzando a examinar el equipaje. No se han llevado nada".

"Pero esto sí", dijo Eph.

"Eph, este es un lugar seguro. ¿Cuánto medía esa cómoda: ocho pies por cuatro, por tres? Pesaba varios cientos de libras. Se necesitarían cuatro hombres para cargarla".

"Exactamente. Por lo tanto, alguien sabe dónde está".

Fueron a la oficina del oficial encargado de los registros. El joven consultó la lista donde estaban anotados todas las personas y objetos que habían entrado y salido. "Aquí no hay nada", dijo.

Eph advirtió la contrariedad de Nora y habló antes que ella.

"¿Cuánto tiempo has estado aquí, en este lugar?"

"Desde las doce aproximadamente, señor".

"¿No tomaste un descanso?", le preguntó Eph. "¿Qué hiciste durante el eclipse?"

"Permanecí ahí", dijo señalando un lugar a pocas yardas de la entrada. "Nadie pasó por la puerta".

Nora preguntó: "¿Qué diablos está pasando?". Miró al encargado y añadió: "¿Quién más pudo haber visto un ataúd grande?".

Eph frunció el ceño al escuchar la palabra "ataúd". Miró de nuevo alrededor del hangar y luego hacia las cámaras de seguridad instaladas en las vigas del techo.

"Allá", dijo señalándolas.

Eph, Nora y el oficial de la Autoridad Portuaria encargado del hangar subieron la escalera metálica que conducía a la oficina de control encima del hangar. Abajo, los mecánicos estaban removiendo la nariz de la aeronave para inspeccionar su interior.

Había cuatro cámaras de vigilancia que funcionaban las veinticuatro horas: una en la puerta que conducía a las escaleras de la oficina; otra a la entrada del hangar; una más en las vigas —la que había señalado Eph— y una última en la oficina donde estaban ahora.

"¿Por qué hay una cámara aquí?", le preguntó Eph al encargado del mantenimiento.

El encargado se encogió de hombros. "Tal vez porque aquí está la caja de gastos menores".

Tomó la silla desvencijada, cuyos brazos estaban pegados con cinta aislante, y movió unos botones detrás del monitor, logrando una vista de todo el lugar. Revisó las grabaciones de seguridad. Era una unidad digital de pocos años de antigüedad, que no permitía ver con claridad la imagen cuando se retrocedía la cinta.

La detuvo. En la pantalla, la cómoda se veía exactamente donde había estado, a un lado del equipaje que habían bajado del avión.

"Ahí está", dijo Eph.

El oficial asintió. "De acuerdo. Veamos adónde pudo ir".

El encargado adelantó la cinta. El mecanismo funcionaba con más lentitud que al retroceder, pero de todos modos era demasiado rápido. La luz del hangar había disminuido durante el ocultamiento, y cuando se normalizó de nuevo, la caja enorme ya había desaparecido.

"Para, para", dijo Eph. "Retrocédela".

El encargado la retrocedió un poco y hundió la tecla *Play*. El cronómetro inferior indicaba que la imagen avanzaba con mayor lentitud que antes.

El hangar se oscureció y la cómoda desapareció al mismo tiempo.

"¿Qué diablos....?", exclamó el encargado, hundiendo la tecla de la pausa.

Eph dijo: "Retrocede sólo un poco".

El encargado obedeció, y la cinta avanzó a velocidad normal.

El hangar se oscureció, pero aún seguía iluminado por las luces interiores. La cómoda estaba allí, y luego desapareció.

"¡Guau!", exclamó el oficial.

El encargado hundió la tecla de la pausa. Él también estaba confundido.

Eph dijo: "Hay un vacío, un corte".

El encargado respondió: "No hay cortes. Ya viste el cronómetro".

"Entonces retrocédela un poco más. Un poco más... ahí... Ponla".

La cómoda desapareció.

"¡Houdini!", señaló el encargado.

Eph miró a Nora.

"No pudo desaparecer así nomás", dijo el oficial, y señaló el equipaje que estaba cerca. "El resto del equipaje ha permanecido en el mismo lugar. No hay cortes en la grabación".

Eph dijo: "Retrocédela otra vez por favor".

El encargado lo hizo una vez más, y la cómoda desapareció de nuevo.

"Espera", dijo Eph, al notar algo. "Retrocédela... *lentamente*".

El encargado la retrocedió.

"Ahí", dijo Eph.

"¡Cielos!", exclamó el encargado, saltando casi de la silla. "Lo vi".

"¿Viste qué?", preguntó Nora junto al oficial.

El encargado retrocedió algunas secuencias de la grabación.

"Ahí viene...", le advirtió Eph. "Ya casi...". El encargado mantuvo la mano en la consola, como el participante de un juego televisivo esperando hundir el botón de las respuestas: "...*Ahí*".

La cómoda había desaparecido de nuevo. Nora se acercó: "¿Qué?".

Eph señaló un lado del monitor. "Ahí está".

Una mancha borrosa se hizo visible en el borde derecho de la pantalla.

Eph dijo: "Es algo que cruza frente a la cámara".

"¿A la altura de las vigas?", señaló Nora. "¿Qué podría ser? ¿Un pájaro?"

"Es demasiado grande", observó Eph.

El oficial se inclinó y dijo: "Debe ser alguna falla técnica. Una sombra".

"No lo creo", dijo Eph. "¿Una sombra de qué?"

El oficial se incorporó. "¿Puedes pasar la grabación fotograma por fotograma?"

El encargado lo intentó. La cómoda desapareció... casi al mismo tiempo que aparecía la sombra en las vigas. "Es todo lo que puedo hacer con esta máquina".

El oficial observó la pantalla de nuevo. "Creo que sólo es una coincidencia", señaló. "¿Cómo podría moverse algo a semejante velocidad?"

Eph preguntó: "¿Puedes acercar la imagen?".

El encargado miró disgustado. "No es una CSI, sino una simple cámara comprada en Radio Shack".

"De nada sirvió", dijo Nora mirando a Eph, y los dos funcionarios se sintieron impotentes. "Pero, ¿cómo y por qué?"

Eph se puso la mano detrás del cuello. "La tierra de la cómoda... debe ser la misma que encontramos en el tapete del avión. Lo cual significa..."

"¿Estamos formulando la hipótesis de que alguien pasó de la zona de equipaje a la zona de descanso de la tripulación?" dijo Nora.

Eph recordó la sensación que había tenido cuando estuvo al lado de los pilotos muertos en la cabina de mando, poco antes de descubrir que Redfern aún estaba vivo. Era la sensación de una presencia, de algo que rondaba cerca.

"Y llevó algo de eso... de esa materia biológica, a la cabina de los pasajeros", le dijo a Nora en privado.

Ella miró de nuevo la imagen de la sombra en las vigas.

Eph dijo: "Creo que alguien estaba escondido en ese compartimiento cuando subimos por primera vez al avión".

"Bueno...", comentó ella en señal de aprobación. "Pero, ¿dónde está
ahora?"

"Donde quiera que esté la cómoda", dijo Eph.

Gus

GUS CAMINÓ ENTRE la línea de autos del estacionamiento del JFK.
El chirrido de las llantas de los coches al bajar por las rampas de salida
hacía que el lugar pareciera un manicomio. Sacó la tarjeta del bolsillo
de su camisa y revisó de nuevo el número escrito a mano. También se
aseguró de que no hubiera nadie cerca.

Encontró la furgoneta; era una Econoline blanca, destartalada,
sucia y sin ventanas traseras, que estaba en un extremo, estacionada
en una zona de trabajo rodeada de conos anaranjados, cubierta con una
lona gruesa y pedazos de concreto, pues una parte del revestimiento
superior se había desprendido.

Abrió la puerta del conductor con un trapo; efectivamente, estaba
sin seguro. Retrocedió un poco; el lejano y simiesco chirrido de las
llantas interrumpía el silencio, y pensó que se trataba de una *trampa.*
En cualquiera de los coches podía haber una cámara que lo estuviera
grabando. Era algo que había visto en la serie televisiva *Cops*: la policía
instalaba pequeñas cámaras en el interior de camiones estacionados en
las calles de Cleveland o de cualquier otra ciudad, las cuales registraban los movimientos de las personas que robaban coches para dar una
vuelta o llevarlos a un desguasadero. Estaba mal que te pescaran, pero
caer en la trampa y salir en la televisión en un programa de máxima
audiencia era algo mucho peor. Gus prefería que lo dejaran en panta-
loncillos y lo mataran de un disparo en la nuca a quedar en ridículo y
ser catalogado como un tonto.

Sin embargo, había aceptado los cincuenta dólares que le había
ofrecido el tipo por hacer esto. Era un dinero fácil, y Gus los tenía
dentro de la banda del sombrero, a modo de prueba en caso de que las
cosas salieran mal.

El tipo estaba en el mercado cuando Gus entró comprar una Sprite.
Lo vio detrás de él cuando iba a pagar. Gus oyó que alguien se le estaba

acercando y se dio vuelta con rapidez. Era el tipo; quería saber si Gus estaba interesado en ganarse un dinero fácil.

Era un tipo blanco, con un traje elegante, y daba la impresión de estar fuera de lugar. No parecía un policía, pero tampoco un homosexual. Tenía aspecto de misionero.

"Se trata de una furgoneta en el estacionamiento del aeropuerto. La recoges, la llevas a Manhattan, la estacionas y te vas".

"¿Una furgoneta?", preguntó Gus.

"Así es; una furgoneta".

"¿Qué tiene adentro?"

El tipo negó con la cabeza. Le entregó una tarjeta de negocios doblada con cinco billetes nuevos de diez dólares. "Toma este anticipo".

Gus sacó los billetes como si se tratara de la carne de un sándwich.

"Si le informas a la policía, te acusarán de incitación a la comisión de un delito. Aquí está anotada la hora en que debes recogerla. No llegues temprano ni tarde".

Gus palpó los billetes doblados como si fueran una muestra de tela fina. El tipo lo observó, y Gus notó que también reparó en sus tres pequeños iconos tatuados en la mano. Eran símbolos de pandillas mexicanas que significaban ladrón, pero ¿cómo podía saberlo ese tipo? ¿O acaso los tatuajes lo habían delatado? ¿Por qué el tipo se le había acercado?

"Encontrarás las llaves y las otras instrucciones en la guantera".

El tipo comenzó a alejarse.

"Oye, cabrón", le dijo Gus. "Todavía no he dicho que sí".

Gus abrió la puerta y esperó. Subió después de no escuchar ninguna alarma. No vio cámaras, pero de todos modos no las vería, ¿verdad? Detrás de la silla delantera había una división metálica sin ventanas. ¡Quién sabe! Tal vez iba a transportar a un contingente de policías que iban atrás.

Sin embargo, la furgoneta parecía completamente normal. Abrió la guantera con el trapo. Lo hizo con suavidad, como temiendo que se le abalanzara una serpiente, y la pequeña luz se encendió. Adentro estaba la llave del motor, el tiquete del estacionamiento, y un sobre de manila.

Gus miró el interior del sobre y lo primero que vio fue su paga. Cinco billetes nuevos de cien dólares, algo que le agradó y le molestó al mismo tiempo. Le agradó porque era más de lo que esperaba, y le molestó porque le sería imposible cambiar un billete de cien sin despertar sospechas, especialmente en su barrio. Incluso los bancos inspeccionarían detenidamente cada uno de los billetes que saliera de los bolsillos de un mexicano tatuado de apenas dieciocho años.

Vio una tarjeta doblada en la que aparecía la dirección a donde debía llevar la furgoneta, y un código de estacionamiento que decía: VÁLIDO SOLO PARA UNA VEZ.

Comparó las tarjetas y vio que ambas tenían la misma letra.

Su ansiedad desapareció y en lugar de ello se exaltó. ¡Cabrón! Haberle confiado ese vehículo... Gus conocía tres lugares en el South Bronx donde podían *reacondicionar* esa furgoneta, además de satisfacer rápidamente su curiosidad sobre el tipo de contrabando que había en su interior.

El sobre de manila contenía otro, tamaño carta. Sacó algunas hojas, las dobló, y sintió una oleada de calor en el centro de su espalda, los hombros y el cuello.

La primera decía AUGUSTIN ELIZALDE. Era la prueba que lo incriminaba, su récord criminal, indicando que había sido juzgado por homicidio y dejado en libertad, en una especie de borrón y cuenta nueva en su cumpleaños número dieciocho, tan sólo tres semanas atrás.

La segunda hoja contenía una fotocopia de su licencia de conducir, y la de su *madre*, ambas con la misma dirección de la calle 115 Este, acompañada de una foto de la fachada de su edificio en los proyectos de Taft Houses.

Miró la hoja durante dos minutos. Pensó en el tipo con aspecto de misionero y la información que tenía sobre él, sobre su *madre* y el lío en que se había metido.

Gus no reaccionaba bien ante las amenazas, especialmente a las que hacían mención a su *madre*: él ya la había hecho sufrir mucho.

La tercera hoja tenía algo escrito con el mismo tipo de letra de la dirección en la tarjeta: PROHIBIDO PARAR.

Gus se sentó frente a la ventana del restaurante Insurgentes, pidió huevos fritos con salsa de Tabasco y miró la furgoneta blanca estacionada en Queens Boulevard. A Gus le encantaba el desayuno, y desde que había salido del penal desayunaba las tres comidas del día. Pidió un desayuno especial; tenía con qué pagarlo: el tocino bien crocante y el pan bien tostado. ¿PROHIBIDO PARAR? ¡Hijo de la chingada! A Gus no le gustaba este asunto, pues habían involucrado a su *madre*. Miró la furgoneta, pensó en las opciones que tenía y esperó a que sucediera algo. ¿Lo estarían observando? Si era así, ¿qué tan cerca estarían? Y si podían espiarlo, ¿por qué entonces no habían llevado ellos mismos la furgoneta? ¿En qué clase de *chingadera* se había metido?

¿Qué podría haber en la maleta?

Un par de *cabrones* se detuvieron frente a la furgoneta. Agacharon la cabeza y se marcharon cuando Gus salió del restaurante, con su camisa sin mangas ondeando en la brisa de la tarde, mostrando los tatuajes de color negro y rojo de sus antebrazos. Los Sultanes Latinos no sólo estaban en el Spanish Harlem; sus tentáculos se extendían al norte y al este del Bronx, y también hasta el sur de Queens.

Los pandilleros eran pocos, pero su sombra era larga. No te metías en problemas con uno de ellos, a menos que quisieras una guerra con todos.

Salió del boulevard y siguió al oeste hacia Manhattan, mirando por el retrovisor para asegurarse de que no lo siguiera nadie. La furgoneta se zarandeó al pasar por un trayecto en reparación; Gus escuchó con atención, pero no oyó nada detrás de la furgoneta. Sin embargo, algo estaba presionando la suspensión hacia abajo.

Sintió sed y se detuvo en un mini-mercado situado en una esquina, donde compró dos latas de cerveza Tecate de 24 onzas. Colocó una de las latas roja y dorada en el porta vasos y reanudó la marcha; los edificios de la ciudad aparecieron frente al río, el sol ocultándose detrás de ellos; ya estaba oscureciendo. Gus pensó en su hermano Crispín, ese drogadicto redomado que se había instalado en su casa justo cuando Gus se esforzaba como nunca por ser bueno con su madre. Lo recordó sentado en el sofá de la casa apestando a drogas y sintió deseos de enterrarle un puñal oxidado en las costillas por llevar la enfermedad a su hogar. Su hermano mayor era un demonio necrófago, un zombi, pero su madre no se atrevía a echarlo de la casa. Lo dejaba holgazanear, fingía que no se drogaba en el baño y al rato desaparecía otra vez con algunas pertenencias de ella.

Gus necesitaba guardar un poco de este *dinero sucio* para su *madre*, y dárselo después de que se marchara Crispín. Metería algunos billetes en su sombrero y se los daría a ella, para alegrarla. Haría algo bueno.

Gus sacó el teléfono antes de entrar al túnel. "Oye, Félix. Ven por mí".

"¿Dónde estás?"

"En el Battery Park".

"¿Uta— Tan abajo?"

"Llega hasta la Novena y bajas derecho, cabrón. Nos iremos de *party*. Te debo dinero, pero gané algo hoy. Tráeme una chamarra o algo, y unos zapatos limpios. Vamonos por ahí,".

"¡Me lleva la chingada! ¿Algo más, patroncito—?"

"Sacale el dedo a tu hermana y ven a recogerme, mamón."

Atravesó el túnel y condujo por Manhattan antes de doblar hacia el sur. Llegó a la calle Church, al sur de Canal, y miró los avisos de las calles. La dirección era un loft, en cuya fachada había un andamio, y sus ventanas estaban cubiertas con permisos de construcción, aunque no había maquinaria ni camiones alrededor. La calle era tranquila y residencial. El mecanismo del garaje funcionó tal como estaba previsto y el código de acceso abrió una puerta de acero que conducía a una rampa.

Gus estacionó y se cercioró de que no hubiera nadie. El garaje mal iluminado, con el polvo arremolinándose en la escasa luz que entraba por la puerta, le pareció el sitio ideal para una trampa. Sintió deseos de marcharse cuanto antes, pero necesitaba estar seguro de que no correría riesgos. Esperó a que la puerta del garaje se cerrara.

Tomó las hojas y el sobre de la guantera y los guardó en sus bolsillos, mientras terminaba su primera cerveza, aplastando la lata y saliendo de la furgoneta. Después de sopesar la situación, subió de nuevo con el trapo y limpió el volante, los botones del radio, la guantera, las manijas interiores y exteriores de la puerta, y todo lo que creía haber tocado.

Miró a su alrededor; la única luz visible se colaba por las aspas de un extractor de aire, el polvo flotando en sus rayos tenues como la bruma. Limpió la llave del encendido y se cercioró de que todas las puertas de la furgoneta estuvieran cerradas.

Pensó un momento y se dejó llevar por la curiosidad. Intentó abrir la puerta de atrás con la llave.

Los seguros eran diferentes al encendido, y sintió cierto alivio.

Terroristas, pensó. *En este instante yo podría ser un maldito terrorista que ha conducido una furgoneta llena de explosivos.*

Podía sacar la furgoneta de allí, estacionarla frente a la estación de policía más cercana, y dejar una nota en el parabrisas, para que ellos vieran si había algo en ella o no.

Pero esos cabrones tenían su dirección, la dirección de su *madre*. ¿Quiénes serían?

Sintió rabia y una oleada de calor en la espalda. Golpeó la furgoneta con el puño para demostrar su disgusto con el trato que había hecho. Sintió una sensación de satisfacción, decidió olvidarse de todo, lanzó la llave sobre el asiento delantero y cerró la puerta de un codazo.

Escuchó algo. Por lo menos eso creyó: se trataba de algo que estaba adentro. Aprovechando los últimos rayos de luz que se filtraban por el extractor, Gus se hizo detrás de las puertas traseras para escuchar, casi tocando la furgoneta con sus orejas.

Era algo. Casi... como el sonido de un estómago hambriento, vacío e irritado. Un ronroneo.

Ya estuvo, concluyó retrocediendo. *Ya lo hice. No me importa si la bomba explota lejos de mi casa.*

Un golpe sofocado pero claro en el interior de la furgoneta lo hizo retroceder. La bolsa de papel donde estaba su otra cerveza resbaló de su brazo, y la lata cayó, regando el contenido sobre el piso arenoso.

El líquido se redujo a una espuma turbia, y Gus se agachó para limpiarla. Luego se detuvo, sosteniendo la bolsa mojada.

La furgoneta se movió hacia un lado y los amortiguadores chirriaron.

Algo se había movido o corrido adentro.

Gus se incorporó, dejando la cerveza en el suelo, y retrocedió. Se detuvo a unos pasos de distancia con la intención de relajarse, y pensó que alguien le estaba haciendo perder la compostura. Se dio vuelta y caminó con parsimonia hacia la puerta cerrada del garaje.

Los amortiguadores rechinaron otra vez; Gus se estremeció, pero no se detuvo.

Llegó al panel negro que tenía un interruptor con un pistón rojo al lado de la puerta. Lo hundió pero no sucedió nada.

Lo hundió dos veces más, primero de manera lenta y suave, y luego duro y rápido, pero el resorte del pistón parecía estar endurecido por la falta de uso.

La furgoneta crujió de nuevo y Gus se contuvo para no mirarla.

La puerta del garaje era lisa y no tenía manijas para halarla. Le dio una patada, pero la puerta permaneció inmóvil.

Se escuchó otro golpe en el interior de la furgoneta, como en respuesta al de Gus, seguido de un traquido fuerte, y él se apresuró hacia el pistón. Lo golpeó rápidamente; una polea ronroneó, el motor se activó y la cadena empezó a moverse.

La puerta se abrió.

Gus salió antes de que estuviera entreabierta, deslizándose al andén como un cangrejo y recobrando el aliento con rapidez. Se dio vuelta y esperó, observando la puerta abierta que se cerró de nuevo. Se aseguró de que estuviera bien cerrada y que no saliera nadie de allí.

Miró a su alrededor, intentó calmarse, examinó su sombrero y llegó rápidamente a la esquina; quiso estar a otra cuadra más de distancia de la furgoneta. Llegó a la calle Vesey, y se encontró frente a las barricadas y mallas de construcción que rodeaban lo que anteriormente había sido el World Trade Center. El lugar ya estaba completamente excavado, y la cuenca parecía un hueco enorme en medio de las calles serpenteantes del Bajo Manhattan, llena de grúas y camiones de construcción.

Gus intentó calmarse y sacó su teléfono.

"Félix, ¿dónde estás, amigo?"

"En la calle Nueve. Voy para el Downtown. ¿Te pasa algo?"

"No, nada. Nomás llega rápido. Necesito olvidarme de un trabajo que acabo de hacer".

Pabellón de aislamiento, Centro Médico del Hospital Jamaica

Eph llegó al Centro Médico del Hospital Jamaica echando humo: "¿Cómo así que se han ido?".

"Doctor Goodweather", dijo la administradora, "no pudimos hacer nada para obligarlos a permanecer aquí".

"Yo le había dicho que apostara a un guardia para que no dejara entrar al cínico abogado de Bolívar".

"Apostamos un guardia; era un oficial de la policía. Vio la orden legal y nos dijo que no podía hacer nada. Pero no fue el abogado del cantante el que vino con la orden, sino la firma de abogados de la señora Luss. Pasaron sobre mí y hablaron directamente con la junta del hospital".

"¿Por qué no me informaron?"

"Tratamos de comunicarnos con usted. Llamamos a su contacto".

Eph hizo un ademán brusco con los brazos; Jim Kent estaba junto a Nora; se veía algo incómodo. Sacó su teléfono y revisó las llamadas: "No veo..." Miró en señal de disculpa. "Tal vez fueron las manchas solares del eclipse o algo. No recibí llamadas".

"Le dejé el mensaje en el correo de voz", dijo la administradora.

Jim revisó de nuevo su teléfono. "Espera... Hay algunas llamadas que pude haber perdido". Miró a Eph y le dijo: "Han sucedido tantas cosas hoy... seguramente se me escapó".

Estas palabras aumentaron el disgusto de Eph. Jim no acostumbraba cometer errores, y mucho menos en una situación tan importante. Miró a su confiable compañero, y su rabia se transformó en decepción. "Las únicas cuatro posibilidades que tenía para resolver este caso acaban de salir por esa puerta".

"No fueron cuatro", dijo la administradora. "Solo tres".

Eph se dio vuelta y la miró. "¿A qué te refieres?"

El capitán Doyle Redfern estaba sentado en su cama, detrás de las cortinas plásticas típicas del pabellón de aislamiento. Tenía un aspecto demacrado, y sus brazos pálidos descansaban sobre una almohada que tenía en las piernas. La enfermera dijo que había rechazado todos los alimentos, pues él decía tener algo en la garganta y una náusea persistente, habiendo rechazado incluso pequeños sorbos de agua. Una sonda lo mantenía hidratado.

Eph y Nora estaban a su lado. Llevaban máscaras y guantes pero no estaban completamente protegidos.

"Mi sindicato quiere que me vaya de aquí", dijo Redfern. "La política de las aerolíneas es: 'El piloto siempre es el culpable. La culpa nunca es de la aerolínea, de los sobre cupos ni de la reducción de personal de mantenimiento.' Seguramente culparán al capitán Moldes —y tal vez a mí—, independientemente de las verdaderas causas. Pero hay algo que no está bien en mi interior. No me siento como si fuera yo".

Eph le dijo: "Tu cooperación es indispensable. No puedo agradecerte lo suficiente por permanecer aquí, pero quiero decirte que haremos lo que esté a nuestro alcance para que recobres tu salud".

Redfern asintió, y Eph notó la rigidez de su cuello. Le examinó la parte inferior del mentón y le palpó los ganglios linfáticos: estaban muy inflamados. Sin duda alguna, el piloto tenía un síntoma relacionado con las muertes del avión... ¿o se trataría simplemente de alguna enfermedad contraída durante el transcurso de sus viajes?

Redfern dijo: "Un avión tan nuevo y con una maquinaria tan hermosa. Realmente no entiendo por qué se apagó de esa manera. Tuvo que ser un sabotaje".

"Hemos examinado la mezcla de oxígeno y los tanques de agua, y los resultados son normales. No tenemos ningún indicio sobre la causa de las muertes ni del colapso del avión". Eph le examinó las axilas: los ganglios eran del tamaño de frijoles. "¿Sigues sin poder recordar nada del aterrizaje?"

"Nada en absoluto. Me estoy volviendo loco".

"¿Podrías decir por qué la puerta de la cabina de mando estaba sin seguro?"

"No. Es algo que va en contra de las reglas de la FAA".

Nora le preguntó: "¿Estuviste en la zona de descanso de la tripulación?".

"¿Te refieres a la litera?", dijo Redfern. "Sí. Dormí un par de siestas durante el vuelo".

"¿Recuerdas haber doblado las sillas?"

"Estaban dobladas. Tienen que estarlo si quieres estirarte. ¿Por qué?"

"¿No viste nada extraordinario?", le preguntó Eph.

"¿Allá? No, nada. ¿Qué habría para ver?"

Eph le preguntó: "¿Sabes algo sobre una cómoda grande que estaba en la zona de equipaje?"

El capitán Redfern negó con la cabeza tras pensar en la pregunta. "No tengo idea, pero parece que sospechas algo".

"Realmente no. Estoy tan intrigado como tú". Eph se cruzó de brazos. Nora encendió la lámpara Luma y le examinó los brazos al capitán Redfern. "Por eso es tan importante que aceptes permanecer en el hospital. Quiero hacerte un examen completo".

El capitán Redfern miró el destello de la luz índigo en su piel. "Si crees que puedes descifrar lo que sucedió, seré tu conejillo de indias".

Eph asintió en señal de agradecimiento.

"¿Desde hace cuánto tienes esa cicatriz?", le preguntó Nora.

"¿Cuál cicatriz?"

Ella le estaba observando la parte frontal de la garganta. El capitán inclinó la cabeza hacia atrás para que ella pudiera tocar una leve cicatriz que adquirió un color azul profundo al alumbrarla con la lámpara Luma. "Parece una incisión quirúrgica".

Redfern se palpó con los dedos. "No tengo nada".

Y de hecho, cuando ella apagó la lámpara, la línea era prácticamente invisible. La encendió de nuevo y Eph le examinó la incisión. Tenía tal vez media pulgada de largo, y unos pocos milímetros de ancho. El tejido que había crecido sobre la herida parecía ser muy reciente.

"Te haremos un escáner esta noche. La resonancia magnética deberá mostrarnos algo".

Redfern asintió y Nora apagó la luz. "Bueno... hay otra cosa". Redfern titubeó, y su seguridad desapareció momentáneamente. "Recuerdo algo, pero creo que no les servirá de nada..."

Eph se encogió de hombros casi sin darse cuenta. "Cualquier tipo de información puede sernos útil".

"Bien; cuando perdí el conocimiento... soñé con algo muy antiguo..." El capitán miró a su alrededor, casi avergonzado, y comenzó a hablar en voz baja: "Cuando yo era niño... dormía en una cama grande en la casa de mi abuela. Y cada noche, cuando las campanas de una iglesia cercana sonaban a eso de las doce, yo veía una cosa que salía de un armario grande y antiguo. Cada noche sin falta: sacaba su cabeza negra, sus brazos largos y sus hombros huesudos... y me miraba".

"¿Te miraba?", le preguntó Eph.

"Tenía la boca irregular, y sus labios eran negros y delgados... me miraba y simplemente... sonreía".

Eph y Nora quedaron perplejos, pues la intimidad de la confesión y su tono fantasioso eran bastante inusuales.

"Yo gritaba, mi abuela encendía la luz y me llevaba a su cama. Esto sucedió durante un año. Yo le decía el "señor Sanguijuela", pues su piel... era negra, semejante a la de las sanguijuelas ahítas de sangre que atrapábamos en un arroyo cercano. Los psiquiatras que me veían, decían que se trataba de 'pesadillas nocturnas', lo cual me daba razones para no creer en él, pero... todas las noches regresaba. Yo me metía debajo de la almohada para esconderme, pero era inútil. Yo sabía que él estaba ahí, en el cuarto... Algunos años después nos mudamos, mi abuela vendió el armario, y nunca más volví a verlo. Jamás volví a soñar con él".

Eph lo había escuchado con atención. "Usted me disculpa, capitán... pero, ¿qué tiene que ver esto con...?"

"A eso voy", respondió Redfern. "Lo único que recuerdo entre el aterrizaje y el momento en que desperté acá, es que él apareció de nuevo en mis sueños. Vi de nuevo al señor Sanguijuela... y estaba sonriendo".

EL FOSO EN LLAMAS

Sus pesadillas eran siempre las mismas: Abraham viejo o joven, desnudo y arrodillado ante el profundo foso en la tierra, los cuerpos ardiendo abajo mientras un oficial nazi pasaba por la fila de prisioneros arrodillados y les disparaba detrás de la cabeza. El foso en llamas estaba detrás de la enfermería, en el campo de concentración conocido como Treblinka. Los prisioneros que estaban demasiado enfermos o viejos para trabajar eran conducidos a través de las barracas de la enfermería hasta llegar al foso. El joven Abraham vio morir a muchos allí, pero sólo en una ocasión estuvo cerca de la muerte.

Se esforzaba en pasar desapercibido, trabajar en silencio y estar solo. Cada mañana se pinchaba el dedo y se frotaba una gota de sangre en cada mejilla para parecer tan saludable como fuera posible durante el llamado a lista.

Vio por primera vez el foso mientras reparaba unos gabinetes en la enfermería. A los dieciséis años, Abraham Setrakian era un ebanista. No buscaba favores; no era la mascota de nadie, simplemente un esclavo que tenía talento para trabajar la madera, lo que en un campo de concentración significaba simplemente sobrevivir. Tenía valor para Hauptmann, el oficial nazi que lo utilizaba sin piedad, sin contemplaciones y sin fin. Setrakian levantaba cercas con alambres de púas, elaboraba estantes de biblioteca y reparaba las vías del ferrocarril. Incluso, llegó a tallar pipas ornamentadas para el capitán ucraniano en la Navidad de 1942.

Fueron sus manos las que lo mantuvieron alejado del foso. Podía ver su resplandor al amanecer, y algunas veces sentía el olor a carne quemada y petróleo mezclados con aserrín. A medida que el miedo se apoderaba de su corazón, el foso también se arraigó en Abraham.

Nunca había dejado de sentirlo, y cada vez que lo asaltaba el miedo —al cruzar una calle oscura, al cerrar su tienda de noche o al despertarse a causa de las pesadillas— los fragmentos de sus recuerdos acudían de nuevo: él arrodillado, orando desnudo. Podía sentir el cañón de la pistola apretado contra la nuca en sus sueños.

Los campos de exterminio no tenían otra finalidad que la de matar personas. Treblinka había sido maquillada para tener el aspecto de una estación de trenes, con carteles y horarios de viajes, y una zona verde al lado de la cerca alambrada. Desde que llegó en septiembre de 1942, Setrakian estuvo todo el tiempo trabajando. "Ganándose su aliento", decía él. Era un hombre callado, pero bien criado, lleno de sabiduría y compasión. Ayudó a tantos prisioneros como pudo y todo el tiempo oraba en silencio. Y a pesar de las atrocidades que presenciaba diariamente, creía que Dios cuidaba a todos los hombres.

Pero una noche de invierno, Abraham vio al diablo en los ojos de un ser muerto, y entendió que el mundo era muy diferente de lo que pensaba.

Había pasado la medianoche y el campo estaba tan silencioso como nunca. El murmullo del bosque había desaparecido y el aire frío le calaba los huesos. Se dio vuelta en su litera y observó ciegamente la oscuridad que lo rodeaba. Entonces escuchó algo:

Pic-pic-pic.

Exactamente como le había contado su *bubbeh*... sonaba exactamente como ella lo había descrito... y por alguna razón eso hacía que fuera todavía más aterrador...

Se quedó sin aire y sintió el foso en llamas en su corazón. La oscuridad se movió en un rincón de las barracas. Una *cosa,* una figura alta y desgarbada salió de la penumbra oscura y se acercó a sus compañeros dormidos.

Pic-pic-pic.

Era Sardu, o una cosa que anteriormente había sido él. Su piel era ahora mustia y oscura, y se confundía con los pliegues de su túnica negra y suelta. Era como una mancha de tinta animada. La Cosa se movía sin esfuerzo, un fantasma liviano deslizándose por el suelo. Las garras afiladas de sus pies rasgaban ligeramente la madera.

Pero... no podía ser. El mundo era real y el mal también; todo el tiempo lo rondaba, pero esto no podía ser real. Esto era una *bubbeh meiseh*. Una *bubbeh...*

Pic-pic-pic.

En cuestión de segundos, la Cosa se acercó a la litera que había frente a Setrakian. Abraham sintió su olor a hojas secas, tierra y moho. Vio destellos de su cara ennegrecida mientras emergía de la oscuridad de su cuerpo, se inclinaba hacia delante y olía el cuello de Zadawski, un joven polaco muy trabajador. La Cosa era tan alta como las barracas, y la cabeza le llegaba hasta las vigas del techo; respiraba con dificultad, de una forma exigua, excitada y hambrienta. Pasó a la próxima litera, donde su rostro fue iluminado brevemente por la luz de una ventana cercana.

La piel oscura se hizo translúcida, ambarina, como una rodaja delgada de carne seca. Su rostro era áspero y opaco, excepto por sus ojos, dos esferas resplandecientes que parecían brillar de manera intermitente, como pedazos de carbón que se encendían al ser soplados. Sus labios resecos revelaban unas encías manchadas y dos hileras de dientes pequeños, amarillentos, e increíblemente afilados.

Se detuvo ante el cuerpo frágil de Ladislav Zajak, un anciano tuberculoso de Grodno que había llegado recientemente. Setrakian lo había ayudado desde el principio, mostrándole cómo funcionaba todo y evitándole todos los escrutinios posibles. Su enfermedad bastaba para que lo ejecutaran de inmediato, pero Setrakian dijo que era su asistente, y lo mantuvo alejado de los agentes de la SS y de los guardias Ucranianos en los momentos más críticos. Pero Zajak ya estaba prácticamente del otro lado. Sus pulmones le estaban fallando, y más importante aún, había perdido el deseo de vivir: se mantenía encerrado, hablaba muy poco y constantemente lloraba en silencio. Zajak se había convertido en una amenaza para la supervivencia de Setrakian, pero las súplicas de éste ya no hacían mella en el anciano. Setrakian lo oía estremecerse por sus ataques de tos y llorar en silencio hasta el amanecer.

Pero en ese momento, y cerniéndose sobre él, la Cosa observaba a Zajak. La respiración arrítmica del anciano parecía complacerle, y, como un ángel exterminador, extendió su oscuridad sobre el frágil cuerpo del anciano, chasqueando su lengua reseca con avidez.

Setrakian no pudo ver lo que hizo la Cosa. Hubo un ruido, pero sus oídos se negaron a oírlo. Esa cosa enorme y exaltada se inclinó sobre la cabeza y el cuello del anciano. Su postura indicaba que... se estaba alimentando. El vetusto cuerpo del anciano tembló y se estremeció ligeramente, pero Zajak no despertó.

Nunca volvió a hacerlo.

Setrakian se tapó la boca para no gritar. La Cosa, una vez saciada, no pareció interesarse en él. Se detuvo ante los débiles y enfermos. Al final de la noche había tres cadáveres, y la Cosa tenía un semblante colorado; su piel parecía más suave, pero era igualmente oscura.

Setrakian vio a la Cosa desaparecer en la oscuridad y marcharse. Se levantó con cautela y pasó al lado de los cuerpos. Los miró en la penumbra y no vio nada extraño, exceptuando una ligera cortada en el cuello, una incisión tan leve que era casi imperceptible.

Si no fuera porque él había sido testigo del horror...

Entonces recapacitó. Esa cosa regresaría de nuevo, y pronto. El campo de concentración era un terreno fértil, y la Cosa apacentaría entre los olvidados, los marginados, los insignificantes. Se alimentaría de ellos, de todos ellos.

A menos que alguien hiciera algo para detenerla.

Alguien.

Él.

EL

MOVIMIENTO

Clase turista

Ansel Barbour, otro de los sobrevivientes del vuelo 753, se apretujó con su esposa Ann-Marie, y sus dos hijos —Benjy, de ocho años, y Heily, de cinco— en el sofá azul del patio de invierno de su casa en Flatbush, Nueva York. Pap y Gertie, los dos enormes San Bernardos, también estaban junto a ellos en esta ocasión especial. Apoyaban felices las grandes garras sobre sus rodillas como las manos de una persona, golpeándole el pecho con la cabeza con gesto de agradecimiento.

Ansel iba en la silla 39G, en clase turista, y regresaba de Postdam, al suroeste de Berlín, después de asistir a un curso sobre seguridad de bases de datos en representación de su empresa. Ansel —un programador de computadores— tenía un contrato de cuatro meses con una compañía de Nueva Jersey encargada de investigar la clonación de millones de números de tarjetas de crédito a través de Internet. Era la primera vez que salía del país, y había extrañado intensamente a su familia. Durante su estadía se habían programado algunos paseos turísticos, pero Ansel nunca salió del hotel, pues prefería estar con su computador portátil en la habitación, hablar con sus hijos y verlos por la cámara Web, o jugar a las cartas con cibernautas.

Su esposa era una mujer supersticiosa y prevenida, y el trágico desenlace del vuelo 753 había confirmado su temor a viajar en avión y a todas las experiencias nuevas en general. No sabía conducir, y realizaba una gran cantidad de rutinas que rayaban en desórdenes obsesivo-compulsivos, entre los cuales estaba tocar y limpiar constantemente cada espejo de la casa para alejar la mala suerte. Sus padres habían muerto en un accidente automovilístico cuando tenía cuatro años (Ann-Marie había sido la única sobreviviente del accidente) y fue criada por una tía soltera que falleció una semana antes de su boda con Ansel. Los nacimientos de sus hijos habían reforzado el aislamiento de Ann-Marie, así como sus temores, hasta el punto de pasar varios días sin salir de su casa, dependiendo exclusivamente de Ansel para cualquier cosa que representara una diligencia en el mundo exterior.

La noticia del incidente del avión la dejó devastada, pero sintió tanto júbilo al enterarse de que su esposo había sobrevivido, que sólo podía definirla como una experiencia religiosa, una liberación que confirmaba y consagraba la necesidad absoluta de mantener sus rutinas para alejar la mala suerte.

Por su parte, Ansel sintió un gran alivio al regresar a casa. Ben y Haily se abalanzaron sobre él, pero Ansel tuvo que contenerlos debido al fuerte dolor que tenía en el cuello. La tensión —sentía sus músculos como sogas apretadas— estaba localizada en la garganta, pero se extendía por toda la mandíbula hasta la base del cráneo. Cuando se le da vuelta a una cuerda, ésta se hace más pequeña, y era así como Ansel sentía sus músculos. Estiró el cuello esperando sentir un poco de alivio...

CHASQUIDO... CRUJIDO... ESTALLIDO...

Que lo hicieron doblarse en dos. El dolor no ameritaba el esfuerzo.

Fue entonces cuando Ann-Marie lo vio con el frasco de ibuprofeno en la mano, que había sacado del gabinete sobre la estufa. Sacó seis, la máxima dosis diaria, y a duras penas pudo tragárselas.

"¿Qué te pasa?" Los ojos de Ann-Marie estaban desprovistos de cualquier señal de alegría.

"Nada", respondió él, aunque su molestia era tal que no podía mover la cabeza. Era mejor que ella no se preocupara. "Simplemente es la tensión del vuelo. Tal vez la posición en que mantuve la cabeza".

Ella permaneció halándose los dedos a la entrada de la cocina. "Tal vez no deberías haber salido del hospital".

"¿Y cómo habrías sobrevivido?", le respondió lacónicamente.

"Pero, ¿qué tal si... tuvieras que regresar? ¿Qué tal si esta vez quieren que permanezcas internado?"

A Ansel le parecía una tarea agotadora disipar los temores de su esposa a costa de los suyos. "Tal como están las cosas, no puedo dejar de trabajar. Sabes que escasamente podemos sostenernos en términos financieros".

Era un hogar con una sola fuente de ingresos, en un país donde ambos cónyuges tenían que aportar económicamente. Ansel tampoco podía conseguir un segundo empleo: ¿quién haría las compras del hogar?

Ella dijo: "Sabes que yo... no podría defenderme sin ti". Nunca habían hablado de la enfermedad de ella, o por lo menos, nunca habían dicho que se tratara de una enfermedad. "Te necesito; te necesitamos".

Ansel recordó a los pasajeros que iban cerca de él: una familia con tres hijos grandes dos filas delante de él; la pareja mayor sentada al otro lado del pasillo, durmiendo la mayoría del tiempo, compartiendo la misma almohada durante todo el viaje; la aeromoza teñida de rubio que le había derramado una gaseosa dietética en sus pantalones. "¿Habrá una razón para que yo haya sobrevivido?"

"Sí; *hay* una razón", dijo ella con las manos sobre su pecho: "Yo".

Ansel llevó a los perros de regreso a la perrera del patio. El patio fue el factor que los motivó a comprar esa casa, pues era un espacio amplio para que los niños jugaran en compañía de los perros. Ansel vivía con Pap y Gertie antes de conocer a Ann Marie, quien se había encariñado tanto con ellos como con él. Los perros la amaban incondicionalmente, al igual que Ansel y los niños —aunque Benjy, el hijo mayor, estaba comenzando a cuestionar las excentricidades de su madre, sobre todo cuando suponían un conflicto con sus entrenamientos de béisbol y horarios de juego—. Ansel sentía que Ann-Marie se estaba distanciando de su hijo. Sin embargo, Pap y Gertie no la desafiarían nunca, siempre y cuando los siguiera sobrealimentando. Ansel temía que sus hijos se alejaran de su madre a una edad muy temprana y no entendieran realmente por qué ella parecía preferir a los perros que a ellos.

Ansel había instalado un poste de metal entre dos láminas de madera y los candados del vetusto cobertizo del patio. Gertie se había salido de la casa a comienzos del año y regresado con laceraciones y marcas en el lomo y las patas, como si hubiera sido azotada. Así que ahora amarraban a los perros durante la noche para protegerlos. Ansel —manteniendo su cuello y su cabeza rectos para minimizar el malestar— les sirvió la comida y el agua con mucha lentitud, acariciándoles la cabeza mientras comían, y valorando lo mucho que representaban para él al final de aquel día afortunado. Cerró la puerta después de encadenarlos al poste, y permaneció mirando su casa desde allí, tratando de imaginar cómo sería el mundo sin él. Ansel había visto llorar a sus hijos ese día, y él había llorado con ellos. Su familia lo necesitaba más que a nadie en el mundo.

Un dolor súbito y desgarrador en el cuello lo hizo estremecerse. Se agarró del cobertizo para no caerse, y permaneció inclinado, temblando y sin poder sobreponerse al dolor violento y punzante. Su agonía cedió finalmente, dejándole en los oídos el sonido de una concha vacía de caracol. Se tocó el cuello con suavidad, trató de estirarlo y de aumentar su movilidad, inclinando su cabeza hacia atrás lo más que pudo, hacia el cielo nocturno; vio las luces de los aviones y las estrellas.

Sobreviví, pensó. *Lo peor ha quedado atrás, y esto pronto pasará.*

Esa noche tuvo un sueño horrible. Una bestia desenfrenada perseguía a sus hijos por toda la casa, y cuando Ansel corría para salvarlos, descubrió que tenía garras de monstruo en lugar de manos. Se levantó de la cama mojada por el sudor y se incorporó rápidamente, pero le sobrevino otro ataque de dolor.

CHASQUIDO...

Sintió el mismo dolor agudo en los oídos, la mandíbula y la garganta, y no podía tragar.

CRUJIDO...

El dolor de esa retracción esofágica era casi incapacitante.

Y además, sintió una sed, como nunca la había sentido antes: un deseo insaciable.

Cruzó el corredor rumbo a la cocina una vez pudo moverse de nuevo. Abrió el refrigerador y se sirvió un vaso grande de limonada, luego otro, y otro... y no tardó en beber directamente de la jarra. Pero nada lograba saciar su sed. Y, ¿por qué sudaba tanto?

Las manchas de su piyama tenían un olor fuerte —parecido al almizcle— y su sudor un color ambarino. Tenía un calor insoportable.

Guardó la jarra en el refrigerador y vio un plato con carne cruda. Vio las fibras sinuosas de la sangre mezclándose con el aceite y el vinagre, y la boca se le hizo agua. No sintió deseos de comérsela asada, sino de darle un mordisco, hundir sus dientes en ella, desgarrarla y exprimirla. Y también de beber su sangre.

ESTALLIDO...

Regresó por el corredor y les echó un vistazo a los niños. Benjy estaba acurrucado debajo de las sábanas de Scooby-Doo, y Haily roncaba suavemente con su brazo colgando a un lado del colchón, como intentando agarrar los álbumes fotográficos que habían caído al suelo. El hecho de verlos le permitió relajar sus hombros y normalizar un poco su respiración. Salió al patio para refrescarse, y el aire nocturno enfrió el sudor seco de su piel. Sintió que estar en casa con su familia lo curaría de todo. Ellos lo ayudarían.

Ellos proveerían.

Oficina del Forense de Manhattan

EL MÉDICO FORENSE que se encontró con Eph y Nora no tenía rastros de sangre. Esto ya era extraño de por sí. Normalmente, la sangre cubría sus trajes impermeables y les manchaba los puños plásticos hasta la altura de los codos. Pero no ese día. El Forense bien podría ser un ginecólogo de Beverly Hills.

Dijo que se llamaba Gossett Bennett; un hombre de piel morena, ojos aún más oscuros, y con una expresión decidida detrás de la máscara plástica. "Estamos comenzando", dijo señalando las mesas. Las salas de cirugía son estériles y silenciosas, pero la morgue es justamente lo opuesto: un lugar bullicioso y lleno de seguetas, agua circulando y médicos que gritan órdenes. "Tenemos ocho cadáveres del avión".

Los cuerpos estaban tendidos en ocho mesas de acero inoxidable rodeadas de canaletas. Las víctimas se encontraban en varias fases de la autopsia, y dos de ellas habían sido completamente "acanoadas", es decir, que sus pechos ya habían sido eviscerados, y sus órganos estaban en una bolsa plástica sobre sus espinillas, mientras que un patólogo sacaba pedazos de carne, como un caníbal preparando un plato de *sashimi* humano. Los cuellos habían sido diseccionados y las lenguas extraídas; la piel de los rostros estaba semi doblada como máscaras de látex, dejando al descubierto los cráneos abiertos con una sierra circular. Un cerebro estaba en el proceso de ser separado de su unión con la médula espinal, para luego sumergirlo en una solución de formalina a fin de que se endureciera; era el último paso de una autopsia. Un auxiliar de la morgue tenía gasa en las manos y una gran aguja curva con un hilo grueso y parafinado para rellenar el cráneo vacío.

Un par de tijeras largas y de asas grandes —como sacada de una ferretería— iba de mesa en mesa, donde otro auxiliar estaba sentado en una banqueta metálica al lado de un cadáver con el pecho abierto, listo para cortarle las costillas, de modo que toda la caja torácica y el esternón pudieran ser extraídos. El olor que había allí era una mezcla imposible de queso parmesano, gas metano y huevos podridos.

"Comencé a examinarles los cuellos después de hablar contigo", dijo Bennett. "Hasta el momento, todos los cadáveres presentan la misma laceración de la que me hablaste, pero no hay cicatrices. Simplemente una herida abierta, tan precisa e impecable como no había visto nunca".

El médico les mostró el cadáver de una mujer que estaba sobre una mesa y que no había sido diseccionado. Tenía la cabeza hacia atrás, con el pecho arqueado y su cuello extendido, gracias a un bloque metálico colocado debajo del cuello. Eph le examinó la piel de la garganta.

Observó la incisión, —tan delgada como un corte producido por una hoja de papel— y separó los bordes con suavidad. Le sorprendió la minuciosidad y profundidad de la herida. Eph soltó la piel, y la herida se cerró lentamente, como un párpado somnoliento o unos labios después de esbozar una sonrisa.

"¿Qué pudo causar esto?", preguntó.

"Ningún fenómeno natural. Nada de lo que yo tenga conocimiento", respondió Bennett. "Observa la precisión: es propia de un bisturí. Se podría decir que está casi calibrada, tanto en la extensión como en el propósito. Sin embargo, los extremos están redondeados, lo que equivale a decir que tienen una apariencia casi orgánica".

"¿Qué tan profunda es?", preguntó Nora.

"Es una incisión limpia y concisa, que perfora la pared de la carótida y se detiene allí. No pasa al otro lado ni rompe la arteria".

"¿En todos los casos?", jadeó Nora.

"En todos los que hemos visto hasta ahora. Todos los cuerpos presentan laceraciones, aunque debo admitir que si ustedes no me lo hubieran advertido, yo no lo habría notado. Especialmente con todos los otros síntomas que presentan estos cadáveres".

"¿Cuáles?"

"Pronto se los diré. Las laceraciones están localizadas en el cuello, bien sea en la parte frontal o lateral. Exceptuando a una mujer que la tiene en el pecho, arriba del corazón. Examinamos a un hombre y descubrimos la incisión en la parte superior e interior del muslo, sobre la arteria femoral. Todas las heridas presentan perforación de la piel y del músculo, y terminan exactamente en una arteria importante".

"¿Una aguja?", insinuó Eph.

"Algo más delgado aún. Yo... necesito investigar más; simplemente estamos comenzando. Eso para no hablar de las otras evidencias tan extrañas. Supongo que están al tanto de ellas". Bennett los condujo a un cuarto refrigerado, con una puerta tan ancha como la de un garaje doble. Había unas cincuenta camillas, la mayoría de las cuales contenían cadáveres enfundados en bolsas abiertas a la altura del pecho. Algunas estaban completamente cerradas, y los cuerpos desnudos —que ya habían sido pesados, medidos y fotografiados— estaban listos para la autopsia. Había otros ocho cadáveres que no tenían ninguna relación con el vuelo 753, tendidos en camillas, sin bolsas, y con las habituales etiquetas amarillas en los pies.

La refrigeración retarda la descomposición del mismo modo en que conserva las frutas y los vegetales, y evita que se dañen las carnes frías. Sin embargo, los cuerpos del avión no se habían descompuesto. Habían pasado treinta y seis horas, y parecían tan frescos como cuando Eph los vio por primera vez en el avión, a diferencia de otros cadáveres, hinchados y con los efluvios manando de sus aberturas como una purga negra, mientras la carne adquiría un color verde oscuro y una textura semejante al cuero debido a la evaporación.

"Estos son muertos con muy buen aspecto", dijo Bennett.

Eph sintió un escalofrío que no tenía nada que ver con la temperatura del cuarto. Él y Nora avanzaron tres hileras. Los cadáveres no tenían un aspecto saludable, pues estaban marchitos y pálidos, pero era como si hubieran fallecido recientemente. Aunque tenían el sello distintivo de los difuntos, parecían haber fallecido media hora antes.

Siguieron a Bennett a la sala de autopsias, para examinar el mismo cadáver que les había mostrado antes —una mujer de poco más de cuarenta años sin otra marca notable que una cicatriz producto de una cesárea debajo de la línea del bikini— y que estaba siendo preparado para la disección. Pero en lugar de un bisturí, Bennett tomó un instrumento que nunca se utiliza en la morgue: un estetoscopio.

"Observé esto anteriormente", dijo el médico, pasándole el estetoscopio a Eph, quien se acomodó las terminales en los oídos. Bennett les pidió a todos los presentes que hicieran silencio. Un asistente de patología se apresuró a cerrar la llave del agua.

Bennett colocó el extremo acústico del estetoscopio en el pecho del cadáver, debajo del esternón. Eph sintió un sobresalto, temiendo lo que iba a escuchar. Sin embargo, no oyó nada. Miró a Bennett, quien parecía imperturbable. Eph cerró los ojos y se concentró.

Era algo débil, muy débil. Un sonido arrastrado, casi como si algo se estuviera revolcando en el fango. Era lento, tan aterradoramente leve que no podía estar seguro de no haberlo imaginado.

Le pasó el estetoscopio a Nora para que escuchara.

"¿Son gusanos?", dijo ella, enderezándose.

Bennett negó con la cabeza. "En realidad, no hay ninguna señal de infestación, lo que explica parcialmente la ausencia de descomposición. Sin embargo, *hay* otras anomalías inquietantes..."

Bennett hizo señas para que todo el personal reanudara sus labores, y sacó un bisturí grande, número 6, de una bandeja. Pero en lugar de hacer una incisión en el pecho con la usual forma en "Y", el médico tomó una jarra ancha del mostrador esmaltado y la colocó debajo de la mano izquierda del cadáver. Pasó el bisturí a lo largo de la muñeca, abriéndola como si fuera la cáscara de una naranja.

Un líquido claro y opalino brotó y le salpicó los guantes y el cuerpo, pero luego escurrió a un ritmo continuo del brazo y cayó al fondo de la jarra. Inicialmente salió con rapidez, pero perdió fuerza después de llenar unas tres onzas de la jarra debido a la falta de presión circulatoria. Bennett bajó el brazo para extraer más líquido.

El impacto que sintió Eph por la rudeza del corte fue superado con rapidez por la vista del chorro. No podía ser sangre, pues ésta se detiene y se coagula después de la muerte. Y mucho menos circula como el aceite de un motor.

Tampoco se vuelve blanca. Bennett acomodó el brazo al lado del cadáver y levantó la jarra para que Eph la viera.

Comandante: los cadáveres... están...

"Inicialmente creí que las proteínas se estaban separando, así como el aceite flota sobre el agua", dijo Bennett. "Pero no se trata de eso".

El líquido era blanco y pastoso, como si hubieran introducido leche agria en el torrente sanguíneo.

Comandante... Oh, ¡Dios mío!...

Eph no podía creer lo que estaba viendo.

Nora preguntó: "¿Todos están así?".

Bennett asintió. "Exanguinados. No tienen sangre".

Eph observó el líquido blanco de la jarra y se le revolvió el estómago al pensar en su afición por la leche.

Bennett dijo: "También hay otros síntomas. Su temperatura es elevada. De algún modo, estos cuerpos todavía generan calor. Adicionalmente, hemos encontrado manchas oscuras en algunos órganos. No se trata de necrosis... sino de algo semejante a... moretones".

Bennett dejó la jarra en el aparador y llamó a una asistente de patología, quien trajo un recipiente plástico semejante al de las sopas para llevar. Bennett retiró la tapa, sacó un órgano y lo dejó en la tabla para cortar, como si fuera un pedazo de carne recién traído de la carnicería. Era un corazón humano sin diseccionar. Señaló el lugar donde se deberían unir las arterias con el dedo cubierto por un guante. "¿Ven las válvulas? Es casi como si estuvieran abiertas. Ahora, no podrían haber funcionado así en vida, sin expandirse y contraerse, ni bombear sangre. De modo que esto no puede ser congénito".

Eph estaba aterrado: esa anormalidad era un defecto fatal. Como cualquier anatomista lo sabe, las personas no tienen el mismo aspecto por dentro que por fuera, pero era inconcebible que algún ser humano pudiera llegar a la edad adulta con un corazón como ese.

Nora preguntó: "¿Tienes el historial médico del paciente o algo con lo que podamos comparar esto?".

"Todavía no. Tal vez los recibamos mañana a primera hora. Pero esto ha retrasado considerablemente el proceso. Trabajaré un poco más, y veré si alguien me puede ayudar mañana. Quiero revisar cada pequeño detalle; por ejemplo.... esto".

Bennett los condujo a un cadáver completamente diseccionado. Era un adulto de peso mediano. Su cuello había sido abierto hasta la garganta, dejando al descubierto la laringe y la tráquea, de tal modo que las cuerdas vocales solo eran visibles arriba de la laringe.

Bennett les preguntó: "¿Ven los pliegues vestibulares?"

También eran conocidos como las "falsas cuerdas vocales", esas membranas mucosas gruesas cuya única función es proteger las verdaderas cuerdas vocales. Son una verdadera rareza anatómica en el sentido en que pueden regenerarse por completo, incluso después de ser removidas quirúrgicamente.

Eph y Nora se inclinaron para ver mejor, y observaron el brote de los pliegues vestibulares, una protuberancia carnosa y rosada. No era algo maligno ni malformado como una masa tumorosa, sino una extensión que provenía del interior de la garganta, debajo de la lengua. Era una prolongación aparentemente espontánea y nueva de la parte blanda de la mandíbula inferior.

Se limpiaron con mayor diligencia de la acostumbrada. Ambos estaban profundamente impactados por lo que habían visto en la morgue.

Eph fue el primero en hablar: "Me pregunto cuándo volverán a tener sentido las cosas". Hundió el botón del secador, y sintió el aire en sus manos desnudas. Después tomó conciencia de su propio cuello, a la altura de la garganta, aproximadamente donde estaban localizadas las incisiones de todos los cadáveres. "Una herida recta y profunda en el cuello. Y un virus que retrasa la descomposición ante mórtem por un lado, y por el otro, aparentemente causa un crecimiento espontáneo de tejido".

"Eso es algo nuevo", dijo Nora.

"O sumamente viejo", respondió Eph.

Cruzaron la puerta de salida, hacia la camioneta Explorer de Eph, que estaba estacionada ilegalmente con el letrero de TRANSPORTE URGENTE DE SANGRE en el tablero. Los últimos vestigios de luz estaban desapareciendo del cielo. Nora dijo: "Necesitamos preguntar en las otras morgues para ver si han encontrado las mismas anomalías".

La alarma del teléfono móvil de Eph se encendió. Era un mensaje de texto de Zack:

¿Dónde estás???? Z.

"¡Mierda!", dijo Eph. "Me olvidé de la audiencia para la custodia...,"

"¿Justo ahora?", preguntó Nora. "Está bien. Anda; nos veremos después..."

"No; llamaré allá; todo saldrá bien". Miró a su alrededor y se sintió dividido en dos. "Necesitamos examinar de nuevo al piloto. ¿Por qué su herida se cerró, pero no la de los demás? Necesitamos entender la fisiopatología de este asunto".

"Y la de los otros sobrevivientes".

Eph frunció el ceño al recordar que todos se habían marchado del hospital. "Jim no suele cometer ese tipo de errores".

Nora quería defenderlo. "Están enfermos y seguramente regresarán".

"Pero podría ser muy tarde. Para ellos y para nosotros".

"¿A qué te refieres cuando dices para nosotros?"

"A llegar al fondo de este asunto. Tiene que haber una respuesta en algún lugar, una explicación, una lógica. Está sucediendo algo imposible, necesitamos descubrir la causa y detenerla".

Los periodistas se disponían a transmitir en vivo y en directo desde la Oficina del Forense, frente a la entrada principal de la calle Primera. Habían atraído una considerable multitud de espectadores, cuyo nerviosismo podía palparse incluso desde la esquina. Una gran incertidumbre flotaba en el ambiente.

Un hombre salió de la multitud, y Eph reparó en él. Era un anciano de cabello blanco, que sostenía un bastón demasiado grande para él, y lo agarraba debajo de la empuñadura de plata como si fuera un báculo. Parecía un Moisés de una sala de espectáculos, salvo por su atuendo impecable, formal y anticuado, con el abrigo negro y liviano sobre un traje de gabardina, y un reloj de bolsillo en su chaleco. Y en una contradicción extraña con su aire distinguido, llevaba guantes de lana gris con las puntas de los dedos cortadas.

"¿Dr. Goodweather?"

El anciano sabía su nombre. Eph lo miró de nuevo y le preguntó: "¿Lo conozco?"

El hombre hablaba con un acento que parecía ser eslavo. "Lo vi en la televisión. Sabía que vendría acá".

"¿Me estaba esperando?"

"Doctor; lo que tengo que decirle es muy importante. Es fundamental".

Eph se distrajo con la empuñadura del bastón: era una cabeza de lobo tallada en plata. "Ahora no... llame a mi oficina; pida una cita..." Eph se retiró para hacer una llamada desde su teléfono móvil.

El anciano parecía ansioso: un hombre agitado intentando hablar con calma. Esbozó su sonrisa más amable al presentársele a Nora. "Me llamo Abraham Setrakian, un nombre que no debería tener ningún significado para usted". Señaló la morgue con su bastón. "Usted los vio allá. A los pasajeros del avión..."

Nora le preguntó: "¿Sabe algo al respecto?".

"Por supuesto", dijo, lanzándole una sonrisa complacida. Setrakian miró de nuevo en dirección a la morgue como si hubiera esperado mucho tiempo para hablar y no supiera por dónde comenzar. "Seguramente notó que no estaban muy cambiados, ¿verdad?"

Eph apagó el teléfono. Las palabras del anciano daban cuenta de las evidencias irracionales que habían examinado en la morgue. "¿Cómo así que no estaban muy cambiados?", preguntó, con un dejo de temor en la voz.

"Me refiero a los muertos. Los cuerpos no se están descomponiendo".

"¿Así que eso es lo que se dice por aquí?", dijo Eph con más preocupación que intriga.

"Nadie tuvo que decirme nada, doctor. Yo lo sé".

"¿Lo sabe?", preguntó Eph.

"Cuéntenos", dijo Nora. "¿Sabe algo más?"

El anciano carraspeó. "¿Han encontrado un... ataúd?"

Eph vio que Nora pareció elevarse casi tres pulgadas del suelo. "¿Qué dijo?", preguntó Eph.

"Un ataúd. Si lo tienen, entonces lo tendrán a él".

"¿A *quién*?", preguntó Nora.

"Destrúyanlo de inmediato. No conserven el ataúd para examinarlo. Deben quemarlo antes de que sea demasiado tarde".

Nora negó con la cabeza. "Ha desaparecido", dijo. "Y no sabemos dónde está".

Setrakian tragó saliva para disimular su amarga decepción. "Tal como yo lo temía".

"¿Por qué hay que destruirlo?", preguntó Nora.

Eph interrumpió y se dirigió a ella: "El público entrará en pánico si oye esta conversación". Luego miró al anciano. "¿Quién es? "¿Cómo se enteró de estas cosas?"

"Soy un prestamista. No he escuchado nada. *Sé* éstas cosas".

"¿Las sabe?", dijo Nora. "¿Cómo las sabe?"

"Por favor..." dijo Abraham, dirigiéndose a Nora, que era más receptiva. "Lo que voy a decirles no lo digo de manera desprevenida. Lo digo con desespero y con total honestidad. Esos cuerpos que hay allá", dijo señalando la morgue, "deben ser destruidos antes de que oscurezca".

"¿Destruidos?", replicó Nora. "¿Por qué?"

"Les recomiendo que los incineren. La cremación es el procedimiento más simple y seguro".

"*Es él*", dijo una voz que provenía de la puerta lateral. Era un oficial de la morgue acompañado de un policía de la NYPD, dirigiéndose a ellos. Hacia Setrakian.

El anciano los ignoró y habló más rápido. "Por favor. Se está haciendo muy tarde".

"Allá", dijo el oficial de la morgue, avanzando y señalando a Setrakian. "Ése es el tipo".

El policía le dijo a Setrakian con tono cansado: "¿Señor?".

Abraham lo ignoró, dirigiéndose exclusivamente a Nora y a Eph.

"Se ha roto una tregua: un pacto sagrado y antiguo, por parte de un hombre que ya no es un ser humano sino una abominación. Una abominación ambulante y voraz".

"Señor", insistió el policía. "¿Podría hablar con usted?"

Setrakian agarró a Eph del brazo para llamar su atención. "Él está aquí y ahora, en el Nuevo Mundo, en esta ciudad. ¿Entiende? Hay que detenerlo".

Los dedos del anciano eran nudosos como garras. Eph se separó de él, no con brusquedad, pero sí lo suficiente para hacerlo retroceder. El anciano golpeó al policía casi en la cara con su bastón, y rápidamente, el desinterés del agente se transformó en cólera.

"Ya basta", dijo el policía, arrebatándole el bastón y sujetando al anciano del brazo. "Vamos".

"Deben detenerlo", siguió diciendo Setrakian mientras era alejado por el policía.

Nora se dirigió al oficial de la morgue. "¿Qué es esto? ¿Qué están haciendo?"

El oficial miró los carnés laminados que portaban a la altura del pecho —con las iniciales CDC en color rojo— antes de responder.

"Intentó entrar aquí alegando que era familiar de un difunto. Insistió en ver los cadáveres. Debe ser un anciano morboso".

"Luz ultravioleta", dijo el anciano por encima del hombro. "Examinen los cadáveres con luz ultravioleta..."

Eph quedó petrificado: ¿habría escuchado bien?

"Entonces comprenderán que tengo la razón", gritó el anciano antes de ser subido a la patrulla. "Destrúyanlos ahora, antes de que sea demasiado tarde..."

Eph vio la puerta de la patrulla cerrarse. El policía subió al volante y se alejó.

Exceso de equipaje

EPH LLAMÓ con cuarenta y cinco minutos de retraso para disculparse por no asistir a la sesión que tenía con Zack, Kelly y la doctora Inga Kempner, la terapeuta de familia nombrada por la corte. Se sintió aliviado de no estar en aquel consultorio, ubicado en el primer piso de un edificio de piedra rojiza en Astoria, construido antes de la guerra, y que era el lugar donde se decidiría la custodia final.

Eph le expuso su caso a la doctora. "Permítame explicarle: llevo todo el fin de semana ocupado en las circunstancias más inusuales. Se trata del caso del avión del aeropuerto Kennedy. No tengo otra opción".

La doctora Kempner le dijo: "No es la primera vez que no acude a la cita".

"¿Dónde está Zack?", preguntó él.

"En la sala de espera", respondió la doctora.

Ella ya había hablado con Kelly, y todo estaba decidido. Todo había terminado incluso antes de empezar.

"Mire, doctora Kempner. Lo único que le pido es que programe de nuevo nuestra cita..."

"Doctor Goodweather; me temo que..."

"No; espere... por favor". Y entonces fue directo al grano. "Escúcheme: ¿soy un padre perfecto? No lo soy. Lo reconozco, pero merezco puntos por mi honestidad, ¿verdad? De hecho, ni siquiera estoy seguro de querer ser el padre 'perfecto' y criar a un niño normal que no marque una diferencia en este mundo. Pero sé que quiero ser el mejor padre posible, porque eso es lo que se merece Zack. Y esa es mi única meta actual".

"Todo apunta a lo contrario", señaló la doctora Kempner.

Eph hizo un gesto obsceno con el dedo. Nora estaba cerca, y él se sintió tan indignado como expuesto y vulnerable.

"Escúcheme", dijo Eph, esforzándose para controlarse. "Usted sabe que he organizado mi vida en torno a esta situación, vale decir, alrededor de Zack. Abrí una oficina en la ciudad de nueva York con el único fin de poder estar aquí, cerca de su madre, para que mi hijo se beneficie de ambos. Generalmente tengo horarios normales y confiables durante la semana, y mi tiempo libre está claramente establecido. Trabajo turno doble algunos fines de semana para poder tener dos libres por cada uno que trabaje".

"¿Asistió a la reunión de Alcohólicos Anónimos este fin de semana?"

Eph guardó silencio y perdió la paciencia. "Me pregunto si usted me estaba escuchando".

"¿Ha sentido necesidad de alcohol?"

"No", gruñó, haciendo un esfuerzo supremo para no perder el control. "Usted sabe que llevo veintitrés meses sobrio".

La doctora Kempner dijo: "Doctor Goodweather, no se trata de quién quiera más a su hijo. Nunca se trata de eso en este tipo de situaciones. Es maravilloso que ambos se interesen tanto y tan profundamente en él. Su dedicación para con Zack es completamente evidente. Pero, tal como suele suceder, parece que no hay forma de evitar que esto se convierta en un concurso. El estado de Nueva York ha establecido unos parámetros que yo debo seguir en mi recomendación al juez".

Eph tragó saliva con amargura. Trató de interrumpirla, pero ella siguió hablando.

"Usted se ha resistido a la posición original de la corte con respecto a la custodia. Ha intentado oponerse a ella en cada aspecto, y considero que eso habla de su afecto por Zachary. También ha hecho grandes esfuerzos a nivel personal, lo cual es tan cierto como admirable. Pero ahora usted ha apelado a su último recurso legal, en las fórmulas que utilizamos para arbitrar la custodia. Obviamente, los derechos de visita nunca han sido cuestionados..."

"No, no, no", murmuró Eph, como un peatón a punto de ser atropellado por un auto. Era la misma sensación de derrota que había sentido todo el fin de semana. Intentó recordar el momento en que él y Zack estaban sentados en su apartamento, comiendo comida china y jugando videojuegos, con todo el fin de semana por delante. Había sido una sensación gloriosa.

"Mi punto, Doctor Goodweather", dijo la Doctora Kempner, "es que no veo ningún sentido en continuar con esto".

Eph miró a Nora, quien le lanzó una mirada llena de solidaridad.

"Usted puede decirme que esto ha terminado", susurró Eph por el teléfono. "Pero no es así, doctora Kempner. Nunca terminará". Y acto seguido colgó.

Se alejó, sabiendo que Nora respetaría ese momento y no intentaría acercarse. Y dio gracias por eso, pues tenía lágrimas en los ojos, y no quería que ella las viera.

LA PRIMERA
NOCHE

U nas cuantas horas después, el doctor Bennett estaba terminando la larga jornada de aquel día en la morgue de la Oficina del Forense de Manhattan. Debería estar exhausto, pero en realidad estaba lleno de júbilo. Había sucedido algo extraordinario. Era como si las leyes habitualmente confiables de la muerte que regían la descomposición, hubieran sido escritas de nuevo en esa sala. Era algo que iba más allá de la medicina establecida, de la biología humana en sí... y que probablemente pertenecía incluso al ámbito de lo milagroso.

Suspendió las autopsias nocturnas, tal como lo había planeado. El personal realizaba sus labores, y los investigadores médico-legales operaban en los cubículos de arriba, pero la morgue le pertenecía a él. Había notado algo durante la visita de los médicos del CDC, relacionado con la muestra de sangre que había tomado, y el líquido opalino que había recogido en la jarra, la cual había guardado en uno de los refrigeradores, detrás de algunos recipientes semejantes a los de los postres que se encuentran en cualquier refrigerador.

Desenroscó la tapa y observó el contenido cerca de la pileta. Momentos después, la superficie, de unas seis onzas de sangre blanca, se onduló y Bennett se sobresaltó. Respiró profundo para recobrar la compostura. Pensó qué hacer a continuación, y sacó otra jarra idéntica del compartimiento de arriba. Le echó la misma cantidad de agua y las puso boca abajo, pues necesitaba cerciorarse de que la perturbación no era el resultado de vibraciones de algún camión que pasaba por allí o algo parecido.

Observó y esperó.

Y entonces lo vio de nuevo. El líquido blanco y viscoso se onduló, mientras que la superficie del agua, que era mucho menos densa, permaneció inmóvil.

Algo en la muestra de sangre se estaba moviendo.

Bennett pensó con detenimiento. Arrojó el agua al desagüe y pasó lentamente la sangre aceitosa de una jarra a otra. El líquido era espeso como un jarabe y se escurría de una manera lenta pero precisa. No vio ningún cuerpo pasar por el chorro delgado. El fondo de la primera jarra quedó ligeramente cubierto con la sustancia blanca, pero no vio nada extraño.

Dejó la otra jarra sobre el mostrador y esperó de nuevo.

No tuvo que esperar mucho tiempo: la superficie se onduló y Bennett casi se cae del banco.

Escuchó un ruido detrás, semejante a un rasguño o a un crujido.

Se dio vuelta con nerviosismo. Las lámparas iluminaban las mesas vacías de acero inoxidable, las superficies impecables y el piso inmaculado. Las víctimas del vuelo 753 estaban en los cuartos fríos a la entrada de la morgue.

Tal vez habían sido unas ratas. Era imposible erradicar las plagas del edificio, y eso que lo habían ensayado todo. Seguramente estaban en las paredes, o debajo del piso. Escuchó un momento más y se concentró de nuevo en la jarra.

Pasó de nuevo el líquido de una jarra a otra y se detuvo en la mitad del procedimiento. El contenido de las dos jarras era básicamente igual. Las puso debajo de la lámpara y observó la superficie lechosa en busca de una señal de vida.

Ahí estaba, en la primera jarra. Un *plop*, casi como el producido por un pequeño pez al asomarse a la superficie brumosa de un estanque.

Bennett observó la otra jarra sin detectar novedad alguna, y entonces arrojó el contenido por el desagüe. Comenzó de nuevo, dividiendo el contenido entre las dos jarras.

El sonido de una sirena en la calle lo hizo incorporarse. El vehículo pasó, y aunque debía imperar de nuevo el silencio, escuchó algo;

eran sonidos de movimientos a sus espaldas. Se dio vuelta de nuevo, sintiéndose tan paranoico como tonto. La sala estaba vacía, la morgue esterilizada y en calma.

Y no obstante... algo estaba haciendo un ruido. Se levantó en silencio, y miró hacia un lado y al otro para determinar de dónde provenía.

Dirigió su atención a la puerta metálica del cuarto refrigerado. Dio unos pasos hacia él y agudizó todos sus sentidos.

Era un crujido, un movimiento, como si viniera de adentro. Había pasado suficiente tiempo en ese lugar como para no asustarse por la simple cercanía con los muertos... pero entonces recordó el crecimiento *ante mortem* que habían presentado los cadáveres. Claramente, su ansiedad lo había llevado a revertir los tabúes humanos relacionados con los muertos. Todo lo relacionado con su trabajo se esfumó ante la apariencia de los instintos humanos normales. Cortar cadáveres abiertos, profanarlos, retirar la piel del rostro para destapar los cráneos; extirpar órganos y despellejar genitales... Se rió de sí mismo en la sala vacía. Así que, a fin de cuentas, él era básicamente una persona normal.

Su mente le estaba jugando una mala pasada. Seguramente era un problema técnico en los ventiladores, o algo así. Había un interruptor de seguridad dentro del cuarto refrigerado; un botón grande y rojo en caso de que alguien quedara atrapado accidentalmente en su interior.

Miró de nuevo las jarras y esperó detectar más movimientos. Deseó tener a mano su computador portátil para registrar sus pensamientos e impresiones.

Plop.

Esta vez estaba preparado; el corazón le palpitó, pero su cuerpo conservó la calma. La primera jarra estaba inmóvil. Tomó la otra y dividió el líquido por tercera vez, vertiendo aproximadamente una onza en cada recipiente.

Mientras hacía esto, creyó ver algo que pasaba de la primera jarra a la segunda. Era muy delgado, de no más de una pulgada y media de largo, si es que realmente estaba viendo lo que pensaba...

Un gusano, un trematodo. ¿Se trataba de una enfermedad parasitaria? Había varios parásitos que se transformaban para mejorar sus funciones reproductivas. ¿Era esa la explicación de los extraños cambios que había observado en las mesas de autopsia?

Sostuvo la jarra y revolvió el líquido blanco bajo la luz de la lámpara. Observó cuidadosamente el contenido... y evidentemente... algo se deslizó en su interior, no una, sino dos veces. Algo se retorció. Era delgado, tan blanco como el líquido, y se movió con mucha rapidez.

Bennett tenía que aislarlo. Guardarlo en formalina para estudiarlo e identificarlo. Si lo que acababa de ver era cierto, entonces habría docenas, o tal vez cientos... quién sabe cuántos, circulando dentro de los otros cuerpos en el...

Un golpe agudo en el cuarto frío lo estremeció, haciéndolo brincar y soltar la jarra, la cual cayó del mostrador, aunque sin romperse. Sin embargo, rodó hasta llegar al desagüe y su contenido se derramó. Bennett profirió una serie de obscenidades y examinó la superficie de acero inoxidable en busca del gusano. Sintió un calor en la mano izquierda. Le había salpicado un poco de sangre blanca y la piel comenzó a arderle. Se apresuró a lavarse con agua fría y se secó en su delantal para prevenir cualquier afección cutánea.

Se dio vuelta y se dirigió al refrigerador. Seguramente el golpe que había escuchado no se debía a un desperfecto eléctrico; era como si una de las camillas con ruedas que estaban adentro hubiera chocado con otra. Era imposible... y no tardó en maldecir de nuevo, pues el gusano se fue por el desagüe. Tomaría otra muestra de sangre para aislar este parásito. Era un descubrimiento suyo.

Se acercó al cuarto frío todavía secándose la mano en la solapa de su chaqueta, haló la manija y retiró el seguro. Un bufido de aire rancio y refrigerado lo invadió al abrir la puerta.

Después de ser liberada en compañía de los demás pacientes del pabellón de aislamiento, Joan Luss contrató un coche para que la llevara directamente a la casa de recreo de uno de las socios fundadores de su firma de abogados, en New Canaan, Connecticut. Durante el viaje, le pidió al conductor que se detuviera un par de veces debido a las náuseas que tenía. Era una combinación de gripe y nervios. Pero no importaba: ella era víctima y defensora a la vez; perjudicada y consejera militante, luchando para que los familiares de las víctimas fueran compensados, así como los cuatro afortunados sobrevivientes. La firma de Camins, Peters y Lilly podría obtener el 40 por ciento de la compensación más alta jamás pagada por una corporación; más que Vioxx, e incluso que WorldCom.

Y Joan Luss era una de las socias de esa firma.

Uno podría creer que se está bien en Bronxville, hasta que va a New Canaan. Bronxville, lugar de residencia de Joan, era una aldea apacible en el condado de Westchester, 15 millas al norte del corazón de Manhattan, a veintiocho minutos en el tren Metro-North. Roger Luss, su esposo, trabajaba en el departamento de finanzas internacionales de Clume & Farstein, y casi todos los fines de semana viajaba al extranjero.

Joan también había viajado bastante, pero tuvo que dejar de hacerlo cuando nacieron sus hijos. Sin embargo, ella extrañaba los viajes y había disfrutado ampliamente de la semana que pasó en Berlín, alojada en el Ritz-Carlton de la Potsdamer Platz. Como ella y Roger se habían acostumbrado tanto a vivir en hoteles, habían reproducido ese estilo de vida en su hogar: todos los baños tenían calefacción por pisos radiantes, había un baño turco en la parte inferior de la casa, recibían flores frescas dos veces por semana, mantenían un jardinero los sietes días, y por supuesto, tenían una empleada doméstica y una lavandera. Lo único que faltaba era que les abrieran la cama por la noche y les colocaran un dulce en cada almohada.

Haber comprado una propiedad en Bronxville varios años atrás, antes del actual auge de la construcción, y sin las tasas de impuestos prohibitivamente altas, había representado un gran salto para ellos. Pero ahora, después de haber tenido la oportunidad de visitar New Canaan —donde la socia principal, Dory Camins, vivía como una señora feudal en una propiedad con tres casas, estanque para pescar, establos con caballos y una pista ecuestre—, Bronxville se le antojaba pintoresco, provincial e incluso... un poco aburrido.

Ahora estaba en casa, y acababa de despertarse de una agitada siesta tomada al final de la tarde. Roger estaba en Singapur, y escuchó varios ruidos en la casa que no tardaron en despertarla del susto. Se sentía ansiosa e inquieta, algo que le atribuía a la reciente reunión, tal vez la más importante que había tenido en su vida.

Salió de su estudio, apoyándose en la pared mientras bajaba las escaleras y entraba a la cocina donde Neeva, la extraordinaria niñera de sus hijos, limpiaba el desorden de la cena y recogía las migas, pasando un trapo húmedo por la mesa. "Neeva, yo podía haber hecho eso", dijo Joan, sin la menor intención de hacerlo y yendo directamente al gabinete donde guardaba sus medicamentos. Neeva era una abuela haitiana que vivía en Yonkers, al norte de Bronxville. Tenía sesenta y tantos años, pero parecía no tener edad; siempre llevaba vestidos de flores a la altura de los tobillos y cómodas zapatillas Converse. Neeva era una influencia benéfica y necesaria en la casa de los Luss. Era un hogar bastante agitado pues Roger viajaba bastante, Joan trabajaba muchas horas en la ciudad, y entre la escuela de los niños y las demás actividades, cada uno de ellos iba en dieciséis direcciones diferentes. Neeva era el timón de la casa y el arma secreta de Joan para que las cosas funcionaran bien en el hogar.

"Joan, no te ves muy bien".

"Joan" sonaba como "Jon" gracias al acento isleño de Neeva.

"Ah, simplemente estoy un poco cansada". Sacó algunos Motrin, dos Flexeril y se sentó en la mesa de la cocina, abriendo la revista *House Beautiful*.

"Deberías comer", dijo Neeva.

"Me duele al tragar", respondió Joan.

"Toma sopa entonces", le sugirió Neeva, y se dispuso a traerle un plato.

Neeva era una figura maternal no solo para los niños, sino para todos. ¿Por qué Joan habría de necesitar otra madre? Su verdadera madre —dos veces divorciada, y viviendo en un apartamento en Hialeah, Florida—, no estaba preparada para ese papel. ¿Y cuál era la ventaja adicional? Que cuando la maternidad de Neeva se hacía molesta, Joan podía enviarla a hacer un mandado con los niños.

"Supe lo del avión", dijo Neeva mirando a Joan desde el abrelatas eléctrico. "No es nada bueno. Es algo malo".

Joan se burló de Neeva y de sus encantadoras supersticiones tropicales, pero su risa se vio interrumpida de manera abrupta por el fuerte dolor que sintió en el mentón.

Mientras la sopa giraba en el horno microondas, Neeva fue a observar a Joan y le puso su mano curtida y morena sobre la frente; le palpó las glándulas del cuello con sus dedos de uñas grises. Joan retrocedió del dolor.

"Están muy inflamadas", dijo Neeva.

Joan cerró la revista. "Tal vez debería regresar a la cama".

Neeva retrocedió y la miró extrañada. "Deberías regresar al hospital".

Joan se habría reído si no sintiera tanto dolor. "¿Regresar a Queens? Créeme, Neeva: estoy mucho mejor aquí, en tus manos. Además, ese asunto del hospital era una estrategia de la compañía de seguros contratada por la aerolínea. Los beneficiados eran ellos, no yo".

Joan pensó en la demanda mientras se frotaba su cuello adolorido e inflamado, y se sintió reanimada de nuevo. Miró alrededor de la cocina. Era curioso cómo una casa a la que le había invertido tanto tiempo y dinero redecorándola y renovándola, podía parecerle ahora tan... vetusta.

Camins, Peters, Lilly... Peters, Lilly... & *Luss*.

Keene y Audrey entraron a la cocina, renegando por un incidente relacionado con un juguete. Sus voces penetraron con tanta agudeza en los oídos de Joan, que sintió el impulso de golpearlos con tal fuerza que salieran volando y se estrellaran contra el piso de la cocina. Sin embargo, logró calmarse, y canalizó su agresividad en un falso entusiasmo, levantando una muralla alrededor de su rabia. Cerró la revista y levantó la voz para callarlos.

"¿Les gustaría tener un pony y un estanque para cada uno?"

Creyó que sus hijos se habían calmado gracias a su soborno generoso, pero en realidad, fue su sonrisa, desafiante como la de una gárgola en su expresión de odio puro, la que los asustó hasta inmovilizarlos.

Para Joan, aquel silencio momentáneo fue la felicidad absoluta.

La llamada al 911 fue para denunciar la presencia de un hombre desnudo a la salida del Queens-Midtown Tunnel. Las autoridades lo clasificaron como una persona de comportamiento desordenado y de baja prioridad. Una patrulla de la policía llegó antes de ocho minutos y se encontró con una gran congestión, peor de lo que era usual un domingo por la noche. Algunos conductores sonaron la bocina y señalaron hacia el norte. Gritaron que el sospechoso, un hombre gordo que sólo llevaba puesta una etiqueta roja en el pie, ya no estaba allá.

"¡Voy con niños!", gritó un hombre a bordo de una Dodge Caravan desvencijada.

El oficial Karn, que iba conduciendo la patrulla, le dijo a su compañero, el oficial Lupo: "Me atrevería a decir que su perfil es Park Avenue. Asiste con frecuencia a clubes de sexo, y tomó mucho Éxtasis antes de su juerga habitual del fin de semana".

El oficial Lupo se desabrochó el cinturón y abrió la puerta. "Estoy asignado al tráfico. El Don Juan es todo tuyo".

"Muchas gracias", dijo el oficial Karn tras el portazo. Encendió su radio y esperó con paciencia —pues no le pagaban por apresurarse— a que se normalizara el tránsito.

Recorrió la calle Treinta y Ocho, observando atentamente los cruces de las avenidas. No sería difícil encontrar a un hombre gordo desnudo, especialmente por la reacción previsible de los transeúntes; pero éstos no daban muestras de estar asustados. Un hombre que fumaba afuera de un bar vio la patrulla y se acercó señalando hacia uno de los costados de la calle.

Entraron otras dos llamadas denunciando a un exhibicionista gordo que deambulaba afuera de la sede de las Naciones Unidas. El oficial Karn se apresuró hacia allá, decidido a ponerle fin al asunto. Recorrió el pabellón con las banderas iluminadas de todos los países miembros y llegó a la entrada de los visitantes en el extremo norte. Por todas partes había caballetes azules del NYPD, así como bolardos de contención contra los coches-bomba.

Karn se acercó a un grupo de policías con cara de aburridos que estaban al lado de los caballetes. "Señores, estoy buscando a un hombre gordo y desnudo".

"Podría darte algunos números telefónicos", le dijo un policía, encogiéndose de hombros.

G abriel Bolívar regresó a bordo de una limosina a su nueva residencia de Manhattan; eran dos casas unifamiliares en la calle Vestry, en Tribeca, que estaban siendo remodeladas totalmente. Cuando terminara la remodelación, las dos casas unidas tendrían treinta y un habitaciones y un área de 14.000 pies cuadrados, incluyendo una piscina, cuartos para dieciséis empleados, un estudio de grabación en el sótano, y un teatro con veintiséis asientos.

El *penthouse* era la única parte de la casa terminada y amoblada, pues se había trabajado febrilmente mientras Bolívar estaba en su gira europea. Todos los demás cuartos estaban sin terminar; apenas revocados o cubiertos con plástico y paneles aislantes. Todas las superficie y ranuras estaban cubiertas de aserrín. Su mánager le había informado sobre los avances de la construcción, pues Bolívar estaba muy interesado en lo que pronto sería su palacio decadente y lujoso.

La gira "Jesús Lloró" había terminado con una nota en falso. Los promotores tuvieron que esforzarse mucho en llenar los auditorios para que Bolívar pudiera ufanarse de que había agotado la boletería en cada una de sus presentaciones. Por último, el vuelo charter había sido cancelado a última hora. Y en lugar de esperar en el aeropuerto de Berlín, Bolívar prefirió regresar en un vuelo comercial. Todavía estaba sintiendo los efectos de ese error: su condición física empeoraba cada vez más.

Atravesó la puerta principal acompañado de su cuerpo de seguridad y de tres jovencitas. Ya habían traído algunos de sus tesoros más preciados entre los cuales se contaban dos panteras gemelas de mármol negro a ambos lados del vestíbulo de 28 pies de altura; dos canecas industriales de color azul que, según se decía, habían pertenecido a Jeffrey Dahmer, y varios cuadros de artistas importantes: Mark Ryden, Robert Williams, Chet Zar. El interruptor activaba una serie de luces que iluminaban la escalera de mármol, y un ángel lagrimoso de orígenes inciertos, "rescatado" al parecer de una iglesia rumana durante el régimen de Ceauscescu y bañado por la misma luz que espejeaba sobre la escalera de mármol, completaba la galería.

"Es hermoso", dijo una de las chicas, mirando los rasgos del ángel sombrío y desgastado por el tiempo.

Bolívar se detuvo, acosado por un dolor agudo que parecía perforar sus entrañas. Se aferró de una de las alas del ángel y las chicas se acercaron a ayudarlo.

"*Baby*", le dijeron, sosteniéndolo, y él intentó contener el dolor. ¿Sería que alguien lo había intoxicado en el club? No sería la primera vez. Varias chicas ya lo habían drogado anteriormente, ansiosas por vivir una aventura con Gabriel Bolívar, y por conocer a la leyenda sin maquillaje. Apartó a sus admiradoras, hizo lo propio con sus escoltas, y se mantuvo erguido a pesar del dolor. Sus escoltas permanecieron atrás mientras él utilizaba su bastón con incrustaciones de plata para instar a las chicas a que subieran por las escaleras de mármol blanco y vetas azules hacia el *penthouse*.

Dejó que las chicas se sirvieran bebidas y se pincharan en el otro baño. Bolívar se encerró en el suyo, sacó su provisión de Vicodin y se tomó dos píldoras con un trago de whisky. Se frotó el cuello, intentando alejar la sensación que tenía en su garganta y preocupado por su voz. Quiso abrir el grifo con cabeza de cuervo y echarse un poco de agua en la cara para refrescarse, pero aún tenía el maquillaje puesto.

Nadie lo hubiera reconocido en los clubes sin él. Observó el aspecto enfermizo que le daban las sombras demacradas de sus mejillas y las pupilas negras e inertes de sus lentes de contacto. Realmente era un hombre hermoso, y ninguna capa de maquillaje podría ocultar su belleza; él sabía muy bien que esa era una parte del secreto de su éxito. Toda su carrera se había basado en la corrupción de la belleza—y en seducir al público con aires musicales trascendentes—, para después subvertirla con aullidos góticos y distorsiones industriales. La juventud era sensible a eso, más que a cualquier otra cosa: a desfigurar la belleza y a subvertir los valores establecidos.

Hermosa corrupción: era un posible título para su próximo CD.

Su disco *Deseo Escabroso* había vendido 600.000 copias durante la primera semana de lanzamiento en los Estados Unidos. Era un éxito enorme para una época posterior al mp3, aunque representara casi medio millón de unidades menos de las alcanzadas con *Atrocidades Lujuriosas*. El público se estaba cansando de sus travesuras, tanto en el escenario como fuera de él. Ya no era el "anti-todas-las-cosas" que Wal-Mart se había complacido en vetar, y al que la América religiosa —incluyendo a su propio padre— había jurado combatir. Era curioso cómo su progenitor coincidía con Wal-Mart, confirmando su teoría de que todo era sumamente aburrido. Sin embargo, con la excepción de la derecha religiosa, cada vez le era más difícil impactar al público. Su carrera estaba llegando a un punto muerto y él lo sabía. Bolívar no pensaba convertirse en un cantautor de música folclórica o algo por el estilo, pero las autopsias teatrales, así como los mordiscos y las cortadas en el escenario, ya no resultaban novedosas. Eran tan previsibles como las canciones que solicita el público en un concierto. Él no podía seguir jugando con su público: tenía que salirles adelante, porque de lo contrario, resultaría atropellado.

Pero, ¿acaso no había recurrido a todos los extremos posibles? ¿Qué otra estrategia se le podría ocurrir?

Escuchó unas voces de nuevo; era como un coro de principiantes sin oficio, voces destempladas que reflejaban su propio dolor. Inspeccionó el baño para asegurarse de que estaba solo. Sacudió la cabeza con fuerza. Ahora el sonido era similar al de una concha de caracol acercada al oído, sólo que en vez de escuchar el eco del océano, Gabriel oyó algo semejante al gemido de las almas en limbo.

Salió del baño; Mindy y Sherry se estaban besando, y Cleo estaba en la cama con una bebida en la mano, mirando al techo y sonriendo. Las tres se sobresaltaron y se dieron vuelta, esperando que él se acercara. Se deslizó en la cama, sintiendo fuertes punzadas en el estómago y creyó que eso era lo que necesitaba: una vigorosa limpieza de tuberías para despejar su sistema. La rubia Mindy fue la primera en acercarse a él; pasó los dedos por su cabello negro y sedoso, pero Bolívar prefirió a Cleo; había algo en ella que le hizo deslizar su mano pálida por la piel morena de su cuello. Ella se quitó el top para que él pudiera acariciarla y resbaló sus manos sobre el cuero fino del pantalón que cubría las caderas del cantante.

Le dijo: "He sido una fan tuya desde..."

"Shhh", le susurró él, para interrumpir las zalamerías habituales de sus fans. Las voces debían ser producto de las pastillas que acababa de tomarse, y se habían reducido a un sonido rasgado, como una corriente eléctrica, aunque con un poco de vibración.

Las otras dos chicas se acostaron a su lado, sus manos como cangrejos explorando la superficie de su cuerpo. Comenzaron a quitarle la ropa para descubrir al hombre que había debajo; Mindy volvió a acariciar su pelo y él se apartó, como si hubiera alguna torpeza en las manos de la chica. Sherry se rió juguetonamente, desabrochándole los botones de los pantalones. Él sabía de los rumores que circulaban, gracias a sus numerosas conquistas sobre su tamaño y habilidades. Ella metió la mano en sus pantalones de cuero y le tocó el pubis; y aunque no se decepcionó, tampoco se asombró. Allá abajo aún no había nada, lo que era desconcertante, incluso a pesar de su enfermedad. Él siempre había demostrado su hombría en condiciones mucho más adversas.

Se concentró de nuevo en los hombros de Cleo, en su cuello y en su garganta: eran adorables, pero se trataba de algo más que eso. Sintió una fuerte sensación en la boca. No eran náuseas, sino quizá todo lo contrario: una necesidad a mitad de camino entre el apetito sexual y la necesidad de alimentarse. Sin embargo, era algo más fuerte: una compulsión, un ansia; un impulso de violar, de ultrajar, de devorar.

Mindy le mordió el cuello; Bolívar se excitó, apretándola contra las sábanas, primero con furia, y luego con ternura forzada. Le tocó el mentón, le estiró el cuello, y pasó sus dedos cálidos por su garganta suave y firme. Sintió la fuerza de sus músculos jóvenes y los deseó con más vehemencia que a sus pechos, sus nalgas o a su pelvis. El sonido que lo había obsesionado provenía de ella.

Acercó su boca a la garganta de la chica. La rozó con sus labios y la besó, pero no era eso lo que buscaba. La mordisqueó suavemente; su instinto parecía ser el indicado, pero había algo completamente desviado en su método.

De algún modo, deseaba más.

El repiqueteo resonó en su propio cuerpo, y su piel era como un tambor fustigado en una ceremonia antigua. La cama pareció dar vueltas, y su cuello y tórax se estremecieron con una mezcla de deseo y repulsión. Intentó pensar en otra cosa, pero al igual que durante la amnesia producida por la efervescencia sexual, sólo escuchó unos quejidos femeninos. Tenía el cuello de la chica entre sus manos y lo estaba chupando con una intensidad que iba más allá de los besos febriles. La sangre estaba aflorando a la superficie de su piel; la chica gritaba y las otras dos, semidesnudas, trataron de desprenderla de sus garras.

Bolívar se enderezó, escarmentado por la vista del moretón en la garganta, y luego, tras recordar su jerarquía, hizo valer su autoridad.

"¡Fuera de aquí!", ordenó, y ellas obedecieron, cubriéndose los cuerpos como pudieron con sus ropas, mientras Mindy se quejaba y gemía al bajar las escaleras.

Bolívar se levantó de la cama, regresó al baño y buscó su maletín de maquillaje. Se sentó en el banco de cuero para cumplir su rutina nocturna. Se limpió el maquillaje—lo supo porque vio las manchas en el pañuelo—, pero su piel seguía teniendo el mismo aspecto cuando se miró de nuevo en el espejo. Se frotó con más fuerza y se rasguñó las mejillas con sus uñas, pero no pudo retirar las manchas que veía en su cara. ¿Se había adherido el maquillaje a su piel, o acaso estaba así de enfermo y demacrado?

Se rasgó la camisa: estaba tan blanco como el mármol y con los surcos verdosos de las venas interrumpidos por manchas violáceas de sangre estancada.

Se ocupó de sus lentes de contacto, retirando cuidadosamente el par de gelatinas cosméticas y depositándolas en la solución líquida del estuche. Parpadeó, se tocó, y se sintió un poco extraño. Se acercó al espejo y volvió a parpadear, examinándose bien los ojos.

Sus pupilas estaban completamente negras, como si tuviera los lentes de contacto; sólo que ahora tenían más textura y eran más reales. Y cuando parpadeó, notó algo dentro del ojo. Se paró frente al espejo con los ojos completamente abiertos, como si tuviera miedo de cerrarlos.

Debajo de sus párpados había aparecido una membrana nictitante, y un segundo párpado translúcido se cerraba debajo del primero, deslizándose horizontalmente a través del ojo. Era como una catarata espesa eclipsando sus pupilas negras, cerrándose sobre su mirada salvaje y aterrorizada.

Agustín "Gus" Elizalde estaba sentado en una zona de comida con el sombrero puesto. Era un restaurante estrecho, localizado a una cuadra de Times Square. Las hamburguesas de neón brillaban en las ventanas, al igual que los manteles de cuadros rojos y blancos de las mesas. Era un lugar económico para tratarse de Manhattan. Entrabas y pedías en el mostrador —sándwiches, pizza, carne a la brasa—, pagabas y te ibas a un espacio de mesas apretujadas, rodeadas por murales y góndolas venecianas. Félix devoró su plato viscoso de macarrones con queso. Era lo único que comía, y cuanto más desagradable fuera su tonalidad —casi siempre naranja—, más le gustaban. Gus miró su hamburguesa a medio comer, y se concentró en la cafeína y el azúcar de su Coca-Cola, que le daban algo de energía adicional.

No se había sentido bien con lo de la furgoneta. Se quitó el sombrero para examinarlo debajo de la mesa, y miró la banda de nuevo. Allí estaban los cinco billetes de diez dólares que le había dado el tipo a manera de anticipo, más los quinientos que se había ganado por haber terminado el trabajo. El dinero estaba metido allí y lo tentaba. Él y Félix podrían divertirse como locos con la mitad de esa cifra. Podía llevarle la mitad a su madre, el dinero que ella *necesitaba* para los gastos de la casa.

El problema era que Gus se conocía muy bien, y no sabía *parar* cuando comenzaba. Su problema era tener dinero en el bolsillo.

Debería decirle a Félix que lo llevara a su casa ahora mismo para librarse de la mitad de su carga al entregarle el dinero a su madre sin que el cabrón de su hermano se enterara. Ese adicto al *crack* podía fumarse cualquier cantidad de dólares con la velocidad de un demonio.

Sin embargo, era un dinero sucio. Había hecho algo malo para obtenerlo; eso era evidente, aunque no sabía qué. Y darle ese dinero a su madre era como pasarle una maldición. Lo mejor que podía hacerse con el dinero sucio es gastarlo con rapidez y deshacerse de él: lo que por agua viene por agua se va.

Gus se sentía dividido. Sabía que una vez que comenzara a beber, perdería la capacidad de controlarse, y que Félix era la gasolina que encendía su llama. Los dos se gastarían fácilmente los quinientos cincuenta dólares antes del amanecer, y en vez de regalarle algo hermoso a su madre, o llevarle algo útil, entraría hecho añicos arrastrando su resaca, con el sombrero vuelto pedazos y los bolsillos por fuera.

"¿Qué andas pensando, Gusto", le preguntó Félix.

Gus negó con la cabeza. "Soy mi peor enemigo, 'mano. Soy como un pinchi chucho maldecido que no sabe lo que le espera mañana. Tengo ese lado bien oscuro, cabrón, y seguido me ganaí".

Félix bebió un sorbo de su Coca-Cola extra-grande. "¿Qué chingados estamos haciendo entonces en este restaurante culero? Vámonos ya a buscarnos unas muchachas".

Gus pasó el dedo por la cinta de cuero que había dentro de su sombrero, y en la que escondía el dinero del que Félix no sabía nada, por lo menos hasta ahora. Sacaría sólo cien, o doscientos, la mitad para cada uno. Sacaría exactamente eso: era su límite y nada más. "Tiene uno que pagar si quiere divertirse, ¿o que no?"

"A güevo".

Gus miró a su alrededor y vio a una familia levantarse de la mesa, con sus postres a medio terminar. Gus comprendió lo que estaba pensando Félix. Por el aspecto que tenían esos chicos del medio Oeste, vestidos para asistir al teatro, parecía que nunca habían escuchado una sola vulgaridad en su vida. ¡A la chingada! Si vienes a esta ciudad y mantienes a tus hijos despiertos después de las nueve de la noche, te arriesgas a que vean el show completo.

Félix terminó su repulsivo plato mientras Gus se acomodaba el sombrero con el dinero escondido adentro, y salieron rumbo a la noche. Iban por la calle Cuarenta y Dos, Félix encendió un cigarrillo, y oyeron unos gritos. Escuchar gritos en Midtown Manhattan no era motivo para correr, hasta que vieron al tipo gordo y desnudo avanzando hacia ellos por la Séptima Avenida y Broadway.

Félix se rió, y poco faltó para que escupiera el cigarrillo. "¡Órale! Gusto, ¿ya viste ese cabrón?", dijo, comenzando a caminar de prisa, como un transeúnte invitado por algún anunciante a un espectáculo de última hora.

Gus no estaba para esos trotes y siguió caminando despacio.

La gente que se encontraba en Times Square le abrió paso al tipo de trasero pálido y fláccido. Las mujeres gritaban medio sonrientes, y se tapaban los ojos y la boca. Un grupo de jovencitas que celebraba una despedida de soltera le tomo fotos con sus teléfonos. Cada vez que el tipo daba la espalda, se formaba un nuevo corillo que gritaba ante ese cuerpo macilento y lleno de grasa.

Gus se preguntó dónde estarían los oficiales de policía. Así era Estados Unidos: un latino no podía siquiera arrimarse a una puerta para orinar con discreción sin verse envuelto en problemas, pero un blanco podía desfilar desnudo y a sus anchas por la capital del mundo.

"¡Pinche borracho!", exclamó Félix riéndose con el espectáculo gratuito, mientras seguía al hombre en compañía de otros curiosos, muchos de los cuales estaban borrachos. Las luces de la intersección más iluminada del mundo —pues Times Square es una encrucijada de avenidas, abarrotada de avisos y palabras luminosas, un juego de pinball transcurriendo en medio del tráfico interminable— deslumbraron al hombre desnudo y lo hicieron trastabillar. Avanzó tambaleando como un oso escapado de algún circo.

Los juerguistas que venían con Félix retrocedieron cuando el hombre se dio vuelta y se encaminó hacia ellos. Ahora parecía más atrevido, o tal vez era el pánico, semejante al de un animal asustado o herido, pues se llevaba la mano a su garganta como si se estuviera atragantando. Todo era muy cómico hasta que el hombre demacrado se abalanzó sobre una mujer y la agarró del pelo. Ella gritó, tratando de huir, pero una parte de su cabeza quedó en las manos del hombre: por un momento pareció como si él le hubiera perforado el cráneo, pero afortunadamente solo se trataba de sus extensiones de pelo negro.

El ataque hizo que todo pasara de la risa al pánico. El hombre avanzó dando tumbos hacia el tráfico con el puñado de pelo artificial en la mano, perseguido por la muchedumbre que ahora le gritaba llena de rabia. Félix tomó la delantera y cruzó el semáforo. Gus se había quedado más atrás, entre los coches y el estrépito de sus bocinas. Le estaba gritando a Félix que se alejara de allí, pues tenía malos presentimientos.

El hombre se acercó a una familia que estaba reunida en la isla para contemplar la vista de Times Square en la noche. Los tenía acorralados contra la calle, donde el tráfico era veloz, y golpeó al padre con fuerza cuando trató de intervenir. Gus vio que era la misma familia del medio Oeste que había visto en el restaurante. La madre parecía más preocupada por apartar a sus hijos de la imagen del hombre desnudo, que de protegerse a sí misma. El hombre la agarró por detrás del cuello, la acercó contra su barriga floja y su pecho fláccido. Abrió la boca como si fuera a besarla, pero la mantuvo abierta como la boca de una serpiente, dilatando su mandíbula con un ligero crujido.

A Gus no le gustaban los turistas, pero no tuvo que pensarlo dos veces para acercársele al tipo por detrás y hacerle una llave. El hombre reaccionó con fuerza: su cuello era sorprendentemente musculoso bajo la carne floja. Sin embargo, Gus estaba en ventaja y el tipo se vio obligado a soltar a la madre, que se desplomó sobre su esposo en medio de los gritos de los niños.

Gus lo tenía sujetado, y el tipo forcejeaba con sus brazos tan grandes y fuertes como los de un oso. Félix avanzó hacia el frente para ayudarlo... pero se detuvo. Miró el rostro del hombre desnudo como si algo en él estuviera realmente mal. Algunas personas que estaban detrás reaccionaron igual, y otras apartaron sus ojos horrorizadas, pero Gus no podía ver por qué. Sintió el cuello del tipo moverse bajo su brazo de una manera que no era nada natural, casi como si tragara en sentido horizontal, y no vertical. La expresión de Félix le hizo pensar que tal vez el hombre se estaba ahogando, y entonces aflojó la presión de los brazos...

Eso fue suficiente para que el hombre, con la fuerza animal propia de los dementes, se desprendiera de Gus tras darle un golpe con el codo.

Gus cayó aparatosamente al andén y su sombrero voló. Se dio vuelta y vio que rodaba hacia el tráfico. Gus se incorporó para perseguir su sombrero y su dinero, pero el grito de Félix lo inmovilizó. El tipo había agarrado a Félix con una especie de abrazo maniático, y apretaba la boca contra su cuello. Gus vio que su amigo sacaba algo de su bolsillo trasero y lo abría con un botón.

Corrió hacia Félix antes de que éste pudiera utilizar el cuchillo, y hundió el hombro en el cuerpo del tipo desnudo. Sintió cómo se quebraban sus costillas. Félix también cayó, y Gus vio que la sangre manaba del cuello de su amigo, pero más impactante aún fue la expresión de terror absoluto reflejada en el semblante de su compadre. Félix se sentó, soltando el cuchillo para tocarse el cuello. Gus nunca había visto a su amigo así. Supo que algo extraño había pasado —y *estaba pasando*—, pero no sabía qué. Lo único que tenía claro era que debía actuar para que su amigo pudiera recuperarse cuanto antes.

Agarró el cuchillo por el mango mientras el hombre desnudo se incorporaba. El tipo se tapó la boca con la mano, como si estuviera tratando de contener algo... algo que se retorcía. Sus mejillas abultadas y su barbilla estaban untadas de sangre, —la sangre de Félix—, y parecía sediento de más mientras avanzaba hacia Gus con la otra mano estirada.

Se le acercó con rapidez —mucho más rápido que cualquier hombre de su complexión— y derribó a Gus antes de que éste pudiera reaccionar. Su cabeza descubierta se golpeó contra el andén, y por un momento todo se volvió silencioso. Vio los avisos de Times Square titilando en cámara lenta... una modelo con ropa interior lo miró desde un aviso... y entonces vio al tipo aproximarse. Algo palpitaba dentro de su boca mientras miraba a Gus con sus ojos vacíos y lóbregos...

El hombre se arrodilló en una pierna y expulsó lo que tenía en la garganta. Era una masa de carne palida y hambrienta, que golpeó a Gus con la misma rapidez de la lengua retráctil de una rana. Gus se abalanzó sobre esa cosa con su cuchillo, atravesándola y apuñalándola como alguien que lucha contra una criatura durante una pesadilla. No sabía qué era, pero la quería lejos de sí y aniquilarla. El hombre retrocedió, emitiendo un sonido semejante a un chillido. Gus siguió acuchillando y cortando el cuello del hombre, y le dejó la garganta hecha jirones.

Gus retrocedió. El hombre se puso de pie, cubriéndose la boca y la garganta con las manos. No manaba un líquido rojo como la sangre, sino una sustancia blanca y cremosa, más espesa y brillante que la leche. Trastabilló y cayó en el pavimento de la calle.

Un camión intentó frenar, pero eso fue lo peor. Después de pisarle la cara con las ruedas delanteras, las traseras se detuvieron sobre su cráneo despedazado.

Gus consiguió levantarse. Todavía aturdido, miró el cuchillo que tenía en la mano; estaba manchado de blanco.

Lo golpearon desde atrás, lo agarraron de los brazos y su cuerpo chocó contra el pavimento. Reaccionó como si el hombre todavía lo estuviera atacando, retorciéndose y lanzando patadas.

"*¡Suelta el cuchillo! ¡Suéltalo!*"

Giró su cabeza; vio a tres policías furiosos encima de él, y a otros dos detrás apuntándole con sus pistolas.

Gus soltó el cuchillo y dejó que le pusieran los brazos en la espalda y lo esposaran. Su adrenalina explotó y dijo: "*¡Chingados! ¿Y recién ahora se aparecen?*"

"¡Deja de resistirte!", dijo el policía, golpeándole la cara contra el pavimento.

"Él estaba atacando a esa familia: ¡pregúntales!"

Gus se dio vuelta.

Los turistas se habían marchado, al igual que la mayoría de los curiosos.

Sólo Félix permanecía allí, sentado en un borde del andén, aturdido y agarrándose la garganta, pero un policía lo derribó al suelo, y se arrodilló para someterlo.

Más allá, Gus vio un objeto negro rodando entre el tráfico. Era su sombrero, con todo su dinero sucio adentro de la cinta. Un taxi que avanzaba despacio lo aplastó, y Gus pensó: *Así es Estados Unidos.*

G ary Gilbarton se sirvió un whisky. Su familia —sus familiares políticos y consanguíneos—, así como sus amigos, se habían ido finalmente, dejando varias cajas de comida para llevar en el refrigerador y canastos llenos de pañuelos desechables. Mañana tendrían una historia para contar:

Mi sobrina de doce años iba en ese avión...

Mi prima de doce años iba en ese avión...

Mi vecina de doce años iba en ese avión...

Gary se sintió como un fantasma al caminar por su casa de nueve habitaciones en el suburbio residencial de Freeburg. Tocaba las cosas —una silla, una pared— y no sentía nada. Ya nada le importaba. Los recuerdos podían consolarlo, pero seguramente lo enloquecerían.

Había desconectado todos los teléfonos después de que los reporteros comenzaran a llamarlo en busca de información sobre la víctima más joven del avión; querían humanizar la historia —o al menos eso dijeron—. ¿Quién era ella?, le preguntaron. A Gary le tomaría el resto de su vida escribir un solo párrafo sobre su hija Emma. Sería el párrafo más largo de la historia.

Él estaba más concentrado en Emma que en su esposa Berwyn,

pues a fin de cuentas, los hijos son una extensión de los padres. Amaba a Berwyn, y ella ya no estaba. Pero su mente seguía girando alrededor de su pequeña hija, del mismo modo en que el agua da vueltas antes de vaciarse para siempre por un desagüe.

Esa tarde, un abogado y amigo suyo —un tipo al que Gary no había visto en su casa hacía por lo menos un año— le pidió que hablaran a solas en el estudio. Lo hizo sentar y le dijo que iba a ser un hombre muy rico. Una víctima tan joven como Em, con tantos años de vida por delante, garantizaba una suma astronómica por concepto de acuerdo extrajudicial.

Gary no respondió. No vio signos de dólar. No echó al tipo. Realmente no le importó. No sintió nada.

Había rechazado todas las ofertas de amigos y familiares, quienes se ofrecieron a pasar la noche con él para que no estuviera solo. Gary los convenció de que estaba bien, aunque ya había tenido pensamientos suicidas. No sólo pensamientos: era una determinación silenciosa; una certeza. Pero eso sería después. Ahora no. Lo ineluctable de semejante decisión era como un bálsamo, el único tipo de "acuerdo" que tendría un significado para él. La única forma de soportar todo esto era saber que habría un final después de todas las formalidades. Después de construir un parque para honrar la memoria de Emma. Después de establecer un fondo para becas de estudio. Pero antes debía vender su casa, pues ya estaba encantada.

Estaba de pie en la sala cuando sonó el timbre. Ya habían transcurrido unas horas después de la medianoche. Si era un reportero, Gary lo atacaría y lo mataría: así de simple; descuartizaría a ese intruso.

Abrió la puerta de tajo... y de repente, todas sus ideas absurdas desaparecieron.

Una niña estaba descalza sobre el tapete de bienvenida. Era su Emma.

Gary Gilbarton frunció el ceño, pues no podía creer lo que veía, y se arrodilló frente a ella. El rostro de la niña no reflejaba ninguna emoción. Gary estiró la mano para tocar a su hija, pero vaciló. ¿Estallaría como una pompa de jabón y desaparecería de nuevo para siempre?

Le tocó el brazo, le estrechó sus delgados bíceps y el tejido de su vestido. Ella era de carne y hueso; ella *estaba* allí. La agarró y la atrajo hacia él, abrazándola y estrechándola entre sus brazos.

La soltó y la miró de nuevo, retirándole el cabello greñudo de su cara pecosa. ¿Sería cierto? Miró hacia el antejardín sumergido en la bruma para ver quién la había traído.

No había ningún coche a la entrada, ningún sonido del motor de un automóvil perdiéndose en la distancia.

¿Había venido sola? ¿Dónde estaba su madre?

"Emma", fue lo único que acertó a decirle.

Gary se puso de pie, la llevó adentro, cerró la puerta de la casa y encendió la luz. Emma parecía estar aturdida. Llevaba el mismo vestido que le había comprado su madre para el viaje, y que la hacía parecer tan grande como cuando se lo había probado frente a él. Había mugre en uno de los puños, y tal vez sangre. Gary la examinó detenidamente y vio que tenía sangre en sus pies descalzos —¿dónde habría dejado los zapatos?—, mugre por todos lados, raspaduras en las palmas de la mano y moretones en el cuello.

"¿Qué te pasó, Em?", le preguntó, sosteniéndole el rostro con las manos. "¿Cómo hiciste para...?"

Sintió de nuevo una oleada de alivio que por poco lo apabulla, y la abrazó con fuerza. La cargó y la dejó sentada en el sofá. La niña parecía traumatizada y extrañamente pasiva. Era muy diferente a su Emma sonriente y obstinada.

Le tocó el rostro, como lo hacía Berwyn cuando Emma tenía fiebre, y constató que lo tenía muy caliente, tanto así que su piel se sentía pegajosa y se veía terriblemente pálida, casi translúcida. Vio las venas debajo de su piel, unas venas rojas y prominentes que nunca antes le había visto.

El azul de sus ojos parecía haberse apagado. Probablemente se había golpeado la cabeza. Todo parecía indicar que la niña estaba en shock.

Inicialmente pensó en llevarla a un hospital, pero no iba a dejarla salir de su casa... nunca más.

"Ya estás en casa, Em", dijo él. "Estarás bien".

La tomó de la mano para llevarla a la cocina. Le daría algo de comer. La sentó en su silla y la miró desde el mostrador mientras le preparaba dos waffles con chispas de chocolate, su plato favorito. Ella permaneció sentada con las manos a los lados, observándolo, aunque sin mirar exactamente, ajena a todo lo que había a su alrededor. No hubo conversaciones triviales ni anécdotas escolares.

Los waffles saltaron de la tostadora y él les untó mantequilla y sirope, sirviéndolos en un plato que dejó frente a ella. Gary se sentó en la silla para observarla. La tercera silla, el lugar de mamita, aún estaba vacía... Quién sabe, tal vez el timbre de la puerta sonara de nuevo...

"Come", le dijo, pero ella no cogió el tenedor. Él cortó un pedazo y lo sostuvo frente a su boca; ella no la abrió.

"¿No?", le dijo él. Entonces se llevó el tenedor a la boca y masticó el trozo de waffle para estimular su apetito. Lo volvió a intentar, pero la respuesta de la niña fue la misma. Una lágrima resbaló por la mejilla de Gary. En ese momento supo que algo muy malo le había sucedido a Em, pero apartó esa idea de su mente.

Ella ya estaba allí: había regresado.

"Ven".

La llevó a su habitación. Él entró primero, y Emma se detuvo después de cruzar la puerta. Sus ojos miraron el cuarto como un recuerdo lejano en los ojos de una anciana que hubiera regresado milagrosamente a la infancia.

"Necesitas dormir", le dijo él, buscándole una piyama en los cajones del ropero.

Ella permaneció en la puerta con sus brazos pegados al cuerpo.

Gary se dio vuelta con la piyama en sus manos. "¿Quieres que te la ponga?"

Se arrodilló, le alzó el vestido, y su hija preadolescente no hizo la menor objeción. Gary descubrió más arañazos, y un moretón grande en el pecho. Tenía los pies muy sucios, con rastros de sangre reseca, y la temperatura de su piel era muy alta.

Pero no la llevaría al hospital; nunca más permitiría que se alejara de él.

Llenó la bañera con agua y la sentó allí. Se arrodilló para limpiarle las contusiones con un paño enjabonado. Ella ni siquiera se inmutó. Le lavó el pelo sucio y enmarañado con champú y acondicionador.

Ella lo miró con sus ojos oscuros, sin la menor señal de comunicación. La niña estaba en una especie de trance, de *shock*, de trauma profundo.

Pero él velaría por su bienestar.

Le puso la piyama, tomó un cepillo grande de la canasta de mimbre que había en un rincón y le peinó el pelo rubio.

Estoy alucinando con ella, pensó Gary. *He perdido el contacto con la realidad.*

Y mientras la seguía peinando, concluyó: *No me importa un pepino.*

Levantó las sábanas y el edredón acolchado, y acostó a su hija, tal como lo hacía cuando era una niña de brazos. Dobló las sábanas a la altura del cuello de Emma, quien permanecía inmóvil y con un aspecto somnoliento, pero con los ojos completamente abiertos.

Gary se detuvo antes de inclinarse para besar su frente todavía caliente. Era poco más que un fantasma, un fantasma cuya presencia él acogía, un fantasma que podía amar.

Le humedeció la frente con sus lágrimas, agradecido por su presencia. "Buenas noches", le dijo, pero ella no le respondió. Emma seguía inmóvil bajo el halo rosado de la lámpara de su mesa de noche, con la mirada fija en el techo, sin reconocerlo, sin cerrar los ojos y sin esperar el sueño. Esperaba... otra cosa.

Gary cruzó el pasillo para ir a su habitación. Se cambió y se acostó en la cama. Él tampoco durmió. También estaba esperando algo, aunque no sabía qué.

Sólo lo supo cuando lo escuchó.

Fue un crujido leve en el umbral de su cuarto. Se dio vuelta y vio la silueta de Emma frente al quicio de la puerta, acercándose a él con su figura menuda en medio de la penumbra. Se detuvo al lado de su cama y abrió la boca de par en par, como si fuera a bostezar.

Su Emma había regresado a él. Eso era lo único que importaba.

Zack tuvo dificultades para dormir. Era cierto lo que todos decían: que él se parecía mucho a su padre. Y aunque era muy joven para tener una úlcera, lo cierto es que ya sentía el peso del mundo en sus espaldas. Era un chico muy serio, y sufría a causa de ello.

Eph le había dicho que era algo congénito. Ya desde la cuna su mirada tenía una ligera expresión de preocupación, y sus ojos intensos y oscuros siempre estaban buscando algo. Su expresión ligeramente preocupada le causaba gracia a Eph, pues le acordaba mucho a sí mismo.

Durante los últimos años, Zack había sentido el peso de la separación, del divorcio y de la batalla por su custodia. Tardó un tiempo en convencerse a sí mismo de que no era culpable de lo que estaba sucediendo. Sin embargo, sabía que si hurgaba más de la cuenta, una rabia profunda afloraría en su corazón. Años de susurros rabiosos a sus espaldas... los ecos de las peleas nocturnas... los golpes a las paredes despertándolo a media noche... todo aquello no tardó en pasarle una cuenta de cobro. Y ahora, a la tierna edad de once años, Zack era un insomne.

Algunas noches sofocaba los ruidos de su casa con su iPod nano y se distraía mirando por la ventana de su cuarto. Otras noches la abría y escuchaba el sonido más insignificante que pudiera ofrecer la noche, hasta que los oídos le zumbaban.

Él personificaba la esperanza de muchos niños de su edad, que esperaban que los sonidos de la calle le revelaran sus misterios en horas de la noche, cuando ésta no se sintiera observada: fantasmas, asesinatos, lujuria. Sin embargo, lo único que Zack había visto hasta la hora en que el sol aparecía en el horizonte, era el parpadeo hipnótico y azul de la televisión de la casa de enfrente.

El mundo estaba desprovisto de héroes y de monstruos, aunque Zack los buscaba con su imaginación. La falta de sueño afectó al chico, quien muchas veces se quedaba dormido en la escuela, y sus compañeros, que no pasaban por alto ni el menor detalle, inmediatamente le pusieron sobrenombres que iban desde el típico "zoquete", al más críptico "Necro-Zack", cada grupo eligiendo su favorito.

Zack soportaba los días de humillación con el recuerdo y la promesa de las visitas de su padre.

Se sentía bien con Eph, *especialmente* cuando estaban en silencio. Su mamá era demasiado perfecta, observadora y amable, sus expectativas implícitas (supuestamente para el bien de él) eran imposibles de cumplir , y él sabía, de un modo extraño, que la había decepcionado desde el momento en que nació, por ser varón, y por parecerse tanto a su papá.

Pero con Eph todo era distinto. Zack le contaba a su papá todo aquello que su mamá anhelaba saber. No eran cosas graves y mucho menos secretas, sino simplemente privadas, aunque sí tan importantes como para no revelárselas a ella y reservarlas para Eph, que era lo que hacía Zack.

En ese momento, acostado y sin poderse dormir, Zack pensó en el futuro. Estaba seguro de que nunca más volverían a estar unidos como una familia. Eso no era posible. Pero se preguntó qué tanto podrían empeorar las cosas. Ese era Zack en una sola frase, preguntándose siempre: *¿qué tanto pueden empeorar las cosas?*

Y la respuesta, siempre inevitable, era: *podrían empeorar mucho.*

Tenía la esperanza de que al menos ahora, toda la legión de adultos "preocupados por él" desaparecería de su vida: terapeutas, jueces, trabajadores sociales y el novio de su madre. Todos ellos lo mantenían como rehén de sus propias necesidades y metas estúpidas. Todos tan "interesados" en él, en su bienestar, cuando en realidad a ninguno de ellos le importaba un pepino.

La canción de My Bloody Valentine terminó de sonar en el iPod, y Zack se quitó los audífonos. El cielo aún no estaba claro, y finalmente se sintió cansado. Le agradó sentirse así, pues no le gustaba pensar.

Se dispuso a dormir y ya se estaba quedando dormido cuando sintió unos pasos. Flap-flap-flap, como un eco de pies descalzos sobre el asfalto. Zack se asomó por la ventana y vio a un tipo. Estaba desnudo.

Tenía una palidez lunar, las marcas de su estómago brillando en la oscuridad. Era evidente que había sido gordo, pero ahora la piel le colgaba por todas partes, lo que hacía imposible definir su figura.

Era viejo, pero parecía no tener edad. El escaso pelo mal teñido en su cabeza casi calva y las venas varicosas de sus piernas, hacían suponer que tenía unos setenta años; pero su paso tenía un vigor, y su andar un tono, que era difícil no compararlos con los de un hombre joven. Zack pensó en todo esto, pues era muy parecido a Eph. Su madre le habría ordenado que se retirara de la ventana y llamara al 911, mientras que Eph le habría pedido que describiera con pelos y señales la complexión de aquel hombre desnudo.

La pálida figura merodeó por la casa de enfrente. Zack escuchó un pequeño quejido, y luego el chirrido de la reja del patio. El hombre apareció de nuevo y se dirigió hacia la puerta de los vecinos. Zack pensó en llamar a la policía, pero su mamá lo acosaría con muchas preguntas, y además, él tenía que ocultarle su insomnio, pues de lo contrario tendría que padecer días y semanas enteras de citas y pruebas médicas, para no hablar del motivo de preocupación que representaría para ella.

El hombre llegó hasta la mitad de la calle y se detuvo. Sus brazos eran flácidos y tenía el pecho completamente caído; ¿realmente respiraba? La brisa nocturna le mecía el cabello, dejando al descubierto las raíces de color café rojizo.

Miró hacia la ventana de Zack, y por un momento extraño sus miradas se encontraron. A Zack se le aceleró el corazón. Hasta ese momento no había visto al tipo de frente; sólo le había alcanzado a distinguir el costado y la espalda, pero ahora le podía ver el tórax atravesado por una enorme cicatriz en forma de "Y".

Sus ojos eran como tejidos muertos, de aspecto opaco incluso bajo la suave luz de la luna. Lo peor de todo era que poseían una energía frenética, iban de un lado al otro y se concentraban en él, mirándolo con una expresión indefinible.

Zack se agachó y se retiró de la ventana, completamente asustado por la cicatriz y por aquella mirada vacía. ¿Qué expresaba ese señor?

Conocía esa cicatriz y sabía lo que significaba. Era la cicatriz de una autopsia. Pero, ¿era eso posible?

Se arriesgó a mirar de nuevo por el borde de la ventana. Lo hizo con mucho cuidado, pero la calle estaba vacía. Se sentó para ver mejor: el hombre había desaparecido.

¿Alguna vez había estado allí? ¿No sería que la falta de sueño *realmente* se estaba apoderando de él? Ver cadáveres caminando desnudos por la calle no era algo que el hijo de unos padres divorciados quisiera contarle a un terapeuta.

Entonces se le ocurrió algo: hambre. Eso era. Aquellos ojos vacíos lo habían mirado con un *hambre* intensa...

Zack se metió debajo de las mantas y enterró su cabeza en la almohada. La ausencia del hombre no lo tranquilizó, y más bien le produjo el efecto contrario. Había desaparecido, pero Zack lo vio en todas partes. Podía estar abajo, irrumpiendo en su casa por la ventana de la cocina. No tardaría en subir las escaleras con mucha lentitud — *¿podía escuchar ya sus pasos?* — y en cruzar el corredor hasta llegar a su puerta. Abriría la chapa con suavidad, pues estaba rota y el seguro no funcionaba, llegaría hasta su cama y ¿después qué? Temía escuchar la voz del hombre y enfrentar su mirada muerta, pues tenía la terrible certeza de que, por más que caminara, el hombre ya no estaba vivo.

Zombis...

Zack se escondió debajo de su almohada, su mente y su corazón agitados, lleno de miedo y rezando para que las luces del amanecer acudieran a su rescate. Por primera vez en su vida deseó que amaneciera para ir a la escuela.

El parpadeo hipnótico del televisor se había desvanecido en la casa de enfrente y un sonido lejano de cristales rotos se escuchó en la calle desierta.

Ansel Barbour hablaba solo mientras deambulaba por el segundo piso de su casa. Tenía la misma camiseta y los calzoncillos con los que había intentado dormir, y el pelo totalmente revolcado después de halárselo y apretárselo durante todo el día. No sabía qué le estaba sucediendo. Ann-Marie sospechaba que tenía fiebre, pero cuando se acercó con el termómetro, él no soportó la idea de que le metieran ese tubo con punta de acero debajo de su lengua ardiente. Tenían un termómetro de oído para los niños, pero él ni siquiera era capaz de permanecer lo suficientemente quieto para una lectura exacta. Ann-Marie le puso la mano en la frente y sintió calor, mucho calor, pero eso ya no era noticia para Ansel.

Ansel notó que su esposa estaba petrificada por el miedo. No hizo ningún esfuerzo por ocultarlo; para ella, cualquier enfermedad era un asalto a la seguridad de la unidad familiar. La más pequeña anomalía, el menor signo de vómito en uno de los niños o una jaqueca, eran recibidos con el mismo temor que uno podría sentir con una prueba de sangre con resultados negativos, o con la repentina aparición de un tumor en cualquier parte del cuerpo. *Ahora sí*, pensó Ann-Marie; era el comienzo de esa tragedia terrible que tarde o temprano la abatiría.

La tolerancia de Ansel para con las excentricidades de Ann-Marie estaban en su punto más bajo. Él estaba viviendo momentos terribles y necesitaba su ayuda, no su estrés. En ese momento él no podía ser el más fuerte de los dos. Necesitaba que ella asumiera el control.

Hasta los niños permanecían alejados de él, asustados por la mirada ausente de su padre, o tal vez —y él era vagamente consciente de eso— a causa de su hedor, el cual le recordaba el olor a manteca de cocina congelada durante mucho tiempo en una lata oxidada. De tanto en tanto los veía esconderse detrás de la balaustrada de la escalera, observándolo cruzar el rellano del segundo piso. Él quería disipar sus temores, pero temió perder el control al tratar de explicarles, y empeorar así las cosas. La mejor forma de tranquilizarlos sería recuperándose y escapando de la desorientación y el dolor que lo agobiaban.

Se detuvo en la habitación de su hija, le pareció que las paredes eran demasiado púrpuras y oscuras, y regresó al corredor. Permaneció completamente inmóvil en el rellano —tanto como pudo— y escuchó de nuevo ese ruido sordo, ese latido cercano y agitado, completamente distinto al martilleo en su cabeza que acompañaba sus jaquecas. Era casi... como en las salas de cine de las ciudades pequeñas, cuando en los momentos silenciosos de las películas se puede escuchar el sonido de la cinta rodando en el proyector. Es algo que distrae y te conduce a la certeza de que *eso no es real,* como si fueras el único en comprender esa verdad.

Movió la cabeza con firmeza y se retorció de dolor... tratando de utilizarlo como un blanqueador para limpiar sus pensamientos. Sin embargo, aquel golpeteo, aquel latido resonaba en las fibras más recónditas de su ser.

Los perros también se estaban comportando de una forma extraña. Pap y Gertie, la pareja de San Bernardos torpes y grandes, gruñían como si sintieran la presencia de algún animal en el jardín.

Ann-Marie entró al cuarto y vio a Ansel sentado en el borde de la cama, sosteniéndose la cara con las manos como un huevo que se fuera a romper. "Deberías dormir", le dijo ella.

Él se agarró del pelo como tomando las riendas de un caballo desbocado, y suprimió el deseo de reprenderla. Tenía un problema en la garganta, y cuando se recostaba durante cierto tiempo, su epiglotis aumentaba de tamaño, obstruyéndole las vías respiratorias y sofocándolo hasta que podía respirar de nuevo. Sentía terror de morir mientras estuviera durmiendo.

"¿Qué hago?", preguntó ella en la puerta, apretando firmemente su mano contra la frente.

"Tráeme un poco de agua", le dijo él. La voz silbó en su garganta en carne viva, lacerándolo como una oleada de vapor. "Que sea tibia. Disuelve un poco de Advil, ibuprofreno o lo que sea".

Ella se quedó mirándolo sin saber qué hacer. "¿No te sientes al menos un poco mejor...?"

Su timidez, que normalmente despertaba fuertes instintos protectores en él, ahora sólo le producía rabia. "Ann-Marie, tráeme un maldito vaso de agua y llévate a los niños afuera. ¡Haz algo, y por favor, *mantenlos alejados de mí*!"

Ella se marchó llorando.

Ansel escuchó que salían al patio, y fue al primer piso, sosteniéndose del pasamanos de las escaleras. Ella había dejado el vaso a un lado del fregadero, sobre una servilleta, y las pastillas disueltas opacaban el agua. Se llevó el vaso a los labios con las dos manos y se obligó a beber el contenido. Vertió agua en su boca, y su garganta no tuvo otra opción que tragarla. Bebió un poco, pero expulsó el resto del contenido sobre la ventana del fregadero que daba al patio posterior. Jadeó mientras veía la mezcla líquida escurrir por el cristal, distorsionando la visión de Ann-Marie, quien estaba detrás de los columpios, mirando el cielo oscuro y descruzando sus brazos únicamente para empujar a Haily.

El vaso resbaló de su mano y cayó al fregadero. Salió de la cocina y se dirigió a la sala; se tumbó en el sofá, sumido en una especie de estupor. Tenía la garganta inflamada y se sintió más enfermo que nunca.

Tenía que regresar al hospital. Ann-Marie tendría que defenderse sola durante un tiempo. Podía hacerlo si no tenía otra opción. Incluso podría ser bueno para ella...

Intentó concentrarse y determinar con claridad lo que debía hacer antes de marcharse. Gertie llegó hasta la puerta jadeando, y un sonido retumbó en los oídos de Ansel.

Entonces advirtió que el sonido provenía de los perros.

Se levantó del sofá y se fue gateando en dirección a Pap, acercándose para oír mejor. Gertie gimoteó y retrocedió hasta la pared. Pap estaba intranquilo, pero continuó echado sobre sus patas. El gruñido en la garganta del perro se hizo más fuerte, y Ansel lo agarró del collar cuando intentaba levantarse para huir de él.

Trum...trum...trum

El sonido estaba *dentro* de ellos.

Pap gimoteó y se sacudió, pero Ansel, un hombre corpulento que casi nunca apelaba a su fuerza, le pasó el brazo alrededor del cuello, inmovilizando al San Bernardo con una llave. Apretó su oído contra el cuello del perro, y el pelaje del animal le hizo cosquillas en el tímpano.

Sí; era un repiqueteo. ¿Sería la sangre del animal circulando?

Ese era el sonido. El perro intentó desprenderse en medio de aullidos, pero Ansel apretó con más fuerza su oído contra el cuello del animal, pues necesitaba saber si aquélla era la fuente del sonido.

"¿Ansel?"

Se dio vuelta con tanta rapidez que sintió una pavorosa oleada de dolor; vio a Ann-Marie en la puerta, y a Benjy y a Haily detrás de ella. Haily estaba abrazada a la pierna de su madre y Benjy a un lado; ambos lo estaban mirando. Ansel retiró el brazo y el perro escapó.

Ansel estaba arrodillado. "¿Qué es lo que quieres?", le gritó.

Ann-Marie permaneció completamente inmóvil, paralizada por el miedo. "Yo... no... los llevaré a dar una vuelta".

"Está bien", dijo él. Se suavizó un poco con la mirada de sus hijos, y la sensación de ahogo en su garganta lo hizo carraspear. "Papá está bien", les dijo, limpiándose la saliva con el dorso de la mano. "Papá va a estar bien".

Giró la cabeza hacia la cocina, donde estaban los perros. Todos sus pensamientos apacibles se desvanecieron al escuchar de nuevo el repiqueteo. Era más fuerte que antes y ahora venía acompañado de un latido.

Eran ellos.

Sintió una vergüenza nauseabunda en su interior y se estremeció; luego se llevó un puño a la sien.

Ann-Marie le dijo: "Sacaré a los perros".

"*¡No!*" Se contuvo, estirando la mano abierta hacia ella. "¡No!", dijo con un tono más calmado. Intentó recobrar su compostura y parecer normal. "Están bien aquí. Déjalos".

Ella vaciló como si quisiera decir o hacer algo, pero finalmente se dio vuelta, tomó a Benjy y se marchó.

Ansel se apoyó en la pared y fue al baño. Encendió la luz para mirarse los ojos en el espejo. Estaban llenos de venas rojas y eran como huevos de un marfil amarillento y difuso. Se limpió el sudor de la frente y del labio superior, y abrió la boca para mirarse la garganta. Esperaba ver sus amígdalas inflamadas o algún tipo de erupción lechosa, pero sólo vio una mancha oscura. Le dolía levantar la lengua pero lo hizo y miró debajo. La tenía irritada, completamente enrojecida y tan ardiente como un carbón encendido. Se tocó, y el dolor fue tal que pareció taladrarle el cerebro, extendiéndose por ambos lados de su mandíbula y tensionándole los tendones del cuello. Tosió con fuerza, arrojando unos coágulos negros contra el espejo. Era sangre, mezclada con una sustancia blanquecina; tal vez era flema. Parecía como si hubiera expulsado un residuo sólido, pedazos podridos de sí mismo. Extendió el brazo y tomó un coágulo con la punta del dedo medio. Se lo llevó a la nariz para olerlo, frotándolo con el dedo pulgar. Era como un coágulo de sangre descolorido. Se lo llevó a la boca y una vez se disolvió en su interior, tomó otro y se lo tragó. No tenía mucho sabor, pero sintió una sensación casi balsámica en la lengua.

Se inclinó hacia delante, lamiendo las manchas sangrientas sobre la fría superficie. Debería haber sentido dolor en la lengua al hacerlo, pero al contrario, la irritación en la boca y en la garganta disminuyeron. Incluso en la parte más suave debajo de la lengua, el dolor se redujo a un hormigueo. El repiqueteo también se desvaneció, aunque no desapareció por completo. Miró su reflejo en el espejo manchado de sangre e intentó comprender qué clase de alucinación podría estar afectándolo.

El alivio fue desesperadamente breve. La tensión apareció de nuevo, como si unas manos fuertes le estuvieran apretando la garganta. Apartó la mirada del espejo y salió al corredor.

Gertie lloriqueó y retrocedió para alejarse de él, apresurándose hacia la sala. Pap estaba arañando la puerta trasera, pues quería salir, pero se marchó cuando lo vio entrar a la cocina. Ansel permaneció allí, con la garganta palpitándole. Se dirigió al armario donde estaba la comida para los perros y sacó una caja de huesos con sabor a leche. Cogió uno entre sus dedos como lo hacía siempre, y se dirigió a la sala.

Gertie estaba con las patas extendidas junto a las escaleras. Ansel se sentó en su banco y agitó el hueso. "Ven a papá ", dijo, con un susurro desalmado que le desgarró el alma.

Las ventanas del hocico de la perra se ensancharon al percibir el aroma en el aire.

Trum...trum...

"Ven, niña. ¡Ven por tu hueso!"

Gertie se incorporó lentamente con sus cuatro patas, dio un pequeño paso, se detuvo y olisqueó de nuevo. Su instinto le dijo que detrás de ese obsequio había algo que no estaba bien.

Pero Ansel sostuvo el hueso sin moverlo, y esto pareció tranquilizar a la perra. Avanzó lentamente por la alfombra con la cabeza abajo y los ojos alertas. Ansel asintió y el repiqueteo en su cabeza aumentó cuando ella se aproximó.

Él le dijo: "Vamos, Gertie".

La perra se acercó y probó el hueso con su lengua gruesa, lamiéndole algunos de sus dedos. Lo hizo varias veces, pues quería la golosina y confiar en su amo. Ansel le tocó la cabeza con la otra mano, como a ella le gustaba. Se le salieron las lágrimas al hacer esto. Gertie se inclinó hacia adelante para tomar el hueso, y entonces Ansel la agarró del collar y cayó sobre ella con todo su peso.

Gertie luchó para desprenderse, gruñendo y tratando de morderlo, pero su reacción de pánico llenó de determinación a su amo. La sujetó debajo de la mandíbula inferior y le cerró el hocico para alzarle la cabeza y acercar su boca al cuello peludo de la perra.

Le mordió la piel tersa y ligeramente grasosa; la perra aulló cuando él probó su piel, y la textura de su carne gruesa y suave desapareció rápidamente bajo una oleada de sangre caliente. El dolor del mordisco hizo reaccionar a Gertie, pero Ansel la agarró con fuerza, levantándole la cabeza aún más, para que el cuello del animal quedara totalmente descubierto.

Estaba ingiriendo la sangre de la perra en sorbos largos, sin poder parar, con la urgencia desconocida y excitada que despertaba en su garganta. No podía entenderlo; lo único que contaba para él era la satisfacción que esto le proporcionaba. Era un placer paliativo que le daba poder. Sí: poder, como cuando un ser le extrae la vida a otro.

Pap entró aullando a la sala. Fue un quejido lastimero semejante al de un fagot, y Ansel supo que tenía que hacer algo para que aquel San Bernardo de ojos tristes dejara de asustar a los vecinos. Gertie se movía lánguidamente debajo de él, y Ansel corrió tras Pap, derribando una lámpara de pedestal antes de alcanzar al perro.

El placer de la sensación de beberse al segundo mastín lo extasió por completo. Sintió en su interior algo semejante a lo que sucede cuando la succión aumenta en un sifón y se logra el cambio deseado en la presión. El líquido fluyó sin esfuerzo y lo sació.

Ansel se sentó con el último sorbo de sangre animal todavía en su boca. Por un momento se sintió adormecido y confundido, y tardó en regresar a la realidad circundante. Miró al perro muerto a sus pies, y se sintió completamente despierto y frío.

El remordimiento se apoderó de él.

Se puso de pie y vio a Gertie; se miró el pecho, arañándose la camiseta empapada de sangre.

¿Qué me está pasando?

La sangre en la alfombra se veía como una desagradable mancha negra. Sin embargo, no había mucha y fue entonces cuando recordó que se la había bebido toda.

Se acercó a Gertie y la tocó, sabiendo que estaba muerta —que la había matado— y dejando su disgusto a un lado, la envolvió en la alfombra manchada. La levantó emitiendo un fuerte rugido, atravesó la cocina y bajó las escaleras hacia el cobertizo de los perros. Se arrodilló, desenrolló la alfombra con el pesado San Bernardo, y fue en busca de Pap.

Los dejó contra la pared del cobertizo, debajo del tablero de las herramientas. Su repulsión era distante y extraña. Sentía el cuello tensionado pero no irritado, la garganta fresca y la cabeza despejada. Se miró las manos ensangrentadas y tuvo que aceptar aquello que no podía entender.

Lo que acababa de hacer lo hizo sentir mejor.

Regresó a la casa y subió las escaleras. Se quitó la camisa ensangrentada y los calzoncillos, y se puso una sudadera vieja, pues sabía que Ann-Marie y los niños regresarían en cualquier momento. Sintió de nuevo el repiqueteo mientras buscaba las zapatillas. No lo escuchó: lo sintió, y su significado lo aterrorizó.

Escuchó voces en la puerta de su casa.

Su familia había regresado.

Bajó de nuevo y salió por la puerta de atrás sin ser visto, tocando la hierba del jardín con sus pies descalzos y tratando de huir del latido que invadía su cabeza.

Se dirigió a la entrada pero escuchó voces en la calle. Había dejado las puertas del cobertizo abiertas, y en medio de su desesperación decidió esconderse dentro de la perrera. No sabía qué otra cosa hacer.

Gertie y Pap yacían inertes, y poco faltó para que un grito escapara de sus labios.

¿Qué he hecho?

Los inviernos de Nueva York habían combado las puertas del cobertizo, y no encajaban completamente bien. A través de la abertura vio a Benjy servirse un vaso de agua de la llave.

¿Qué me está pasando?

Era como un perro que se hubiera vuelto repentinamente feroz.

Seguramente me he contagiado con algún tipo de rabia.

Escuchó voces. Eran los niños, bajando los peldaños del porche de atrás; estaban llamando a los perros. Ansel miró a su alrededor, agarró un rastrillo y lo pasó entre las manijas interiores de la puerta con tanta rapidez y tan silenciosamente como pudo. Así dejaría a los niños por fuera y él se encerraría adentro.

"¡Ger-tie, Pa-ap!"

Sus voces no denotaban preocupación. Durante el último par de meses, los perros se habían salido de la casa en algunas ocasiones, razón por la cual Ansel había clavado una estaca de hierro en el cobertizo para amarrarlos durante la noche.

Las voces de los niños se desvanecieron en sus oídos mientras el repiqueteo se apoderaba de su cabeza: era el ritmo constante de la sangre circulando por sus venas infantiles, pequeños corazones bombeando duro y fuerte.

¡Dios mío!

Haily llegó a la puerta. Ansel vio sus zapatillas rosadas por la ranura del piso y se acurrucó. La niña intentó abrir las puertas, las cuales chirriaron pero no cedieron.

Llamó a su hermano. Benjy se acercó y sacudió las puertas con todas sus fuerzas.

Trum... trum... trum...

Ansel sintió que la sangre de los niños lo estaba llamando. Se estremeció y se concentró en la estaca que tenía enfrente. Estaba enterrada a seis pies de profundidad, rodeada de un sólido bloque de concreto. Era lo suficientemente fuerte para mantener asegurados a los dos San Bernardo durante una tormenta de verano. Miró los estantes de la pared y vio una cadena para perros que todavía conservaba la etiqueta del precio. Tuvo la certeza de que en algún lugar había un candado.

Esperó a que los niños se alejaran un poco antes de salir y coger la cadena metálica.

El capitán Redfern llevaba puesto un camisón. Estaba acostado en la cama rodeada de cortinas plásticas; tenía los labios abiertos en una especie de mueca y respiraba con dificultad. Sintió una molestia creciente cuando comenzó a oscurecer y le administraron un potente sedante para mantenerlo dormido durante varias horas, pues necesitaban que permaneciera inmóvil para hacerle varias resonancias magnéticas. Eph redujo la intensidad de la luz, y encendió su lámpara Luma para iluminar el cuello de Redfern, pues quería examinarle otra vez la cicatriz. Y ahora que el resto de las luces estaban difuminadas, observó algo nuevo. Un extraño movimiento en la piel de Redfern, o más bien, *debajo* de la piel. Era como una soriasis subcutánea y jaspeada, una mancha justo debajo de la epidermis, de tonalidades negras y grises.

Acercó la lámpara para ver mejor y la parte sombreada reaccionó; moviéndose como si intentara evitar la luz.

Eph retrocedió y retiró la linterna. El capitán Redfern tenía una apariencia normal mientras no estuviera iluminado por la lámpara.

Eph se acercó de nuevo y le alumbró la cara. La carne jaspeada debajo de la piel formaba una especie de máscara. Era como un segundo ser envejecido y deforme asomando detrás del rostro del piloto. Una figura lúgubre, un demonio despierto en su interior mientras Redfern dormía. Eph acercó más la lámpara... y de nuevo, la sombra interior se onduló, esbozando una especie de mueca y tratando de ocultarse.

Redfern abrió los ojos, como si la luz lo hubiera despertado. Eph dio un salto, impactado por lo que había visto. Al piloto le habían suministrado una dosis tan alta de secobarbital como para dormir a dos hombres. Redfern estaba demasiado sedado para recobrar la consciencia.

Tenía los ojos completamente abiertos y miró hacia el techo; parecía muy asustado. Eph retiró la linterna y se acercó a él.

"¿Capitán Redfern?"

El piloto estaba moviendo los labios y Eph se acercó para escuchar lo que intentaba decir.

Sus labios resecos se movieron y dijo: "Él está aquí".

"¿Quién está aquí, capitán?"

Redfern daba la impresión de estar presenciando una escena horrible.

"El señor Sanguijuela", dijo.

Varias horas después, Nora regresó y se encontró con Eph en la sala de espera del Departamento de Radiología. En las paredes del corredor había varios cuadros pintados por pacientes infantiles en señal de agradecimiento. Eph le contó lo que había visto debajo de la piel de Redfern.

Nora le preguntó: "¿La luz negra de nuestras lámparas Luma no es una luz ultravioleta de bajo espectro?"

Eph asintió. Él también había estado pensando en el comentario del anciano que los abordó afuera de la morgue.

"Quiero verlo", dijo Nora.

"Redfern está en radiología", le informó Eph. "Tuvimos que suministrarle más sedantes para hacerle las resonancias magnéticas".

"Ya recibí las pruebas del avión. Del líquido que encontramos allá. Tenías razón. Hay rastros de amoníaco y fósforo...", dijo Nora.

"Lo sabía".

"Pero también encontraron residuos de ácido oxálico, úrico y de hierro. Y plasma".

"¿Qué?"

"Plasma crudo. Y una gran cantidad de enzimas".

Eph se llevó la mano a la frente como si se estuviera tomando la temperatura. "¿Cómo? ¿Enzimas digestivas?"

"Sí. ¿En qué te hace pensar esto?"

"En excrementos de aves o murciélagos. En guano. Pero, ¿cómo...?"

Nora negó con la cabeza, sintiéndose excitada e intrigada al mismo tiempo. "Quienquiera, o lo que sea que estuviera en ese avión... se pegó una cagada descomunal en la cabina".

Eph estaba pensando en eso cuando vio a un hombre vestido con un delantal que se apresuraba por el corredor y lo llamaba por su nombre. Era el técnico de las resonancias magnéticas.

"Doctor Goodweather, no sé lo que sucedió. Salí un momento a tomarme un café. Estuve menos de cinco minutos afuera".

"¿A qué te refieres? ¿Pasó algo?"

"Su paciente... ya no está en el escáner".

Jim Kent estaba hablando por su teléfono móvil afuera de la tienda de regalos del primer piso. "En estos momentos le están haciendo unos exámenes", le dijo a su interlocutor. "Su condición parece empeorar con rapidez, señor. Sí, deben entregar los resultados de los escáneres dentro de un par de horas. No, no sabemos nada de los demás sobrevivientes. Creí que usted quería recibir esta información. Sí señor, estoy solo..."

Se distrajo al ver a un hombre alto y pelirrojo, vestido con un camisón, que avanzaba con pasos inseguros por el corredor, y arrastraba la sonda que tenía conectada a su brazo. A menos que Jim estuviera equivocado, se trataba del capitán Redfern.

"Señor, yo... acaba de suceder algo... lo llamaré más tarde".

Colgó y se quitó el cable del oído, guardándolo en el bolsillo de su chaqueta y siguiendo al paciente, quien estaba a unas cuantas yardas de distancia. El hombre se detuvo brevemente y giró la cabeza, como si hubiera visto que alguien lo seguía.

"¿Capitán Redfern?", le dijo Jim.

El paciente dobló por el pasillo y Jim lo siguió, pero al dar la vuelta descubrió que estaba vacío.

Jim miró los avisos de las puertas. Abrió una que decía ESCALERAS y vio los descansos angostos de cada piso, así como un tubo plástico de suero que descendía por las escaleras.

"¿Capitán Redfern?", lo llamó de nuevo, y el eco de su voz retumbó en las escaleras. Sacó su teléfono para llamar a Eph, pero la pantalla decía SIN SERVICIO. Abrió la puerta que daba a un corredor, y no vio que Redfern corría hacia él desde un costado, pues estaba distraído con el teléfono.

Durante su búsqueda, Nora abrió la puerta de las escaleras y se encontró en un pasillo del sótano del hospital. Allí vio a Jim, sentado en el piso y apoyado contra la pared con las piernas estiradas. Tenía una expresión somnolienta.

El capitán Redfern estaba descalzo junto a él, de espaldas a Nora. Algo colgaba de su boca y derramaba sangre en el piso.

"¡Jim!", gritó ella, pero él no mostró ninguna reacción. Sin embargo, el capitán Redfern se puso rígido. Se dio vuelta hacia Nora, pero ella no alcanzó a ver lo que tenía en la boca. Quedó asombrada con el color de su piel, anteriormente pálida, y que ahora se veía vigorosa y sanguínea. La parte delantera de su camisón tenía manchas de sangre, al igual que sus labios. Lo primero que pensó es que estaba sufriendo algún tipo de ataque. Temió que se hubiera arrancado un pedazo de su propia lengua y estuviera tragando sangre.

Lo miró más de cerca y su diagnóstico se hizo más incierto. Las pupilas de Redfern estaban completamente negras, y la esclerótica roja, cuando debería estar blanca. Tenía la boca abierta en una mueca extraña, como si tuviera la mandíbula desencajada. Su cuerpo despedía un calor extremado, diferente a cualquier tipo de fiebre.

"Capitán Redfern", dijo ella, llamándolo una y otra vez, procurando sacarlo de su trance. Él avanzó hacia ella con una expresión de hambre rapaz en sus ojos vaporosos. Jim seguía inmóvil. Era obvio que Redfern se había vuelto violento, y Nora deseaba tener un arma en la mano.

Miró alrededor y solo vio un teléfono de la red interna del hospital con el código de alerta 555.

Tomó el auricular de la pared, pero no había alcanzado a levantarlo cuando Redfern la lanzó al suelo. Nora se aferró al auricular, y el cable se desprendió de la pared. Redfern tenía la fuerza de un maniático. Se acercó a ella y le sostuvo fuertemente los brazos contra el piso brillante. El rostro de Redfern se contrajo y su garganta se estremeció; ella pensó que él le iba a vomitar encima.

Nora estaba gritando cuando Eph cruzó la puerta como un rayo, golpeó a Redfern con todas sus fuerzas en el torso y lo derribó. Eph se enderezó, y le extendió una mano cautelosa para apaciguar a su paciente. "Espera..."

Redfern emitió un sonido sibilante. No como el de una serpiente, sino casi como si le saliera de la garganta. Comenzó a reírse con sus ojos negros, inexpresivos y vacíos. Utilizaba los mismos músculos faciales de la sonrisa, sólo que al abrir la boca parecía no querer volver a cerrarla.

Su mandíbula inferior se relajó, y algo carnoso y rosado que no era su lengua se asomó detrás de los labios. Era algo más largo, muscular y elástico, y se movía. Era como si se hubiera tragado un calamar vivo, y uno de sus tentáculos se agitara frenéticamente dentro de su boca.

Eph retrocedió. Agarró el soporte del suero para evitar que cayera y lo esgrimió en posición horizontal, a manera de arma, para mantener alejado a Redfern y a la cosa que tenía en la boca. Redfern le arrebató el estante de acero y sacó la cosa de su boca, que se extendía a seis pies de distancia, el mismo largo del soporte del suero. Eph la esquivó justo a tiempo. Escuchó el sonido producido por la punta del apéndice —tan angosto como un aguijón carnoso— al golpear la pared. Redfern lanzó el soporte al piso, partiéndolo en dos, y Eph cayó de espaldas dentro de en uno de los cuartos que bordeaban el pasillo.

Redfern entró tras él, con una expresión hambrienta en sus ojos negros y rojos. Eph buscó desesperadamente algo con qué defenderse, pero sólo encontró un trépano sobre un estante. El instrumento quirúrgico tenía una cuchilla cilíndrica y giratoria, utilizada para abrir el cráneo durante las autopsias. Eph lo encendió, la cuchilla comenzó a girar y Redfern avanzó con su aguijón ligeramente retraído, aunque todavía afuera, con sus bolsas de carne palpitantes a los lados. Eph intentó cortárselo.

Falló, pero le arrancó un tajo del cuello. Comenzó a brotarle sangre blanca, igual a la que había visto en la morgue, aunque no manaba en la misma dirección de las arterias sino hacia delante. Eph soltó el trépano para impedir que las cuchillas lo salpicaran con el líquido. Redfern se llevó las manos al cuello, y Eph agarró un extintor de fuego, el objeto más pesado que pudo encontrar. Le dio tres golpes a Redfern, la cabeza de éste traqueó, y de su columna salió un crujido desarticulado y completamente horrible.

Redfern colapsó y su cuerpo se desplomó contra el piso. Eph soltó el tanque y retrocedió, horrorizado por lo que acababa de hacer.

Nora entró al cuarto sosteniendo un pedazo del soporte, y vio a Redfern completamente desplomado. Soltó el arma y se abalanzó sobre Eph, quien la rodeó con sus brazos.

"¿Estás bien?", le preguntó él.

Ella asintió, y se tapó la boca con la mano. Señaló a Redfern, y Eph vio los gusanos saliendo de su cuello. Eran rojizos, como si estuvieran llenos de sangre, brotando como cucarachas que escapan de un cuarto cuando alguien enciende la luz. Eph y Nora se dirigieron hacia la puerta.

"¿Qué diablos acaba de suceder?", preguntó Eph.

Nora retiró la mano de la boca. "El señor Sanguijuela...", dijo ella.

Escucharon un quejido en el corredor. Era Jim, y corrieron a ayudarlo.

INTERLUDIO III

REVUELTA, 1943

EL MES DE AGOSTO ESTABA TERMINANDO, y Abraham Setrakian, que estaba en un andamio reparando las vigas del techo, sintió el peso de la canícula con más fuerza que nunca. El sol lo estaba achicharrando y todos los días eran iguales a ese. Y como si fuera poco, había desarrollado una aversión por la noche —por su litera y los sueños de su hogar, que anteriormente habían sido su único respiro en medio de los horrores del campo de concentración—, y ahora era rehén de dos amos igualmente despiadados.

Sardu, la Cosa Oscura, realizaba sus incursiones a las barracas de Setrakian —y seguramente a las otras también—, dos veces por semana con el fin de alimentarse. Las muertes pasaban completamente desapercibidas a los ojos de los guardias y prisioneros por igual. Los guardias ucranianos declaraban las muertes como suicidios, lo que para las SS significaba tan solo un cambio en los libros de registros.

En los meses posteriores a la primera visita de Sardu, Setrakian —obsesionado con la idea de derrotar a semejante demonio— reunió la mayor información posible sobre una antigua cripta romana, localizada en algún lugar del bosque cercano. Tenía la certeza de que la Cosa se resguardaba allí, y que era desde donde salía cada noche para saciar su sed infame.

Si Setrakian llegó a entender esa sed, fue aquel día. Las cantimploras circulaban constantemente entre los prisioneros, aunque muchos de ellos fueron víctimas de la insolación. El foso ardiente estuvo bien alimentado ese día. Setrakian había logrado reunir lo que necesitaba: una vara de roble blanco y un pedazo de plata. Ese era el antiguo método para liquidar al *strigoi*, al vampiro. Durante varios días afiló el cabo para insertarle la punta de plata. El solo hecho de introducir esto subrepticiamente le tomó dos semanas, el plazo que se había fijado para ejecutar su plan. Si los guardias ucranianos llegaban a encontrar aquello, no cabía la menor duda de que lo tomarían por un arma.

La noche anterior, Sardu había entrado al campo a una hora avanzada, más tarde de lo acostumbrado. Setrakian estaba acostado e inmóvil, esperando con paciencia a que la Cosa empezara a alimentarse de un rumano enfermo. Sintió asco y remordimiento, y pidió perdón, pero era una parte esencial de su plan, pues la criatura se había saciado a medias, y por lo tanto, estaba menos alerta.

La luz azul del amanecer se filtró por las ventanas pequeñas e irregulares del extremo oriental de la barraca. Era justo lo que Setrakian había estado esperando. Se pinchó el dedo índice, extrayendo una perla perfectamente roja de su carne enjuta. Sin embargo, no estaba preparado en absoluto para lo que sucedió a continuación.

Nunca había oído a la Cosa emitir sonido alguno, pues se alimentaba en completo silencio. Sin embargo, gruñó al sentir el olor de la sangre tierna de Setrakian, a quien el sonido le pareció semejante al de la madera seca cuando se resquebraja, o al del chisporroteo del agua en un desagüe obstruido.

La Cosa estuvo al lado de Setrakian en cuestión de segundos.

El joven movió cuidadosamente el brazo para coger la estaca, y sus miradas se cruzaron. Setrakian no pudo hacer otra cosa que permanecer inmóvil cuando se acercó a su cama.

La Cosa le sonrió.

"Hace mucho tiempo que no nos alimentábamos mirando el brillo de unos ojos vivos", dijo la Cosa. "Mucho tiempo..."

Su aliento olía a tierra y a cobre, y chasqueaba la lengua. Su voz profunda parecía una amalgama de muchas voces, como lubricada por sangre humana.

"Sardu...", susurró Setrakian, sin poder guardarse el nombre para sus adentros.

La Cosa abrió sus ojos lustrosos y resplandecientes, y por un instante fugaz parecieron casi humanos.

"Él no está sólo en este cuerpo", bufó la Cosa. "¿Cómo te atreves a llamarlo?"

Setrakian tomó la estaca que tenía debajo de su cama, y la sacó lentamente...

"Un hombre tiene el derecho a ser llamado por su propio nombre antes de encontrarse con Dios", dijo Setrakian con el decoro propio de la juventud.

La Cosa gorjeó de alegría. "Jovencito, entonces tú me puedes decir el tuyo..."

Setrakian lo atacó, y la punta metálica de la estaca produjo un sonido rasgado, brillando un instante antes de apuntarla contra el corazón de la Cosa.

Pero ese instante bastó; la Cosa detuvo la estaca con sus garras a una pulgada de su pecho.

Setrakian intentó liberarse y forcejeó con la otra mano, pero la Cosa también lo inmovilizó. Laceró a Setrakian en un costado del cuello con la punta del aguijón que tenía en la boca; fue un corte tan rápido como el parpadeo de un ojo, que bastó para inyectarle una sustancia paralizante.

Entonces agarró firmemente al joven de las manos y lo levantó de la cama.

"Pero tú no verás a Dios", le dijo la Cosa. "Pues lo conozco personalmente, y sé que ya *no está*..."

Setrakian estuvo a un paso de desmayarse debido a la fuerza con que esas garras lo sujetaban de sus manos, las mismas que lo habían mantenido con vida en el campo durante tanto tiempo. Sintió su cabeza a un paso de estallar, y jadeó con la boca completamente abierta para dejar entrar el aire a sus pulmones, pero ninguna señal de grito reveló su dolor.

La Cosa lo miró fijamente a los ojos, y le vio el alma.

"Abraham Setrakian", ronroneó. "Un nombre tan suave, tan dulce, para un chico tan lleno de energías..." Se acercó a su cara. "¿Por qué quieres destruirme, niño? ¿Por qué crees que soy merecedor de tu ira, si ves más mortandad todavía cuando estoy ausente? El monstruo no soy yo, sino Dios. Tu Dios y el mío, el padre que nos abandonó hace tanto tiempo... puedo ver en tus ojos aquello que más temes, y no soy yo... sino el foso en llamas. Y ahora verás qué sucede cuando lo alimento contigo sin que Dios haga nada por impedirlo".

Y entonces, con un crujido brutal, la Cosa le trituró los huesos de las manos al joven Abraham.

El joven cayó al suelo, acurrucado en un ovillo de dolor, sus dedos destrozados contra el pecho. Había caído en un espacio iluminado por la luz.

Estaba amaneciendo.

La Cosa gruñó, y trató de acercársele nuevamente.

Pero los prisioneros comenzaron a despertarse, y la Cosa desapareció mientras el joven Abraham quedaba inconsciente.

Lo encontraron sangrando antes del llamado a lista y lo condujeron a la enfermería de la que los prisioneros no salían nunca. Un carpintero con las manos destrozadas no sería de ninguna utilidad en el campo, y el jefe de vigilancia autorizó su ejecución de inmediato. Fue llevado al foso ardiente con el resto de los desahuciados y le ordenaron formar una fila y arrodillarse. El humo negro, espeso y grasiento, no dejaba ver el sol inclemente. Setrakian fue obligado a desnudarse y luego lo llevaron al borde de aquel abismo, teniendo que arrastrarse con sus manos destrozadas y temblando de miedo al observar el hueco.

El abismo ardiente, sus llamas hambrientas lamiendo sus flancos, el humo grasiento levantándose como en un ballet hipnótico; el ritmo de la línea de ejecución —el sonido del gatillo, el disparo, el leve rebote de la vaina de la bala al golpear la tierra— todos conspiro para que Abrham se sumergiera en un trance de muerte. Observó como las llamas consumían la carne y roían los huesos, revelando la mas pura esencia del hombre: materia vil. Bultos de carne desechable, aplastada e inflamable, combustible eficaz para el carbón.

La Cosa era diestra en el terror, pero aquella crueldad sobrepasaba cualquier otra forma de exterminio, no solo porque carecía de la más mínima dosis de piedad, sino porque era ejecutada sistemáticamente, de una manera fría y racional. Era una elección deliberada. El exterminio no estaba relacionado con la guerra en sí, y su único objetivo era la maldad. Eran hombres que habían decidido hacerle esto a otros, inventando razones, argucias y mitos, para satisfacer su deseo de una forma metódica y lógica.

El oficial nazi le disparó a cada prisionero detrás de la cabeza con frialdad, arrojándolo al abismo en llamas con un puntapié. La determinación de Abraham se vino al suelo. Sintió náuseas, no por el olor ni por lo que veía, sino por la certeza de que Dios ya no estaba en su corazón. Solo existía aquel hueco infame.

El joven lloró por su fracaso y el de su fe mientras sentía el cañón de la pistola Luger contra su piel desnuda.

Era otra boca en su cuello.

Y entonces escuchó los disparos. Un grupo de prisioneros había tomado las torres de observación, apoderándose del campo y matando a todos los oficiales que encontraban a su paso.

El oficial que fungía de verdugo huyó, dejando a Setrakian al borde del abismo en llamas.

Un polaco que estaba a su lado se levantó y empezó a correr, y el cuerpo de Setrakian se llenó de ímpetus. Empezó a correr hacia la alambrada de púas que rodeaba al campo con las manos apretadas contra su pecho.

Escuchó las ráfagas de las ametralladoras, y vio a guardias y prisioneros caer ensangrentados al suelo. El humo se elevaba, y no sólo del foso. Eran incendios que habían estallado en todo el campo. Se acercó a otros prisioneros que estaban en la cerca, y unos brazos anónimos lo alzaron —pues sus manos fracturadas se lo impedían—, y Abraham cayó al otro lado.

Permaneció tendido en el suelo, expuesto a las balas de los rifles y ametralladoras que desgarraban la tierra a su alrededor, y de nuevo otros brazos lo ayudaron a levantarse.

Y a medida que sus salvadores invisibles caían abatidos por las balas, Setrakian corrió hasta quedar exánime, y entonces empezó a llorar... pues aunque Dios estuviera ausente, él había encontrado al hombre. Al hombre asesino del hombre, pero también al hombre como salvador del hombre; horrores y bendiciones entregados por manos anónimas.

Todo era una cuestión de elección.

Siguió corriendo varias millas, incluso cuando empezaron a llegar los refuerzos austriacos. Tenía heridas abiertas en los pies y sus dedos destrozados por las rocas, pero ahora que estaba al otro lado de la cerca, nada podía detenerlo. Su mente tenía un solo propósito cuando finalmente llegó al bosque y se derrumbó en la oscuridad, ocultado por la noche.

EL AMANECER

Estación de policía 17, Calle 51 Este, Manhattan

Setrakian intentó acomodarse en el banco, recostado contra la pared de la celda. Había pasado toda la noche en el centro de reseñas, un cuarto rodeado de vidrios, al lado de los ladrones, borrachos y pervertidos con los que estaba detenido en ese momento. Durante la larga espera, tuvo tiempo para pensar en la escena que había armado afuera de la oficina del coronel, y comprendió que había arruinado su mejor oportunidad para contactarse con el Centro para el Control de Enfermedades, a cargo del doctor Goodweather.

Era obvio que se había comportado como un anciano demente. Tal vez estaba patinando y debilitándose como un giroscopio al final de sus revoluciones. Era probable que todos los años que había esperado ese momento, y en los que había vivido entre el miedo y la esperanza, lo hubieran afectado.

Las personas que envejecen aprenden a tener cuidado, se agarran bien de los pasamanos y se aseguran de seguir siendo ellos.

El único problema que tenía en ese momento era que la desesperación lo estaba enloqueciendo; estaba detenido en una estación de policía en el Medio Manhattan, mientras que afuera...

Sé listo, viejo tonto. Busca la manera de salir de aquí. Has escapado de lugares mucho peores que éste.

Setrakian revivió la escena en su mente. Estaba comenzando a dar su nombre y dirección, a escuchar los cargos criminales en su contra por alteración del orden público y traspaso ilegal a propiedad ajena. Estaba firmando un documento en el que certificaba ser propietario del bastón ("tiene un enorme significado personal", le había dicho al sargento) y de sus pastillas para el corazón, cuando un mexicano de dieciocho o diecinueve años entró esposado. El joven estaba golpeado, tenía rasguños en la cara y la camisa rota.

Lo que le llamó la atención a Setrakian fueron los agujeros chamuscados en sus pantalones negros y en su camisa.

"¡No puede ser!", dijo el joven con los brazos esposados detrás de su espalda, mientras era conducido a empellones por los detectives al interior de la celda. "¡Ese puto Gordo estaba loco; corriendo desnudo por la calle, ¿eh? Atacando a la gente, y a nosotros—¡nos *atacó*!" Los detectives lo sentaron bruscamente en una silla. "Ustedes no lo vieron. Ese cabrón sangraba algo *blanco*. Tenía una maldita... *cosa* en la boca. ¡No parecia un ser *humano*!"

Uno de los detectives llegó al cubículo del sargento donde estaban reseñando a Setrakian, secándose el sudor de la frente con una toalla de papel. "Un mexicano loco. Es un delincuente juvenil que acaba de cumplir dieciocho años y ya ha estado dos veces en la cárcel. Esta vez mató a un hombre durante una pelea, en compañía de un cómplice. Le quitaron la ropa y trataron de arrollarlo en el corazón de Times Square".

El sargento les lanzó una mirada acusatoria y continuó tecleando con un dedo. Le hizo otra pregunta a Setrakian, pero éste no lo escuchó. Escasamente sentía su asiento, así como sus manos retorcidas y fracturadas. El pánico estuvo a punto de apoderarse de él tras la idea de confrontar algo imposible. Vio el futuro, vio familias separadas, aniquilamientos y un apocalipsis de agonías. Vio la oscuridad reinando sobre la luz, vio el infierno en la Tierra.

En ese momento, Setrakian se sintió el hombre más viejo del planeta.

De repente, su temor fue reemplazado por un impulso igualmente básico: la venganza, el deseo de enfrentarlo una segunda vez. La resistencia, la pelea, la guerra inminente que tenía que emprender contra él.

Strigoi.

La plaga se había propagado.

Pabellón de aislamiento, Centro Médico del Hospital Jamaica

Jim Kent estaba acostado en la cama del hospital y farfulló: "Esto es ridículo. Me siento bien".

Eph y Nora estaban a ambos lados de la cama. "Digamos entonces que se trata de una medida de precaución", dijo Eph.

"No pasó nada. Debió derribarme mientras cruzaba la puerta. Creo que me desmayé momentáneamente. Tal vez sea una contusión leve".

Nora asintió. "Es solo que... tú eres uno de nosotros, Jim. Queremos asegurarnos de que todo salga bien".

"Pero... ¿por qué tengo que estar en el pabellón de aislamiento?"

"¿Y por qué no?", dijo Eph, intentando esbozar una sonrisa. "Ya estamos aquí. Y mira: tienes toda un ala del hospital para ti. No puedes hacer un mejor negocio que este en Nueva York".

La sonrisa de Jim demostró que no estaba convencido. "De acuerdo", dijo finalmente. "Pero permítanme al menos utilizar mi teléfono para sentir que estoy contribuyendo en algo".

Eph dijo: "Creo que podemos arreglar eso después de hacerte algunos exámenes".

"Y por favor, díganle a Sylvia que estoy bien. Debe estar preocupada".

"Está bien", dijo Eph. "La llamaremos tan pronto nos vayamos de aquí".

Salieron de la unidad de aislamiento y se detuvieron, pues estaban profundamente conmovidos. Nora dijo: "Tenemos que decírselo".

"¿Decirle qué?", respondió Eph con cierta brusquedad. "Primero debemos saber de qué se trata esto".

Afuera de la unidad, una mujer con el pelo rizado y recogido con una cinta elástica se levantó de una silla plástica que había traído del vestíbulo. Jim vivía con Sylvia, la encargada del horóscopo del *New York Post*, en un apartamento un poco más arriba de la calle 80 Este. Ella tenía cinco gatos y Jim tenía un pájaro, por lo cual el ambiente doméstico era un poco tenso. "¿Puedo entrar a verlo?"

"Disculpa, Sylvia. Son las reglas del pabellón de aislamiento: solo puede ingresar personal médico. Pero Jim te manda a decir que se siente bien".

"¿Qué piensas tú?", preguntó Sylvia, agarrando del brazo a Eph.

Eph pensó antes de responderle. "Tiene un aspecto muy saludable, y simplemente queremos hacerle unos exámenes".

"¿Por qué lo internaron en el pabellón de aislamiento? Me dijeron que solo se desmayó, que se sentía un poco mareado".

"Ya sabes cómo trabajamos; nos gusta descartar los malos pronósticos y hacer las cosas paso a paso".

Sylvia miró a Nora, buscando un respaldo femenino.

Nora le dijo con gesto compasivo: "Te lo devolveremos tan pronto como podamos".

Eph y Nora se encontraron con la administradora en la puerta de la morgue, localizada en el sótano del hospital. "Dr. Goodweather. Esto es completamente irregular. Esta puerta nunca debe estar cerrada con seguro, y le recuerdo que debemos ser informados de todo lo que sucede..."

"Lo siento, señora Graham", dijo Eph tras leer su carné del hospital, "pero éste es un asunto oficial del CDC". Eph detestaba valerse de su cargo burocrático, pero ser empleado del gobierno tenía sus ventajas en algunas ocasiones. Sacó la llave que había tomado, abrió la puerta y entró con Nora. "Gracias por su cooperación", le dijo, echándole el cerrojo a la puerta.

Las luces se encendieron automáticamente. El cuerpo de Redfern yacía cubierto con una sábana en una mesa metálica. Eph sacó un par de guantes de una caja que estaba cerca del interruptor de la luz, y abrió el cajón que contenía los instrumentos de autopsia.

"Eph", dijo Nora, poniéndose los guantes. "Todavía no tenemos el certificado de defunción. No lo podemos abrir".

"No tenemos tiempo para ese tipo de formalidades, especialmente después de lo que le sucedió a Jim. Además, tampoco sé cómo vamos a explicar su muerte. Lo cierto del caso es que yo asesiné a este hombre, a mi propio paciente".

"En defensa propia".

"Lo sé, y tú también lo sabes. Pero realmente no puedo perder tiempo explicándole esto a la policía".

Utilizando un bisturí grande, le hizo una incisión en forma de "Y" al torso del cadáver de Redfern, con dos cortes diagonales desde las clavículas hasta arriba del esternón, y uno recto en el centro, sobre el abdomen, hasta el hueso púbico. Retiró la piel y los músculos, dejando al descubierto las costillas y la región abdominal. No tenía tiempo para practicarle una autopsia completa, pero necesitaba confirmar algunos indicios que había notado en la resonancia magnética parcial que le habían logrado tomar al difunto.

Lavó la secreción blanca y líquida con una manguera, y observó los órganos vitales debajo de las costillas. La cavidad del pecho era completamente anormal, llena de masas negras alimentadas por unas terminales, unos retoños semejantes a venas, adheridos a los órganos marchitos del piloto.

"¡Virgen santísima!", exclamó Nora.

Eph examinó los retoños que tenía en las costillas. "Lo han invadido. Mira el corazón".

Este órgano estaba deforme y contraído. La estructura arterial también estaba alterada, mientras que el sistema circulatorio se había simplificado, y las arterias estaban cubiertas por una capa oscura y cancerosa.

"Es imposible. Solo han transcurrido treinta y seis horas desde el aterrizaje del avión", dijo Nora.

Eph hizo un corte en el cuello, dejando la garganta al descubierto.

El nuevo órgano estaba localizado en la parte central del cuello, y salía de los pliegues vestibulares. Esta protuberancia parecía actuar como un aguijón retráctil. Se conectaba directamente con la tráquea y ocupaba una gran parte de ella, a semejanza de un crecimiento cancerígeno. Eph decidió no extenderse a otras partes, y concentrarse más bien en retirar en su totalidad aquel músculo, órgano —o lo que fuera— , para estudiarlo y determinar su función.

Su teléfono sonó, y Eph se dio vuelta para que Nora pudiera sacarlo de uno de sus bolsillos con sus guantes de látex. "Es la Oficina del Forense", señaló al leer la pantalla. Respondió la llamada y después de escuchar brevemente a su interlocutor, le dijo: "Pronto estaremos allá".

Oficina del Forense, Manhattan

EL DIRECTOR BARNES LLEGÓ a la Oficina del Forense, localizada en la calle Treinta con la Primera avenida, al mismo tiempo que Eph y

Nora. Bajó de su auto, inconfundible con su barba en forma de candado y su uniforme de la Marina. La intersección estaba llena de patrullas policiales y equipos noticiosos de la televisión, estacionados afuera de la fachada turquesa del edificio de la morgue.

Mostraron sus credenciales y llegaron al despacho del doctor Julius Mirnstein, el Forense en jefe de Nueva York. Mirnstein era calvo, con mechones de pelo castaño a los lados y detrás de la cabeza. Su rostro era alargado y de expresión adusta. Llevaba el delantal blanco reglamentario sobre sus pantalones grises.

"No sabría cómo explicarlo, pero creo que alguien entró aquí anoche". El doctor Mirnstein miró la pantalla encendida de su computador y los bolígrafos que había dejado por fuera del pocillo. "No hemos podido comunicarnos con ninguno de los empleados del turno de la noche". Consultó de nuevo con una asistente que estaba hablando por teléfono, y ella le hizo un gesto negativo.

"Síganme".

Todo parecía estar en orden, desde las mesas limpias de las autopsias, pasando por los estantes e instrumentos de disección, hasta las pesas y aparatos de medición. No había señales de vandalismo. El doctor Mirnstein los condujo al cuarto refrigerado y los dejó pasar.

El lugar estaba vacío. Las camillas seguían en su sitio, al igual que algunas sábanas y prendas de ropa. Unos pocos cadáveres yacían en las mesas del costado izquierdo, pero todas las víctimas del avión habían desaparecido.

"¿Dónde están?", preguntó Eph.

"De eso se trata: no lo sabemos", respondió el doctor Mirnstein.

El director lo miró un momento. "¿Me estás diciendo que crees que alguien entró aquí anoche y se *robó* cuarenta cadáveres?"

"Su teoría es tan buena como la mía, Dr. Barnes. Tenía la esperanza de que su personal me diera una pista".

"Pues bien", dijo Barnes. "Ellos no salieron caminando".

Nora preguntó: "¿Qué habrá sucedido en Brooklyn y en Queens?".

El doctor Mirnstein le respondió: "Todavía no sabemos nada de Queens. Pero en Brooklyn nos informaron que allá sucedió lo mismo".

"¿Lo mismo?", dijo Nora. "¿Desaparecieron todos los pasajeros del avión?"

"Exactamente", señaló el doctor Mirnstein. "Les pedí que vinieran con la esperanza de que tal vez su agencia hubiera recogido los cadáveres sin nuestro conocimiento".

Barnes miró a Eph y a Nora, pero ellos hicieron un gesto negativo.

Barnes dijo: "Cielos. Tendré que llamar a la FAA".

Eph y Nora se le acercaron antes de que saliera.

"Creo que necesitamos hablar", dijo Eph.

El director los miró a los dos. "¿Cómo está Jim Kent?"

"Tiene buen semblante y dice que se siente bien".

"De acuerdo", señaló Barnes. "¿Qué tiene?"

"Una perforación en el cuello a la altura de la garganta. La misma que hemos encontrado en las víctimas del vuelo 753".

Barnes frunció el ceño. "¿Cómo puede ser?"

Eph le informó del escape de Redfern de la sala de resonancias magnéticas, y del ataque subsiguiente. Sacó una imagen de escáner y una radiografía de gran tamaño. La colocó sobre una pantalla translúcida y encendió la luz. "Este es el piloto antes de la resonancia".

La imagen mostraba los órganos principales, los cuales tenían un aspecto normal. "¿Y bien?", dijo Barnes.

"Y esta es la otra resonancia", indicó Eph, colocando una imagen en la pantalla, que mostraba el torso de Redfern cubierto de manchas.

Barnes se puso los lentes. "¿Son tumores?"

"Mmm.... Es difícil de explicar, pero este es un tejido nuevo que se alimenta de los órganos que hace apenas veinticuatro horas estaban en perfecto estado".

El director Barnes se quitó las gafas y frunció el ceño de nuevo. "¿Tejido nuevo? ¿Qué demonios quieres decir con eso?"

"Esto". Eph mostró una tercera imagen de la parte interna del cuello de Redfern. El crecimiento debajo de la lengua era evidente.

"¿Qué es?", preguntó Barnes.

"Cierto tipo de aguijón", respondió Nora. "Tiene músculos, es carnoso y retráctil".

Barnes miró a Eph y a Nora. "¿Me están diciendo que a uno de los sobrevivientes del siniestro aéreo le creció un aguijón y atacó a Jim con él?"

Eph asintió y señaló las imágenes a modo de prueba. "Everett; necesitamos poner en cuarentena a los demás sobrevivientes".

Barnes miró a Nora, quien asintió enfáticamente, pues estaba plenamente de acuerdo con Eph.

El director Barnes dijo: "¿La conclusión es que, según ustedes, este... crecimiento tumoroso, esta mutación biológica... es transmisible?

"Eso es lo que suponemos y tememos", dijo Eph. "Es muy probable que Jim esté infectado. Necesitamos determinar la evolución de este síndrome, independientemente de lo que sea, si queremos tener una oportunidad de detenerlo y de curar a Jim".

"¿Están queriendo decir que ustedes vieron este... aguijón retráctil, tal como ustedes lo llaman?"

"Sí, ambos lo vimos".

"¿Dónde está actualmente el cuerpo del capitán Redfern?"

"En el hospital".

"¿Y cuál es su prognosis?"

Eph se le adelantó a Nora: "Incierto".

Barnes lo miró, y empezó a sentir que algo no estaba bien.

Eph dijo: "Lo único que pedimos es una orden para obligar a los sobrevivientes a recibir tratamiento médico..."

"Poner en cuarentena a tres personas entraña la posibilidad de causar un pánico colectivo. Estamos hablando de un país con trescientos millones de habitantes, Eph". Barnes observó sus rostros de nuevo, como si estuviera buscando una confirmación final. "¿Creen que esto está relacionado de algún modo con la desaparición de los cadáveres?"

"No lo sé", respondió Eph, quien estuvo a un paso de decir *"No quiero saberlo"*.

"Bien", dijo Barnes. "Iniciaré los trámites".

"¿Iniciar los trámites?"

"Estas cosas llevan tiempo".

"Necesitamos esta orden ya; ahora mismo", dijo Eph.

"Ephraim, lo que me has mostrado es extraño e inquietante, pero parece ser un caso aislado. Sé que estás preocupado por la salud de un colega, pero conseguir una orden federal de cuarentena significa que tengo que solicitar y recibir una orden ejecutiva del presidente, y yo no guardo ese tipo de órdenes en mi billetera. Aún no veo una señal de pandemia, y por lo tanto, debo seguir los canales normales. Hasta entonces, no quiero que molestes a los demás sobrevivientes".

"¿Que los moleste?"

"El pánico estallará aún sin que nos sobrepasemos en nuestras obligaciones. Además, si hay otros sobrevivientes cuya situación se ha agravado, ¿por qué no hemos tenido noticias de ellos?"

Eph no tenía una respuesta para esto.

"Estaré en contacto".

Barnes se dirigió a hacer las llamadas telefónicas.

Nora miró a Eph, y le dijo: "No lo hagas".

"¿Que no haga qué?"

"No busques a los demás sobrevivientes. No arruines la posibilidad de salvar a Jim molestando a la abogada o asustando a los demás".

Eph estaba echando humo cuando abrieron las puertas. Dos miembros del Equipo de Emergencias Médicas entraron con una camilla en la que iba un cadáver cubierto con una bolsa, y fueron recibidos por dos empleados de la morgue. Los muertos no esperarían a que se resolviera el misterio que rodeaba este caso, simplemente seguirían llegando. Eph pensó en lo que sucedería en la ciudad de Nueva York si se presentara una verdadera epidemia. Una vez que los recursos municipales ya no dieran abasto —la policía, los bomberos, el Departamento de sanidad y las funerarias— la ciudad entera quedaría reducida a una hedionda pila de cadáveres en el transcurso de pocas semanas.

Un empleado de la morgue abrió la bolsa hasta la mitad. Retrocedió con los guantes de las manos chorreando un líquido blanco, el cual goteaba también de la bolsa, resbalaba por un lado de la camilla y caía al piso.

"¿Qué demonios es esto?", preguntó el empleado, completamente asqueado.

"Una víctima de tránsito", dijo uno de los técnicos. "Murió después de una pelea. No sé... seguramente lo atropelló un camión de leche o algo por el estilo".

Eph sacó unos guantes del mostrador y se acercó al cadáver. Lo observó y preguntó: "¿Dónde está la cabeza?"

"Debe estar en algún lugar", dijo el otro técnico.

Eph vio el cadáver decapitado a la altura de los hombros, y la base del cuello salpicada de pegotes blancos.

"El tipo estaba desnudo", agregó el técnico. "¡Qué noche!"

Eph terminó de abrir el cierre. El cuerpo decapitado era masculino, tenía sobrepeso y alrededor de cincuenta años de edad. Eph le examinó los pies.

Tenía un alambre alrededor del dedo gordo, como si hubiera llevado una etiqueta de identificación forense.

Nora también observó el alambre y se puso pálida.

"¿Dices que se trató de una pelea?", preguntó Eph.

"Eso fue lo que nos dijeron", dijo el técnico, abriendo la puerta para salir. "Que tengan un feliz día, y buena suerte".

Eph cerró la bolsa. No quería que nadie viera el alambre ni le hiciera preguntas que no podía responder.

Miró a Nora: "¿Recuerdas lo que nos dijo el anciano?"

Nora asintió. "Que destruyéramos los cadáveres", recordó.

"Él sabía sobre la luz ultravioleta". Eph se quitó los guantes de látex y pensó de nuevo en lo que podía estar creciendo en el organismo en Jim. "Tenemos que averiguar qué más sabe ese anciano".

Estación de policía 17, Calle 51 Este, Manhattan

SETRAKIAN CONTÓ a trece hombres que estaban con él en la celda del tamaño de una habitación, incluyendo a uno con heridas recientes en el cuello, agachado en un rincón y frotándose vigorosamente las manos con saliva.

Obviamente, Setrakian había visto cosas peores que esta: mucho peores. En otro continente, y en otro siglo, había sido privado de la libertad durante la Segunda Guerra Mundial por ser un judío rumano, siendo internado en el campo de concentración conocido como Treblinka.

Tenía casi diecinueve años cuando el campo fue cerrado en 1943. Si lo hubieran internado a la edad que tenía ahora, seguramente no habría sobrevivido siquiera unos pocos días, y tal vez ni el viaje en tren hasta el campo de concentración.

Setrakian miró al joven mexicano que estaba a su lado; era el primer detenido que veía reseñar, y tenía casi la misma edad suya cuando la guerra terminó. Sus mejillas eran de un color azul y tenía sangre coagulada en una herida debajo del ojo, pero no parecía estar infectado.

El anciano se preocupó al ver a su amigo; estaba acostado e inmóvil en la banca de al lado.

Por su parte, Gus, que se sentía enojado, adolorido y un poco nervioso ahora que su adrenalina se había esfumado, comenzó a sospechar del anciano que lo miraba.

"¿Tienes algún problema?"

Los otros detenidos miraron animados, atraídos por la posibilidad de una pelea entre un pandillero mexicano y un anciano judío.

Setrakian le dijo: "Realmente tengo un gran problema".

Gus le lanzó una mirada desafiante. "Todos tenemos uno".

Setrakian vio que los demás comenzaban a retirarse. Examinó de cerca al joven. Tenía el brazo sobre la cara y el cuello, y estaba acurrucado casi en posición fetal.

Gus miró fijamente a Setrakian, y lo reconoció. "Te conozco".

Setrakian asintió; estaba acostumbrado a eso, y dijo: "Calle 118".

"El Préstamos Knickerbocker. Sí, chingados. Una vez le partiste la madre a mi hermano".

"¿Me robó?"

"Trató —una cadena de oro. Ahora es un pinchi drogadicto de mierda, un fantasma. Pero en aquel entonces era fuerte. Es mayor que yo".

"Debió tener más cuidado".

"Se creía lo máximo. Por eso trató. La cadena realmente era como un trofeo, y él quería pasearse con ella por el barrio. Todos le advirtieron: 'No te metas con el ruco prestamista' ".

Setrakian dijo: "Alguien rompió la ventana la primera semana que comencé a trabajar en la tienda. La cambié, y me senté a esperar. Agarré a un grupo de muchachos que quería romperla. Les di algo en qué pensar y les envié un mensaje a sus amigos. Eso fue hace más de treinta años, y desde entonces no he tenido un solo problema con mi negocio".

Gus miró los dedos contraídos del anciano, apenas cubiertos por los guantes de lana. "¿Qué te pasó en las manos? ¿Te agarraron robando?", le preguntó.

"Nada de eso", respondió el anciano, frotándose las manos. "Es una vieja herida, y sólo recibí atención médica cuando ya era muy tarde".

Gus le mostró el tatuaje que tenía en la mano, y cerró el puño para resaltar la figura. Eran tres círculos negros. "Es como el diseño del aviso de tu tienda".

"Es el antiguo símbolo de los prestamistas; pero el tuyo tiene un significado diferente".

"Es el símbolo de la pandilla", dijo Gus, recostándose. "Significa robo".

"Pero nunca me robaste".

"Eso no lo sabes de bien a bien", dijo Gus sonriendo.

Setrakian observó los pantalones del joven, los agujeros chamuscados en la tela negra. "Escuché que mataste a un hombre".

La sonrisa de Gus desapareció.

"¿Esa herida que tienes en la cara te la hicieron los policías?"

Gus lo miró como si el anciano fuera una especie de informante. "¿Qué te pasa?"

Setrakian le preguntó: "¿Le viste el interior de la boca?"

Gus lo miró. El anciano se inclinó como si fuera a rezar. "¿Qué sabes sobre eso?", le preguntó Gus.

"Sé que una plaga se ha desatado en esta ciudad, y que muy pronto se propagará por el mundo entero", respondió el anciano sin desviar la mirada.

"No se trataba de una plaga. Era un puto de psicópata con una... cosa que salía de..." Gus se sintió ridículo al decir esto en voz alta. "¿Qué chingados era eso?"

Setrakian dijo: "Peleaste contra un hombre muerto, poseído por una enfermedad".

Gus recordó la cara del hombre, inexpresivo y hambriento, y su sangre blanca. "¿Qué dices? ¿Entonces era un pinche zombi?"

Setrakian le respondió: "Digamos que más bien se trata de un hombre con capa negra, colmillos y acento extraño". Se dio vuelta para que Gus pudiera oírlo mejor. "Quítale la capa y los colmillos y el acento extraño. Quítale todo lo extravagante que pueda tener". Gus pensó en las palabras del anciano. Ese hombre debía saber algo. Su voz lúgubre y su melancolía eran contagiosas.

"Escúchame lo que voy a decirte", continuó el anciano. "Este amigo tuyo ha sido infectado. Se puede decir que ha sido... mordido".

Gus miró a Félix, quien estaba inmóvil. "No, no. Él sólo... los policías lo noquearon".

"Él está cambiando; está en medio de un proceso que va más allá de nuestra comprensión, una enfermedad que convierte a los seres humanos en no humanos. Esta persona ya no es amiga tuya. Se ha transformado".

Gus recordó al hombre gordo encima de Félix, su abrazo maniático y su boca en el cuello de su amigo. Y luego la mirada de Félix: la expresión de sorpresa y terror.

"¿No ves lo caliente que está? Es su metabolismo. Se requiere de una gran energía para la transformación; son cambios dolorosos y catastróficos que están ocurriendo ahora mismo en el interior de su cuerpo, y un órgano parasitario se está desarrollando para que ese nuevo ser se adapte. Él se está metamorfoseando en un organismo alimentador. Muy pronto —de doce a treinta y seis horas desde el momento de la infección—, pero muy probablemente esta noche, él se levantará sediento. Y no se detendrá ante nada para calmar sus ansias".

Gus observó al anciano como si estuviera en un estado de animación suspendida.

Setrakian le preguntó: "¿Quieres a tu amigo?".

"¿Qué?", respondió Gus.

"Me refiero a si lo honras y respetas. Si quieres a tu amigo, debes aniquilarlo antes de que se transforme por completo".

Los ojos de Gus se oscurecieron: "¿Destruirlo?"

"Bueno... matarlo. De lo contrario, él también te transformará a ti".

Gus meneó la cabeza lentamente. "Pero... si dices que ya está muerto... ¿cómo puedo matarlo?"

"Hay ciertas formas", respondió Setrakian. "¿Cómo mataste al que te atacó?"

"Con un cuchillo. Le corté la chingadera esa que le salía de la boca".

"¿La garganta?"

Gus asintió. "Sí, y luego un camión le terminó de partir la madre".

"Separar la cabeza del cuerpo es la forma más eficaz. La luz solar también es muy efectiva: los rayos directos del sol. Adicionalmente, hay otros métodos más antiguos".

Gus miró a Félix; estaba acostado, sin moverse, casi sin respirar. "¿Por qué nadie sabe esto?", preguntó Gus. Se dio vuelta y miró a Setrakian, preguntándose cuál de los dos estaba más loco. "Oye anciano, ¿quién eres realmente?"

"*¡Elizalde! ¡Torres!*"

Gus estaba tan absorto en la conversación que no vio a los policías entrar a la celda. Miró después de escuchar su nombre y el de Félix, y vio que cuatro policías con guantes de látex se acercaron, listos para dominarlos. Gus fue levantado del banco antes de saber qué sucedía.

Después agarraron a Félix de la espalda y le dieron una palmada en las piernas. No pudieron despertarlo y se lo llevaron a la fuerza. Su cabeza quedó inclinada sobre su pecho, arrastrando los pies cuando se lo llevaron.

"Escuchen, por favor". Setrakian se puso de pie. "Ese hombre está enfermo; peligrosamente enfermo. Tiene una enfermedad contagiosa".

"Para eso tenemos guantes, abuelo", dijo uno de los policías. Le apretaron los brazos a Félix mientras lo sacaban arrastrado por la puerta. "Siempre estamos lidiando con enfermedades contagiosas".

"Deben aislarlo, ¿comprenden? Deben encerrarlo solo", agregó Setrakian.

"No te preocupes, abuelo. Siempre le damos un trato preferencial a los asesinos".

Gus fijó su mirada en el anciano mientras cerraban las rejas y los guardias se lo llevaban.

Grupo Stoneheart, Manhattan

ESA ERA la habitación de un hombre muy importante.

Completamente automatizada y con la temperatura controlada; los botones de la consola al alcance de la mano. El sonido de los humidificadores en concierto con el zumbido del ionizador y el susurro del sistema de filtración de aire, eran como el arrullo protector de una madre. Todos los hombres, pensó Eldricht Palmer, deberían quedarse dormidos cada noche en úteros artificiales y dormir como bebés.

Aún faltaban varias horas para que amaneciera, y él estaba impaciente. Palmer murmuró con el mismo beneplácito de un banquero codicioso ahora que todo estaba en movimiento, la cepa del virus propagándose por la ciudad de Nueva York con la misma fuerza exponencial de los intereses compuestos, duplicándose a sí misma cada noche. Ningún éxito financiero —y eso que había tenido muchos— lo había alegrado tanto como esta empresa inconcebible.

El teléfono de su mesa de noche vibró una vez y el auricular se iluminó. Todas las llamadas a ese teléfono tenían que pasar por el filtro del señor Fitzwilliam, su enfermero y asistente, un hombre de un juicio y una discreción extraordinarios.

"Buenas noches, señor".

"¿Quién es, señor Fitzwilliam?"

"El señor Jim Kent. Dice que es urgente. Se lo pasaré".

El señor Kent, miembro de la Sociedad Stoneheart, dijo: "¿Sí? ¿Hola?".

"Adelante, señor Kent".

"¿Me escucha? No puedo hablar en voz alta..."

"Adelante, señor Kent. Lo escucho. Nuestra última conversación telefónica se cortó".

"Sí. El piloto escapó antes de que terminaran de hacerle los exámenes".

Palmer sonrió. "¿Entonces ya se marchó?"

"No. No sabía qué hacer; así que lo seguí por el hospital hasta que el doctor Goodweather y la doctora Martínez lo encontraron. Dijeron que Redfern está bien, pero no puedo confirmar su estado. "En estos momentos me encuentro solo. Y hace un momento le oí decir a una enfermera que los doctores del proyecto Canary entraron a un cuarto del sótano y lo cerraron con seguro".

Palmer pareció preocuparse. "¿Dónde te encuentras en este momento?"

"En el pabellón de aislamiento. Es simplemente una medida de precaución. Creo que Redfern me golpeó. Quedé inconsciente".

Palmer guardó silencio durante un momento. "Entiendo".

"Si usted me explica exactamente lo que debo hacer, yo podría ayudarle más..."

"¿Dijiste que se tomaron un cuarto del hospital?"

"Sí; en el sótano. Podría ser la morgue. Tendré más información dentro de poco tiempo".

"¿Cuándo?", preguntó Palmer.

"Una vez salga de aquí. Necesitan hacerme algunos exámenes".

Palmer recordó que Jim Kent no era un epidemiólogo, sino un funcionario administrativo del proyecto Canary sin ninguna formación médica. "Parece como si tuviera la garganta irritada, señor Kent".

"Así es. Me está comenzando a dar algo".

"Mmm. Feliz día, señor Kent".

Palmer colgó. La situación de Kent era insignificante, pero la información sobre la morgue del hospital era verdaderamente preocupante. Sin embargo, en toda empresa ambiciosa siempre se presentan obstáculos que deben superarse. Toda una vida de negociaciones le había enseñado al magnate que los reveses y las dificultades hacen que la victoria final sea aun más dulce.

Tomó el auricular de nuevo y presionó el botón de la estrella.

"Sí, señor".

"Señor Fitzwilliam. Hemos perdido nuestro contacto con el proyecto Canary. No conteste las llamadas de su teléfono móvil".

"Sí señor ".

"Necesitamos enviar un equipo a Queens. Y también es probable que tengamos que sacar algo del sótano del Hospital Jamaica".

Flatbush, Brooklyn

ANN-MARIE BARBOUR revisó de nuevo para asegurarse de haber cerrado las puertas con seguro e inspeccionó dos veces la casa —cuarto por cuarto, y piso por piso—, tocando dos veces cada espejo para poder tranquilizarse. No podía pasar por ninguna superficie reflectante sin dejar de tocarla con el dedo índice y el medio de la mano derecha, para asentir a continuación con un gesto parecido a la genuflexión. Repitió el ritual otras dos veces, y limpió cada superficie con una mezcla de Windex y agua bendita hasta quedar satisfecha.

Creyó haber recobrado de nuevo el control y llamó a su cuñada Jeanie, quien vivía en el centro de Nueva Jersey.

"Están bien", dijo Jeanie, refiriéndose a los niños, a quienes había recogido el día anterior. "Se han comportado muy bien. ¿Cómo está Ansel?"

Ann-Marie cerró los ojos y se le salieron las lágrimas. "No lo sé".

"¿Ha mejorado? ¿Le diste la sopa de pollo que le llevé?"

A Ann-Marie le preocupaba que su cuñada descubriera que estaba nerviosa. "Yo te... yo.... te llamaré".

Colgó y miró las tumbas por la ventana de atrás. Eran dos parches de tierra revuelta, y pensó en los perros que estaban enterrados allí.

Pero sobre todo en Ansel. En lo que les había hecho a Pap y a Gertie.

Se frotó las manos y recorrió la primera planta de su casa. Sacó un cofre de caoba del bufete del comedor que contenía el juego de cubiertos de plata que le habían regalado en la boda. Estaba brillante y reluciente. Era su alijo secreto, escondido allí como otra mujer lo haría con una provisión de dulces o un frasco de calmantes. Palpó cada utensilio, pasando la yema de los dedos por la superficie de plata y luego por sus labios. Creyó que se desmoronaría si no tocaba cada uno de los cubiertos.

Luego fue a la puerta de atrás. Se detuvo allí, agotada, con la mano en el pomo, pidiendo orientación y fortaleza. Rezó para poder entender lo que estaba sucediendo, y para vislumbrar el camino a seguir.

Abrió la puerta y bajó los peldaños que conducían al cobertizo, desde el cual había sacado los cadáveres de los perros, sin saber qué otra cosa hacer, pero afortunadamente había encontrado una pala vieja debajo del porche de enfrente. Se detuvo a un lado del cobertizo, frente a los crisantemos naranjas y amarillos plantados debajo de una ventana pequeña de cuatro paneles. Dudó antes de mirar adentro, protegiendo sus ojos de la luz del sol. Los implementos de jardinería estaban colgados de las paredes interiores, y las herramientas guardadas en los estantes, frente a un pequeño banco de trabajo. Los rayos solares que se filtraban por la ventana formaron un rectángulo perfecto en el suelo de tierra apisonada, y la sombra de Ann-Marie se proyectó sobre la estaca de metal. Una cadena igual a la que había en la puerta estaba amarrada al poste, pero no pudo ver uno de los extremos. El piso mostraba señales de excavación.

Se detuvo frente a las puertas encadenadas y escuchó.

"¿Ansel?", dijo apenas con un susurro. Escuchó de nuevo, y al no oír nada, puso su boca en la abertura de media pulgada que había entre las puertas combadas por la lluvia. "¿Ansel?"

Escuchó un ronroneo. El sonido vagamente animal la aterrorizó... y no obstante, la reconfortó al mismo tiempo.

Él todavía estaba adentro. Todavía estaba con ella.

"Ansel... no sé qué hacer... por favor... dime qué hago... no puedo hacer nada sin ti. Te necesito, cariño. Por favor responde. ¿Qué voy a hacer?"

Escuchó de nuevo el sonido, como si escarbaran la tierra. Era un sonido gutural, como el de una tubería atascada.

Si solo pudiera ver a su esposo y su rostro amable.

Ann-Marie se metió la mano en la blusa y sacó la llave que colgaba de un cordón. La introdujo en el candado y le dio vuelta hasta abrirlo, la armella separándose de la base gruesa de metal. Desanudó la cadena y la haló, dejándola caer sobre la hierba.

Las puertas se abrieron algunas pulgadas. El sol estaba en el cenit, y el cobertizo oscuro, salvo por la escasa luz que entraba por la pequeña ventana. Ella permaneció allí, intentando observar el interior.

"¿Ansel?"

Vio una sombra moviéndose.

"Ansel... no puedes hacer tanto ruido de noche... El señor Otish, el vecino de enfrente, llamó a la policía, creyendo que eran los perros..."

Estalló en llanto y pareció a un paso de derrumbarse.

"Yo... por poco le cuento lo tuyo. No sé qué hacer, Ansel. ¿Qué sería lo más apropiado? Me siento muy perdida. Por favor... te necesito..."

Iba a entrar cuando un llanto semejante a un quejido la impactó. Ansel empujó las puertas y se abalanzó sobre ella. Sin embargo, la cadena amarrada a la estaca lo detuvo, sofocando un rugido animal en su garganta. Pero cuando las puertas se abrieron, ella vio —antes de gritar y de cerrar las puertas como dos persianas ante un huracán— a Ansel acurrucado en el suelo, desnudo y con el collar en el cuello, su boca ennegrecida y abierta. Se había arrancado casi todo el pelo, así como sus ropas, y su cuerpo pálido y estriado de venas azules estaba sucio a fuerza de dormir —y de esconderse— bajo la tierra, como una criatura muerta que hubiera cavado su propia tumba. Le enseñó los dientes manchados de sangre y desvió la mirada, molesto por el sol. Era un demonio. Ann-Marie pasó de nuevo la cadena por las manijas con las manos completamente temblorosas y cerró el candado. Luego se dio vuelta y corrió hacia su casa.

Calle Vestry, Tribeca

GABRIEL BOLÍVAR se dirigió en su limosina al consultorio de su médico personal, situado en un edificio con garajes subterráneos. El doctor Ronald Box era el médico de cabecera de muchas celebridades del cine, la televisión y la música que vivían en Nueva York. No era un médico que se limitara a escribir fórmulas a diestra y siniestra, aunque era pródigo con su bolígrafo electrónico. Era un internista curtido, con una gran experiencia en centros de rehabilitación para drogadictos, tratamiento de enfermedades por transmisión sexual, hepatitis C, y otras dolencias que aquejaban a los famosos.

Bolívar subió el ascensor en una silla de ruedas, cubierto apenas por una túnica negra y encorvado como un anciano. Su cabello —antiguamente negro, largo y sedoso— estaba completamente reseco y despoblado. Se cubrió el rostro con las manos delgadas y casi artríticas para que no lo reconocieran. Tenía la garganta tan inflamada y áspera que casi no podía hablar.

El doctor Box lo hizo pasar de inmediato y observó las imágenes que le habían enviado de la clínica por vía electrónica. Estaban acompañadas de las excusas del jefe clínico, quien sólo evaluó los resultados sin ver al paciente, prometiendo reparar las máquinas y realizar otra ronda de exámenes en uno o dos días. Pero luego de mirar a Bolívar, el doctor Box concluyó que los equipos no estaban malos. Examinó a su paciente con el estetoscopio, lo auscultó y le pidió que respirara. Dejó el estetoscopio a un lado para mirarle la garganta, pero Bolívar se negó sin decir palabra, sus ojos negros y rojos denotando un fuerte dolor.

"¿Hace cuánto tienes esos lentes de contacto?", le preguntó el doctor Box. Bolívar apretó los labios emitiendo un gruñido y negó con la cabeza.

El doctor Box miró a un hombre que estaba en la puerta con uniforme de conductor. Elijah, el escolta de Bolívar —de 6 pies y 6 pulgadas de estatura, y 260 libras de peso— parecía muy nervioso, y el doctor Box comenzó a asustarse. Le examinó las manos al ídolo del rock, que se veían envejecidas e irritadas, aunque no frágiles. Intentó mirarle los nódulos linfáticos debajo de la mandíbula, pero el dolor de Bolívar se lo impidió. La temperatura que le habían tomado en la clínica marcó 123 grados centígrados, algo imposible para un ser humano, pero después de estar al lado de Bolívar y de sentir el calor que emanaba de él, el doctor Box supo que la lectura era correcta.

Retrocedió y le dijo:

"Gabriel; realmente no sé cómo decirte esto. Parece que tu cuerpo está invadido por neoplasmas malignos. Esto es cáncer. Veo carcinomas, sarcomas y linfomas, y han hecho una metástasis profunda. Hasta donde yo sé, no hay un antecedente médico para una condición tan extraña como ésta, pero voy a consultar con varios especialistas y patólogos".

Bolívar permaneció escuchando, la mirada ceñuda en sus ojos descoloridos.

"No sé qué pueda ser, pero algo se ha apoderado de ti, y lo digo literalmente. Hasta donde puedo ver, tu corazón ha dejado de latir por sus propios medios, y parece que el cáncer ha tomado el control de este órgano. El cáncer está latiendo de forma autónoma, y lo mismo ocurre con tus pulmones, los cuales están siendo invadidos y... casi absorbidos, transformados, como si..." El doctor Box apenas se estaba percatando de aquello en ese instante, "...como si estuvieras sufriendo una metamorfosis. En términos clínicos, se podría decir que estás muerto, y parece que el cáncer es lo que te mantiene con vida. No sé qué otra cosa decirte. Todos tus órganos están fallando, pero tu cáncer... bueno, tu cáncer va viento en popa".

Bolívar quedó atónito, con la mirada extraviada. El cuello le palpitaba ligeramente, como si intentara hablar, pero una obstrucción en su garganta se lo impedía.

El doctor Box dijo: "Debo internarte de inmediato en la clínica Sloan-Kettering. Podemos hacerlo con un seudónimo o con un número falso de Seguro Social. Es el mejor hospital para el cáncer en todo el país. Quiero que tu chofer te lleve allá ahora mismo..."

Bolívar emitió un gruñido sordo que equivalía a un *no* rotundo. Puso las manos en los brazos de la silla y Elijah se acercó para sujetar las manijas mientras Bolívar se ponía de pie. Tardó un momento en equilibrarse y se desamarró la correa de la bata con sus manos llagadas.

Su pene flácido, ennegrecido y marchito, estaba a punto de desprenderse de su entrepierna como un higo enfermo de un árbol moribundo.

Bronxville

NEEVA, LA NANA DE LOS LUSS, quien aún estaba muy nerviosa por los hechos ocurridos en las últimas veinticuatro horas, dejó a los niños al cuidado de su sobrina Emile mientras su hija Sebastiane la llevaba de regreso a Bronxville.

Había alimentado a Keene, y a Audrey —su hermana de ocho años— con cereal en hojuelas y frutas que había sacado de la casa de los Luss antes de escapar.

Regresaba en busca de alimentos, pues a los niños no les gustaba la comida haitiana. Más importante aún, Neeva había olvidado sacar el Pulmicort de Keene, su medicamento para el asma. El niño estaba resollando y se veía muy pálido.

El coche verde de la señora Guild estaba estacionado a la entrada, y Neeva sintió cierto alivio. Le dijo a su hija que la esperara en el auto, bajó, se estiró las enaguas y se dirigió a la puerta lateral con la llave en mano. La alarma no estaba activada y la puerta se abrió sin producir sonido alguno. Neeva cruzó el cuarto de la ropa sucia perfectamente organizado con clósets, ganchos para los abrigos y piso con calefacción radiante —un cuarto que no conocía suciedad alguna—, y abrió las puertas de estilo francés para entrar a la cocina.

Parecía que nadie hubiera estado allí desde que ella se había marchado con los niños. Permaneció inmóvil y escuchó con suma atención, conteniendo el aliento durante tanto tiempo como pudo, antes de exhalar. Sin embargo, no escuchó nada.

"¿Hola?", dijo varias veces, preguntándose si la señora Guild, con quien tenía una relación especialmente silenciosa —pues sospechaba que la empleada doméstica era una racista disimulada—, le respondería. Se preguntó si Joan, una abogada exitosa, aunque sin el menor instinto maternal, le contestaría, pero supo que ninguna de las dos lo haría.

Atravesó la isla central y dejó su bolsa entre el fregadero y la encimera. Abrió la despensa y llenó furtivamente una bolsa de supermercado con galletas, jugos y palomitas de maíz, como si estuviera robando, atenta a cualquier sonido sospechoso.

Luego de sacar el queso y una botella de yogurt del refrigerador, vio el número del móvil del señor Luss, y la orden de llamarlo en una hoja al lado del teléfono de la cocina. Neeva sintió una gran incertidumbre. ¿Qué podría decirle? *Su esposa está enferma. No está bien. Me llevé a los niños.* No; en realidad, ella prácticamente no cruzaba palabra con el señor Luss. Había algo maligno en esa casa ostentosa, y su principal y único deber, como empleada y madre, era la seguridad de los niños.

Inspeccionó el gabinete que había encima del enfriador de vinos, pero la caja de Pulmicort estaba vacía, tal como ella lo había temido. Tendría que bajar a la despensa del sótano. Se detuvo frente a las escaleras de caracol alfombradas y sacó un crucifijo negro de su bolsa, bajando las escaleras con él. Llegó al sótano y notó que estaba muy oscuro para esa hora del día. Movió todos los interruptores del panel y permaneció atenta después de encender las luces.

Le llamaban sótano, pero realmente era un piso adicional de la casa. Habían instalado un teatro en casa con sillas de cine y un carrito para las palomitas de maíz. También había un anaquel lleno de juguetes y juegos de mesa, así como un cuarto donde la señora Guild lavaba y planchaba la ropa. Había otro cuarto para la despensa, y una cava de vinos recientemente instalada con control de temperatura incorporado. Era de estilo europeo y de piso de tierra.

Las tuberías de la calefacción trepidaron como si alguien estuviera pateando la caldera —el sistema de la calefacción estaba oculto detrás de una puerta que ella no conocía— y Neeva se asustó tanto que por poco se golpea contra el techo. Regresó a las escaleras, pero recordó que Keene necesitaba el nebulizador.

Cruzó el sótano con determinación, y estaba entre dos de las sillas de cine forradas en cuero, a medio camino de la puerta plegable de la despensa, cuando notó algo arrumado contra las ventanas. Era por eso que el sótano estaba tan oscuro: varios juguetes y cajas de cartón estaban apiladas contra la pared, tapando la pequeña ventana con ropa vieja y periódicos que obstruían el paso de la luz.

Neeva se preguntó quién habría hecho eso. Fue a la despensa y encontró el medicamento de Keene en el estante de mallas metálicas donde Joan guardaba sus vitaminas y tubos de Tums. Sacó dos bolsas largas que contenían las ampolletas plásticas, y su prisa le impidió acordarse de los víveres. Salió apresurada sin cerrar la puerta.

Mientras recorría el sótano, observó que la puerta del cuarto de la lavandería estaba abierta. Nunca permanecía así, y era una prueba innegable del trastorno del orden habitual que Neeva había sentido de manera tan palpable en esa casa.

También notó manchas oscuras y grandes en la alfombra, tan espaciadas como huellas de pies, y observó que llegaban hasta la puerta de la cava de vinos que debía cruzar para subir las escaleras. Vio que la manija de la puerta estaba untada de tierra.

Neeva sintió un estremecimiento cuando se acercó a la puerta de la cava. Era una negrura sepulcral la que provenía de aquel cuarto con piso de tierra, una frialdad impersonal. Y sin embargo, en lugar de frialdad había una calidez contradictoria. Un calor que acechaba y hervía.

La manija de la puerta comenzó a moverse y ella corrió hacia las escaleras. Neeva, una mujer de cincuenta y tres años con problemas en las rodillas, pisoteó fuertemente los peldaños a medida que subía. Tropezó y se apoyó contra la pared, arrancando un poco de yeso al enterrar accidentalmente el crucifijo. Una sombra la seguía por las escaleras. Neeva gritó algo en Creole cuando llegó al primer piso iluminado por el sol, atravesó la cocina, cogió su bolso, tumbando la bolsa plástica con los refrigerios y bebidas que rodaron por el suelo, pero ella estaba demasiado asustada para recogerlos.

Sebastiane salió del auto al ver que su madre salía corriendo y gritando de la casa. "¡No!", gritó Neeva, haciéndole señas para que subiera de nuevo al coche. Corrió como si la estuvieran persiguiendo, pero realmente no había nadie detrás de ella. Sebastiane se tumbó alarmada en su asiento.

"¿Qué pasó, mamá?"

"¡Arranca!", gritó Neeva, respirando agitadamente mientras miraba la puerta lateral con los ojos desorbitados.

"Mamá", le dijo Sebastiane al encender el coche. "Esto es un secuestro. Ella es abogada. ¿Llamaste a su esposo? Dijiste que lo harías".

Neeva abrió la palma de la mano; tenía sangre. Había apretado tanto el crucifijo que se cortó; lo dejó caer al piso del auto.

Estación de policía 17, Calle 51 Este, Manhattan

EL VIEJO PROFESOR se sentó en un extremo del banco, tan lejos como pudo del hombre que roncaba sin camisa y que acababa de hacer sus necesidades sin molestarse en preguntar por el sanitario de la celda, y mucho menos en bajarse los pantalones a la vista de todo el mundo.

"Setraykin... Setarkian... Setrainiak..."

"Aquí", respondió él, levantándose y caminando hacia el policía que estaba a un lado de la puerta abierta. El oficial la cerró después de dejarlo salir.

"¿Me están dejando en libertad?", preguntó Setrakian.

"Eso creo. Tu hijo vino a recogerte".

"¿Mi hijo...?"

Setrakian guardó silencio y siguió al oficial hacia una sala de interrogatorios. El policía abrió la puerta y le hizo señas para que entrara.

Tardó un momento, justo lo que tardó la puerta en cerrarse, para reconocer que la persona que estaba al otro lado de la mesa era el doctor Ephraim Goodweather, del Centro para el Control y Prevención de Enfermedades. A su lado estaba la médica que lo había acompañado anteriormente. Setrakian sonrió agradecido por la artimaña, aunque no se sorprendió por su presencia.

"Así que ya se ha desatado", dijo Setrakian.

El Dr. Goodweather tenía círculos oscuros debajo de los ojos, señales de fatiga y falta de sueño, y miraba al anciano de arriba abajo. "Podemos sacarte de aquí si quieres. Pero primero necesito una explicación. Necesito información".

"Puedo responder muchas de sus preguntas. Pero ya hemos perdido mucho tiempo. Debemos empezar ahora —en este instante— si queremos tener alguna posibilidad de contener esta cosa insidiosa".

"A eso me refiero", dijo el doctor Goodweather, gesticulando bruscamente con una mano. "*¿Qué* es esa cosa insidiosa?"

"Los pasajeros del avión", dijo Setrakian. "Los muertos se han levantado".

Eph no supo qué decir. No podía ni quería hacerlo.

"Dr. Goodweather, usted necesita olvidarse de muchas cosas", le dijo Setrakian. "Entiendo que crea correr un riesgo al confiar en las palabras de un anciano extranjero. Pero, en cierto sentido, yo estoy corriendo un riesgo mil veces mayor al confiarle esto. Lo que estamos discutiendo aquí es nada menos que el destino del género humano, aunque no espero que usted lo crea o lo entienda por ahora. Usted cree que me está reclutando para su causa, pero lo cierto es que yo lo estoy reclutando para la mía".

EL VIEJO
PROFESOR

Préstamos y curiosidades
Knickerbocker, Calle 118, Spanish Harlem

Eph puso la placa que decía TRANSPORTE URGENTE DE SANGRE en el parabrisas y se estacionó en una zona de carga en la calle 119 Este. Caminó una cuadra hacia el sur en compañía de Setrakian y Nora en dirección a su casa de empeños localizada en una esquina. El local estaba cerrado con persianas metálicas, y las ventanas con rejas y candados. Un aviso torcido decía CERRADO. Un hombre con un chaquetón raído y sombrero alto y tejido —como los que utilizan los rastafaris, salvo que el hombre no tenía el pelo largo, de tal suerte que el gorro colgaba de su cabeza como un soufflé colapsado— estaba frente a la puerta con una caja de zapatos en las manos, inclinando el peso de su cuerpo en un pie y luego en el otro.

Setrakian tenía un juego de llaves que colgaban de una cadena, y se dispuso a abrir los candados y las rejas de las puertas con sus manos retorcidas. "Hoy no recibo nada", dijo, mirando de reojo la caja que llevaba el hombre.

"Mira". El hombre sacó un juego de manteles de la caja, y una servilleta de la que sacó nueve o diez cubiertos. Son finos. Sé que compras plata".

"Sí, así es". Setrakian, que ya había quitado los candados de la reja. Apoyó su largo bastón contra su hombro y sacó uno de los cuchillos de la servilleta, lo pesó y frotó la hoja con sus dedos. Buscó en los bolsillos de su chaleco y le preguntó a Eph: "¿Tiene diez dólares, doctor?"

Eph buscó en su billetera y sacó un billete de diez dólares. Se los entregó al hombre de la caja.

Setrakian le devolvió los cubiertos al hombre. "Toma", le dijo, "no es plata legítima".

El hombre aceptó agradecido el dinero y se alejó con su caja bajo el brazo. "Dios lo bendiga".

"Eso está por verse", respondió Setrakian, entrando a la tienda.

"Las luces están en la pared de allá", dijo el anciano, subiendo las persianas.

Nora encendió todos los interruptores, y las luces iluminaron los gabinetes de cristal, las vitrinas y la entrada. Era un negocio pequeño y de forma rectangular, como una cuña clavada en la calle con un martillo de madera. La primera palabra que acudió a la mente de Eph fue "chatarra"; grandes cantidades de chatarra. Antiguos reproductores de sonido, videograbadoras y otros electrodomésticos obsoletos. Había varios instrumentos musicales en una pared, incluyendo un banjo y un teclado Keytar de los años 80, semejante a una guitarra. También había estatuas religiosas y platos de colección; un par de tocadiscos y consolas de mezcla; una encimera de cristal con broches baratos y joyas de fantasía, además de estantes con ropa, especialmente abrigos de invierno con cuellos de piel.

Había tanta basura que Eph se desanimó un poco. ¿Le había dedicado un tiempo tan valioso a un anciano demente?

"Mira", le dijo al anciano, "tenemos a un colega en el hospital y creemos que está infectado".

Setrakian pasó a su lado y golpeó el piso con su enorme bastón. Levantó la tapa del mostrador e invitó a Eph y a Nora a que pasaran. "Suban por acá".

Una escalera conducía a una puerta en el segundo piso. El anciano tocó la mezuzá antes de entrar, y dejó su bastón apoyado contra la pared. Era un apartamento antiguo de techos bajos y alfombras raídas. Los muebles llevaban quizá unos treinta años en el mismo lugar.

"¿Tienen hambre?", preguntó Setrakian. "Busquen y encontrarán algo". El anciano levantó la tapa de una caja con tortas Devil Dog. Sacó una y retiró la envoltura de celofán. "No puedes quedarte sin energías. Tienes que conservar tus fuerzas: las necesitarás".

Mordió la torta rellena de crema y fue a su cuarto a cambiarse de ropa. Eph miró la pequeña cocina y luego a Nora. El lugar parecía limpio a pesar de su aspecto desordenado. De la mesa del comedor —que tenía una sola silla—, Nora levantó un portarretratos antiguo con la foto de una joven de pelo ensortijado que lucía un sencillo vestido de color gris oscuro, sentada sobre una roca en una playa desierta con los dedos entrelazados sobre la rodilla desnuda; sus rasgos eran agradables y tenía una sonrisa radiante. Eph regresó al corredor de la entrada y miró los espejos que había en las paredes. Había decenas de ellos, de todos los tamaños imaginables, imperfectos y deteriorados por el tiempo. Varios libros antiguos estaban apilados a ambos lados, reduciendo el espacio del corredor.

El anciano apareció de nuevo con un atuendo similar al que llevaba puesto antes: un antiguo traje de *tweed* con chaleco, tirantes, corbatín y zapatos brillantes de cuero marrón. Llevaba guantes de lana sin puntas para no lastimarse los dedos.

"Veo que coleccionas espejos", dijo Eph.

"Ciertos tipos. Me parece que el cristal antiguo es el más revelador".

"¿Estás dispuesto a decirnos qué es lo que está sucediendo?"

El anciano inclinó su cabeza hacia un lado. "Doctor, esto no es algo que uno pueda decir así como así; es algo que debe ser revelado". Avanzaron hacia la puerta por la que habían entrado. "Sigan por favor".

Eph fue el último en bajar las escaleras. Cruzaron el primer piso donde estaba la casa de empeño, y siguieron por otra puerta, hasta llegar a una escalera de caracol que conducía al sótano. El anciano descendió lentamente, deslizando su mano retorcida por el pasamanos de hierro, mientras su voz resonaba por el pasaje estrecho. "Me considero un depositario de la sabiduría antigua, de la tradición de los hombres que me antecedieron y de los libros olvidados hace ya mucho tiempo: de un conocimiento acumulado a lo largo de toda una vida de estudios".

Nora dijo: "Usted nos dijo varias cosas afuera de la morgue. Una de ellas era que los muertos del avión no se estaban descomponiendo normalmente".

"Es correcto".

"¿En qué se basa?"

"En mi experiencia".

Nora se sintió confundida. "¿En su experiencia con otros accidentes de aviación?"

"El hecho de que estuvieran en un avión es completamente fortuito. Lo cierto es que he visto este fenómeno anteriormente en Budapest, en Basra, en Praga y a menos de 10 kilómetros de París. Lo he visto en una pequeña aldea de pescadores a orillas del río Amarillo. Lo he visto a 7.000 pies de altura en las montañas Altai de Mongolia. Y sí, también lo he visto en este continente. He visto rastros, generalmente descartados como un trematodo, o explicados como rabia o esquizofrenia, locura, o más recientemente, como los crímenes de un asesino en serie..."

"Espere, espere. ¿Usted ha visto personalmente cadáveres que se descomponen lentamente?"

"Sí, es la primera etapa".

"La primera etapa...", repitió Eph.

Las escaleras terminaban frente a una puerta cerrada. Setrakian sacó una llave solitaria que colgaba de una cadena que llevaba en su cuello. Los dedos retorcidos del anciano abrieron dos candados, uno grande y otro pequeño. La puerta se abrió y unas luces incandescentes se encendieron automáticamente. Ellos lo siguieron.

Lo primero que le llamó la atención a Eph fue la armadura de un caballero medieval, una cota de malla, el torso de un samurai japonés, varios escudos, así como otra indumentaria más burda, elaborada con cuero y lana para proteger el cuello, el pecho y la entrepierna. También había armas: espadas y cuchillos de hojas de acero frías y brillantes. Otros artículos de apariencia más moderna estaban dispuestos en una mesa antigua y baja, con las baterías en sus cargadores. Reconoció que eran lentes de visión nocturna y pistolas de clavos modificadas. Y más espejos, la mayoría de bolsillo, dispuestos de tal manera que podía verse observando asombrado esta galería de... ¿de qué?

"La tienda" —el anciano señaló el piso de arriba— "me ha permitido vivir decentemente, pero no incursioné en este negocio porque sintiera una atracción por los radios transistores y las joyas de fantasía..."

Cerró la puerta y las luces que había alrededor del marco se oscurecieron. Eran tubos púrpura que Eph reconoció como lámparas ultravioletas, dispuestos alrededor de la puerta como campos de fuerza.

¿Estaban ahí para evitar que entraran los gérmenes, o para mantener alejadas a otras criaturas?

"No", continuó él. "La razón por la cual elegí este oficio es porque me ofrecía acceso directo al mercado negro de artículos esotéricos, antigüedades y libros. Algo subrepticio, aunque no siempre ilegal. Los he adquirido para mi colección personal, y para mis investigaciones".

Eph miró de nuevo a su alrededor. Todo parecía menos una colección de museo que un pequeño arsenal. "¿Para sus investigaciones?"

"Así es. Durante muchos años fui profesor de literatura y folclor eslavos en la Universidad de Viena".

Eph lo evaluó de nuevo con la mirada. Era obvio que se vestía como un profesor vienés. "¿Y se retiró para convertirse en prestamista y curador al mismo tempo?"

"Yo no me retiré. Me obligaron a irme. Caí en desgracia. Ciertas fuerzas se aliaron en contra mía. Y sin embargo, ahora que veo las cosas en términos retrospectivos, llevar una vida clandestina me salvó la vida. De hecho, fue lo mejor que pude hacer". Se dio vuelta para mirarlos, entrelazando las manos detrás de la espalda como un profesor. "Esta peste que estamos presenciando ahora en sus fases más tempranas ha existido durante varios siglos; durante milenios. Sospecho —aunque no puedo demostrarlo—, que se remonta a los tiempos más antiguos".

Eph asintió, sin entender del todo las palabras del anciano, pero satisfecho de que la conversación progresara. "Entonces estamos hablando de un virus".

"Sí, de un tipo de virus. De la cepa de una enfermedad que corrompe tanto la carne como el espíritu". El profesor se encontraba en una posición en la cual, desde la perspectiva de Eph y Nora, las espadas exhibidas en la pared de atrás parecían salir de él como alas de acero. "¿Es un virus? Sí. Pero también me gustaría mencionar otra palabra que comienza con la letra 'v'".

"¿Cuál?"

"Vampiro".

Esta palabra permaneció flotando un rato en el aire.

"Ustedes deben estar pensando", dijo Setrakian con aire académico, "en una persona sobreactuada y temperamental con una capa de satín negro. En una figura elegante y poderosa que oculta sus colmillos. En un alma atormentada que lleva encima la maldición de la vida eterna. O incluso, en un híbrido entre Bela Lugosi y Abbott y Costello".

Nora inspeccionó de nuevo el cuarto. "No veo crucifijos, agua bendita ni ristras de ajos".

"El ajo tiene ciertas propiedades inmunológicas interesantes, y puede ser útil, de modo que su presencia en la mitología es comprensible en términos biológicos. Pero, ¿crucifijos y agua bendita?", objetó Setrakian, encogiendo los hombros. "Son productos de una época concreta, de la febril imaginación irlandesa de un autor victoriano, y del ambiente religioso de aquellos días".

Setrakian esperaba que sus rostros denotaran algo de escepticismo.

"Siempre han estado entre nosotros", prosiguió. "Anidando y alimentándose en secreto y en la oscuridad, porque así es su naturaleza. Originalmente son siete, y son conocidos como los Ancianos, los Maestros. No hay uno por cada continente, ni son seres solitarios por naturaleza. Al contrario, establecen clanes. Hasta hace muy poco —es decir, teniendo en cuenta su longevidad indefinida— se habían propagado a lo largo y ancho de la masa continental más grande de todas, lo que actualmente conocemos como Europa y Asia, la Federación Rusa, la península Árabe y el continente africano. Es decir, por el Viejo Mundo. Sin embargo, hubo un cisma, un conflicto entre ellos. Desconozco la naturaleza de su desacuerdo. Baste con decir que dicha ruptura antecedió en varios siglos al descubrimiento del Nuevo Mundo. Posteriormente, la fundación de las colonias americanas les abrieron las puertas a una tierra nueva y fértil. Tres de ellos permanecieron en el Viejo Mundo, y otros tres se dirigieron al Nuevo. Las dos partes respetaron los dominios de la otra, concertando y manteniendo una tregua.

El problema fue el séptimo Anciano. Es un pícaro que traicionó a ambas facciones. Aunque no puedo demostrarlo en este momento, la naturaleza abrupta de este acto me hace creer que él está detrás de esto".

"¿De esto?", dijo Nora.

"De esta incursión al Nuevo Mundo. De haber violado la tregua solemne y de perturbar el equilibrio de la existencia de su estirpe. Lo que básicamente supone un acto de guerra".

"Una guerra de vampiros", dijo Eph.

Setrakian sonrió para sus adentros. "Usted lo simplifica porque no puede creerlo; fue educado para dudar y desacreditar, para reducirlo todo a un pequeño conjunto de conceptos conocidos y poder digerirlos fácilmente. A fin de cuentas, usted es un médico, un científico, y estamos en Estados Unidos, donde todo es conocido y entendido, donde Dios es un déspota benévolo y el futuro siempre debe ser brillante". Aplaudió con sus manos contrahechas y se llevó las yemas de los dedos a los labios en actitud pensativa. "El espíritu está aquí, y es hermoso. Lo digo en serio, y no en señal de burla. Es maravilloso creer sólo en aquello que *queremos* creer y descartar el resto. Respeto su escepticismo, doctor Goodweather. Y le digo esto con la esperanza de que, a su vez, usted respete mi experiencia en este campo, y permita que mis observaciones lleguen a su mente tan científica y civilizada".

Eph señaló: "Usted está diciendo entonces que el avión... es decir, que uno de ellos iba allí. El pícaro...".

"Exactamente".

"En el ataúd; en la zona de carga".

"En un ataúd lleno de tierra. Son como la tierra y les gusta regresar al elemento del cual surgieron. Son como gusanos o alimañas: cavan para anidar, yo diría que para dormir".

"Alejados de la luz", dijo Nora.

"Sí; de los rayos solares. Ellos son más vulnerables durante la órbita solar".

"Pero usted dijo que se trata de una guerra de vampiros. ¿Acaso ellos no están en contra de los seres humanos? ¿No atacaron a todos los pasajeros del avión?"

"Esto es algo que a ustedes les costará mucho aceptar. Pero ellos no nos consideran como sus enemigos. No somos dignos de ser tomados en cuenta. Somos sus presas. Somos alimento y bebida. Ganado en jaulas; botellas en una estantería".

Eph sintió escalofríos, pero se deshizo rápidamente de ellos. "Un argumento como ese parece extraído de un libro de ciencia ficción".

Setrakian señaló a Eph. "Mire ese aparato que tiene en su bolsillo: el teléfono móvil. Usted hunde algunas teclas e inmediatamente está conversando con otra persona al otro lado del mundo. *Eso* es ciencia ficción, doctor Goodweather. Ciencia ficción hecha realidad", dijo Setrakian sonriendo. "¿Necesita una prueba de lo que le he dicho?"

El anciano se dirigió a una pequeña banca que estaba recostada contra la pared. Había algo cubierto con una seda negra, y Abraham estiró la mano de un modo extraño, tomando el borde más cercano de la tela mientras mantenía su cuerpo tan alejado como podía y halándola.

Era un frasco de vidrio para almacenar especimenes, igual a los que venden en las tiendas de implementos médicos.

En su interior, y suspendido en un líquido violáceo, había un corazón humano bien preservado.

Eph se agachó para observarlo a pocos pies de distancia. "Es el corazón de una mujer adulta, a juzgar por el tamaño. Saludable y bastante joven. Se trata de un espécimen fresco". Miró de nuevo a Setrakian. "¿De qué puede ser prueba este corazón?"

"Lo extraje del pecho de una joven viuda en una aldea en las afueras de Shkodër, al norte de Albania, en la primavera de 1971".

Eph sonrió; la anécdota narrada por el anciano le había parecido extraña, y se agachó para mirar más de cerca el frasco.

Algo semejante a un tentáculo salió del corazón, con una ventosa en la punta, adhiriéndose a la pared de cristal frente a Eph.

El médico se interesó de inmediato. Miró el frasco y quedó paralizado.

Nora, que estaba a su lado, preguntó: "Eh... ¿qué demonios es eso?"

El corazón comenzó a moverse en la suspensión líquida.

Estaba latiendo.

Palpitando.

Eph observó a la ventosa semejante a una boca, explorando el frasco. Miró a Nora, que estaba a su lado observando aquel órgano. Después miró a Setrakian, quien permanecía inmóvil con las manos en los bolsillos.

Setrakian dijo: "Se excita cuando siente sangre humana".

Eph miró completamente incrédulo. Se acercó más, a la derecha de la ventosa pálida y sin labios. El tentáculo salió de la superficie interior del frasco y se abalanzó súbitamente hacia él.

"¡*Cielos!*", exclamó Eph. El órgano palpitante flotaba como un pez carnoso y mutante. "Vive sin..." Allí no había sangre. Eph vio los muñones de las venas, la aorta y de la vena cava.

Setrakian dijo: "No está ni vivo ni muerto; está animado. Se podría decir que está poseído, pero sólo en sentido literal. Miren de cerca y lo comprobarán".

Eph observó la palpitación; le pareció irregular, muy diferente a la de un corazón de verdad. Vio algo moverse y escurrirse en su interior.

"¿Es... un gusano?", preguntó Nora.

Era delgado y pálido, con un matiz rosado similar al color de los labios, y de dos a tres pulgadas de largo. Eph y Nora vieron que daba vueltas dentro del corazón, como un centinela solitario patrullando diligentemente un fortín abandonado".

"Un gusano de sangre", dijo Setrakian. "Un parásito capilar que se reproduce en los cuerpos infectados. Sospecho —aunque no tengo pruebas— que es el conducto del virus, el vector real".

Eph negó con la cabeza en señal de incredulidad. "¿Y esta... ventosa?"

"El virus reproduce la anatomía del anfitrión, aunque reinventa sus sistemas vitales para sobrevivir mejor. En otras palabras, coloniza y se adapta al anfitrión para su supervivencia. En este caso, el anfitrión es un órgano cercenado y aislado en un frasco, y el virus ha encontrado la forma de adaptar su fisiología para alimentarse".

"¿Alimentarse?", preguntó Nora.

"El parásito se alimenta de sangre. De sangre humana".

"¿De sangre?" Eph miró el corazón con los ojos entrecerrados. "¿Sangre de quién?"

Setrakian sacó la mano derecha del bolsillo. Las yemas arrugadas de sus dedos asomaron por los guantes sin puntas. La almohadilla de su dedo medio era suave y tenía una serie de marcas.

"Basta con algunas gotas cada pocos días. Debe tener hambre, pues no he podido alimentarlo".

Se dirigió a la banca y levantó la tapa del frasco —Eph retrocedió para observar—, y con la punta de una pequeña navaja que tenía en su llavero se pinchó la yema del dedo sobre el frasco. No se inmutó en absoluto, pues era algo tan rutinario que ya no le dolía.

Su sangre cayó al frasco.

La ventosa se alimentó de las gotas rojas con la misma voracidad de un pez hambriento.

La ventosa terminó de alimentarse y el anciano cogió una botella pequeña que había en la banca, se aplicó un poco de cicatrizante en el dedo, y tapó el frasco de nuevo.

Eph vio que la ventosa adquiría un color rojizo. El gusano que había adentro se movió con más fluidez y con mayor fuerza. "Y usted dice que ha mantenido esto aquí ¿durante cuánto...?"

"Desde la primavera de 1971. No tomo muchas vacaciones..." Se rió de su broma, se miró el dedo pinchado y se frotó la yema. "Es de una muerta viva, infectada y transformada. Los Ancianos, a quienes les gusta permanecer ocultos, matan a sus presas después de alimentarse para evitar cualquier propagación del virus. Hubo una que logró salirse con la suya y regresó a casa para reclamar a sus familiares, amigos y vecinos de su pequeña aldea. El corazón de esta viuda se había transformado menos de cuatro horas antes de que yo la encontrara".

"¿Cuatro horas? ¿Cómo lo sabes?"

"Le vi la marca. La marca de *strigoi*".

Eph dijo: "¿De *strigoi*?"

"Es el término utilizado en el Viejo Mundo para designar al vampiro".

"¿Y la marca?"

"Es el punto de penetración. Una pequeña incisión en la parte frontal de la garganta, que supongo ustedes ya habrán visto".

Eph y Nora asintieron, y pensaron en Jim.

Setrakian añadió: "De paso, aclaro que no soy un hombre que acostumbre extirpar corazones humanos. Este fue un asunto sucio en el que me vi involucrado accidentalmente. Pero tuve que hacerlo".

Nora le preguntó: "¿Y usted ha mantenido esta cosa desde aquel entonces, alimentándola como a una... mascota?"

"Sí". El anciano miró el frasco casi con cariño. "Es un recordatorio permanente de aquello contra lo que yo estoy luchando. Contra lo que *estamos* luchando ahora".

Eph estaba estupefacto. "Todo este tiempo... ¿por qué no le ha mostrado esto a nadie? ¿A una facultad de medicina, a un canal de noticias?"

"Si eso fuera tan fácil, doctor, el secreto se habría conocido hace mucho tiempo. Existen unas fuerzas alineadas contra nosotros. Este es un secreto antiguo, y sus alcances son profundos. Es algo que involucra a muchas personas. Nunca permitirían que la verdad llegara a las masas. Al contrario, sería suprimida al igual que yo. Es por eso que lo he escondido aquí durante todos estos años; he estado esperando".

Las palabras del anciano hicieron erizar a Eph. La verdad estaba allí, frente a él: era ese corazón humano en un frasco, que albergaba a un gusano sediento de la sangre del anciano.

"No estoy muy familiarizado con los secretos que amenazan el futuro de la humanidad. ¿Nadie más sabe esto?"

"Claro que sí. Alguien muy poderoso. El Amo no podría haber viajado sin recibir ayuda. Un aliado debió encargarse de su transporte y de protegerlo. Sucede que los vampiros no pueden cruzar cuerpos de agua en movimiento a menos que reciban la ayuda de un ser humano. Pero ahora, el pacto —la tregua— ha sido roto por una alianza entre el *strigoi* y un ser humano. Es por eso que esta incursión es tan inquietante y tan terriblemente amenazadora".

Nora miró a Setrakian: "¿Cuánto tiempo tenemos?".

El anciano ya había hecho los cálculos. "La Cosa tardará menos de una semana en acabar con todo Manhattan, y menos de un mes para apoderarse del país. Y en dos meses se habrá tomado el mundo".

"Imposible", dijo Eph. "Eso no va a suceder".

"Admiro su determinación, doctor", respondió Setrakian. "Pero usted aún no sabe a qué se está enfrentando".

"De acuerdo", señaló Eph. "¿Entonces dígame, por dónde debemos comenzar?"

Park Place, Tribeca

VASILIY FET estacionó su furgoneta oficial frente a un edificio de apartamentos en el Bajo Manhattan. El edificio no parecía ser gran cosa desde afuera, pero tenía marquesina y portero, y después de todo, estaba localizado en Tribeca. Si no hubiera sido por la furgoneta del Departamento de Salud estacionada ilegalmente, con las luces amarillas dando vueltas en el tablero, él habría revisado de nuevo la dirección. Irónicamente, en casi todos los edificios y casas de la mayor parte de la ciudad, los exterminadores eran recibidos con los brazos abiertos, como si fueran policías acudiendo a la escena del crimen. Vasiliy no creyó que ese fuera su caso.

Su furgoneta decía BPCS-CNY; eran las siglas de la Oficina de Servicios para el Control de Pestes de la ciudad de Nueva York. Bill Furber, el inspector del Departamento de Salud, lo recibió adentro del edificio. Billy tenía un bigote rubio y largo que ocultaba las ondulaciones de sus músculos faciales debido a su costumbre de masticar chicles de nicotina. "Vaz", le dijo a manera de saludo, empleando el apócope de Vasya, el diminutivo de su nombre ruso. Vaz, o simplemente "V", como era llamado con frecuencia, era un ruso de segunda generación,

ción directa es muy peligrosa para la piel humana y una verdadera arma cuando se utiliza contra un vampiro".

El anciano bajó las escaleras con la lámpara en una mano y su bastón en la otra. La luz ultravioleta ofrece poca iluminación y parece contribuir a la oscuridad en lugar de alumbrar. Sintieron la frescura de las paredes de piedra del sótano y vieron el brillo blanco y espectral del musgo.

Eph vio las escaleras oscuras que conducían al primer piso, una zona de lavandería y una antigua máquina de juegos flíper.

Y también un cuerpo tendido en el piso.

Era un hombre con una piyama a rayas. Se acercó a él con la determinación propia de un médico, pero se detuvo. Nora tanteó la pared al lado opuesto de la puerta y movió el interruptor, pero la luz no se encendió.

Setrakian se aproximó al hombre, sosteniendo la lámpara cerca de su cuello. El extraño resplandor índigo reveló una fisura pequeña y perfectamente recta al lado izquierdo de la garganta.

"Se ha transformado", dijo Setrakian.

El profesor le pasó la lámpara a Eph. Nora encendió la suya y alumbró su rostro, dejando al descubierto a un ser subcutáneo demencial, una máscara casi mortuoria con el ceño fruncido y sinuoso, de mirada indefinible pero indudablemente malvada.

Setrakian vio un hacha con mango de madera brillante y una reluciente hoja metálica de color rojo con visos plateados recostada contra un banco de trabajo. Regresó con ella entre sus manos torcidas.

"Espera", dijo Eph.

"Por favor doctor; retroceda", señaló Setrakian.

"Simplemente está tendido en el piso", dijo Eph.

"No tardará en levantarse". El anciano señaló las escaleras que conducían a las puertas abiertas del sótano sin retirar la mirada del hombre tendido en el suelo. "La niña está alimentándose de los demás". Setrakian levantó el hacha. "Doctor, no le estoy pidiendo que me perdone. Lo único que le pido es que se haga a un lado".

Eph notó la determinación en el rostro de Setrakian y comprendió que el anciano utilizaría el arma aunque él se interpusiera. Eph dio un paso atrás. El hacha era pesada para la edad y complexión de Setrakian.

y su voz ronca resonaba en todo Brooklyn. Era un hombre tan grande que ocupaba casi toda la escalera de la entrada.

Billy le dio una palmadita en el brazo y le agradeció por venir. "La sobrina de mi prima recibió una mordida en la boca. No es mi tipo de edificio, lo sé. Está casada con un tipo con plata, pero se trata de mi familia, y les dije que traería al mejor exterminador de la ciudad".

Vasiliy asintió con el orgullo silencioso característico de los exterminadores. Un exterminador tiene éxito en el silencio, y el éxito significa no dejar rastros ni la menor señal de que alguna vez hubo un problema, que ha existido una plaga o se ha puesto una sola trampa. Significa que el orden ha sido preservado.

Arrastró su maletín de ruedas como si se tratara del juego de herramientas de un técnico en computadores. El interior del *loft* reveló techos altos y habitaciones espaciosas. Era una propiedad de 1.800 pies cuadrados que podía costar fácilmente unos tres millones de dólares. Una niña estaba aferrada a una muñeca y a su madre en un sofá pequeño y firme, tan anaranjado como una pelota de baloncesto, en un salón de cristal, teca y superficies cromadas de estilo contemporáneo. Una venda grande le cubría el labio superior y la mejilla. La madre tenía el cabello completamente corto, lentes con marco delgado y rectangular, y una falda de lana verde tejida a la altura de las rodillas. Ella miró a Vasiliy como si fuera un visitante que viniera de un futuro sofisticado y andrógino. La niña tenía unos cinco o seis años y estaba asustada. Vasiliy habría querido sonreírle, pero no tenía el tipo de rostro que confortara a los niños. Tenía una mandíbula tan plana como la hoja de un hacha y los ojos considerablemente separados entre sí.

Un televisor de pantalla plana colgaba de una pared como un cuadro grande con marco de cristal. En la imagen aparecía el alcalde ante una multitud de micrófonos, intentando responder a las preguntas sobre las víctimas desaparecidas del avión y los cadáveres que se habían esfumado de las morgues de la ciudad. El Departamento de Policía de la ciudad estaba en máxima alerta, y había dispuesto retenes en los puentes y en los túneles para registrar todos los camiones refrigerados que transitaran por las vías. También se había instalado una línea telefónica para recibir información de la ciudadanía. Los familiares de las víctimas estaban completamente trastornados, y los funerales habían sido postergados.

Bill condujo a Vasiliy al cuarto de la niña. Había una cama con toldo, un televisor Bratz con gemas incrustadas, así como un computador de la misma marca, y un pony electrónico de color caramelo en un rincón. La mirada de Vasiliy se concentró de inmediato en un paquete de alimentos que había sobre la cama, y que contenía galletas con mantequilla de maní. A él también le gustaban.

"La niña estaba haciendo la siesta aquí", dijo Billy. "Se despertó porque algo le estaba royendo el labio. Vaz; el animal se acercó a su almohada. ¡Imagina! ¡Una rata en su cama! La niña no podrá dormir en un mes. ¿Habías escuchado algo así?"

Vasiliy negó con la cabeza. Hay ratas en todos los edificios de Manhattan —independientemente de lo que los caseros o inquilinos puedan pensar— pero a ellas no les gusta dejarse ver, especialmente a plena luz del día. Sin embargo, las ratas atacan principalmente a los niños, casi siempre en la boca, donde está concentrado el olor a comida. Las ratas noruegas —*rattus norvegicus*, o ratas urbanas— tienen un sentido del olfato y del gusto sumamente desarrollado. Sus colmillos incisivos son largos y afilados, y más fuertes que el aluminio, el cobre, el plomo o el hierro. Son las responsables de la cuarta parte del rompimiento de los cables de la luz de la ciudad, y probablemente sean las causantes del mismo porcentaje de incendios sin causas conocidas. La dureza de sus dientes es comparable a la del acero, y la estructura de sus mandíbulas —semejante a la de los cocodrilos— le confiere miles de libras de presión a su mordida. Son capaces de morder cemento, e incluso piedras.

Vasiliy preguntó; "¿Ella vio la rata?"

"No supo qué era. Gritó, apartó al animal con la mano, y salió corriendo. El médico de la sala de emergencias dijo que era una rata".

Vasiliy fue a la ventana entreabierta para tomar un poco de aire fresco. La abrió un poco más y miró el callejón adoquinado y estrecho que había tres pisos abajo. La escalera contra incendios estaba a 10 ó 12 pies de la ventana, y la fachada del centenario edificio de ladrillos era tosca e irregular. La gente piensa que las ratas son torpes y se mueven como patos, pero realmente son tan ágiles como las ardillas, especialmente cuando están excitadas por el alimento o el miedo.

Vasiliy corrió la cama con las sábanas, las frazadas, y la muñeca que estaba sobre la colcha; también movió el escritorio y el mueble de la biblioteca para observar qué había debajo. No esperaba encontrar la rata en el dormitorio; simplemente estaba descartando lo obvio.

Salió al corredor, arrastrando el carro de mano por el piso de madera pulida y reluciente. Las ratas tienen una visión deficiente y se orientan principalmente con el tacto. Aprenden rápido con la repetición, recorren los mismos trayectos y rara vez se desvían más de 60 pies de su nido, pues son muy recelosas cuando se hallan en ambientes desconocidos. La rata seguramente había llegado a la puerta y salido por el borde del corredor, deslizándose por el zócalo del muro derecho con su tosco pelaje. La siguiente puerta conducía a un baño —el de la niña— decorado con un tapete en forma de fresa, una cortina de un rosado pálido en la ducha y una canasta con juguetes y burbujas para la bañera. Vasiliy inspeccionó el lugar en busca de escondites y olfateó el aire. Le asintió a Billy, y éste cerró la puerta.

Billy escuchó un momento antes de ir a reconfortar a su prima. Estaba con ella cuando oyó un ruido terrible en el baño, un sonido de botellas cayendo a la bañera, un fuerte grito y la voz de Vasiliy, profiriendo insultos en ruso.

La madre y la hija parecían afligidas y Billy les hizo un gesto con la mano para que tuvieran paciencia —pues se había tragado accidentalmente el chicle— y se apresuró al corredor.

Vasiliy abrió la puerta del baño. Tenía unos guantes Kevlar especiales y un saco grande, en cuyo interior se retorcía y manoteaba un ejemplar realmente grande.

Vasiliy asintió y le pasó el saco a Billy.

Billy no podía hacer otra cosa que recibirlo, pues de lo contrario, el saco caería al piso y la rata escaparía. Confió en que la tela fuera tan resistente como parecía, pues la rata enorme luchaba y forcejeaba en su interior, y mantuvo el saco tan alejado de su cuerpo y levantado del suelo como pudo. Mientras tanto, Vasiliy comenzó a sacar sus implementos de trabajo con mucha lentitud. Extrajo un paquete sellado y una esponja que contenía haloetano, tomó de nuevo el saco, y Billy sintió un gran alivio al deshacerse de él. Lo abrió con cuidado para echar el anestésico y lo cerró de inmediato. La rata forcejeó con la misma violencia de antes, pero poco después lo hizo con mayor lentitud. Vasiliy agitó el saco para acelerar el proceso.

Esperó a que la rata dejara de resistirse, abrió el costal y la sacó de la cola. Estaba sedada pero no inconsciente, y movía sus uñas afiladas que salían de los dedos rosados de sus patas delanteras; chasqueaba la mandíbula y tenía abiertos sus ojos negros y brillantes. Su tamaño era considerable; su cuerpo medía tal vez ocho pulgadas, lo mismo que su cola. Su pelaje espeso era gris oscuro arriba y de un blanco tiznado por debajo. No era ninguna mascota extraviada, sino una rata salvaje y urbana.

Billy había retrocedido varios pasos. Había visto muchas ratas en su vida, pero nunca se había acostumbrado a ellas, a diferencia de Vasiliy, quien no parecía tener problemas en ese sentido.

"Está preñada", dijo. El período de gestación de las ratas es de apenas veintiún días, y pueden tener una camada de veinte ratones. Una hembra y adulta saludable puede dar a luz a unos doscientos cincuenta ratones, la mitad de los cuales son hembras listas para aparearse. "¿Quieres que le saque una muestra de sangre para enviarla al laboratorio?"

Billy negó con la cabeza, haciendo un gesto de asco, como si Vasiliy le hubiera preguntado si quería comérsela. "La niña fue vacunada en el hospital. ¡Santo cielo! Mira su tamaño, Vaz. Esto no es..." —Billy bajó la voz— "un inquilinato en Bushwick, ¿entiendes?"

Vasiliy lo entendía muy bien. Sus padres habían vivido en ese sector después de llegar a Estados Unidos. Bushwick había acogido a varias oleadas de inmigrantes desde mediados del siglo XIX: alemanes, ingleses, irlandeses, rusos, polacos, italianos, afroamericanos y puertorriqueños. Ese sector de Brooklyn estaba poblado actualmente por dominicanos, guyaneses, jamaiquinos, ecuatorianos, hindúes, coreanos y otros inmigrantes del sudeste asiático. Vasiliy pasaba mucho tiempo en los sectores más pobres de Nueva York, y había conocido familias que todas las noches tenían que valerse de cojines, libros y muebles para impedir que las ratas entraran a sus casas.

Sin embargo, este incidente era diferente. Había sido un ataque temerario y a plena luz del día. En términos generales, solo las ratas más débiles —las expulsadas de una colonia—, irrumpen en busca de alimentos, pero ésta era una hembra fuerte y saludable, lo cual era muy inusual; las ratas coexisten en un equilibrio precario con el hombre, aprovechando las deficiencias de la civilización, y viviendo de los desperdicios y desechos humanos. Permanecen ocultas detrás de las paredes o debajo de los pisos. La aparición de una rata simboliza la ansiedad y el temor humanos. Cualquier incursión que esté más allá de la acostumbrada predación nocturna supone un trastorno de sus costumbres. Al igual que el hombre, las ratas no acostumbran correr riesgos innecesarios; hay que obligarlas a salir de sus madrigueras.

"¿Quieres que vea si tiene pulgas?"

"¡Cielos, no! Simplemente métela al costal y deshazte de ella. Haz lo que sea necesario, pero no se la muestres a la niña. Está muy traumatizada".

Vasiliy sacó una bolsa plástica de su equipaje y metió la rata adentro con una esponja untada con otra dosis letal de haloetano. Introdujo la bolsa dentro del talego para esconder cualquier evidencia, y prosiguió con su labor, pasando a la cocina. Corrió la pesada estufa de ocho quemadores y el lavaplatos. Inspeccionó las tuberías debajo del fregadero. No vio excrementos ni madrigueras, pero instaló una trampa detrás de los gabinetes por si acaso, sin decírselo a Billy. Las personas se ponen nerviosas con las sustancias venenosas, especialmente los padres, pero lo cierto es que en todos los edificios y calles de Manhattan hay venenos contra las ratas. Si uno ve en algún rincón cualquier cosa que se parezca a dulces morados o a concentrado para animales de color verde, es porque se han visto ratas cerca de allí.

Billy acompañó a Vasiliy al sótano. Estaba limpio y ordenado, sin rastros evidentes de basura o desechos como para que anidaran roedores. Vasiliy inspeccionó el lugar en busca de excrementos. Tenía un olfato muy afinado para detectar ratas, así como éstas lo tienen para evitar a los humanos. Apagó la luz —para infortunio de Billy— y encendió la linterna que llevaba en la cintura de su overol azul claro. La orina de los roedores se ve azul en la oscuridad, pero Vasiliy no encontró ningún vestigio. Echó pesticidas, instaló trampas en los rincones, y subió con Billy al vestíbulo.

Billy le agradeció y le dijo que le debía una. Vasiliy estaba intrigado. Guardó el juego de herramientas portátil y la rata muerta en su furgoneta, encendió un Corona dominicano y salió a dar una vuelta. Dobló la esquina y llegó al callejón adoquinado que había visto desde la ventana del cuarto de la niña. Tribeca era el único sector de Manhattan donde aún quedaban callejones.

Vasiliy había dado unos cuantos pasos cuando vio la primera rata deslizándose por el borde de un edificio. Después vio otra en la rama de un árbol pequeño y endeble que crecía junto a un muro. Vio a otra en una cuneta, bebiendo un residuo líquido de color marrón proveniente de una pila de basura o alcantarilla.

Permaneció observando y las ratas comenzaron a salir literalmente del subsuelo, por entre los adoquines desgastados. Los esqueletos de las ratas son flexibles, lo cual les permite escurrirse por orificios del mismo tamaño de sus cráneos, que tienen aproximadamente tres cuartos de pulgada de diámetro. Salían de a dos y de a tres, y se desperdigaban con rapidez. Calculó el tamaño de los adoquines —los cuales medían 2 pulgadas por 3—, y estimó que los cuerpos de las ratas medían entre 8 y 10 pulgadas, al igual que sus colas. Esto significaba que eran ratas adultas.

Dos bolsas de basura que estaban cerca de él se sacudieron, y las ratas salieron tras desgarrar el plástico. Un pequeño roedor se deslizó rápidamente a su lado; Vasiliy le dio un puntapié con sus botas, lanzándolo a unos 15 pies de distancia, y cayó inmóvil en medio del callejón. Pocos segundos después, otras ratas se abalanzaron hambrientas sobre el roedor, desgarrándole la piel con sus incisivos amarillentos. La forma más efectiva de exterminar ratas es eliminar los alimentos de su entorno y dejar que se coman unas a otras.

Estas ratas estaban hambrientas y a sus anchas. Era insólito que anduvieran por la calle a plena luz del día, ya que eso solo sucede antes de un terremoto, después del derrumbe de un edificio o mientras se adelanta un proyecto de construcción de gran envergadura.

Vasiliy caminó hacia el sur y cruzó la calle Barclay, donde se adelantaban unos trabajos de reconstrucción en un área de 16 acres a la redonda y el cielo se hacía más amplio.

Subió a una de las plataformas desde la cual se observaba el sitio donde había estado el World Trade Center. Estaban terminando de excavar un hueco muy profundo donde estarían las bases de la nueva construcción, y las columnas de concreto y acero empezaban a elevarse sobre el suelo. El sitio era como una cicatriz en el corazón de la ciudad, como la mordida en la cara de la niña.

Vasiliy recordó aquel fatídico septiembre de 2001. Pocos días después del colapso de las Torres Gemelas, él —en calidad de funcionario del Departamento de Salud— había comenzado a retirar los alimentos de los restaurantes clausurados del sector. Había inspeccionado los sótanos y espacios subterráneos y nunca vio una rata viva, pero sí muchas evidencias de su presencia, incluyendo senderos de varias millas de extensión trazados entre los escombros. Recordó claramente una tienda de galletas que había sido completamente devorada. Se presentó una explosión demográfica de ratas en el sitio, y las autoridades temieron que los roedores abandonaran las ruinas para buscar nuevas fuentes de alimento y se propagaran por las calles y sectores aledaños. Por esta razón se implementó un programa masivo de contención con fondos federales. Se instalaron miles de cebos y carnadas en la Zona Cero y sus alrededores, y gracias al empeño de Vasiliy y de otros exterminadores, la temida invasión nunca se materializó.

Vasiliy aún tenía un contrato con el gobierno, y su departamento supervisaba un estudio de control contra las ratas en el Battery Park y sectores contiguos, razón por la cual estaba muy familiarizado con infestaciones locales, pues había hecho parte del proyecto desde el comienzo. Hasta ahora, no había visto nada anormal.

Observó los camiones del cemento y las retroexcavadoras sacando escombros. Esperó a que un niño dejara de mirar por los telescopios turísticos iguales a los que había en el Empire State Building y comenzó a observar el lugar.

No tardó en ver los pequeños cuerpos de los roedores escurriéndose por las esquinas, dando vueltas por las pilas de escombros o escabullirse hacia la calle Liberty. Se escurrían por las futuras bases de la Torre de la Libertad como sorteando obstáculos. Miró los túneles de acceso a las estaciones del metro, y al dirigir el telescopio hacia arriba observó una hilera de ratas deslizarse por una plataforma de acero en el extremo oriental y trepar por dos cables tensionados. Estaban saliendo de la excavación como en un éxodo masivo, siguiendo cualquier ruta de escape que pudieran encontrar.

Pabellón de aislamiento, Centro Médico del Hospital Jamaica, Queens

EPH SE PUSO LOS GUANTES de caucho, detrás de la segunda puerta del pabellón. Le habría pedido a Setrakian que hiciera lo mismo, pero al ver sus dedos torcidos concluyó que le sería prácticamente imposible.

Entraron a la habitación de Jim Kent, la única ocupada en todo el pabellón. Jim estaba dormido; aún llevaba puesta la misma ropa con la que había ingresado al hospital, y los cables del pecho y de las manos estaban conectados a máquinas que no registraban sus signos vitales. La enfermera había dicho que éstos eran tan imperceptibles que decidieron apagar las alarmas automáticas del ritmo cardiaco, la presión arterial y respiración, y de los niveles de oxígeno.

Eph corrió las cortinas de plástico y sintió la ansiedad de Setrakian. Se acercaron a Kent, y todos sus signos vitales aumentaron significativamente, lo cual era completamente insólito.

"Igual que el gusano en el frasco", dijo Setrakian. "Él nos siente. Sabe que hay sangre cerca".

"No puede ser", comentó Eph.

Se acercó más y todos los signos vitales de Jim aumentaron, así como su actividad cerebral.

"Jim", le dijo.

Tenía el rostro adormilado y su piel oscura se estaba tornando gris. Eph notó que las pupilas de su compañero se movían rápidamente debajo de los párpados, en una especie de sueño maníaco.

Setrakian corrió la cortina con la cabeza de lobo que coronaba su bastón. "No se acerque mucho", le advirtió a Eph. "Se está transformando". Setrakian se llevó la mano al bolsillo de su abrigo. "Saque su espejo, por favor". Eph tenía un pesado espejo de plata de tres pulgadas por cuatro en el bolsillo delantero de su chaqueta; uno de los tantos objetos que el viejo había almacenado en su sótano para este tipo de uso.

"¿Puedes verte en él?"

Eph vio su reflejo en el espejo antiguo. "Por supuesto".

"Por favor utilízalo para mirarme".

Eph lo puso en un ángulo para ver la cara del anciano.

"De acuerdo".

Nora dijo: "Los vampiros no se reflejan".

"No exactamente. Por favor, úsalo para mirarlo a él, con cuidado", le dijo Setrakian.

El espejo era tan pequeño que Eph tuvo que acercarse a la cama con el brazo estirado y sostener el espejo desde cierto ángulo sobre la cabeza de Jim.

Al principio no pudo ver su reflejo porque la imagen daba la impresión de que estaba moviendo la mano con violencia. Sin embargo, la pared, la almohada y el respaldo de la cama se veían inmóviles.

El rostro de Jim se veía difuso, como si estuviera sacudiendo la cabeza frenéticamente, vibrando con tanta fuerza que sus rasgos eran imperceptibles.

El anciano retiró el espejo con rapidez.

"Las bases de plata", dijo Setrakian, dándole golpecitos a su espejo. "Esa es la clave. Los espejos actuales, fabricados en masa y con marcos pintados, no revelan nada. Pero los espejos con respaldo de plata no mienten".

Eph vio su reflejo de nuevo en el espejo. No hubo variación en la imagen, salvo por el ligero temblor de su mano.

Colocó el espejo sobre la cara de Jim Kent sin moverlo, y vio la mancha borrosa del reflejo de Jim, como si sufriera un ataque de epilepsia, convulsionando con tal fuerza que no se reflejaba con nitidez.

Sin embargo, parecía sereno e inmóvil si se le miraba directamente.

Eph le pasó el espejo a Nora y ella también quedó sorprendida y asustada. "Entonces esto significa... que él se está convirtiendo en algo semejante a... al capitán Redfern".

Setrakian dijo: "Después del contagio se inicia la transformación, y veinticuatro horas después están preparados para su primera ingesta. Se requieren siete noches para la transformación completa, para que la enfermedad consuma el cuerpo y adquiera su nueva forma parasitaria. Alcanzan su madurez total después de unas treinta noches".

"¿Madurez total?", dijo Nora.

El anciano comentó: "Rece para que esas palabras no se cumplan". Hizo un gesto, señalando a Jim. "Las arterias del cuello humano constituyen el punto de acceso más rápido, aunque la arteria femoral es otra ruta directa hacia nuestra sangre".

La cortada en el cuello era tan precisa que no pudieron verla. Eph preguntó: "¿Por qué sangre?".

"Sangre, oxígeno y muchos nutrientes más".

"¿Oxígeno?", preguntó Nora.

Setrakian asintió. "Sus órganos anfitriones sufren una transformación. Una parte de ésta consiste en que el sistema digestivo y el circulatorio se fusionan en uno solo, a semejanza de los insectos. Su sangre no está compuesta de hierro y oxígeno, elementos que le dan el color rojo a la sangre humana. Por eso, la de ellos es blanca".

"Y los órganos de Redfern parecían casi cancerosos", comentó Eph.

"El sistema corporal se consume y se transforma, y el virus se apodera del organismo. Las víctimas dejan de respirar; simplemente inhalan por acto reflejo, pero sin oxigenar. Los pulmones se hacen innecesarios, por lo cual se secan y se adaptan a la nueva condición".

Eph dijo: "Redfern tenía un crecimiento muy grande; era una especie de aguijón muscular completamente desarrollado debajo de la lengua".

Setrakian asintió como si estuvieran hablando del clima. "Se hincha cuando se alimenta, y la piel adquiere un color carmesí, al igual que los ojos y la córnea. El aguijón —como usted lo llama— realmente es una reconversión, un reacomodamiento de la faringe, la tráquea y los sáculos de los pulmones, con el crecimiento consiguiente del nuevo músculo. Es como sacarle la manga a una chaqueta. El vampiro puede expeler este órgano desde su cavidad pectoral y lanzarlo a una distancia que oscila entre cuatro y seis pies. Al diseccionar a una víctima madura, se encontrará un tejido muscular, una especie de bolsa que estimula a este órgano para que se alimente. Lo único que requiere es la ingestión frecuente de sangre humana pura. En ese sentido son como los diabéticos. Pero bueno, usted es el médico y sabrá más que yo".

"Creí que lo era", murmuró Eph. "Hasta ahora".

Nora dijo: "Yo pensaba que los vampiros bebían sangre de vírgenes, hipnotizaban... y se convertían en murciélagos..."

Setrakian comentó: "Se tiene una imagen muy romántica de ellos, pero la verdad es más... ¿cómo podría decirlo?".

"¿Perversa?", dijo Eph.

"¿Repugnante?", acotó Nora.

"No", rectificó Setrakian. "Banal... ¿Encontraron amoníaco?"

Eph asintió.

"Tienen un sistema digestivo muy compacto", continuó Setrakian. "Sin espacio de almacenamiento. El plasma sin digerir y cualquier otro residuo tiene que ser expulsado para darle cabida al próximo alimento. Es algo muy similar a lo que sucede con las garrapatas, que excretan mientras se alimentan".

La temperatura del cuarto aumentó súbitamente. La voz de Setrakian se convirtió en un susurro helado.

"*Strigoi*", murmuró. "Aquí..."

Eph miró a Jim; tenía los ojos abiertos, las pupilas oscuras y la esclerótica con un color que iba del gris al naranja, como el del cielo al amanecer. Miraba fijamente hacia el techo.

Eph sintió una punzada de terror. Setrakian se puso rígido y agarró la empuñadura de su bastón, rematada por la cabeza de lobo, listo para golpear a Jim. Eph sintió la energía que emanaba del anciano, y le impactó el odio profundo y ancestral que advirtió en sus ojos.

"Profesor..." dijo Jim, con un ligero susurro que escapó de sus labios.

Sus párpados se cerraron de nuevo, y Jim se sumergió otra vez en una especie de trance.

Eph miró al anciano: "¿Por qué... te conoce?"

"No me conoce", respondió Setrakian, con el bastón en vilo. "Él es como un zángano en una colmena: un conjunto de muchos órganos que obedecen a una sola voluntad". Miró a Eph y le dijo: "Hay que destruirlo".

"¿Qué?, exclamó Eph. "Eso no".

"Él ya no es su amigo", dijo Setrakian. "Es su enemigo".

"Aunque eso fuera cierto, sigue siendo mi paciente".

"Este hombre no está enfermo. Ha pasado a un estado que va más allá de la enfermedad. En un par de horas ya no podrá reconocerlo. Además, es sumamente peligroso dejarlo aquí. Ya vio lo que sucedió con el piloto; todas las personas que se encuentran en este hospital correrán un riesgo enorme".

"¿Qué sucede si... él no consigue sangre?"

"Comenzará a desmoronarse. Si no bebe sangre antes de cuarenta y ocho horas, su organismo empezará a fallar, y su cuerpo devorará sus propios músculos y células humanas, consumiéndose a sí mismo de una manera lenta y dolorosa, hasta que sólo prevalezca su sistema vampírico".

Eph negó enfáticamente con la cabeza. "Necesito formular un protocolo para el tratamiento. Si esta enfermedad es causada por un virus, tendré que investigar para encontrar la cura".

Setrakian dijo: "Solo existe una cura: la muerte; la destrucción del cuerpo. En este caso, una muerte compasiva".

Eph replicó: "No somos veterinarios. No podemos matar a las personas porque están muy enfermas".

"Pero usted lo hizo con el piloto".

Eph tartamudeó: "Era un caso diferente. Él atacó a Nora y a Jim... y también a mí".

"Si realmente aplica su filosofía de defensa propia, verá que también es válida en esta situación".

"Y lo mismo sucedería con los genocidios".

"Supongamos que el objetivo de ellos es la subyugación total de la raza humana: ¿cuál sería su respuesta entonces?"

Eph no quería sumergirse en ese tipo de abstracciones. Jim era su colega y amigo.

Setrakian comprendió que no lograría convencerlos todavía. "Muéstrenme entonces los restos del piloto. Tal vez así pueda persuadirlos".

Bajaron por el ascensor sin decir palabra. Llegaron al sótano y en lugar de encontrar la morgue cerrada, vieron la puerta abierta. La administradora del hospital y varios agentes de la policía se encontraban allí.

Eph se acercó a ellos: "¿Qué pasa...?".

Observó el pomo abollado, el marco metálico agrietado y constató que la puerta había sido forzada.

La administradora no lo había hecho. Algún intruso había irrumpido allí por la fuerza.

Eph miró el interior de la morgue.

La mesa estaba vacía y el cuerpo de Redfern había desaparecido.

Eph se dirigió a la administradora con el fin de pedirle más información, aunque para su sorpresa, vio que ella retrocedió y lo miraba de una forma extraña mientras hablaba con los agentes.

Setrakian dijo: "Debemos irnos ya".

"Tengo que saber dónde están sus restos", respondió Eph.

"Han desaparecido", dijo Setrakian. "Y nunca serán encontrados".

El anciano sujetó a Eph del brazo con una fuerza sorprendente: "Creo que ya han cumplido su propósito".

"¿Su propósito? ¿Cuál podría ser?"

"Distraer, pues está tan poco muerto como los demás pasajeros que una vez estuvieron en las morgues".

Sheepshead Bay, Brooklyn

GLORY MUELLER, quien había enviudado recientemente, encontró un informe sobre los cadáveres desaparecidos del vuelo 753 mientras buscaba información sobre sucesiones matrimoniales en Internet. Siguió leyendo y encontró un cable noticioso: la Oficina Federal de Investigación daría una conferencia de prensa en una hora, en la que anunciaría una recompensa mayor por cualquier información sobre los cuerpos de la tragedia de Regis Air que habían desaparecido de las morgues.

Se asustó mucho al leer esto, pues recordó que la noche anterior había despertado de un sueño y escuchado ruidos en el ático. Recordaba únicamente que Hermann, su esposo recién fallecido, había regresado del mundo de los muertos. Todo había sido un malentendido, la extraña tragedia del vuelo 753 realmente nunca había sucedido, y entonces Hermann entró por la puerta trasera de su casa en Sheepshead Bay con una sonrisa de "así que creías que te ibas a deshacer de mí", y pidiéndole un plato de comida.

Públicamente, Glory había representado el papel de la viuda acongojada, y se seguiría comportando así en todas las citas de la corte y procedimientos legales que tuviera por delante. Sin embargo, en privado, consideraba las trágicas circunstancias que habían cobrado la vida de su esposo —con el que llevaba casada trece años— como una bendición.

Trece años de matrimonio. Trece años de abusos continuos, que fueron aumentando con el paso del tiempo, y últimamente presenciados por sus hijos de nueve y once años de edad. Glory vivía sobrecogida por los cambios temperamentales de su esposo y había llegado a pensar —lo cual básicamente era un sueño demasiado arriesgado para intentarlo en la realidad— cómo habría sido si se hubiera marchado con sus hijos mientras su esposo visitaba a su madre agonizante en Heidelberg. Pero, ¿a dónde podía ir? Y más importante aún: ¿qué castigo les daría a ella y a los niños si los encontraba, como sabía que efectivamente sucedería?

Sin embargo, Dios era bueno y finalmente había atendido sus plegarias. Ella y sus hijos habían sido escuchados, y aquel foco de violencia había sido erradicado de su hogar.

Subió las escaleras, miró la trampilla que había en el techo, y la cuerda que colgaba de ella.

Seguramente los mapaches habían regresado. En una ocasión, Hermann atrapó a uno en el ático. Lo llevó al patio de atrás y asesinó salvajemente a la indefensa criatura delante de sus hijos.

Pero eso era un suceso del pasado, y ya no tenía nada que temer. Sus hijos tardarían al menos una hora en llegar, y decidió subir al ático para sacar todas las pertenencias de Hermann. El camión de la basura pasaba los martes, y ella quería deshacerse de ellas ese mismo día.

Necesitaba un arma, y lo primero que se le ocurrió buscar fue el machete de Hermann. Lo había comprado algunos años atrás y lo guardaba en una funda de hule, dentro de la caja de las herramientas. Cuando ella le preguntó por qué había conseguido un arma propia de la selva en un lugar como Sheepshead Bay, él le dijo con desprecio: "Nunca se sabe".

Este tipo de constantes amenazas veladas era el pan de todos los días. Glory sacó la llave de la despensa para abrir la caja de herramientas. Encontró el machete debajo de algunos implementos de jardinería y de un juego de croquet que les habían dado de regalo de bodas, y que utilizaba para partir leña. Llevó el paquete a la cocina y lo dejó sobre la mesa, vacilando antes de desenvolverlo.

Glory le atribuía propiedades maléficas al machete. Siempre había imaginado que jugaría un papel determinante en la suerte de su hogar; probablemente sería el instrumento con el cual Hermann le quitaría la vida. Así pues, lo desenfundó con mucho cuidado, como si le estuviera quitando los pañales a un bebé diabólico. A Hermann nunca le había gustado que ella tocara sus cosas.

La hoja metálica era larga, ancha y plana. El mango tenía pequeños lazos de cuero de color café claro, desgastados por el uso que le había dado su antiguo propietario. Lo tomó, le dio vuelta, y sintió el peso de ese extraño objeto en su mano. Vio su propio reflejo en la puerta del microondas y le asustó verse con un machete en la cocina.

Él la había trastornado.

Subió las escaleras con el machete en la mano. Se detuvo frente a la puerta del techo y haló la pequeña manija. La puerta rechinó y se abrió en un ángulo de 45 grados. El ruido asustaría a cualquier criatura que estuviera allí. Escuchó con atención para detectar algún sonido, pero no oyó ninguno.

Movió el interruptor que había en la pared, pero la luz no se encendió. Lo movió un par de veces más sin conseguir resultados. La última vez que subió allí fue después de Navidad; el bombillo seguramente se había fundido. Sin embargo, la luz que entraba por una ventanilla lateral alcanzaba a iluminar el recinto.

Extendió las escaleras plegables; subió tres peldaños y vio el piso del ático. Estaba sin terminar, y los paneles de fibra de vidrio con revestimiento de aluminio estaban desenrollados entre las vigas. Las láminas de madera contrachapada se extendían en forma de cruz, a manera de sendero hacia los cuatro costados del piso.

El ático estaba más oscuro de lo que esperaba, y vio dos estantes con su ropa vieja que habían sido movidos para tapar la ventana. Era la ropa de su vida anterior a Hermann, envuelta en bolsas plásticas guardadas desde hacía trece años. Movió los estantes para tener más luz. Quería echarle una mirada a su ropa y recordar cómo se vestía antes. Pero en ese instante, vio que una parte del piso estaba descubierta, más allá de las láminas de madera, y que la capa aislante que lo recubría estaba levantada.

Después vio otra parte descubierta, y después otra.

Se detuvo en seco, pues sintió que detrás de ella había algo. Le dio miedo darse vuelta, pero recordó que tenía el machete en la mano.

Detrás de ella había varias capas apiladas de material aislante que formaban un promontorio irregular contra el extremo vertical del ático, al lado opuesto de la ventana. La lámina de fibra de vidrio estaba resquebrajada en algunos puntos, como si un animal se estuviera resguardando allí.

No se trataba de un mapache, sino de algo más grande: mucho más.

El promontorio estaba inmóvil, aunque parecía esconder algo. ¿Acaso Hermann se había enfrascado en algún proyecto extraño sin que ella lo supiera? ¿Qué oscuro secreto habría guardado allí?

Levantó el machete con la mano derecha, haló el borde de una lámina, la retiró del arrume, pero no vio nada.

Retiró una segunda lámina y se detuvo al ver un brazo peludo.

Glory conocía ese brazo. También conocía la mano a la que estaba unido. Los conocía íntimamente.

No podía creer lo que estaba viendo.

Alzó el machete y retiró otra capa aislante.

Vio su camisa de manga corta, que él se ponía incluso en invierno. Hermann era un hombre presumido y se enorgullecía de sus brazos velludos. Su reloj y anillo de bodas habían desaparecido.

Glory estaba completamente aterrorizada por lo que había visto, y no obstante, quería ver más. Haló otra capa aislante y el montículo se vino al suelo.

Hermann, su esposo muerto, yacía dormido en el ático, sobre una lámina de fibra de vidrio resquebrajada. Estaba vestido pero no llevaba medias ni zapatos; sus pies estaban completamente sucios, como si hubiera caminado descalzo.

Ella no pudo asimilar esa escena tan impactante. Sencillamente, no pudo confrontarla. Se trataba del esposo del cual creía haberse librado. Del tirano, del abusador... del violador.

Permaneció de pie ante el cuerpo tendido, el machete como una espada de Damocles, listo para caer sobre él ante el movimiento más leve.

Bajó lentamente el brazo, con el filo a un lado de su muslo. Glory advirtió que él era un fantasma. Un hombre que había regresado del mundo de los muertos, una presencia que la acecharía por siempre. Nunca podría liberarse de él.

Estaba pensando en esto cuando Hermann abrió los ojos.

Los párpados se plegaron contra las cuencas de sus ojos, los cuales miraron directamente hacia arriba.

Glory quedó petrificada. Sintió deseos de correr y de gritar, pero no pudo hacer nada.

Hermann giró la cabeza y sus ojos se fijaron en ella. Era la misma mirada hiriente y burlona de siempre; esa mirada que siempre presagiaba malos momentos.

A ella se le ocurrió algo.

En ese mismo instante, y cuatro casas más abajo, Lucy Needham, una niña de cuatro años, estaba dándole una bolsa de Cheez-Its a su muñeca Baby Dear en la entrada de su casa. Lucy dejó de masticar las galletas al escuchar los gritos sofocados y los fuertes ruidos provenientes de... algún lugar cercano. Miró hacia el segundo piso de su casa y luego al norte, con una confusión inocente. Permaneció completamente inmóvil, con un pedazo de galleta anaranjada a medio masticar en su boca abierta. Acababa de oír algunos de los sonidos más extraños de su corta vida. Iba a contárselo a su papá cuando lo vio salir con el teléfono en la mano, pero su bolsa de galletas cayó al suelo. Ella las recogió y se las comió y después de ser reprendida se olvidó del asunto.

Glory permaneció en el ático. Resollaba en medio de fuertes arcadas, sosteniendo el machete con las dos manos. Hermann yacía descuartizado en los paneles rosados de fibra de vidrio, y las paredes del ático estaban salpicadas de blanco.

¿Blanco?

Glory tembló conmocionada al pensar en lo que había hecho.

El machete se había enterrado en una de las vigas y tuvo que zafarlo con fuerza para seguir descuartizando a su esposo.

Glory retrocedió un paso. Sintió una sensación extracorpórea; lo que había hecho era completamente impactante.

La cabeza de Hermann había rodado entre dos láminas de madera con la cara hacia abajo y una esquirla rosada de fibra de vidrio enterrada en su mejilla. Su torso estaba ensangrentado y mutilado, sus muslos cercenados hasta el fémur y el pubis secretaba un líquido blanco.

¿Blanco?

Glory sintió que le estaban tocando las pantuflas y vio sangre roja. Notó que tenía una herida en el brazo izquierdo, aunque no sentía dolor. Levantó el brazo y unas gotas gruesas y rojas cayeron al piso.

¿Blancas?

Vio algo oscuro y pequeño deslizándose. Todavía estaba poseída por la furia homicida y no podía confiar en sus ojos.

Sintió una picazón en el tobillo, debajo de sus pantuflas ensangrentadas. La picazón subió por su pierna y ella se golpeó el muslo con la parte plana de la hoja blanca y pegajosa.

Luego sintió un cosquilleo en la otra pierna, y otro más en la cintura. Creyó tener algún tipo de reacción histérica, como si estuviera siendo atacada por insectos. Retrocedió un paso y por poco tropezó con el camino de madera.

Sintió un estremecimiento inusual entre las piernas y una molestia desgarradora en el recto, como si algo se deslizara en su interior, haciéndole apretar las caderas como si evitara ensuciarse. Su esfínter se dilató, Glory permaneció inmóvil y la sensación comenzó a desaparecer. Trató de relajarse; necesitaba un baño. Sintió otro cosquilleo dentro de la manga de su blusa y una picazón ardiente en la cortada de su brazo.

Un dolor desgarrador en el vientre la doblegó. El machete cayó al piso y un grito —un alarido de angustia— salió de su boca. Sintió que algo le desgarraba el brazo debajo de la carne y se arrastraba por su piel; todavía gritaba cuando otro gusano delgado salió por detrás de su cuello, se deslizó por el mentón hasta llegar a sus labios, le perforó el cuello y se escurrió por su garganta.

Freeburg, Nueva York

ESTABA OSCURECIENDO CON RAPIDEZ cuando Eph tomaba el Cross Island Parkway para ir al condado de Nassau.

"¿Me estás diciendo entonces que los pasajeros que estaban en las morgues, y que toda la ciudad anda buscando, simplemente regresaron a sus casas?", dijo Eph.

El profesor iba en el asiento trasero con el sombrero sobre sus piernas. "La sangre busca la sangre", dijo. "Una vez se transforman, los aparecidos buscan primero a los familiares y amigos que no estén infectados. Regresan de noche para buscar a aquellos con quienes tienen un vínculo emocional; a sus seres queridos. Supongo que es un instinto de búsqueda, el mismo impulso animal que orienta a los perros extraviados a cientos de millas y los lleva de nuevo a las casas de sus amos. Sus funciones cerebrales desaparecen y sus instintos animales asumen el control. Esas criaturas están motivadas por los impulsos de alimentarse, esconderse y anidar".

"¿Regresan al lugar donde sus familiares los están llorando?", dijo Nora, quien iba al lado de Eph. "¿Para atacarlos e infectarlos?"

"Para alimentarse; atormentar a los vivos es algo natural en ellos".

Eph salió de la autopista en silencio. Ese asunto de los vampiros era como ingerir comida de mala calidad: su mente se negaba a digerirla. No podía tragarla por más que la masticara.

Cuando Setrakian le había pedido que escogiera a una de las víctimas del vuelo 753, la primera que recordó fue a Emma Gilbarton, la niña que iba tomada de las manos de su madre. Le pareció una prueba que desvirtuaba la hipótesis de Setrakian: ¿cómo era posible que una niña muerta de once años saliera de noche de una morgue en Queens y llegara hasta su casa en Freeburg?

Pero mientras se detenían frente a la casa de la familia Gilbarton, una propiedad suntuosa y de aspecto georgiano localizada en una calle ancha con casas espaciadas, Eph comprendió que solamente encontrarían a un hombre desgarrado por la pérdida de su familia, es decir, de su esposa y de su única hija.

Eph estaba un poco familiarizado con eso.

Setrakian bajó de la camioneta Explorer con su sombrero y con el largo bastón que no utilizaba para apoyarse. La calle estaba silenciosa a esa hora de la noche, y las luces resplandecían en el interior de algunas casas, pero no se veían personas por ninguna parte, y mucho menos coches circulando.

Todas las ventanas de la casa de los Gilbarton estaban oscuras. Setrakian les entregó unas lámparas con baterías y bombillos oscuros como los de las Luma, aunque un poco más pesadas.

Se acercaron a la puerta y Setrakian tocó el timbre con la empuñadura del bastón, pero no hubo respuesta. Intentó abrir la puerta con sus guantes, pues no quería dejar huellas.

Eph advirtió que el anciano estaba familiarizado con este tipo de procedimientos.

La puerta estaba firmemente cerrada. "Vengan", dijo Setrakian. Le dieron la vuelta a la casa rodeada de una verja antigua; el jardín trasero era amplio y despejado. La luna irradiaba una luz intensa y sus cuerpos proyectaron una sombra larga sobre el césped.

Setrakian se detuvo y señaló con su bastón.

Un tabique sobresalía del sótano, y las puertas estaban completamente abiertas.

El anciano se dirigió hacia allí, seguido de Eph y Nora. Unas escaleras de piedra conducían al sótano oscuro. Setrakian observó los árboles altos que rodeaban el patio.

"No podemos entrar así no más", dijo Eph.

"Es completamente arriesgado después del atardecer", señaló Setrakian. "Pero no podemos darnos el lujo de esperar".

"No, me refiero a que sería entrar ilegalmente. Primero deberíamos llamar a la policía", dijo Eph.

Setrakian le arrebató la lámpara y le lanzó una mirada de reproche. "No entenderían lo que sucede aquí".

Encendió la lámpara, y las dos bombillas violeta emitieron una luz negra, semejante a las lámparas forenses utilizadas por Eph, aunque la luz era más caliente y brillante, y las baterías más grandes.

"¿Luz negra?", dijo Eph.

"La luz negra es simplemente UVA, una luz ultravioleta de onda larga. Es inofensiva, mientras que la UVB es de onda media y puede causar quemaduras o cáncer en la piel. Esta", dijo alejando el rayo de luz, "es una lámpara UVC de onda corta. Es germicida y se utiliza para esterilizar. Estimula y destruye los enlaces de ADN. La exposi-

La levantó con los dos brazos sobre su cabeza; la hoja metálica casi le tocaba la espalda.

Relajó los brazos y bajó los codos.

Giró su cabeza hacia las puertas abiertas y escuchó.

Eph también oyó el sonido de la hierba seca al ser aplastada. Inicialmente creyó que era un animal, pero no; eran movimientos de un bípedo.

Eran pasos humanos —o que alguna vez lo fueron—, acercándose.

Setrakian bajó el hacha. "Manténganse en *silencio* al lado de la puerta y ciérrenla cuando entre". Tomó la lámpara que tenía Eph y le entregó el hacha. "Ella no debe escapar".

Se dirigió al otro lado opuesto de la puerta, donde estaba su bastón. Apagó la lámpara y desapareció en la oscuridad.

Eph estaba de espaldas contra la pared. Nora estaba a su lado y ambos temblaban en aquel sótano, en medio de la oscuridad de una casa que no conocían. Los pasos se hicieron más cercanos; eran suaves y livianos.

Permanecieron a la espera. Una sombra débil se proyectó en el suelo del sótano: una cabeza y unos hombros.

La silueta comenzó a bajar las escaleras.

Eph, quien estaba a menos de 3 yardas de distancia con el hacha apretada contra el pecho, quedó paralizado al ver el perfil de la niña. El cabello rubio le caía sobre los hombros. Llevaba un camisón de noche que le llegaba a las espinillas. Estaba descalza, los brazos extendidos, erguida con una quietud y un equilibrio peculiar. Su pecho se expandía y contraía, pero de su boca no salía aliento alguno.

Eph no tardaría en descubrir muchas otras cosas. Por ejemplo, que los sentidos del oído y del olfato de los infectados se agudizaban notablemente; que ella podía oír la sangre de los tres circulando, que podía oler el dióxido de carbono exhalado cuando respiraban; y que la visión era el menos agudo de sus sentidos. Se encontraba en una fase en la que los colores se hacían borrosos, y su vista térmica —la capacidad de "leer" señales de calor como halos monocromáticos— aún no se había desarrollado del todo.

Avanzó unos pocos pasos, evitando el rayo de luz y adentrándose en la oscuridad del sótano. Un fantasma había entrado allí. Eph debió cerrar la puerta, pero quedó petrificado por la presencia de la niña.

Ella se dirigió adonde estaba Setrakian, quien encendió su lámpara. La niña le lanzó una mirada inexpresiva y el anciano se le acercó. Sintió el calor de la lámpara y se dio vuelta para escapar por la puerta.

Eph la cerró de un golpe y el portazo fue tan fuerte que todo el sótano vibró; Eph creyó que la casa se iba a desplomar sobre ellos.

Entonces vieron de lleno a Emma Gilbarton. Tenía un aura violeta a los lados, y Eph vio destellos de índigo en sus labios y en su pequeño mentón. Era una imagen extraña, como la de quien va a una fiesta de música electrónica con maquillaje fluorescente.

Eph recordó que la sangre tenía un color índigo bajo la luz ultravioleta.

Setrakian la alumbró para hacerla retroceder. Su reacción fue instintiva y confusa, y retrocedió como si estuviera frente a una antorcha encendida. Setrakian la persiguió sin compasión y la arrinconó contra una pared. De las profundidades de su garganta brotó un sonido grave y gutural de malestar.

"Doctor", lo apremió Setrakian, "venga de inmediato".

Eph iluminó a la niña con la lámpara después de entregarle el hacha a Setrakian.

El anciano retrocedió. Lanzó el hacha al suelo y sostuvo el bastón, agarrándolo por debajo de la empuñadura con cabeza de lobo. Movió la muñeca con firmeza y retiró la empuñadura.

Sacó una espada de la vaina de madera.

"Apresúrese", dijo Eph, al ver a la niña contra la pared, acorralada por los rayos letales de la lámpara.

La niña vio la espada del profesor, que tenía un resplandor casi blanco, y algo semejante al miedo se reflejó en su rostro, haciéndose cada vez más intenso.

"¡De prisa!", dijo Eph, queriendo terminar con aquello de una vez por todas. La niña siseó, y Eph vio la sombra oscura en su interior, debajo de su piel; era un demonio luchando por salir.

Nora observó al padre de la niña que yacía en el suelo. Su cuerpo comenzó a moverse y abrió los ojos. "¿Profesor?", lo llamó Nora.

Pero el anciano estaba totalmente concentrado en la niña.

Nora observó a Gary Gilbarton sentarse y levantarse con sus pies descalzos: era un hombre muerto en piyama y con los ojos abiertos.

"¿Profesor?", dijo Nora de nuevo, encendiendo la lámpara.

La lámpara titiló. Ella la agitó, golpeando el compartimiento de las baterías. La lámpara se encendió y se apagó de manera intermitente.

"¡Profesor!", gritó ella.

El rayo de luz intermitente había captado la atención de Setrakian. Se dio vuelta para mirar al hombre, que parecía confundido e incapaz de sostenerse. Con destreza antes que con agilidad, Setrakian doblegó a Gilbarton después de clavarle la espada en el estómago y en el pecho, causándole varias heridas, de las que emanó un líquido blanco.

Eph, quien estaba frente a la niña, observando cómo ese demonio se consolidaba en su interior, y sin saber lo que estaba sucediendo a sus espaldas, gritó: "¡Profesor Setrakian!".

El profesor golpeó al hombre en las axilas para que bajara los brazos, le cortó los tendones detrás de las rodillas, y el hombre se desplomó. Setrakian levantó la espada, pronunció unas palabras en una lengua extranjera, como un conjuro o un pronunciamiento solemne, y luego traspasó el cuello del hombre separándole la cabeza del tronco, haciéndola rodar por el suelo.

"¡Profesor!", dijo Eph, torturando a la niña con la lámpara; a esa niña que tenía casi la misma edad que Zack, sus ojos desorbitados y llenándose de color índigo —lágrimas de sangre— mientras el ser que había en su interior se encolerizaba.

Abrió la boca como si fuera a hablar o a cantar. Siguió abriendo la boca y detrás de su lengua salió un aguijón. El apéndice se inflamó a medida que la tristeza de la niña se transformaba en hambre y sus ojos brillaban casi con ansiedad.

El anciano se acercó con la espada. "¡Retrocede, *strigoi*!", le dijo.

La niña lo miró con sus ojos todavía centelleantes. La espada de Setrakian estaba manchada de sangre blanca. Pronunció las mismas palabras de antes y le descargó la espada con las dos manos sobre el hombro. Eph retrocedió para esquivar el sablazo.

La niña había alzado la mano en señal de protesta, y la espada se la amputó antes de cercenarle la cabeza. El corte fue impecable y completamente plano. La sangre blanca brotó contra la pared de una manera extraña y repugnante, y su cuerpo cayó al piso. La cabeza y la mano de la niña cayeron sobre el cuerpo sin vida de su padre, y la cabeza rodó por el suelo.

Setrakian bajó la espada y le arrebató la lámpara a Eph, alumbrando el corte casi con un gesto triunfal. Pero no había razones para celebrar: Eph vio unos animales que se retorcían en el charco de sangre blanca y espesa.

Eran los gusanos parasitarios. Formaron un ovillo y permanecieron inmóviles al ser golpeados por la luz.

Eph escuchó pasos en las escaleras y Nora se apresuró hacia el tabique. Corrió tras ella, y por poco tropieza con el cuerpo decapitado de Gary. Salió al césped y respiró el aire nocturno.

Nora corrió hacia los árboles oscuros. Él la alcanzó antes de llegar a la arboleda y la estrechó entre sus brazos. Ella gimió contra su pecho, como si tuviera miedo de permitir que su llanto escapara en la noche, y Eph la mantuvo abrazada hasta que Setrakian salió del sótano.

La respiración del anciano formaba un vaho en la noche fría, y su pecho se agitaba debido al cansancio. Se llevó la mano al corazón. Su cabello blanco se veía brillante y despeinado a la luz de la luna, y le daba el aspecto de un loco, tal como le parecía todo a Eph en ese instante.

Limpió la espada en la hierba antes de enfundarla en el bastón. Unió las dos piezas con firmeza, y el bastón adquirió su aspecto habitual.

"Ya ha sido liberada", dijo. "La niña y su padre han descansado en paz".

Se miró los zapatos y los pantalones en busca de sangre de vampiros. Nora lo miró extrañada. "¿Quién eres?"

"Un simple peregrino", respondió él. "Al igual que usted".

Eph se sentía nervioso mientras iban hacia la camioneta. Setrakian abrió la puerta y sacó otro juego de baterías. Las cambió iluminado por la lámpara de Eph y revisó la luz púrpura contra un costado de la camioneta.

Les dijo: "Esperen aquí por favor".

"¿A qué?", preguntó Eph.

"Ustedes vieron la sangre en los labios y en la barbilla de la niña. Ella ya se había alimentado. Me falta hacer una cosa más".

El anciano se dirigió hacia la casa de al lado. Eph lo observó, y Nora se apartó para recostarse contra la camioneta. Tragó saliva con esfuerzo, como si estuviera a punto de enfermarse. "Acabamos de matar a dos personas en el sótano de una casa".

"Esto no es algo transmitido por seres humanos, sino por quienes han dejado de serlo".

"¡Dios mío! Son vampiros..."

Eph dijo: "La regla número uno es combatir siempre la enfermedad, y no a sus víctimas".

"No se puede satanizar a los enfermos", añadió Nora.

"Solo que ahora... los enfermos son demonios. Los infectados son vectores activos de la enfermedad y tienen que ser neutralizados, aniquilados, destruidos".

"¿Qué dirá el director Barnes?"

Eph dijo: "No podemos esperar a que formalice los trámites; esto ha llegado demasiado lejos".

Guardaron silencio. Setrakian no tardó en regresar con su bastón-espada, y la lámpara aún caliente.

"He terminado", dijo.

"¿Terminado?", exclamó Nora, todavía apabullada por lo que había visto. "¿Qué sigue a continuación? Estamos hablando de casi doscientos pasajeros más..."

"La situación es crítica. Han transcurrido más de veinticuatro horas, y la segunda ola de propagación está acaeciendo en estos momentos".

LA SEGUNDA
NOCHE

Patricia se pasó la mano con fuerza por su cabello, como queriéndose librar de las horas perdidas del día que acababa de transcurrir. Esperó que Mark llegara a casa, no solo por la satisfacción de librarse de sus hijos y decirle "Toma: aquí están", sino también porque quería darle la noticia del día: que la niñera de los Luss —a quien Patricia espiaba a través de las cortinas— entró a la casa y cinco minutos después salió corriendo sin los niños, exactamente como si la estuvieran persiguiendo.

¡Los Luss! Esos vecinos podían ser realmente fastidiosos. Siempre que Patricia recordaba a Joan —ese saco de huesos— describir su "cava de vinos de tierra apisonada al estilo europeo", automáticamente hacía un gesto indecente con el dedo del medio. Se moría por saber qué noticias tenía Mark sobre Roger Luss, y si todavía estaba en Europa. Quería intercambiar impresiones con él; las únicas ocasiones en que ella y su esposo parecían sintonizarse era cuando despotricaban de sus amigos, familiares y vecinos. Tal vez el hecho de alegrarse de los problemas ajenos hacía que los suyos y los de su esposo fueran menos perturbadores.

Las noticias escandalosas siempre se acompañaban mejor con una copa de vino Pinot noir, y ella terminó la segunda de un trago. Miró el reloj de la cocina e intentó controlarse, pues Mark se llenaba de impaciencia cuando llegaba a casa y descubría que ella le llevaba dos copas de ventaja. Al diablo con él: pasaba todo el día en la oficina, almorzando y tomándose el tiempo necesario para hacer sus cosas, codeándose con el uno y con el otro mientras tomaba el último tren de regreso a casa. Entre tanto, ella permanecía encerrada con la bebé, con Marcus, con la niñera, con el jardinero...

Se sirvió otra copa y se preguntó cuánto faltaría para que Marcus, ese diablito celoso, fuera a despertar a su hermanita. La niñera había acostado a Jacqueline antes de irse, y la pequeña aún no se había despertado. Miró el reloj de nuevo y reparó en el silencio imperante en su casa. Jacqueline dormía como toda una bebé. Reanimada por otro sorbo de Pinot, dejó a un lado la revista llena de avisos publicitarios *Cookie*, y subió las escaleras para ver qué estaba haciendo el pequeño terrorista de cuatro años.

Entró al cuarto de Marcus y lo encontró boca abajo, acostado sobre la alfombra de los Rangers de Nueva York, al lado de la cama en forma de trineo y con el juego de videos portátil junto a su mano extendida. Se veía extenuado. Por supuesto, pagaría el precio por la siesta tardía cuando el derviche no pudiera dormir de noche; pero entonces sería el turno de Mark.

Atravesó el corredor, intrigada y frunciendo el ceño al ver unos terrones oscuros sobre la alfombra, seguramente obra del diablillo de Marcus, y llegó a la puerta con la pequeña almohada de seda en forma de corazón que decía: ¡SHHH-SHHH! ANGELITO DURMIENDO, colgada del pomo con un lazo ornamentado. La abrió y se espantó al ver a una persona adulta sentada en la mecedora al lado de la cuna. Era una mujer, meciéndose con un pequeño bulto entre los brazos.

Estaba meciendo a Jacqueline. Sin embargo, todo parecía estar bien: la calidez silenciosa de la habitación, la suavidad de la luz difuminada y la alfombra mullida bajo sus pies.

"¿Quién...?" Patricia avanzó con timidez, y la mujer se dio vuelta. "¿Joan? ¿Joan... eres tú?" Patricia se acercó. "¿Qué estás...? ¿Entraste por el garaje?"

Joan —pues sí era ella— se levantó de la silla. La lámpara rosada estaba detrás de la mecedora, y Patricia pudo ver con claridad la extraña expresión en el rostro de su vecina, especialmente su boca, pues la tenía retorcida de un modo extraño. Olía mal, y Patricia pensó inmediatamente en su hermana y en el terrible día de Acción de

Gracias del año anterior. ¿Sería que Joan también padecía crisis nerviosas?

¿Por qué estaba en su casa, sosteniendo a la pequeña Jacqueline en su regazo?

Joan estiró los brazos para entregarle a la bebé. Patricia la meció e inmediatamente supo que algo estaba errado. La inmovilidad de su hija iba más allá de la mera placidez del sueño infantil.

Patricia retiró con ansiedad la manta que cubría la cabeza de Jackie.

La bebé tenía los labios abiertos. Sus pequeños ojos eran oscuros y miraban con fijeza. La manta estaba húmeda alrededor de su pequeño cuello. Patricia notó entonces que su mano estaba untada de sangre.

El grito que surgió en la garganta de la madre nunca llegó a su destino.

Ann-Marie estaba literalmente desesperada. Se encontraba en la cocina, murmurando plegarias y sosteniéndose del lavaplatos como si su casa fuera un bote atrapado en una tormenta marina. Rezaba sin descanso, pidiendo alivio y orientación; un destello de esperanza. Sabía que Ansel no era malo ni lo que parecía ser. Simplemente estaba muy enfermo. (*Aunque había matado a los perros*). Cualquiera fuera su enfermedad, pasaría como una fiebre aguda y todo regresaría a la normalidad.

Miró el cobertizo cerrado en el patio oscuro. Todo parecía estar en calma.

Sus dudas volvieron a agobiarla cuando vio el informe noticioso sobre las víctimas del vuelo 753 que habían desaparecido de las morgues. Algo estaba sucediendo, algo terrible (*él había matado a los perros*), y su abrumadora sensación de pánico se vio mitigada únicamente por los frecuentes recorridos hasta los espejos y el fregadero, para tocarlos y lavarse, tratar de tranquilizarse y rezar.

¿Por qué Ansel permanecía enterrado durante el día? (*Él había matado a los perros.*) ¿Por qué la miraba con tanta ansiedad? (*Sí, él los había matado.*) ¿Por qué no decía nada y sólo gruñía y aullaba (*como los perros que había matado*)?

La noche se había apoderado del cielo otra vez, justo lo que ella había temido durante todo el día.

¿Por qué él estaba tan quieto y silencioso?

Antes de poder pensar en lo que iba a hacer y de olvidarse de sus temores, Ann-Marie abrió la puerta y bajó por las escaleras del porche, sin mirar las tumbas de los perros en un rincón del patio, y sin perder la calma; ella tenía que ser fuerte ahora. Solo por un poco más de tiempo...

Las puertas del cobertizo estaban aseguradas con la cadena y el candado. Permaneció atenta al más mínimo sonido, apretando el puño contra su boca hasta que le dolieron los dientes.

¿Qué haría Ansel? ¿Le tiraría las puertas si ella intentaba entrar al cobertizo? ¿Se obligaría a mirarla?

Sí, él lo haría.

Ann-Marie abrió el candado con la llave que colgaba de su cuello. Desanudó la gruesa cadena y retrocedió hasta donde sabía que él no podía alcanzarla.

Sintió un hedor insoportable, una fetidez sepulcral. La pestilencia era tal que empezó a llorar, pues provenía de Ansel, que estaba encerrado allí.

No vio nada y optó por escuchar, pues no se atrevía a entrar.

"¿Ansel?", dijo con un susurro. No recibió respuesta.

"Ansel".

Escuchó un crujido, un movimiento en la tierra. ¿Por qué no había traído una linterna?

Estiró las manos para abrir un poco más la puerta; lo suficiente para que entraran los rayos de la luna.

Allá estaba él, acostado entre la tierra, de cara hacia las puertas, con los ojos hundidos, y tenso por el dolor. Ella concluyó que estaba agonizando. Su Ansel se estaba muriendo. Pensó de nuevo en Pap y Gertie, los perros que yacían bajo la tierra, los amados San Bernardos que ella había querido más que a unas simples mascotas, los que él había matado, y cuyo lugar había tomado, sí, para salvar a Ann-Marie y a sus hijos.

Ella comprendió que él necesitaba lastimar a alguien para mantenerse con vida.

Ann-Marie tembló bajo la luz de la luna, observando aquella criatura atormentada en la que se había convertido su esposo.

Ansel deseó que su esposa se rindiera ante él. Ella lo supo: podía sentirlo.

Ansel dejó escapar un bufido ronco que parecía salir de las profundidades de su estómago.

Ann-Marie lloró al cerrar las puertas del cobertizo. Se recostó contra las puertas, encerrándolo como un cadáver que no estuviera ni vivo ni muerto. Su fragilidad no le permitía abrir las puertas y únicamente escuchó otro gemido en señal de protesta.

Estaba pasando la cadena por las manijas de las puertas cuando escuchó un paso en la gravilla detrás de ella. Quedó petrificada, pensando que era el oficial de la policía que regresaba a importunarla. Escuchó otro paso y se dio vuelta.

Era un hombre mayor, calvo, con una camisa de cuello rígido, chaqueta de punto y pantalones de pana. Era el vecino de enfrente, el mismo que había llamado a la policía: el señor Otish, el viudo. Era la clase de persona que barre las hojas hasta la calle para que el viento las lleve a tu jardín. Un hombre al que nunca veía y del cual no sabía nada a menos que ocurriera un problema que, según él, habían causado uno de ellos o sus hijos.

El señor Otish dijo: "Sus perros han encontrado formas cada vez más creativas para mantenerme despierto de noche".

Su presencia, como una aparición fantasmal después de una pesadilla, había desconcertado por completo a Ann-Marie. *¿Los perros?*

Él se refería a los ruidos que Ansel hacía en la noche.

"Si uno de sus perros está enfermo, debería llevarlo al veterinario para que lo cure o lo duerma".

Ella estaba demasiado sorprendida como para responderle. Él estaba a la entrada de la casa y avanzó hasta el borde del patio trasero. Miró el cobertizo con desprecio.

Un quejido ronco salió del interior.

El señor Otish hizo una mueca en señal de disgusto. "Tiene que hacer algo con esos perros; de lo contrario, volveré a llamar a la policía".

"¡No!" El miedo le hizo lanzar un grito antes de poder contenerlo.

Él sonrió, sorprendido por la preocupación de la mujer y disfrutando del poder que tenía sobre ella. "¿Qué es lo que planea hacer?"

Ella abrió la boca, pero no logró decir nada. "Yo.... Yo me encargaré... No sé cómo, pero me encargaré".

Él miró el porche, ligeramente intrigado por la luz de la cocina. "¿Podría hablar con el hombre la casa? Preferiría hablar con él".

Ella negó con la cabeza.

Otro gruñido quejumbroso escapó del cobertizo.

"Pues bien, más le vale que haga algo con esos malditos animales, o tendré que hacerlo yo. Cualquiera que haya crecido en una granja le dirá que los perros son animales serviciales y es mejor no malcriarlos. Les conviene más el golpe de un látigo que la palmadita de una mano. Especialmente con una raza tan torpe como la San Bernardo".

Esas palabras le recordaron algo. Él había dicho algo sobre sus perros...

El golpe de un látigo.

La única razón por la que habían instalado el poste con las cadenas en el cobertizo era porque Pap y Gertie se habían escapado algunas veces y no hacía mucho... Gertie, la consentida de los dos, había llegado a la casa con el lomo y las patas laceradas...

...como si alguien la hubiera azotado.

Ann-Marie, quien normalmente era tímida y reservada, dejó su miedo a un lado. Miró a ese hombre —a esa caricatura desagradable y arrugada de hombre— como si le hubieran quitado un velo de los ojos.

"Usted", dijo ella. Le tembló la barbilla, pero ya no de timidez sino de rabia. "*Usted* le hizo eso a Gertie. Usted la *hirió...*"

Él parpadeó, pues no estaba acostumbrado a que lo desafiaran restregándole la culpabilidad en su cara.

"Sí, lo hice", dijo, recobrando su condescendencia habitual. "Él se lo tenía bien merecido".

Ann-Marie sintió un estallido de rabia. Se le había rebosado la copa; tener que enviar a sus hijos fuera de casa... enterrar a Pap y a Gertie... la degradación de Ansel...

"*Ella*", dijo Ann-Marie.

"¿Qué?"

"*Ella*: Gertie es una hembra".

Se escuchó otro gruñido trémulo en el interior del cobertizo.

Era la necesidad apremiante de Ansel, su ansia...

Ella retrocedió temblorosa. Se sintió intimidada, no por él, sino por aquella sensación de rabia desconocida. "¿Quiere verla con sus propios ojos?", se oyó diciendo a ella misma.

"¿Qué fue eso?"

El cobertizo se estremeció como si hubiera una bestia adentro.

"Vaya entonces. ¿Quiere tratar de aplacarlos? Entre y vea qué puede hacer".

Él la miró indignado. Esa mujer lo estaba desafiando. "¿Me lo dice en serio?"

"¿Quiere solucionar las cosas? ¿Quiere paz y tranquilidad? ¡Pues yo también!"

Se limpió la saliva que tenía en los labios y agitó el dedo frente a él. "*¡Pues yo también!*"

El señor Otish la miró fijamente. "Creo que los vecinos tienen razón", dijo. "Usted está *loca*".

Ella le lanzó una sonrisa demencial en señal de asentimiento y él se dirigió hacia uno de los árboles del patio. Haló un lazo delgado, le dio vuelta y lo zarandeó hasta retirarlo. Lo agitó en el aire para escuchar el sonido siseante y se dirigió satisfecho hacia las puertas del cobertizo.

"Quiero que sepa", dijo, "que hago esto más por su beneficio que por el mío".

Ann-Marie tembló mientras lo veía deslizar la cadena por las manijas de las puertas, las cuales comenzaron a abrirse; el señor Otish estaba muy cerca del poste.

"¿Dónde están esas bestias?", preguntó.

Ann-Marie escuchó el gruñido inhumano y la cadena sonando como si fueran monedas cayendo al piso. Las puertas se abrieron de par en par, el señor Otish dio un paso al frente, y su grito de terror fue sofocado en un instante. Ella corrió y se recostó contra las puertas del cobertizo, apresurándose a cerrarlas mientras su vecino forcejeaba inútilmente para abrirlas. Pasó la cadena por las manijas, cerró el candado... y corrió a su casa, lejos del cobertizo y de la monstruosidad que acababa de cometer.

Mark Blessige estaba en el vestíbulo de su casa con su Blackberry en la mano, sin saber qué hacer; no había recibido ningún mensaje de su esposa. Ella había dejado el teléfono en su bolso Burberry, su camioneta Volvo estaba a la entrada, y la bañera de la bebé estaba en el cuarto de la ropa sucia. No había dejado ninguna nota en la cocina; solo una copa de vino medio vacía, abandonada sobre el mostrador. Patricia, Marcus y Jacqueline habían desaparecido.

Buscó en el garaje; los coches infantiles y los autos de juguete estaban en su lugar. Miró la cartelera de corcho del corredor, pero no había ninguna nota. ¿Sería que ella se había enojado con él por llegar tarde otra vez, y había decidido castigarlo de una manera pasiva-agresiva? Encendió la televisión para hacer tiempo y comprendió que su ansiedad no era infundada. En dos ocasiones tomó el teléfono para llamar a la policía, pero no creyó que pudiera sobrevivir al escándalo de una patrulla llegando a su casa. Salió a la puerta de la entrada y se sentó en las escalas de ladrillo que daban al césped y al jardín de flores exuberantes. Miró a ambos lados de la calle, preguntándose si su esposa e hijos habrían ido donde algún vecino, y notó que casi todas las casas estaban a oscuras. El resplandor amarillo de las lámparas art-deco sobre los lustrosos aparadores estaba ausente. Tampoco había monitores de computador ni pantallas de televisores de plasma titilando con su halo hipnótico.

Miró la casa de los Luss al otro lado de la calle, con su fachada patricia y elegante, y sus ladrillos blancos y envejecidos. Tampoco parecía haber nadie allí. ¿Se trataba de algún desastre inminente? ¿Habrían emitido una orden de evacuación antes de que él llegara?

Entonces vio a alguien salir de los arbustos frondosos que formaban una cerca ornamental entre su casa y la de los Luss. Era una mujer, y tenía un aspecto desaliñado bajo la sombra irregular de las hojas de los robles. Parecía mecer en sus brazos a un niño de cinco o seis años. La mujer cruzó la entrada, la camioneta Lexus SUV de los Luss la ocultó momentáneamente, y entró por la puerta lateral que había a un lado del garaje. Giró la cabeza antes de entrar y vio a Mark a la entrada de su casa. No lo saludó ni le hizo un gesto de reconocimiento, pero su mirada —aunque fugaz— fue como si a él le hubieran descargado un bloque de hielo en el pecho.

Comprendió que no era Joan Luss, pero podría tratarse de su empleada.

Esperó infructuosamente que una luz se encendiera en la casa. Lo que acababa de ver era algo completamente extraño, pero a excepción de esto, no había visto a nadie más en el vecindario. Entonces cruzó la calle con las manos en los bolsillos, avanzando en línea recta desde la entrada para no pisar el césped, y llegó a la puerta lateral de la casa de los Luss.

La puerta exterior estaba cerrada, pero la interior permanecía abierta. En vez de tocar el timbre golpeó el cristal de la puerta, entró y dijo: "¿Hola?". Cruzó la cocina y encendió la luz. "¿Joan? ¿Roger?"

El piso estaba salpicado con huellas sucias de pies descalzos. Algunos de los gabinetes y bordes del mostrador tenían huellas de manos manchadas de tierra. Unas peras se estaban pudriendo en un cesto de alambre en la isla de la cocina.

¿Hay alguien en casa?

Concluyó que Joan y Roger habían salido, pero quiso hablar de todos modos con la empleada. Ella no le diría que los Blessige nunca sabían dónde estaban sus hijos, o que Mark no podía controlar a su esposa alcohólica. Y si él estaba equivocado y Joanie *estaba* allí, entonces él le preguntaría a Joan por su familia como si llevara una raqueta de tenis en la mano. "*¿Cómo haces para mantenerte al tanto de tus hijos si se mantienen tan ocupados?*" Y si alguien le decía algo sobre su camada caprichosa, él respondería mencionando el caso de la horda de campesinos descalzos que habían irrumpido en la cocina de los Luss.

"Soy yo, Mark Blessige, el vecino de enfrente. ¿Hay alguien en casa?"

No iba allí desde mayo, cuando asistieron a la fiesta de cumpleaños del niño. Sus padres le habían comprado uno de esos coches eléctricos de carreras, pero como no tenía remolque —aparentemente, el niño estaba obsesionado con los remolques— él lo chocó contra la mesa donde estaba el pastel de cumpleaños, poco después de que el empleado disfrazado de Bob Esponja hubiera servido los jugos sobre ella. "Bien", había dicho Roger, "al menos sabe lo que le gusta". Todos esbozaron una sonrisa forzada y bebieron su jugo.

Mark llegó a la sala de estar y contempló su casa desde las ventanas de la fachada. Disfrutó la vista durante un momento, pues no siempre podía ver su casa desde el ángulo de una ventana vecina. Definitivamente, su casa era linda, aunque ese mexicano estúpido había vuelto a cortar disparejos los setos del costado occidental.

En las escaleras del sótano también había pisadas. Más de una; eran muchas. "¿Hola?", dijo, intrigado por el origen de esa profusión de pies descalzos. "Hola, soy Mark Blessige, el vecino de enfrente". Ninguna voz le respondió. "Siento haber entrado así, pero me estaba preguntando..."

Empujó la puerta de vaivén y se detuvo. Unas diez personas lo estaban mirando. Dos de ellas eran niños que salieron detrás de la isla, pero no eran sus hijos. Reconoció a algunas de estas personas; vivían en Bronxville, y los había visto en Starbucks, en la estación del tren o en el club. Una de ellas, Carole, era la mamá de un amigo de Marcus. Otro era un empleado de la UPS, vestido con el tradicional uniforme de camisa caqui y pantalones cortos del mismo color. Era un grupo bastante disímil para estar congregado allí. No había ningún integrante de la familia Luss ni de la Blessige.

"Disculpen. ¿ Interrumpo algo...?"

Entonces comenzó a verlos realmente; su complexión y la expresión de sus ojos mientras lo miraban en silencio. Nunca lo habían mirado así. Sintió que sus cuerpos emitían un calor que contrastaba con la expresión helada y siniestra de sus rostros.

Atrás estaba la empleada, completamente enrojecida, sus ojos al rojo vivo y una mancha del mismo color en la blusa. Tenía el pelo greñudo y lleno de barro. Su piel y su ropa no estarían tan sucias si hubiera dormido en la misma tierra.

Mark se retiró el mechón de pelo de los ojos. Sintió que sus hombros tocaban la puerta de vaivén y se dio cuenta de que estaba retrocediendo. Las personas venían hacia él, a excepción de la empleada, quien se quedó observando. Uno de los niños, un chico inquieto y con las cejas recortadas, se paró sobre un cajón abierto y se subió a la isla de la cocina. Tomó impulso y se abalanzó sobre Mark Blessige, quien no tuvo otra opción que forcejear con sus brazos. El niño abrió la boca, agarró a Mark por la espalda, y sacó su pequeño aguijón. Era como la cola de un escorpión, enrollada antes de estirarse y penetrar en la garganta de Mark. Desgarró la piel y el músculo para posarse en su arteria carótida, y el dolor fue como si le hubieran enterrado un pincho caliente.

Trastabilló contra la puerta y cayó al suelo; el niño seguía aferrado a él y a su garganta, sentado sobre su pecho. Comenzó a succionar y a dejarlo seco.

Mark intentó hablar, gritar, pero las palabras se ahogaron en su garganta. Quedó paralizado. Algo cambió o fue interrumpido en su interior, y no pudo emitir ningún sonido.

El niño presionó el pecho contra el suyo, y Mark sintió el latido de su corazón, o de algo, con toda nitidez. A medida que la sangre manaba de su cuerpo, Mark sintió que el ritmo cardiaco del niño se aceleraba y se hacía más fuerte: *tump-tump-tump.* alcanzando un paroxismo frenético cercano al placer sexual. El aguijón del niño se inflamó mientras se alimentaba, y la parte blanca de sus ojos se hizo carmesí mientras miraba a su presa. El niño pasó sus dedos huesudos y retorcidos por el cabello de Mark, presionándolo con fuerza...

Los demás entraron por la puerta, se abalanzaron sobre él y le desgarraron la ropa. Los aguijones atravesaron su piel, y Mark sintió un cambio en la presión de su cuerpo; no era una descompresión, sino una *compresión*. Un vacío, como el de una caja de jugo consumido.

Y al mismo tiempo, un olor lo envolvió, invadiendo su nariz y sus ojos como una nube de amoníaco. Sintió una erupción húmeda y cálida sobre su pecho, como sopa recién preparada, y al agarrar con sus manos al pequeño demonio, sintió otro rastro de humedad. El niño se había ensuciado, defecando sobre Mark mientras se alimentaba, aunque la excreción se asemejaba más a un compuesto químico que a heces humanas.

El dolor fue insoportable y corpóreo, penetrando en todas partes, en las puntas de sus dedos, en el pecho, en el cerebro. La presión se desvaneció de su garganta y Mark permaneció allí como una estrella blanca y reluciente de dolor fulgurante.

Neeva entreabrió un poco la puerta del cuarto para ver si los niños ya se habían dormido. Keene y Audrey Luss estaban acostados en sacos de dormir al lado de la cama de su nieta Narushta. Los niños Luss se comportaban bien la mayoría del tiempo, después de todo, Neeva había sido su única niñera desde que Keene tenía apenas cuatro meses, pero los dos habían llorado esa noche. Extrañaban sus camas y querían saber cuándo los llevaría Neeva de regreso a casa. Su hija Sebastiane le reclamaba constantemente que la policía no tardaría en golpear a su puerta, pero esto no le preocupaba a su madre en lo más mínimo.

Sebastiane había nacido en los Estados Unidos, y después de completar sus estudios, se le quedó grabada una cierta arrogancia americana. Neeva la llevaba cada año a Haití, pero ella sentía que no era su hogar; rechazaba al país y a sus antiguas tradiciones. Denigraba de las antiguas enseñanzas porque sus nuevos conocimientos le parecían más modernos y sofisticados. Pero que Sebastiane creyera que su madre era una tonta supersticiosa iba más allá de lo que Neeva estaba dispuesta a soportar. Especialmente después de haber hecho lo que hizo, al rescatar a esos dos niños malcriados aunque potencialmente redimibles, poniendo en riesgo a los miembros de su propia familia.

Aunque había crecido en el seno de la religión católica, el abuelo materno de Neeva era *vodou* y *bokor* de su aldea, una especie de *houngan* o sacerdote —algunos los llaman brujos— practicante de magia, tanto de la negra como de la blanca. Aunque se decía que tenía un gran *ashe* (mucho poder espiritual) y se dedicaba a curar zombis astrales, es decir, a encerrar un espíritu en un fetiche (un objeto inanimado), nunca intentó el arte más oscuro: el de reanimar a un cadáver y levantar a un zombi de un cuerpo muerto cuya alma ya había partido. No lo hizo porque decía que respetaba mucho la magia negra, y que cruzar ese límite infernal era una afrenta directa a la *loa,* a los espíritus de la religión Vudú, los cuales son semejantes a los santos o ángeles que actúan como intermediarios entre el hombre y el Creador impasible. Pero él había participado en ceremonias que eran una especie de exorcismo ancestral, enmendando los errores de otros *houngan* caprichosos. Neeva lo había acompañado a los rituales y visto el rostro de los muertos vivientes.

Joan se había encerrado en su cuarto aquella noche —una habitación tan lujosa como la de cualquiera de las suites de los hoteles que Neeva había limpiado en Manhattan, cuando recién llegó a América—, y Neeva entró para mirarla una vez que dejó de escuchar sus quejidos. Los ojos de Joan parecían apagados y distantes, su corazón acelerado y las sábanas empapadas de un sudor pestilente. La almohada estaba manchada con una sangre blancuzca y espesa. Neeva había cuidado a personas enfermas y agonizantes, y después de ver a Joan Luss supo que su empleadora no se estaba hundiendo simplemente en la enfermedad, sino en la maldad. Fue entonces cuando se llevó a los niños.

Neeva volvió a echar un vistazo por la ventana. Vivía en el primer piso de una casa multifamiliar y solo podía ver la calle y las casas de los vecinos a través de los barrotes de hierro. Las rejas eran efectivas contra los ladrones, pero aparte de eso, Neeva no estaba muy convencida de su utilidad. Esa tarde había salido de la casa y las había halado con fuerza para comprobar su resistencia. Como medida de precaución adicional, —y a escondidas de Sebastiane, no fuera a ser que le diera un sermón—, Neeva aseguró los marcos contra los alféizares con clavos, y tapó la ventana del cuarto de los niños con un estante de libros. También —y sin decírselo a nadie— untó cada uno de los barrotes con ajo. Ella tenía una botella pequeña con agua bendita consagrada por el sacerdote de su parroquia, aunque recordó que su crucifijo había sido ineficaz en el sótano de los Luss.

Abrió todas las persianas y encendió cada una de las luces con nerviosismo, pero también con aplomo. Se sentó en su silla y estiró los pies. No se quitó los zapatos negros de suela gruesa que utilizaba en su casa por si tenía que correr, a fin de estar preparada para vigilar otra noche. Encendió la televisión a bajo volumen, simplemente a manera de compañía.

Estaba más molesta por la condescendencia de su hija de lo que realmente debería. A los inmigrantes les preocupa que sus hijos acepten su cultura adoptiva a expensas de su patrimonio cultural. Pero el temor de Neeva era mucho más específico: le asustaba que la excesiva confianza de su hija derivada de la aculturación terminara por hacerle daño. Para Sebastiane, la oscuridad de la noche era simplemente una molestia, una deficiencia de luz que desaparecía tan pronto encendía un interruptor. La noche era para ella tiempo de relajarse y jugar, y de dedicarse al ocio, de soltarse el pelo y bajar la guardia. Para Neeva, la electricidad era poco más que un talismán contra la oscuridad. La noche es real. La noche no es una ausencia de luz; realmente, el día es una tregua de la oscuridad imponente...

El débil sonido de un rasguño la despertó sobresaltada. Tenía el mentón contra el pecho y vio que en la televisión estaban pasando un programa de tele ventas sobre un trapeador que hacía también las veces de aspiradora. Neeva escuchó con atención; era un clic, proveniente de la puerta de la casa. Inicialmente pensó que se trataba de Emile —su sobrino conducía un taxi de noche— pero él habría tocado el timbre en caso de haber olvidado las llaves.

Alguien estaba afuera, pero no tocó el timbre ni la puerta.

Neeva se puso en pie tan rápido como pudo. Atravesó el corredor y se detuvo frente a la puerta para escuchar. Solo una lámina de madera la separaba de quien—o de lo que— estaba afuera.

Sintió una presencia. Imaginó que sentiría calor si tocaba la puerta, aunque no hizo.

La puerta de su casa era simple, sin ventana y sin antepuerta de malla metálica. Solo tenía un antiguo buzón del correo en la parte inferior.

La bisagra del buzón chirrió y la tapa se movió. Neeva retrocedió asustada y se apresuró al baño. Abrió la canasta de los juguetes y sacó la pistola de agua de su nieto. Abrió la botella de agua bendita y la echó por la pequeña ranura, derramándola casi toda mientras intentaba llenar el tanque de la pistola plástica.

Se dirigió hacia la puerta con el juguete. No escuchó ningún ruido pero sintió la presencia. Se arrodilló con dificultad sobre su rodilla hinchada, y su media se enredó en una astilla del piso de madera. Estaba lo suficientemente cerca para sentir el susurro del aire nocturno contra la tapa de cobre y ver el movimiento de la sombra.

La pistola tenía un cañón grande y largo. Neeva se acordó de halar el mecanismo de bombeo para mejorar la presión y levantó la tapa del buzón con el cañón. La bisagra emitió un chirrido quejumbroso; ella introdujo la pistola y hundió el gatillo.

Apuntó hacia arriba y hacia abajo, de lado a lado, y lanzó agua bendita en todas las direcciones. Imaginó que Joan Luss se quemaba y que el agua atravesaba su cuerpo como si fuera la espada dorada de Jesús, pero no escuchó ningún gemido.

Una mano entró por la ranura y agarró la pistola con la intención de arrebatársela. Neeva la haló y pudo verle los dedos: estaban tan sucios como los de un sepulturero. Tenía las uñas rojas, como teñidas de sangre. El agua bendita resbaló por la piel, limpiándole un poco la mugre, pero sin quemarla ni producir vapor.

No produjo ningún efecto.

La mano haló el cañón con fuerza y la pistola se atascó en el buzón. Neeva comprendió que la mano trataba de agarrarla a ella y soltó la pistola. La mano se movió hasta que el juguete de plástico rechinó y expulsó el último chorro de agua. Neeva se alejó del buzón apoyándose en las caderas y en las manos, mientras la presencia comenzó a golpear la chapa. Las bisagras se estremecieron y la pared tembló. Un cuadro se desprendió del clavo y el vidrio del marco se hizo añicos. Neeva se dirigió al otro extremo del pequeño corredor y se golpeó con el estante de las sombrillas donde también había un bate de béisbol. Neeva agarró firmemente la empuñadura de cinta negra y aguardó sentada en el piso. La vieja puerta que ella odiaba porque se dilataba en el verano y se adhería al marco era lo suficientemente sólida para soportar los golpes, como también lo eran el pasador y el pomo de hierro. La presencia que había al otro lado de la puerta se silenció. Seguramente ya se había marchado.

Neeva miró el charco con las lágrimas de Cristo en el suelo. Cuando el poder de Jesús te falla, entonces sabes que realmente la suerte te ha abandonado.

Lo único que podía hacer era esperar a que amaneciera.

"¿Neeva?"

Keene tenía una camiseta y unos pantalones de sudadera. Ella se movió más rápido de lo que creía ser capaz, tapándole la boca al niño y arrastrándolo hasta el rincón. Permaneció allí, recostada contra la pared y con el niño envuelto en sus brazos.

¿La presencia habría oído la voz del niño?

Neeva intentó escuchar. El niño forcejeó para desprenderse y poder hablar.

"*Silencio, niño*".

Entonces lo escuchó; era el chirrido otra vez. Agarró al niño con más fuerza y se inclinó hacia un lado para mirar la puerta.

Un dedo sucio abrió la tapa del buzón. Neeva se refugió de nuevo en el rincón, no sin antes ver un par de ojos rojos y centelleantes escudriñando el interior de la casa.

R udy Wain, el mánager de Gabriel Bolívar, tomó un taxi para regresar a su casa localizada en la calle Hudson, después de cenar con algunos funcionarios de la BMG en el restaurante Mr. Chow. No había podido hablar con Gabe por teléfono, pero ya habían comenzado a circular rumores sobre su salud después de lo del vuelo 753, y de la foto en silla de ruedas que le había tomado un *paparazzi*. Rudy tenía que verlo personalmente. Se detuvo frente a la puerta en la calle Vestry y no vio ningún *paparazzi*, solo algunos fans góticos que parecían drogados, fumando en el andén.

Se levantaron casi con aprehensión cuando Rudy se acercó a la puerta. "¿Qué ha pasado?", les preguntó Rudy.

"Supimos que está dejando entrar gente".

Rudy miró hacia arriba pero no vio ninguna luz en la casa, ni siquiera en el *penthouse*. "Parece que la fiesta terminó".

"No hay ninguna fiesta", dijo un chico rechoncho con bandas elásticas de colores que colgaban de un gancho en su mejilla. "También dejó entrar a un *paparazzi*".

Rudy se encogió de hombros, marcó su clave personal, entró y cerró la puerta. Al menos Gabe se estaba sintiendo mejor. Rudy pasó al lado de las panteras de mármol y llegó al vestíbulo en penumbras. Las luces estaban apagadas y los interruptores desconectados. Rudy pensó un momento, sacó su Blackberry y cambió la pantalla a ENCENDIDO

PERMANENTE. Alumbró con la luz azul del aparato y notó que al lado del ángel alado había una gran cantidad de sofisticadas cámaras digitales de fotografía y de video, las armas preferidas por los *paparazzi*. Estaban apiladas allí como zapatos al lado de una piscina.

"¿Hola?"

Su voz se oyó apagada en los pisos aún sin terminar. Rudy se dirigió a las escaleras de mármol valiéndose de la luz azul de su Blackberry. Necesitaba motivar a Gabe para el show que iba a dar en Roseland, y definir también algunas presentaciones para las fechas cercanas al Día de Brujas.

Llegó a la planta superior, donde estaba la habitación de Bolívar, pero todas las luces estaban apagadas.

"Oye, Gabe. Soy yo, chico. No me dejes tropezar contra algo".

Había mucha quietud. Se dirigió a la alcoba principal; la inspeccionó con la luz de su aparato, notó que la cama estaba sin tender pero no vio a Gabriel. Seguramente había salido a una de esas fiestas que se prolongan hasta el amanecer, como era usual en él. Gabe no estaba allí.

Fue a orinar al baño principal. Vio un frasco abierto de Vicodin y una copa que olía a licor. Lo pensó un momento, tomó dos Vikes, enjuagó la copa y pasó las pastillas con agua de la llave.

Estaba dejando la copa en el mostrador cuando percibió un movimiento detrás de él. Se dio vuelta con rapidez; Gabriel caminaba en la oscuridad hacia el baño. Las paredes cubiertas de espejos lo multiplicaban por decenas.

"¡Cielos, Gabe! Me asustaste", dijo Rudy. Gabriel lo miró en silencio y Rudy dejó de sonreír. La luz azul del Blackberry era indirecta y tenue, pero la piel de Gabriel se veía oscura, y sus ojos rojos. Llevaba una bata negra y delgada que le llegaba a las rodillas, y estaba sin camisa. Tenía los brazos rígidos y no le ofreció a su mánager ningún gesto de saludo. "¿Qué te pasa?" Sus manos y su pecho estaban sucios. "¿Dormiste en una caja de carbón?"

Gabriel permaneció allí, repetido hasta el infinito por el efecto de los espejos.

"Realmente apestas", dijo Rudy, tapándose la nariz.

"¿En qué diablos te has metido?" Rudy percibió el extraño calor que emanaba de Gabriel. Acercó el teléfono para iluminarlo, pero sus ojos no reaccionaron a la luz. "Oye, creo que te maquillaste demasiado".

Las pastillas comenzaron a hacerle efecto. El cuarto, con las paredes de espejos, se expandió como en una alucinación. Rudy movió el interruptor de la luz, y el baño se iluminó.

"Oye", dijo Rudy, preocupado por la pasividad de Gabriel. "Puedo regresar después si estás en un viaje de ácido".

Intentó pasar por el lado izquierdo de Gabriel, pero el cantante no se movió. Lo intentó de nuevo, y Bolívar no lo dejó salir. Rudy retrocedió, iluminando a su cliente con su aparato. "Oye, Gabe, ¿qué diablos...?"

Bolívar se abrió la bata, extendió sus brazos como un par de alas, y la prenda cayó al piso.

Rudy jadeó. Gabriel tenía el cuerpo gris y enjuto, pero lo que realmente lo dejó perplejo fue el pubis del cantante.

No tenía vello, era terso como el de una muñeca, y sin órganos genitales.

Gabriel le tapó la boca con fuerza. El mánager comenzó a forcejear, pero ya era muy tarde. Rudy lo vio reírse, pero la risa se desvaneció y algo semejante a un látigo se agitó en su boca. La luz trémula del teléfono —mientras buscaba frenéticamente los números 9, 1 y 1— le permitió ver el aguijón que salía de su boca. Unos apéndices poco definidos se inflaban y desinflaban a los lados, como bolsas de carne esponjosa, flanqueados por ventosas que se abrían y cerraban.

Rudy vio todo esto un instante antes de que el aguijón se clavara en su cuello. El teléfono cayó al piso del baño, detrás de sus pies estremecidos, sin que él alcanzara a hundir la tecla MARCAR.

Jeanie Millsome, una niña de nueve años, no se sentía cansada mientras regresaba a casa con su mamá. Haber visto *La Sirenita* en Broadway fue una experiencia tan maravillosa que nunca había creído estar tan despierta en su vida. Ya sabía realmente qué quería hacer cuando estuviera grande. Ya no pensaba ser instructora de ballet (pues Cindy Veeley se había fracturado dos dedos mientras daba un salto), ni gimnasta olímpica (el potro de gimnasia la asustaba). Iba a ser (que suenen los tambores por favor...) una ¡actriz de Broadway! Se teñiría el pelo de rojo y actuaría en *La Sirenita* representando el papel protagónico de Ariel, y al final se despediría del público con una venia profunda, y después de los atronadores aplausos hablaría con sus jóvenes admiradores, les estamparía su autógrafo en los programas y sonreiría mientras se tomaban fotos con ella con sus teléfonos móviles. Y entonces, en una noche muy especial, ella escogería a la niña de nueve años más amable y sincera que hubiera entre el público, y la invitaría para que fuera su suplente y su Mejor Amiga Por Siempre. Su madre sería su estilista, y su padre —que permanecía en casa con Justin— sería su mánager, al igual que el papá de Hannah Montana. Y Justin..., bueno, Justin podía permanecer en casa a sus anchas.

Estaba sentada con el mentón sobre la mano, dada vuelta en la silla del vagón del metro que se deslizaba debajo de la ciudad en dirección sur. Se vio reflejada en la ventana y percibió el resplandor del vagón detrás de ella; las luces titilaban algunas veces, y durante una de esas intermitencias se quedó mirando el espacio abierto que había en la interconexión entre dos túneles. Luego vio algo. No era más que una imagen fugaz y subliminal, como un fotograma perturbador insertado en la cinta de una película aburrida. Todo sucedió tan rápido que su mente consciente no tuvo tiempo de procesar esa imagen que no comprendió. Ni siquiera pudo decir por qué estalló en lágrimas, despertando a su madre, que estaba hermosa con su abrigo y su elegante vestido, y quien la consoló mientras le preguntaba por la causa de su llanto. Jeanie solo atinó a señalar la ventana. Permaneció apretujada contra el brazo de su madre durante el resto del trayecto.

Sin embargo, el Amo la había visto. El Amo lo veía todo, especialmente cuando se alimentaba. Su visión nocturna era extraordinaria y casi telescópica, con una percepción muy aguda a todas las tonalidades de grises, y registraba las fuentes de calor con un blanco espectral y resplandeciente.

Acababa de terminar, aunque no estaba saciado —nunca lo estaba—, y dejó que su presa se desplomara, soltándola con sus manos enormes en la gravilla, al lado de las traviesas de la vía férrea. Los túneles soplaban vientos que le agitaban la capa, y los trenes aullaban en la distancia, el hierro chocando contra el acero como el grito de un mundo que hubiera advertido súbitamente su regreso.

LA
EXPOSICIÓN

Sede de Canary, avenida Once con calle Veintisiete

La tercera mañana después del aterrizaje del vuelo 753, Eph llevó a Setrakian a la sede del proyecto Canary del CDC, localizada en el extremo oeste de Chelsea, a una cuadra del río Hudson. Antes de que Eph comenzara este proyecto, la oficina de tres niveles había sido la sede local del Programa de Monitoreo Médico de Trabajadores y Voluntarios del World Trade Center, liderado por el CDC, el cual investigaba la relación que había entre las tareas de rescate del 11 de septiembre y las constantes afecciones respiratorias.

Eph se sobresaltó cuando llegaron a la avenida Once. Dos patrullas de la policía y un par de automóviles con placas oficiales estaban estacionadas afuera. El director Barnes finalmente se había salido con la suya, y ellos recibirían la ayuda que tanto necesitaban. Era imposible que Eph, Nora y Setrakian pudieran entablar solos semejante batalla.

La puerta del tercer piso estaba abierta, y Barnes conversaba con un hombre sin uniforme que se identificó como un agente especial del FBI. "Everett", dijo Eph, aliviado al saber que su amigo había participado personalmente en la gestión de los trámites gubernamentales. "Llegaste en el momento indicado. Era a ti a quien quería ver aquí". Eph fue directo al pequeño refrigerador que estaba cerca de la puerta. Los tubos de ensayo se sacudieron cuando sacó el galón de leche. Retiró la tapa y bebió con avidez. Necesitaba el calcio del mismo modo en que anteriormente necesitaba el licor. Y comprendió que los seres humanos sustituyen una dependencia por otra. Por ejemplo, la semana anterior Eph había dependido por completo de las leyes de la ciencia y la naturaleza, pero ahora había encontrado el antídoto en unas espadas de plata y en los destellos de la luz ultravioleta.

Apartó la botella de sus labios y comprendió que acababa de saciar su sed a expensas de otro mamífero.

"¿Quién es él?", preguntó el director Barnes.

"Es el profesor Abraham Setrakian", dijo Eph, limpiándose la leche del labio superior. El anciano tenía el sombrero en la mano, y su cabello de alabastro se hacía más notorio bajo las luces del techo. "Han pasado tantas cosas, Everett", dijo Eph, bebiendo el resto del contenido de la botella para mitigar el ardor de su estómago, "que no sé por dónde empezar".

Barnes dijo: "¿Por qué no comenzamos por los cuerpos que han desaparecido de las morgues?"

Eph retiró la botella de su boca. Uno de los policías se había acercado a la puerta que estaba detrás de él. Otro agente del FBI estaba sentado frente al computador portátil de Eph y parecía examinar sus archivos. "Oye", le dijo Eph.

"Ephraim, ¿qué sabes de los cadáveres desaparecidos?", preguntó Barnes.

Eph se quedó un momento estudiando la expresión del director del CDC. Miró a Setrakian, pero el anciano permaneció impasible, sosteniendo el sombrero con sus manos deformes.

Eph miró a su jefe. "Regresaron a sus casas".

"¿A sus casas?", exclamó Barnes, sacudiendo la cabeza como para oír mejor. "¿Quieres decir que se han ido al cielo?"

"No, Everett. Regresaron al lado de sus familiares".

Barnes miró al agente del FBI que tenía los ojos clavados en Eph.

"Están muertos", señaló Barnes.

"No lo están. Al menos no de la forma en que lo entendemos".

"Solo hay una forma de estar muerto, Ephraim".

Eph negó con la cabeza. "Ya no".

"Ephraim". Barnes dio un paso adelante. "Sé que has estado muy estresado últimamente. Sé que has tenido problemas familiares..."

"Un momento. No creo entender qué diablos está pasando aquí", señaló Eph.

El agente del FBI dijo: "Doctor; se trata de su paciente. El capitán Doyle Redfern, uno de los pilotos del vuelo 753 de Regis Air. Queremos hacerle algunas preguntas sobre él".

Eph ocultó su temor. "Traiga una orden de la corte y con mucho gusto responderé sus preguntas".

"Tal vez quisiera explicarnos esto".

El agente sacó un lector de video portátil del escritorio y hundió la tecla *Play*.

Se veía el cuarto de un hospital en una imagen tomada por una cámara de seguridad. La cámara mostraba a Redfern desde atrás, tambaleándose con el camisón abierto en la espalda. Parecía estar herido y confundido, y no mostraba la menor señal de ser un predador violento. El ángulo de la cámara no permitía ver el aguijón que salía de su boca.

Sin embargo, mostraba a Eph sosteniendo el trépano y cercenándole la garganta a Redfern con la cuchilla circular.

Había un corte en la grabación, y después aparecía Nora en el fondo, tapándose la boca mientras Eph estaba junto a la puerta, con Redfern derrumbado en el piso.

Luego apareció otra secuencia, captada por una cámara en un ángulo más amplio y a una altura mayor que la primera.

Mostró a dos personas, un hombre y una mujer, irrumpiendo en la morgue donde estaba el cadáver de Redfern, y después salían cargando una bolsa pesada.

Las dos personas se parecían mucho a Eph y a Nora.

El agente detuvo la grabación. Eph miró a Nora, quien estaba conmocionada, y luego al agente del FBI, y a Barnes. "Eso fue... esto fue editado con mala intención. Tiene un corte. Redfern había..."

"¿Dónde están los restos del capitán Redfern?"

Eph no podía pensar. No podía apartar su mente del fraude que acababa de ver. "No éramos nosotros. La cámara estaba muy alta como para..."

"¿Estás diciendo que no eran la doctora Martínez y tú?"

Eph miró a Nora, quien hizo un gesto negativo. Ambos estaban demasiado perplejos como para esgrimir una defensa coherente.

Barnes dijo: "Déjame preguntarte una vez más, Ephraim. ¿Dónde están los cadáveres que han desaparecido de las morgues?"

Eph miró a Setrakian, quien estaba cerca de la puerta. Después miró a Barnes. No se le ocurrió decir nada.

"Ephraim. A partir de este momento cerraré el proyecto Canary".

"¿Qué?", exclamó Eph, reponiéndose de inmediato. "Espera, Everett..."

Eph se acercó a Barnes con aprehensión. Los policías se le interpusieron como si se tratara de un criminal peligroso, y Eph se detuvo completamente desconcertado.

"Doctor Goodweather, usted tiene que acompañarnos", dijo el agente del FBI.

"Ustedes... ¡Un momento!"

Eph se dio vuelta pero Setrakian ya no estaba en la puerta.

El agente envió a dos policías para detenerlo.

Eph miró a Barnes. "Everett. Tú me conoces; sabes quién soy. Escucha lo que voy a decirte. Hay una peste que se está propagando por toda la ciudad; es una plaga como nunca antes se ha visto".

El agente del FBI dijo: "Doctor Goodweather, queremos saber qué le inyectó a Jim Kent".

"Qué le... *¿qué?*"

Barnes dijo: "Ephraim; llegué a un acuerdo con ellos. Dejarán libre a Nora si aceptas cooperar. Le evitaremos el escándalo del arresto y conservaremos su reputación profesional. Sé que ustedes dos... son cercanos".

"¿Y en qué te basas para sostenerlo?" Eph miró a sus acusadores, pasando de la sorpresa a la rabia. "Esto es un maldito engaño, Everett".

"Ephraim; apareces en un video atacando y asesinando a un paciente. Has estado presentando unas pruebas de laboratorio con resultados fantásticos que no pueden explicarse bajo ningún parámetro racional, que son infundados y probablemente manipulados".

Eph miró a Nora; quedaría en libertad y tal vez pudiera seguir luchando.

Barnes tenía razón; él no tenía ninguna opción en ese cuarto lleno de representantes de la ley, al menos no en ese momento.

"No dejes que esto te detenga", le dijo a Nora. "Tal vez seas la única que pueda llegar a saber lo que realmente está sucediendo".

Nora negó con la cabeza y se dirigió a Barnes. "Señor. Esta es una conspiración, independientemente de que usted haga parte de ella conscientemente o no..."

"Por favor, doctora Martínez", respondió Barnes. "No quede en ridículo una vez más".

El otro agente empacó los computadores portátiles de Eph y Nora, y les pidió que lo acompañaran a las escaleras del edificio.

Se encontraron en el corredor del segundo piso con los dos policías que habían ido tras Setrakian. Estaban lado a lado, casi de espaldas el uno contra el otro, y esposados.

Setrakian apareció detrás del grupo blandiendo su espada. La puso en el cuello del agente principal del FBI. Tenía una daga pequeña en la otra mano, también de plata, y la mantuvo cerca de la garganta del director Barnes.

El anciano dijo: "Caballeros; ustedes son rehenes de una batalla que está más allá de su comprensión. Tome esta daga, doctor".

Eph tomó el mango del arma y la acercó a la garganta de su jefe.

Barnes le dijo jadeando: "¡Santo cielo, Ephraim! ¿Has perdido la razón?"

"Everett, esto es más grave de lo que sospechas; va más allá de la jurisdicción del CDC, e incluso de las agencias de seguridad del estado. Se ha propagado una enfermedad nefasta en esta ciudad, como nunca hemos visto. Y esto es apenas el comienzo de la catástrofe".

Nora se acercó al agente del FBI para pedirle que le devolviera los computadores. "Ya tengo toda la información que necesitamos de la oficina. Tal parece que no regresaremos".

"Por el amor de Dios, Ephraim. Recupera la razón", señaló Barnes.

"Everett; me contratase para hacer este trabajo, para hacer sonar la alarma cuando se presentara una crisis de salud pública. Estamos al borde de una pandemia a nivel mundial. De una extinción masiva. En algún lugar hay alguien que está haciendo todo lo posible para lograr su objetivo".

Grupo Stoneheart, Manhattan

ELDRICHT PALMER encendió los monitores para ver las noticias en seis canales distintos. El que más le interesó fue el del ángulo inferior izquierdo. Bajó la silla, dejó sólo ese canal y subió el volumen.

El reportero se encontraba fuera del Precinto 17, en la calle Cincuenta y Cinco Este. Un oficial de la policía acababa de decir "sin comentarios", con respecto a una serie de informes sobre casos de personas desaparecidas que se habían presentado en toda la ciudad de Nueva York en los días anteriores. Una fila de personas estaba afuera del precinto; eran tantos que no cabían adentro y se vieron obligados a diligenciar sus formularios allí. El reportero informó sobre otros incidentes aparentemente inexplicables, como por ejemplo, asaltos a casas donde no parecía haberse sustraído ningún objeto de valor, pero en las que tampoco había señales de sus moradores. Lo más extraño de todo era que la tecnología moderna no había servido de nada para encontrar a las personas desaparecidas: los teléfonos móviles, casi todos equipados con GPS, habían desaparecido con sus propietarios. Esto llevó a algunos a especular que ciertas personas estaban abandonando voluntariamente a sus familias y sus trabajos, y a señalar que las desapariciones parecían coincidir con la reciente ocultación lunar, sugiriendo así una conexión entre ambos eventos. Un psicólogo habló del riesgo de histeria colectiva de bajo grado que puede presentarse después de ciertos eventos astronómicos. El informe terminó con el reportero mostrando a una mujer que lloraba y sostenía el retrato de una madre desaparecida.

Luego apareció el comercial de una crema "que desafía la edad", diseñada para "ayudarte a vivir más y mejor".

El magnate congénitamente enfermo apagó el audio. El único sonido además de la máquina de diálisis, era el zumbido detrás de su sonrisa de avaricia.

En otra pantalla se vio una gráfica que mostraba el declive de los mercados financieros y la devaluación progresiva del dólar. El mismo Palmer estaba alterando los mercados bursátiles, retirando sus acciones de las bolsas de valores y comprando metales: lingotes de oro, plata, paladio y platino.

El comentarista sugirió que la nueva recesión también ofrecía oportunidades para negociaciones futuras. Palmer estaba en total desacuerdo. Él estaba acortando futuros: los de todo el mundo, menos el suyo.

Recibió una llamada a través del señor Fitzwilliam. Era un agente del FBI que llamaba para informarle que el doctor Ephraim Goodweather, el epidemiólogo del proyecto Canary, había escapado.

"¿Escapó?", preguntó Palmer. "¿Cómo puede ser?"

"Estaba con un anciano que aparentemente es más astuto de lo que parece. Está armado con una espada de plata".

Palmer guardó silencio momentáneamente y sonrió con dificultad.

Las fuerzas se estaban confabulando en su contra. Pero no había ningún problema; todas podían aliarse en una sola, así sería más fácil eliminarlas.

"¿Señor?", dijo su interlocutor.

"No es nada...", respondió Palmer. "Simplemente me acordé de un viejo amigo".

Préstamos y curiosidades Knickerbocker, Calle 118, Spanish Harlem

EPH Y NORA estaban con Setrakian detrás de las rejas metálicas de su negocio. Los dos epidemiólogos todavía estaban agitados.

"Les di tu nombre", dijo Eph, mirando por la ventana.

"El edificio está a nombre de mi difunta esposa. Aquí estaremos seguros por el momento".

Setrakian estaba ansioso por ir a la armería del sótano, pero los dos médicos todavía estaban asustados. "Ellos vendrán por nosotros", señaló Eph.

"Y le despejarán el camino a la epidemia", señaló Setrakian. "Pues el virus avanzará con mayor rapidez en una sociedad normal que en una en estado de alerta".

"¿A quiénes te refieres?", preguntó Nora.

"Quienquiera que tenga la influencia para haber traído ese ataúd en un vuelo trasatlántico a pesar de todos los controles que hay en esta era del terrorismo", dijo Setrakian.

Eph caminó de un lado para el otro y comentó: "Nos tendieron una trampa. Enviaron a una pareja que se parecía a nosotros para robar los restos de... Redfern".

"Usted es la autoridad encargada de detonar la alarma general para el control de enfermedades. Agradezca que sólo intentaron incriminarlo".

"No tendremos ninguna autoridad si no recibimos el apoyo del CDC", comentó Nora.

Setrakian dijo: "Debemos continuar por nuestros propios medios, y controlar la enfermedad de la manera más elemental".

Nora lo miró: "¿Te refieres a... asesinarlos?".

"¿Y qué preferiría usted: convertirse en uno de ellos, o permitir que alguien la libere?"

Eph comentó: "De todos modos es un eufemismo amable para el asesinato. Además, es más fácil decirlo que hacerlo. ¿Cuántas cabezas tendremos que cortar? Apenas somos tres".

Setrakian dijo: "Existen otras formas además de cercenar la columna vertebral. Por ejemplo, la luz solar es nuestro aliado más poderoso".

El teléfono de Eph vibró en su bolsillo. Lo sacó y leyó cuidadosamente la pantalla.

Era un compañero de la sede del CDC en Atlanta. "Es Pete O'Connell", le dijo a Nora, y contestó.

"¿Dónde permanecen durante el día?", le preguntó Nora a Setrakian.

"Bajo tierra. En sótanos y alcantarillas. En las entrañas oscuras de los edificios, en los cuartos de mantenimiento de los sistemas de calefacción y del aire acondicionado. Algunas veces en los muros pero más comúnmente bajo tierra. Es allí donde prefieren hacer sus nidos".

"Entonces... duermen durante el día, ¿verdad?"

"Sería lo más conveniente. Varios ataúdes en un sótano, y todos los vampiros durmiendo allí. Pero no; ellos no duermen. No de la manera en que nosotros lo entendemos; se aplacan por un momento si están saciados. Se fatigan cuando consumen mucha sangre, pero no por mucho tiempo. Buscan lugares oscuros durante el día únicamente para escapar de los rayos mortales del sol".

Nora estaba completamente pálida y lívida, como una niña pequeña a la que le acaban de contar que a los muertos no les crecen alas ni se van al cielo para convertirse en ángeles, sino que en realidad permanecen bajo tierra y les crecen aguijones debajo de la lengua, luego de haberse convertido en vampiros.

"¿Y qué fue lo que dijiste antes de decapitarlos?" le preguntó ella. "Era algo en otro idioma, como un conjuro o una especie de maldición".

El anciano se encogió de hombros. "Es algo que digo para calmarme. Para afinar el pulso antes del golpe final".

Nora esperó que él aclarara el significado de sus palabras, y Setrakian vio que ella sentía necesidad de comprenderlas.

"Digo: '*Strigoi*, mi espada canta en la plata'". Setrakian se sintió incómodo al decir esto. "Suena mejor en el idioma original".

Nora vio que el viejo asesino de vampiros era básicamente un hombre modesto.

"Plata", dijo ella.

"Solo plata", señaló él. "Reconocida en todas las épocas por sus propiedades antisépticas y germicidas. Puedes cortarlos con un arma de acero o dispararles una bala de plomo, pero la plata es el único metal que puede destruirlos".

Eph tenía la mano libre cubriendo su oído, tratando de escuchar a Pete, quien iba conduciendo por las afueras de Atlanta. Pete le preguntó: "¿Qué está pasando allá?".

"¿Qué has escuchado?"

"Se supone que no debo decírtelo. Que estás en problemas. Que has traspasado los límites, o algo así".

"La situación está muy complicada aquí, Pete. No sé qué decirte".

"Bueno, de todos modos quería llamarte. Estoy examinando las muestras que me enviaste".

Eph sintió un nudo adicional en el estómago. El doctor Peter O'Connell era uno de los directores del Proyecto de Muertes Inexplicables del Centro Nacional para Enfermedades Zoonóticas, Entéricas y de Origen Vectorial del CDC. El UNEX era un grupo interdisciplinario conformado por virólogos, bacteriólogos, epidemiólogos, veterinarios y personal clínico del CDC y de otras entidades oficiales. Cada año ocurren muchas muertes inexplicables en los Estados Unidos, y una fracción de ellas, casi setecientas, son enviadas anualmente al UNEX para su investigación. Sólo el 15 por ciento se resuelven satisfactoriamente; se toman muestras de las demás y se guardan en un banco para un análisis futuro.

Cada investigador del UNEX ocupaba una posición en el CDC, y Pete era el Jefe de Patología de Enfermedades Infecciosas, un especialista en las causas por las cuales un virus afecta a su anfitrión. Eph había olvidado enviarle las primeras biopsias y muestras de sangre que le había tomado al capitán Redfern.

"Es una cepa viral, Eph. No cabe la menor duda. Hay una cantidad considerable de ácido nucleico".

"Espera, Pete. Escúchame..."

"La glicoproteína tiene unas propiedades de enlace sorprendentes. Es asombroso, como una llave maestra. Este parásito no sólo se apodera de la célula anfitriona, sino que la engaña para que reproduzca más copias. Se fusiona con el ácido ribonucleico; se derrite junto a él y lo consume... y sin embargo, no lo utiliza. Lo que realmente hace es sacar una copia de sí mismo *apareado con* la célula anfitriona y tomar sólo la parte que necesita. No sé qué has visto en tu paciente, pero en términos teóricos, esto puede replicarse indefinidamente, y muchos millones de generaciones después, esta cosa puede reproducir la estructura de sus órganos en términos sistémicos, y de una forma realmente *rápida*. Puede transformar a su anfitrión; en qué, es algo que no sé todavía, pero obviamente me gustaría descubrirlo.

"Pete..." La cabeza le daba vueltas a Eph. Aquello tenía mucho sentido. El virus dominaba y transformaba las células, así como el vampiro dominaba y transformaba a sus víctimas.

Estos vampiros son virus encarnados.

Pete dijo: "Me gustaría hacerle un examen genético, y ver qué es lo que lo hace funcionar..."

"Escúchame, Pete. Quiero que lo destruyas".

Eph oyó los parabrisas del auto de Pete.

"¿Qué?"

"Conserva lo que has descubierto, pero destruye esa muestra de inmediato".

Volvió a escuchar los parabrisas, como un par de metrónomos midiendo la perplejidad de Pete. "¿Me estás diciendo que destruya lo que estoy investigando? Tú sabes que siempre guardamos algunas muestras, en caso de..."

"Pete; necesito que vayas al laboratorio y destruyas el virus".

"Eph". Ephraim escuchó el leve sonido de las luces de estacionamiento. Pete se detuvo a un lado de la carretera para terminar la conversación. "Sabes muy bien que somos bastante cuidadosos con cualquier patógeno potencial. Tenemos un protocolo de laboratorio sumamente estricto, y no puedo quebrantarlo sólo por tu..."

"Cometí un error terrible al enviarte la muestra. En ese momento no sabía lo que sé ahora".

"¿Cuál es el problema, Eph?"

"Sumérgela en cloro. Si eso no funciona, utiliza ácido. Quémala si tienes que hacerlo. No me importa: yo asumo toda la responsabilidad..."

"No se trata de la responsabilidad, Eph, sino de la utilidad de la ciencia. Además, tienes que ser sincero conmigo. Alguien dijo que había visto algo sobre ti en las noticias".

Eph tenía que ponerle fin a eso. "Pete, haz lo que te digo, y te prometo que te lo explicaré todo cuando pueda".

Colgó el teléfono. Setrakian y Nora habían escuchado el final de la conversación.

"¿Enviaste el virus a otro lugar?", preguntó Setrakian.

"Él va a destruirlo. Pete pecará por exceso de precaución: lo conozco demasiado bien". Eph vio los televisores exhibidos para la venta. ...*Había visto algo sobre ti en las noticias...* "¿Hay alguno que funcione?", le preguntó al anciano.

Encontraron uno y no tardaron en enterarse.

La televisión mostraba una foto de Eph con la tarjeta de identificación del CDC, un fragmento de su ataque a Redfern, y una toma vertical de una pareja sacando una bolsa grande del cuarto de un hospital. Afirmaron que el doctor Ephraim Goodweather estaba siendo buscado como "una persona de interés" para el esclarecimiento de la desaparición de los cadáveres del vuelo 753.

Eph quedó petrificado. Pensó que Kelly o Zack podían verlo.

"¡Cabrones!", masculló para sus adentros.

Setrakian apagó la televisión. "Lo único bueno de esto es que consideran que eres una amenaza, y eso significa que todavía hay tiempo. Aún hay esperanzas... una oportunidad".

Nora dijo: "Parece como si tuvieras un plan".

"No es un plan, sino una estrategia".

"Cuéntanos", dijo Eph.

"Los vampiros tienen sus propias leyes; son antiguas y rudimentarias. Una de ellas es que un vampiro no puede atravesar una masa de agua en movimiento sin ayuda humana".

Nora hizo un gesto negativo. "¿Por qué no?"

"La razón puede encontrarse tal vez en su propia creación, hace muchísimo tiempo. Las tradiciones folclóricas han existido en todas las culturas del planeta desde tiempos inmemoriales. Entre los antiguos mesopotámicos, griegos, egipcios, hebreos y romanos, etc. Soy viejo, pero no lo suficiente para saberlo. Sin embargo, esa prohibición sigue vigente hasta el día de hoy, lo cual nos da cierta ventaja. ¿Saben qué es la ciudad de Nueva York?"

Nora comprendió de inmediato: "Una isla".

"Un archipiélago. Estamos rodeados de agua por todas partes. Los cuerpos de los pasajeros fueron llevados a morgues en los cinco distritos, ¿verdad?"

"No", respondió Nora. "Solo a cuatro. No a Staten Island".

Eph dijo: "Si pudiéramos sellar los puentes e instalar barricadas al norte del Bronx, y al este de Queens, en Nassau..."

"En estos momentos eso es hacerse demasiadas ilusiones. Sin embargo, no tenemos que destruirlos individualmente a cada uno. Ellos obedecen a una voluntad única y operan con una mentalidad de colmena, pues son controlados por una sola inteligencia, la cual está probablemente atrincherada en algún lugar de Manhattan".

"Es el Amo", dijo Eph.

"El que vino en la zona de carga del avión. El propietario del ataúd desaparecido".

"¿Cómo sabes que no está cerca del aeropuerto? Después de todo, no puede cruzar el East River por sus propios medios", señaló Nora.

Setrakian sonrió. "Estoy seguro de que no vino a Estados Unidos para esconderse en Queens". Abrió la puerta trasera que conducía a las escaleras de la armería del sótano. "Lo que debemos hacer a continuación es perseguirlo".

Calle Liberty, Zona del World Trade Center

VASILIY FET, el exterminador que trabajaba en la Oficina de Control de Pestes de la Ciudad de Nueva York, estaba junto a la valla de la "bañera", el enorme hueco donde anteriormente había estado el complejo del World Trade Center. Dejó el carro de mano en su furgoneta, la cual estacionó en un estacionamiento de la Autoridad Portuaria en la calle West, al lado de otros vehículos de la construcción. En una mano tenía raticida y ropa liviana para túneles que llevaba en una bolsa deportiva roja y negra marca Puma. En la otra llevaba una barra que había encontrado en alguna ocasión; era una varilla de acero de un metro de largo, ideal para sondear nidos de ratas, introducir cebos y golpear roedores agresivos o asustados.

Estaba en la esquina de Church y Liberty entre las barreras del lado oeste y las cercas de construcción, en medio de los conos de seguridad anaranjados y blancos ubicados a ambos lados del amplio sendero peatonal. La gente pasaba, dirigiéndose hacia la entrada provisional del metro al otro extremo de la calle. Había una nueva atmósfera de esperanza allí, cálida como el sol pródigo que bendecía ese sector destruido de la ciudad. Los nuevos edificios estaban siendo construidos después de varios años de planeación y excavaciones, y era como si esa terrible herida abierta finalmente estuviera comenzando a sanar.

Vasiliy Fet fue el único en notar las manchas grasosas en los bordes verticales del andén, así como los excrementos alrededor de las barreras de estacionamiento. Las señales de mordidas en la tapa del cubo de la basura que había en una esquina eran signos evidentes de la presencia de ratas en la superficie.

Un albañil lo condujo a la cuenca. Se detuvieron al pie de la estructura de la futura estación WTC PATH del metro, que contaría con cinco líneas de trenes y tres plataformas subterráneas. Los trenes plateados circulaban al aire libre y avanzaban hacia el fondo de la "bañera", en dirección a las plataformas temporales.

Vasiliy bajó de la camioneta y miró los siete pisos que se levantaban sobre él. Estaba en el lugar donde habían caído las torres, un motivo suficiente para quitarle el aliento.

"Este es un lugar sagrado", dijo Fet.

El albañil tenía un bigote espeso y gris. Llevaba una camisa de franela suelta sobre otra ajustada, ambas untadas de tierra y sudor, jeans azules y unos guantes cubiertos de lodo en el cinturón. Su casco estaba lleno de adhesivos. "Yo pensaba lo mismo", dijo. "Pero ahora no estoy tan seguro".

Fet lo miró. "¿Lo dices por las ratas?"

"Claro que sí. Han salido de los túneles durante los últimos días como si hubiéramos encontrado petróleo. Pero ya no". Negó con la cabeza, mirando la capa de cemento fresco en un muro debajo de la calle Vesey: setenta pies de concreto cubiertos con lonas.

"¿Y qué más?", preguntó Fet.

El trabajador se encogió de hombros. Los albañiles suelen ser orgullosos. Construyeron la ciudad de Nueva York, su metro y alcantarillas, cada túnel, muelle, rascacielos y cimientos de puentes. Cada vaso de agua limpia sale de la llave gracias a un albañil. Es un oficio hereditario, y distintas generaciones trabajan juntas en las mismas obras. Es un trabajo sucio pero muy bien hecho. Por lo tanto, el albañil no quería parecer reticente. "Todos están acobardados. Mis compañeros desaparecieron. Comenzaban su turno, bajaron a los túneles y nunca regresaron; nunca más salieron de allá. Trabajamos veinticuatro horas al día y siete días a la semana, pero ya nadie quiere trabajar de noche. Nadie quiere estar bajo tierra. Y eso que son jóvenes y valientes".

Fet miró las aberturas de los túneles, donde las estructuras subterráneas estarían conectadas debajo de la calle Street. "¿Entonces no han continuado con las obras? ¿No han seguido excavando?"

"No desde que la cuenca se hundió".

"¿Y todo esto comenzó con las ratas?"

"Por la misma época. Algo se ha apoderado del lugar en los últimos días". El albañil se encogió de hombros y le ofreció un casco de color blanco a Vasiliy. "Y yo que creía tener un trabajo sucio. ¿Quién quisiera trabajar atrapando ratas?"

Vasiliy se puso el casco y sintió que el aire cambiaba cuando se acercó a la entrada del túnel subterráneo. "Supongo que soy partidario del glamour".

El albañil miró las botas, la bolsa Puma y la varilla metálica de Vasiliy. "¿Has hecho esto antes?"

"Tengo que ir donde está la plaga. Debajo hay una ciudad tan grande como la que está en la superficie".

"¿Tienes linterna? Espero que sí. ¿Algunos pedazos de pan?"

"Creo hacer bien mi trabajo".

Le apretó la mano al albañil y entró.

El túnel era amplio al comienzo, donde había sido reforzado. Dejó atrás la luz del sol, y las lámparas amarillas estaban casi cada 10 yardas de distancia. Cuando estuviera terminado, este túnel conectaría la nueva estación PATH con el centro de transportes del WTC, localizado entre las Torres Dos y Tres, a media cuadra de distancia. Se habían construido otros túneles para los sistemas de acueducto, energía y alcantarillado de la ciudad.

Siguió internándose más y no pudo dejar de notar el polvo tan fino como el talco que cubría las paredes del túnel original. Era un lugar sagrado, una especie de camposanto, donde cuerpos y edificios habían sido pulverizados y reducidos a átomos. Encontró guaridas, caminos y excrementos, pero no ratas. Inspeccionó las madrigueras con la varilla y escuchó, pero no oyó ningún sonido revelador.

La luz de las lámparas finalizaba en un recodo del túnel, y una oscuridad profunda y aterciopelada se anunciaba más adelante. Vasiliy llevaba una lámpara muy potente en la bolsa; una Garrity de color amarillo provista de una agarradera semejante a la de un megáfono, y dos mini-Maglites. La luz artificial en un ambiente oscuro limita la visión nocturna, pero a Vasiliy le gustaba cazar ratas en ambientes como ese, oscuros y silenciosos. Sacó un monóculo de visión nocturna que fijó a su casco con una correa, y lo colocó sobre su ojo izquierdo. El túnel adquirió una tonalidad verde.

No vio nada. A pesar de todas las evidencias que parecían sugerir lo contrario, las ratas se habían ido, como si hubieran sido sacadas de allí.

Eso le sorprendió. Era muy difícil erradicar a las ratas. Incluso cuando se elimina su fuente de alimento, pueden pasar semanas —pero no días— antes de que se note algún cambio.

El túnel tenía trayectos muy antiguos, y Vasiliy llegó hasta las carrileras del tren llenas de inmundicia que habían sido abandonadas hacía años. La calidad de la tierra había cambiado, y por su textura, Vasiliy supo que había pasado del "nuevo" Manhattan —el relleno con el que habían construido el Battery Park— al "viejo" Manhattan: la roca que sostenía la isla.

Se detuvo en un cruce para tomarlo como punto de referencia. Observó la extensión del túnel y vio un par de ojos brillando como si fueran los de una rata, aunque más grandes y a una mayor altura del suelo.

Los ojos desaparecieron de su vista instantáneamente.

"¡Oye!", gritó Vasiliy, oyendo el eco de su voz. "¡Escucha!"

Después de un momento, una voz le respondió retumbando por las paredes. "¿Quién está allá?"

Vasiliy percibió un dejo de miedo en la voz. Entonces asomó la luz de una linterna, proveniente del final del túnel, mucho más allá de donde Vasiliy había visto brillar aquel par de ojos. Retiró el monóculo a tiempo, pues de lo contrario le hubiera afectado la retina. Se identificó, sacó una linterna pequeña con la que hizo señales y siguió su camino hacia delante. El viejo acceso al túnel estaba al lado de otro que parecía estar en uso, allá, donde creía haber visto los ojos. Miró con el monóculo pero no vio nada, y siguió caminando hacia el próximo cruce.

Vio venir a un grupo de trabajadores subterráneos con gafas y cascos llenos de adhesivos, vestidos con franelas, jeans y botas. Un cárter tenía una fuga de agua. Las potentes luces halógenas instaladas sobre trípodes alumbraban el nuevo túnel como en una película del espacio. Los trabajadores estaban tensos y permanecieron juntos hasta que vieron a Vasiliy de cerca.

"¿Fue a uno de ustedes a quien vi hace un momento?", preguntó.

Los tres trabajadores se miraron entre sí. "¿Qué viste?"

"Creí ver a alguien cruzando las vías férreas", dijo señalando con la mano.

Los tres trabajadores se miraron de nuevo, y dos de ellos comenzaron a empacar sus cosas. El otro le preguntó: "¿Eres el tipo que anda buscando ratas?".

"Sí".

El trabajador negó con la cabeza. "Ya no hay ratas aquí".

"No pretendo contradecirte, pero eso es casi imposible. ¿Cómo podría ser?"

"Tal vez porque tienen sentidos más afinados que los nuestros".

Vasiliy miró de nuevo el túnel iluminado donde estaba la manguera del cárter. "¿Esa es la salida del metro?"

"Así es".

Vasiliy señaló en la dirección contraria. "¿Y allí?"

El trabajador dijo: "Te aconsejo que no vayas por allá".

"¿Por qué no?"

"Olvídate de las ratas. Síguenos; ya hemos terminado aquí".

El agua seguía manando, y formaba charcos semejantes a los de un abrevadero. Vasiliy dijo: "En un momento los alcanzaré".

El trabajador le lanzó una mirada penetrante. "Haz lo que quieras", le dijo, apagando la lámpara y colgándose el morral al hombro antes de darle alcance a sus compañeros.

Vasiliy los vio alejarse y la intensidad de las bombillas de sus cascos disminuyó a medida que avanzaron por el túnel, desapareciendo cuando los trabajadores doblaron por un recodo. Escuchó el chirrido producido por las ruedas de un vagón del metro. Era tan cercano que se asustó un poco. Siguió caminando y cruzó la nueva vía, esperando que su visión se adaptara de nuevo a la oscuridad.

Encendió su monóculo y todo volvió a ser verde y subterráneo. El eco de sus pisadas se transformó cuando el túnel se hizo más amplio, en un cruce de rieles a cuyo lado había un montón de escombros. Las vigas de acero remachadas se alternaban a intervalos regulares, como las columnas de un salón de baile industrial. Vasiliy vio una caseta de mantenimiento abandonada al lado derecho. Sus paredes derruidas tenían nombres en graffitis toscos, y un dibujo apocalíptico de las torres gemelas en llamas. Uno de ellos decía: "Sadam", y otro "Gamera".

En otra época, un viejo aviso les había advertido a los trabajadores:

CUIDADO
TRENES EN LA VÍA

El aviso estaba en mal estado, y la T y la N habían sido borradas. Alguien había modificado el letrero con cinta aislante y ahora decía:

CUIDADO
RATAS EN LA VÍA

De hecho, este lugar remoto y olvidado debería ser una central de ratas. Vasiliy decidió utilizar luces negras. Sacó una pequeña linterna de su bolsa Puma, la encendió, y la bombilla despidió una luz fría y azul en la oscuridad. La orina de los roedores brillaba bajo la luz oscura debido a su contenido bacterial. Inspeccionó las bases de las vigas; era como un paisaje lunar lleno de basura y porquería resecas. Distinguió unas manchas opacas que parecían de orina, pero no eran recientes; al menos no hasta que alumbró la caneca oxidada de aceite que estaba a un lado. Alumbró bien y vio que era el charco de orina más grande y brillante que había visto en su vida. Era enorme, y si se comparaba con los que había encontrado antes, este rastro permitiría concluir que la rata tenía 6 pies de extensión.

Sin embargo, eran de un animal más grande, posiblemente de una persona.

El goteo del agua sobre las vías antiguas resonaba en los túneles casi fríos. Vasiliy percibió algo, un movimiento distante o tal vez estaba comenzando a sugestionarse. Retiró la luz negra y examinó el lugar con su monóculo. Detrás de uno de los refuerzos de acero volvió a ver un par de ojos brillantes acechándolo en la oscuridad.

No sabía a qué distancia estaban. Su percepción de la profundidad era limitada, debido al patrón geométrico de los rieles simétricos.

Esta vez no dijo "hola" ni nada, y más bien apretó la varilla con fuerza. Los vagabundos con los que solía toparse casi nunca eran agresivos, pero él sintió que esta ocasión era diferente; todo gracias a su sexto sentido de exterminador, a su capacidad para detectar infestaciones de ratas. Sin saber por qué, Vasiliy se sintió superado en número.

Sacó su potente lámpara y observó la recámara. Antes de retirarse, sacó una caja de polvo de rastreo y roció una buena cantidad de raticida. El efecto del polvo era más lento que el de los cebos sólidos, pero mucho más eficaz. Tenía la ventaja adicional de mostrar las huellas de los roedores, permitiendo descubrir sus nidos con mayor facilidad.

Vasiliy vació tres cartones, se dio vuelta con la lámpara y regresó por los túneles. Llegó a unas vías en uso que tenían un riel adicional, y vio el cárter y la manguera larga. En un momento sintió que el viento cambiaba en el túnel, y se dio vuelta para mirar la curva iluminada detrás de él. Retrocedió rápidamente y se agarró del muro; el ruido era ensordecedor. El tren avanzó con velocidad y Vasiliy vio las caras de los pasajeros en las ventanas antes de taparse los ojos para evitar la nube de arena y polvo.

Siguió las vías férreas y vio una plataforma iluminada. Subió con la bolsa y la varilla, y se detuvo en una plataforma semivacía, al lado de un aviso que decía: SI VE ALGO, DIGA ALGO. Subió las escaleras del mezzanine, pasó el torniquete y llegó de nuevo a la calle bañada por los tibios rayos del sol. Se dirigió a una valla cercana y se encontró de nuevo frente a la construcción del World Trade Center. Encendió un tabaco con su encendedor Zippo e inhaló el humo para alejar el miedo que había sentido debajo de las calles. Caminó y vio dos avisos hechos a mano pegados a la cerca. Mostraban las fotografías escaneadas de dos trabajadores, uno de ellos con su casco y con la cara sucia. Las letras azules sobre ambas fotos decían: DESAPARECIDO.

LAS RUINAS

La mayoría de los fugitivos fueron capturados y ejecutados en los días posteriores al amotinamiento de Treblinka. Sin embargo, Setrakian sobrevivió en el bosque, hasta donde llegaba el hedor del campo de concentración. Arrancaba raíces y cazaba las presas pequeñas que lograba agarrar con sus manos fracturadas, mientras buscaba ropas raídas y zapatos gastados y dispares para abrigarse.

Evitaba las patrullas de búsqueda y los perros durante el día, y procuraba su sustento en horas de la noche.

En el campo había oído a los polacos hablar con frecuencia de las ruinas romanas. Tardó casi una semana en buscarlas, hasta que al final de una tarde, y bajo la luz precaria del crepúsculo, se encontró en las escalinatas cubiertas de musgo, sobre la cima de unos escombros antiguos.

La mayoría de los vestigios estaban bajo tierra, y solo algunas piedras asomaban a la superficie. Una columna alta sobresalía sobre un montículo de piedras. Reconoció algunas letras, pero casi todas se habían borrado hacía tanto tiempo que era imposible descifrar su significado. También era imposible permanecer a la entrada de las oscuras catacumbas sin sentir escalofrío.

Abraham estaba seguro: la guarida de Sardu estaba allá abajo; él lo sabía. El miedo se apoderó de él, y sintió un vacío ardiente propagándose por su pecho.

No obstante, su determinación era más fuerte que esta sensación, pues sabía que su misión era encontrar a esa cosa hambrienta, matarla e impedir que siguiera cobrando más víctimas. La rebelión en el campo de concentración había alterado sus planes, después de dos meses de buscar el pedazo de roble blanco, pero no su deseo de venganza. Aunque había mucha injusticia en el mundo, él podía hacer lo correcto. Eso le daría un significado a su existencia, y ahora se disponía a cumplir esa misión.

Labró una estaca rudimentaria con un canto de piedra, utilizando la rama más dura que pudo encontrar. No era de roble blanco, pero le serviría para su propósito. Lo hizo con sus dedos destrozados, y sus manos adoloridas quedaron estropeadas para siempre. Sus pisadas resonaban en la recámara de piedra que formaba la catacumba. El techo era muy bajo, lo cual era sorprendente, dada la desproporcionada estatura de la Cosa, y las raíces se habían filtrado por las piedras que sostenían precariamente la estructura. La primera cámara conducía a una segunda y, asombrosamente, a una tercera. Cada una era más pequeña que la anterior.

Setrakian no tenía con qué alumbrar sus pasos, pero los resquicios de la derruida edificación permitían que algunos rayos de luz crepuscular se filtraran en la oscuridad. Avanzó con cautela por las cámaras, y se sintió sobresaltado por estar próximo a cometer un asesinato. Su rudimentaria estaca parecía un arma completamente inadecuada para combatir a la Cosa hambrienta en la oscuridad, y sobre todo con sus manos fracturadas. ¿Qué estaba haciendo? ¿Cómo iba a matar a ese monstruo?

Una ácida oleada de miedo le quemó la garganta cuando entró al último recinto, y ese reflujo aquejaría a Setrakian por el resto de su vida. El lugar estaba vacío, pero allá en el centro, Setrakian vio con claridad la silueta de un ataúd en el piso de tierra. Era una caja enorme, de dos metros y medio de largo por uno de ancho, y veinticinco centímetros de altura, que solo las manos de una cosa dotada de una voluntad monstruosa podrían sacar de allí.

Escuchó unos pasos arrastrándose detrás de él. Setrakian se estremeció, blandiendo la estaca de madera, atrapado en el interior de la cámara donde moraba la Cosa. La bestia había entrado a resguardarse, y había encontrado a una presa merodeando en el lugar donde dormía.

Aquellos pasos fueron antecedidos por una sombra sumamente tenue. Sin embargo, no fue la Cosa la que apareció por el muro de piedra para amenazar a Setrakian, sino un hombre de estatura normal; un oficial alemán, con el uniforme sucio y hecho jirones. Tenía los ojos rojos y aguados, llenos de un hambre convertido casi en un dolor maníaco. Setrakian lo reconoció: era Dieter Zimmer, un oficial joven no mucho mayor que él, un verdadero sádico, un verdugo de las barracas que se jactaba de tener que limpiar sus botas todas las noches para retirar las gotas de sangre judía.

Y ahora estaba sediento de la sangre de Setrakian o de cualquier otra hasta hartarse de ella.

Setrakian no se dejaría capturar tan fácilmente. Ya había escapado del campo, estaba decidido a no rendirse después de soportar aquel infierno, y esta vez no iba a sucumbir a la voluntad nefasta de aquella maldita Cosa–Nazi.

Se abalanzó sobre él, sujetando la estaca con fuerza, pero la Cosa fue más rápida de lo que había esperado. Se la arrebató de sus manos inservibles, rompiéndole los huesos del brazo y arrojando la vara a un lado mientras Setrakian se desplomaba contra uno de los muros de piedra.

La Cosa avanzó hacia él resollando de placer. Abraham retrocedió, comprendió que estaba en el centro de la marca rectangular del ataúd, y se lanzó contra la Cosa con una fuerza inexplicable, golpeándola duramente contra la pared. Las partículas de tierra se desmoronaron de las paredes. La Cosa intentó sujetarlo de la cabeza, pero Setrakian volvió al ataque, golpeando al demonio en el mentón con su brazo fracturado, y echándole la cabeza hacia arriba de tal manera que no pudiera sacar el aguijón para beber su sangre.

La Cosa recobró el equilibrio y empujó a Setrakian, quien cayó cerca de su estaca. La agarró, pero la Cosa sonrió, lista para arrebatársela de nuevo. Setrakian la clavó debajo de un muro de piedra y la Cosa empezó a abrir la boca.

De repente, las piedras cedieron y el muro de la entrada de la cámara se derrumbó instantes después de que Setrakian lograra salir arrastrándose. El estruendo duró unos cuantos segundos y la cámara se llenó de polvo, ahogando la poca luz disponible. Setrakian se arrastró sobre las piedras y una mano lo agarró con fuerza. La nube de polvo se dispersó ligeramente; Setrakian vio que una roca le había aplastado la cabeza a la Cosa, desde el cráneo hasta la mandíbula, y que, no obstante, seguía moviéndose. Su corazón oscuro o lo que fuera seguía palpitando con ansia. Setrakian le pateó el brazo, logró desprenderse y la roca se movió. La parte superior de la cabeza estaba partida en dos, con el cráneo ligeramente agrietado, como un huevo hervido.

Setrakian se agarró la pierna y se arrastró apoyado en su brazo indemne. Salió de nuevo a la superficie, fuera de las ruinas, en medio de los últimos vestigios de la luz diurna que se filtraban por la floresta espesa. El cielo estaba anaranjado y difuminado, pero la luz era suficiente. La Cosa se retorció de dolor y quedó inmóvil en el suelo.

Setrakian levantó su rostro hacia el sol moribundo y dejó escapar un aullido animal. Fue un acto imprudente, pues todavía lo estaban buscando; era el desahogo de su alma por su familia asesinada, por los horrores de su cautiverio y por los nuevos que acababa de encontrar... y finalmente, por el dios que lo había abandonado a él y a su gente.

Juró tener a su disposición las armas apropiadas la próxima vez que se encontrara frente a una de esas criaturas. Haría todo lo que estuviera a su alcance para tener la oportunidad de combatirla; fue algo que supo en ese instante con la misma certeza de estar vivo: seguiría las huellas de aquel ataúd durante los próximos años... durante las próximas décadas si fuera necesario. Esta certeza le dio un nuevo propósito a su existencia y le brindó fuerzas para emprender la búsqueda que lo mantendría ocupado por el resto de su vida.

LA
REPLICACIÓN

Centro Médico del Hospital Jamaica

Eph y Nora pasaron sus credenciales por la puerta de seguridad y entraron con Setrakian a la sala de emergencias sin llamar la atención. "Esto es demasiado arriesgado", dijo Setrakian mientras subían las escaleras que conducían al pabellón de aislamiento.

"Jim, Nora y yo llevamos trabajando un año juntos. No podemos dejarlo abandonado", respondió Eph.

"Se ha transformado: ¿qué podrán hacer por él?"

Eph se detuvo un momento. Setrakian estaba jadeando y agradeció la pausa mientras se apoyaba en su bastón.

"Puedo liberarlo", dijo Eph.

Bajaron las escaleras y vieron la entrada del pabellón de aislamiento al final del corredor.

"No hay policías", dijo Nora.

Setrakian observó a su alrededor, pues no estaba tan seguro.

"Allá está Sylvia", señaló Eph, después de ver a la novia de Jim sentada en una silla plegable junto a la entrada del pabellón.

Nora asintió para sus adentros, se preparó y dijo: "De acuerdo".

Fue hasta donde estaba Sylvia, quien se levantó cuando la vio llegar. "Nora".

"¿Cómo está Jim?"

"No me han informado nada. ¿Eph no está contigo?", le preguntó Sylvia después de mirar el corredor.

Nora negó con la cabeza. "Se fue".

"No es cierto lo que andan diciendo, ¿verdad?"

"No. Te ves agotada; vamos a la cafetería para que comas algo".

Nora preguntó por la cafetería para distraer a las enfermeras, y Eph y Setrakian se escurrieron al interior del pabellón. Eph pasó por el dispensador de guantes y camisones como un asesino renuente, entró y corrió las cortinas plásticas.

La cama estaba vacía; Jim se había marchado.

Eph inspeccionó rápidamente las otras camas. Todas estaban desocupadas.

"Seguramente lo trasladaron", señaló.

Setrakian dijo: "Su amiga Sylvia no estaría fuera si supiera que lo habían trasladado".

"¿Entonces...?"

"Se lo llevaron".

"Ellos", dijo Eph, mirando la cama vacía.

"Vamos", señaló Setrakian. "Esto es muy peligroso. No tenemos tiempo".

"Espera". Fue a la mesa de noche, pues vio el audífono de Jim colgando del cajón. Encontró su teléfono y lo miró para asegurarse de que estuviera cargado. Sacó el suyo y comprendió el peligro. El FBI podía detectar su paradero por medio del GPS.

Dejó su teléfono en el cajón y se llevó el de Jim.

"Doctor", dijo Setrakian con impaciencia.

"Por favor, dime Eph", respondió, metiéndose el teléfono de Jim en su bolsillo. "Últimamente no me he sentido como un doctor".

West Side Highway, Manhattan

GUS ELIZALDE iba sentado en la furgoneta de transporte de prisioneros de la NYPD con las manos esposadas a un tubo metálico. Félix iba casi al frente, dormido, su cuerpo agitándose con el movimiento del vehículo y cada vez más pálido. Estaban en Manhattan y avanzaban con tanta rapidez que debían ir por West Side Highway. Otros dos prisioneros iban con ellos; uno al frente de Gus y otro a su izquierda, al otro lado de Félix. Ambos dormían, el sueño siempre le llega fácil a los mentecatos.

Gus sintió el humo del cigarrillo proveniente de la cabina. Los habían subido a la furgoneta al amanecer y estaban somnolientos. Miraba constantemente a Félix, y pensaba en lo que le había dicho el viejo prestamista, alerta a cualquier señal que pudiera revelar su cambio.

No tuvo que esperar mucho. Félix movió la cabeza. Se sentó completamente erguido y examinó sus alrededores. Observó a Gus, pero su mirada no denotaba en lo más mínimo que hubiera reconocido a su viejo compadre.

Había una oscuridad en sus ojos, un vacío.

El estruendo de una bocina despertó al tipo que iba al lado de Gus. "Mierda", dijo, sacudiéndose las esposas que tenía detrás. "¿A dónde diablos vamos?" Gus no respondió. El tipo miró a Félix, quien tampoco le quitó la vista de encima y pateó a Félix en el pie. "Te pregunté que a dónde demonios vamos".

Félix lo observó con una mirada vacía, casi estupidizada. Abrió la boca como para responder y su aguijón salió, atravesándole la garganta al prisionero indefenso, quien sólo alcanzó a darle una patada. Gus se sintió atrapado y comenzó a gritar, y a dar puños y patadas, despertando al prisionero que iba dormido. Todos empezaron a gritar y a darle patadas a la furgoneta para llamar la atención de los policías, pues el prisionero atacado pareció perder el conocimiento. Mientras tanto, el aguijón de Félix se hacía tan rojo como la sangre.

La división que había entre la zona de los prisioneros y la cabina se abrió. Un policía con casco abrió la pequeña ventanilla y los amenazó: "¡Maldita sea!, cállense, o de lo contrario, les..."

Gus vio que Félix se estaba alimentando del otro prisionero. Su apéndice inflamado se dilató y se contrajo poco después. La sangre brotó del cuello de la víctima y escurrió por el cuello de Félix.

El policía les gritó y se dio vuelta.

"¿Qué sucede?", preguntó el conductor, tratando de mirar hacia atrás.

Félix disparó su aguijón y lo hundió en la garganta del conductor. Un grito salió de la cabina y la furgoneta perdió el control. Gus alcanzó a agarrarse con sus dedos del riel, y por poco se fractura las muñecas, pues la furgoneta se sacudió con fuerza antes de darse un golpe en un costado.

El vehículo siguió descontrolado antes de chocar contra la barrera de seguridad de la autopista; rebotó y dio varias vueltas antes de quedar inmóvil. Gus cayó sobre uno de los costados, y el prisionero que estaba al frente gritó de dolor y de miedo con sus brazos fracturados. El pestillo que mantenía a Félix sujetado a la barra se rompió, y su aguijón colgaba y se retorcía como un cable de alta tensión rezumando sangre.

Entornó sus ojos muertos y miró a Gus.

Gus sacó sus esposas del poste al ver que éste se había partido y pateó la puerta hasta abrirla. Bajó a un lado de la autopista y los oídos le zumbaron como si hubiera acabado de explotar una bomba.

Seguía con las manos esposadas a sus espaldas y los autos comenzaban a detenerse para contemplar el accidente. Se puso en cuclillas y pasó rápidamente sus muñecas por debajo de los pies para que sus brazos quedaran adelante. Le lanzó una mirada a la furgoneta, calculando el momento en que Félix saldría a perseguirlo.

Luego escuchó un grito. Miró a su alrededor en busca de un arma, y tuvo que conformarse con el tapacubos abollado de una de las ruedas, que usó como escudo para acercarse a la puerta abierta de la furgoneta volcada.

Allá estaba Félix, alimentándose del prisionero aterrorizado y amarrado al tubo de las esposas.

Gus maldijo, asqueado por lo que acababa de ver. Félix disparó su aguijón. Gus levantó el tapacubos, esquivando el golpe con el protector metálico antes de que éste saliera rodando por la autopista.

Félix quedó inmóvil y Gus intentó reponerse. Miró el sol, suspendido allá en lo alto, entre dos edificios al otro lado del Hudson, rojo como la sangre; la sangre que anuncia el ocaso.

Félix se ocultó en la furgoneta esperando a que oscureciera; en tres minutos estaría libre.

Gus miró consternado a su alrededor buscando con qué defenderse. Vio los cristales del parabrisas en el pavimento, pero eran pequeños. Trepó al chasis para ir a la puerta del pasajero y sacar el espejo. Estaba halando los alambres para arrancarlo cuando el policía le gritó:

"¡Alto!"

Gus miró al policía, quien sangraba por el cuello, agarrado de la manija del techo y con el arma desenfundada. Gus arrancó el espejo de un fuerte tirón y saltó al pavimento.

El sol se estaba derramando como una yema de huevo perforada.

Gus sostuvo el espejo sobre su cabeza para capturar sus últimos rayos, y vio el reflejo brillando en el suelo. Era un reflejo vago, demasiado difuso como para producir un efecto considerable. Quebró el cristal con sus nudillos, dejando que los pedazos quedaran adheridos al soporte. Miró de nuevo y los rayos reflejados se hicieron más nítidos.

"¡Te dije que alto!"

El policía bajó de la furgoneta esgrimiendo el arma. Los oídos le sangraban debido al golpe, y se agarraba el cuello picado por el aguijón de Félix. Se acercó tambaleante para revisar el interior de la furgoneta.

Félix estaba acurrucado, con las esposas colgando de una mano. La otra había sido cercenada a la altura de la muñeca por la fuerza del impacto, pero él no parecía sentir ninguna molestia. La sangre blanca manaba libremente de su muñón.

Félix sonrió y el policía abrió fuego. Las balas penetraron en su pecho y piernas, arrancándole pedazos de carne y hueso. Fueron siete u ocho disparos, y Félix cayó hacia atrás, recibiendo dos tiros más en su cuerpo. El agente bajó la pistola y Félix se sentó derecho y sonriente.

Aún sediento. Por siempre sediento.

Gus apartó al policía y levantó el espejo. Los últimos vestigios del sol naranja y moribundo asomaban sobre el edificio al otro lado del río. Llamó a Félix por última vez, como si al decir su nombre lo sacara de aquel estado y lo hiciera regresar milagrosamente a la realidad...

Pero Félix ya no era Félix. Era un vampiro hijo de puta. Gus recordó esto mientras colocaba el espejo de tal manera que los reflejos anaranjados de la luz solar entraran en la furgoneta volcada.

Los ojos muertos de Félix se llenaron de terror al ser traspasado por los rayos del sol. Lo cegaron con la fuerza de un rayo láser, quemándole las cuencas de los ojos y la carne. Un aullido animal escapó de su interior, como el grito de un hombre aniquilado por una bomba atómica mientras los rayos destrozaban su cuerpo.

El sonido retumbó en la mente de Gus, quien siguió dirigiendo los rayos hasta que Félix quedó convertido en una masa chamuscada de cenizas humeantes.

Los rayos débiles se desvanecieron y Gus bajó el espejo.

Miró hacia el río.

Ya era de noche.

Sintió deseos de llorar, todo tipo de angustias y de dolor se mezclaron en su corazón, hasta que su desolación empezó a transformarse en furia. Un charco de gasolina se extendía debajo de la furgoneta hasta sus pies. Gus se acercó al policía que parecía ido, como alelado. Hurgó en sus bolsillos y encontró un encendedor Zippo. Gus le quitó la tapa, detonó la chispa, y una llama asomó.

"Lo siento, 'manito".

Acercó el encendedor al charco y la furgoneta estalló en llamas, lanzando a Gus y al policía contra el separador de la autopista.

"Te contagió", le dijo Gus al policía. "Te vas a convertir en uno de ellos".

Le quitó el arma y le apuntó con ella. Las sirenas se estaban acercando.

El policía lo miró, y un segundo después su cabeza se desplomó. Gus siguió apuntándole al cuerpo con la pistola humeante hasta llegar a la otra orilla. Lanzó el arma al suelo y pensó en buscar las llaves de las esposas, pero era demasiado tarde. Las luces de los autos se estaban aproximando. Gus se dio vuelta y corrió por el borde de la autopista hacia la noche nueva.

Calle Kelton. Woodside, Queens

KELLY AÚN TENÍA la misma ropa con la que había ido a la escuela; una camiseta oscura sin mangas debajo de un top cruzado y una falda larga y estrecha. Zack hacía las tareas escolares en su cuarto y Matt estaba abajo, después de trabajar hasta el mediodía porque esa noche era el inventario de la tienda.

La noticia que habían pasado sobre Eph en la televisión la había dejado anonadada, y no tenía manera de comunicarse con él por teléfono.

"Finalmente lo hizo", dijo Matt, con su camisa de Sears por fuera. "Finalmente se rajó".

"Matt", le dijo Kelly en tono de reproche. Pero, ¿se había rajado de verdad? ¿Qué significado tendría esto para ella?

"Delirios de grandeza por parte de un gran cazador de virus", dijo Matt. "Es como uno de esos bomberos que se sacrifica en un incendio de manera heroica". Matt se arrellanó en su silla. "No me sorprendería si estuviera haciendo todo esto por ti".

"¿Por mí?"

"Claro, para llamar la atención. 'Mírenme: soy importante' ".

Ella negó enfáticamente con la cabeza, como si él le estuviera haciendo perder el tiempo. Algunas veces le molestaba que Matt se equivocara tanto con las personas.

El timbre sonó y Kelly dejó de caminar con nerviosismo. Matt se puso de pie, pero Kelly se adelantó y abrió la puerta.

Era Eph, acompañado de Nora Martínez, y de un anciano con un abrigo largo de *tweed*.

"¿Qué estás haciendo aquí?", le preguntó Kelly, mirando hacia ambos lados de la calle.

Eph entró. "Vine a ver a Zack, y a explicarle".

"Él no lo sabe".

Eph miró alrededor, ignorando por completo a Matt, quien estaba frente a él. "¿Está haciendo las tareas en su computador?"

"Sí", respondió Kelly.

"Lo sabrá cuando navegue en Internet".

Eph subió las escaleras de dos en dos.

Nora permaneció en la puerta con Kelly. Se sentía completamente incómoda y le dijo: "Disculpe por irrumpir de esta manera".

Kelly negó suavemente con la cabeza, en un leve gesto de aprobación. Sabía que había algo entre ella y Eph. El último lugar de la tierra donde Nora querría estar era en la casa de Kelly Goodweather.

Kelly reparó en el anciano que llevaba el bastón con cabeza de lobo. "¿Qué está sucediendo?"

"Supongo que usted es la ex esposa del doctor Goodweather". Setrakian le ofreció su mano con la cortesía propia de las generaciones ya desaparecidas. "Abraham Setrakian. Es un placer conocerla".

"El gusto es mío", respondió Kelly, sorprendida y dirigiéndole una mirada de incertidumbre a Matt.

Nora dijo: "Él necesitaba hablar con ustedes y explicarles".

Matt preguntó: "¿Esta visita repentina no nos convierte en cómplices criminales o algo así?".

Kelly tuvo que contrarrestar la rudeza de Matt. "¿Le gustaría tomar algo?", le preguntó a Setrakian. "¿Un poco de agua?"

"Cielos", exclamó Matt, "podrían darnos veinte años de cárcel por ese vaso de agua...".

Eph se acomodó en el borde de la cama de Zack, quien estaba sentado en su escritorio.

Le dijo: "Estoy en medio de algo que realmente no entiendo, pero quería contártelo personalmente. Nada de lo que se dice sobre mí es cierto, salvo el hecho de que me están persiguiendo".

"¿No vendrán a buscarte aquí?", preguntó Zack.

"Tal vez".

Zack miró atribulado hacia el suelo, pensando en esa eventualidad. "Tienes que deshacerte de tu teléfono".

Eph sonrió. "Ya lo hice". Le dio una palmadita en el hombro a su hijo cómplice y vio que tenía la cámara de video que le había regalado en Navidad a un lado del computador.

"¿Todavía estás trabajando en esa película con tus amigos?"

"Sí, ya la estamos editando".

Eph tomó la cámara, tan pequeña y liviana que le cupo en el bolsillo. "¿Podrías prestármela por unos días?"

Zack asintió. "Papá, ¿es por el eclipse que las personas se están convirtiendo en zombis?"

Eph reaccionó sorprendido, pues comprendió que la verdad no era mucho más plausible que eso. Intentó ver las cosas desde el punto de vista de un niño muy perceptivo y sensible. Y de la reservada profundidad de sus sentimientos afloró algo que no admitía dilación. Se levantó y abrazó a su hijo. Fue un momento extraño, frágil y hermoso, entre un padre y un hijo. Eph lo sintió con una claridad absoluta. Le acarició el cabello y no hubo nada más qué decir.

Kelly y Matt estaban hablando en voz baja en la cocina, después de dejar a Nora y a Setrakian en el patio de invierno. Abraham tenía las manos en los bolsillos y miraba distraído los tonos que adquiere el cielo en las primeras horas de la noche, la tercera desde que había aterrizado el avión maldito.

Nora sintió su impaciencia y dijo: "Él... mmm... él tiene muchos problemas con su familia. Desde el divorcio".

Setrakian movió los dedos en el pequeño bolsillo de su chaleco, tanteando su caja de pastillas de nitroglicerina, que hacía que su corazón latiera con regularidad, aunque no con vigor. ¿Cuántos latidos le restarían? Esperaba que los suficientes para poder concluir su misión.

"No tengo hijos", dijo. "Mi esposa Ana falleció hace diecisiete años, y no fuimos bendecidos. Usted pensará que el dolor por la falta de hijos desaparece con el tiempo, cuando en realidad se agudiza con la edad. Tuve mucho para enseñar, pero no discípulos".

Nora miró su bastón, recostado contra la pared cerca de su silla. "¿Dónde lo hallaste?"

"¿Te refieres a cómo descubrí su existencia?"

"Sí, y también me gustaría saber por qué te has dedicado a esto durante todos estos años".

Él permaneció un momento en silencio, apelando a sus recuerdos. "En esa época yo estaba joven. Estuve encerrado involuntariamente en la Polonia ocupada durante la Segunda Guerra Mundial. En un pequeño campo al noreste de Varsovia, llamado Treblinka".

Nora permaneció tan inmóvil como el anciano. "En un campo de concentración".

"No; en un campo de exterminio. Son criaturas brutales, más que cualquier predador que uno tenga la desgracia de encontrar en este mundo; oportunistas que se aprovechan de los jóvenes y los débiles. En el campo, mis compañeros prisioneros y yo éramos sin saberlo un festín servido ante él".

"¿Él?"

"Sí; el Amo".

La forma en que pronunció esa palabra aterrorizó a Nora. "¿Te refieres a un alemán? ¿A un nazi?"

"No; él no tiene ninguna filiación. No es leal a nadie ni a nada, pues no pertenece a ningún país. Deambula por donde quiere y se alimenta donde encuentra comida. El campo era para él como una venta de remate. Éramos presas fáciles".

"Pero... sobreviviste. ¿No podrías habérselo contado a alguien...?"

"¿Quién habría creído en los delirios de un hombre convertido en una piltrafa? Tardé semanas en aceptar lo que estás procesando ahora. Fui testigo presencial de esa atrocidad, que está más allá de lo que la mente puede aceptar; y preferí no ser tildado de loco. Si su fuente de alimento desaparecía, el Amo simplemente se iba a otro lugar. Y, en aquel campo, me hice un juramento que nunca he olvidado. Durante muchos años le seguí el rastro al Amo. Alrededor de Europa Central y los Balcanes, a través de Rusia y de Asia Central; durante tres décadas. En ciertas ocasiones llegué a pisarle los talones, pero nunca pude agarrarlo. Fui profesor en la Universidad de Viena, donde pude investigar sobre las tradiciones folclóricas centroeuropeas. Acumulé libros, armas e instrumentos mientras me preparaba para encontrarme de nuevo con él. Es una oportunidad que he esperado durante más de sesenta años".

"Pero... ¿quién es él?"

"Tiene muchas formas. Actualmente ha encarnado en el cuerpo de un noble polaco llamado Jusef Sardu, quien desapareció durante una excursión de cacería al norte de Rumania, en la primavera de 1873".

"¿1873?"

"Sardu era un gigante. Medía casi siete pies de estatura aunque era todavía un joven. Era tan alto que sus músculos no podían sostener sus huesos largos y pesados. Se decía que los bolsillos de sus pantalones eran del tamaño de costales de nabos. Y para apoyarse, utilizaba un bastón cuya empuñadura tenía el símbolo heráldico de la familia".

Nora miró de nuevo el enorme bastón de Setrakian y su empuñadura de plata. Abrió los ojos de par en par. "La cabeza de un lobo".

"Los restos de sus familiares fueron encontrados muchos años después, al igual que el diario del joven Jusef. En éste, refirió de manera detallada que el grupo de familiares había sido perseguido por un predador desconocido que los raptó y mató uno por uno. En la última entrada del diario, Jusef relataba cómo después de haber descubierto los cadáveres a la entrada de una cueva, los había enterrado antes de regresar para enfrentarse a la bestia y vengar a su familia".

Nora no despegaba sus ojos de la cabeza del lobo. "¿Cómo lo conseguiste?"

"Le compré este bastón a un coleccionista de Antwerp, en el verano de 1967". Sardu regresó finalmente a la propiedad de su familia en Polonia varias semanas después, solo y muy cambiado. Llevaba su bastón, pero ya no se apoyaba en él, y con el tiempo dejó de utilizarlo. No sólo se había curado aparentemente del dolor que le producía su gigantismo, sino que comenzaron a circular rumores sobre su gran fortaleza. Los aldeanos empezaron a desaparecer, se dijo que la aldea había recibido una maldición, y eventualmente fue abandonada. La casa de Sardu quedó en ruinas y el joven nunca volvió a ser visto".

Nora midió mentalmente el tamaño del bastón. "¿Ya era así de alto a los quince años?"

"Sí, y seguía creciendo".

"El ataúd tenía por lo menos ocho pies por cuatro".

Setrakian asintió con solemnidad. "Lo sé".

Ella también asintió, y le preguntó: "¿Y tú, como lo sabes?".

"Lo vi en una ocasión; o al menos, las marcas que dejó en el suelo. Hace mucho tiempo ya".

Kelly estaba sentada frente a Eph en la pequeña cocina. Tenía el cabello más claro y corto; más ejecutivo, más maternal quizá. Puso la mano en un borde del mostrador y él notó las pequeñas cortadas de papel que tenía en los nudillos, un legado de su oficio de maestra.

Ella le había pasado una caja de leche del refrigerador. "¿Todavía compras leche entera?", le preguntó él.

"A Z le gusta; quiere ser como su padre".

Eph bebió un poco. La leche lo refrescó, pero no lo sació como de costumbre. Vio a Matt sentado en una silla al otro lado del corredor, fingiendo no mirar hacia ellos.

"Se parece mucho a ti", dijo ella. Se estaba refiriendo a Zack.

"Lo sé", comentó Eph.

"Mientras más crece, más obsesivo, terco, exigente y brillante se vuelve".

"Es algo muy difícil para un niño de once años".

Ella esbozó una amplia sonrisa. "Creo que recibí una maldición de por vida".

Eph también sonrió. Fue una reacción extraña, un ejercicio que sus músculos faciales no había hecho en varios días.

"Mira", dijo él. "No tengo mucho tiempo. Yo sólo... quiero que las cosas estén bien entre los dos, o que al menos sean aceptables. Sé que todo ese lío de la custodia nos afectó. Me alegro que haya terminado. No vine a darte un sermón; simplemente... creo que es un buen momento para despejar el ambiente".

Kelly estaba sorprendida, sin saber qué decir.

Eph dijo: "No tienes que decir nada, yo sólo..."

"No", dijo ella. "Quiero decirte algo. Lo siento; nunca sabrás cuánto lo siento. Te pido disculpas por la forma en que terminaron las cosas. De verdad. Sé que nunca quisiste esto; sé que hiciste todo lo que estuvo a tu alcance para que estuviéramos juntos, simplemente por el bien de Z".

"Por supuesto".

"Solo que yo... no podía hacerlo: *realmente no podía*. Me estabas chupando la vida, Eph. Además, yo también... quería hacerte daño. Lo hice y lo reconozco. Y separarme fue la única forma en que podía hacértelo".

Él suspiró con fuerza. Kelly estaba reconociendo finalmente algo que él siempre había sabido, pero él no cantó victoria por eso.

"Sabes que necesito a Zack. Z es... creo que yo no podría existir sin él. No sé si esto sea sano o no, pero es lo que siento. Él lo es *todo* para mí... así como una vez lo fuiste tú". Hizo una pausa para que él pensara en sus palabras. "Sin él, yo estaría perdida; estaría..."

Kelly dejó de hablar.

"Estarías como yo", dijo Eph.

Ella quedó estupefacta y se miraron fijamente.

"Mira", dijo Eph. "Acepto una parte de la culpa. Por nosotros, por ti y por mí. Sé que no soy el... bueno, el hombre más fácil del mundo, el esposo ideal. Yo pasé por lo mío. Y en cuanto a Matt, sé que he dicho algunas cosas en el pasado..."

"Una vez dijiste que era 'la resignación de mi vida'".

Eph hizo una mueca. "¿Sabes algo? Si yo fuera el administrador de un Sears, si tuviera un trabajo que fuera simplemente un empleo y no otra forma de matrimonio... tal vez no te habrías sentido tan excluida y decepcionada. Tan... relegada a un segundo plano".

Permanecieron un momento en silencio, y Eph comprendió que los asuntos más importantes tendían a opacar los más irrelevantes.

"Sé lo que vas a decir: que debimos hablar sobre esto hace varios años", señaló Kelly.

"Debimos hacerlo", coincidió él. "Pero no lo hicimos. No habría funcionado. Primero teníamos que pasar por toda esa porquería. Créeme, habría pagado lo que fuera para *no*... para no haber vivido esto un solo segundo. Y sin embargo, aquí estamos, como un par de viejos conocidos".

"Las cosas no suceden de la forma en que las imaginamos".

Eph asintió. "Después de lo que vivieron mis padres y de lo que me hicieron vivir, siempre me dije: Nunca, más".

"Lo sé".

Eph dobló la boquilla del cartón de leche. "Así que olvídate de lo que hicimos. Lo que necesitamos hacer ahora es compensar las cosas por el bienestar de Zack".

"Lo haremos".

Kelly hizo un gesto de aprobación. Eph asintió, agitó el cartón de leche y sintió el frío contra la palma de su mano.

"¡Cielos, qué día!", dijo. Pensó de nuevo en la niña de Freeburg que había encontrado tomada de la mano de su madre, y quien tenía la edad de Zack. "Siempre me dijiste que si sucedía alguna catástrofe biológica y yo te lo ocultaba, te divorciarías de mí. Pues bien, creo que es muy tarde para eso".

Ella se acercó y lo miró fijamente. "Sé que estás en problemas".

"No se trata de mí. Sólo quiero que me escuches y que no pierdas los estribos. Hay un virus propagándose por la ciudad. Es algo... asombroso... es lo peor que haya visto en toda mi vida".

"¿Lo peor?" Kelly estaba pálida. "¿Se trata de SARS?"

Eph casi sonríe por lo disparatado y absurdo que era todo.

"Lo que quiero es que salgas de esta ciudad con Zack; y también con Matt. Cuanto antes: esta noche; ahora mismo, y que te vayas tan lejos como sea posible, lejos de las zonas pobladas. Tus padres... ya sabes que no me gusta meterme en sus cosas, pero, todavía tienen la casa en Vermont, ¿verdad? ... la que está en la cima de la montaña".

"¿Qué estás diciendo?"

"Ve allá al menos por unos días. Mira las noticias y espera mi llamada".

"Un momento. La paranoica soy yo, no tú. ¿Y... qué hago con mi escuela y con la de Zack?" Entrecerró los ojos y preguntó: "¿Por qué no me dices de una vez de qué se trata todo esto?"

"Porque no te irías. Confía en mí y vete", dijo él. "Espero que podamos controlarlo de algún modo, y que todo esto pase rápidamente".

"¿Qué?", exclamó ella. "Realmente me estás asustando. ¿Qué pasa si no puedes controlarlo... y... si te pasa algo a ti?"

Él no podía permanecer frente a ella y expresar abiertamente sus propias dudas.

"Kelly... tengo que irme".

Intentó darse vuelta, pero ella lo agarró del brazo, lo miró fijamente a los ojos para ver si estaba bien, y lo rodeó con sus brazos. Lo que comenzó como un simple abrazo improvisado se transformó en algo más, y un momento después ella lo estaba apretando con fuerza. *"Lo siento"*, le susurró al oído, y le dio un beso en su cuello sin afeitar.

Calle Vestry, Tribeca

Eldricht Palmer esperaba sentado en una silla dura, confortado por la suave brisa nocturna. La única luz directa provenía de una lámpara de gas situada en un rincón. La terraza estaba en la última planta de la más baja de las dos construcciones contiguas. El piso era de baldosas de barro cuadradas, desgastadas por el tiempo y la intemperie. Un escalón bajo precedía a un muro alto en el costado norte, con dos arcos grandes de hierro forjado. Un mosaico de baldosines terracota acanalados remataba la pared y los salientes a cada lado. Las puertas de la residencia estaban a la izquierda, al fondo de unos arcos más amplios. Detrás de Palmer, quien se encontraba junto a un muro de cemento blanco en el costado sur, había una estatua de una mujer sin cabeza enfundada en una túnica, los hombros y brazos oscurecidos por las inclemencias del clima. La hiedra crecía en la base de la estatua. Aunque se veían algunos edificios más altos al norte y al este, el patio era bastante privado, una terraza tan escondida como pocas en el bajo Manhattan.

Palmer estaba escuchando los sonidos provenientes de las calles de la ciudad, los cuales cesarían muy pronto. Si solo supieran esto, acogerían esta noche de mejor grado. Todas las cosas simples de la vida se hacen infinitamente preciosas ante la muerte inminente, y Palmer lo sabía muy bien. Había sido un niño enfermizo y toda su vida había tenido problemas de salud. Algunas mañanas se despertaba sorprendido de ver otro amanecer. La mayoría de las personas no sabían lo que era contabilizar la propia existencia con cada salida del sol; ignoraban lo que era depender de las máquinas para poder sobrevivir. La salud era un derecho de nacimiento para casi todo el mundo, y la vida, una serie de días por vivir. Nunca habían experimentado la cercanía de la muerte, la intimidad de la verdadera oscuridad.

Eldricht Palmer no tardaría en materializar su sueño: un menú ininterrumpido de días extendiéndose ante él. Pronto sabría lo que era no preocuparse por el mañana, ni por el después del mañana...

Una brisa meció los árboles del patio y se coló entre algunas plantas. Palmer, quien estaba a un lado de la habitación más alta, escuchó un susurro; un murmullo, como el del dobladillo de un manto rozando el suelo; una capa negra.

Creí que no querías ningún contacto hasta después de la primera semana.

La voz —a la vez familiar y despiadada— le hizo sentir al magnate escalofríos en su espalda encorvada. Si Palmer no le estuviera dando deliberadamente la espalda desde el centro del patio —tanto por respeto como por aversión humana— habría visto que la boca del Amo nunca se movía. Él nunca emitía sonidos en la noche. El Amo le hablaba directamente a su mente.

Palmer sintió la presencia arriba de su hombro y mantuvo sus ojos lejos de él. "Bienvenido a Nueva York".

La voz le tembló más de lo que hubiera querido, pero no hay nada tan perturbador como un ser que no sea humano.

El Amo permaneció en silencio y Palmer intentó ser más enfático. "Tengo que decir que no apruebo lo de Bolívar. No sé por qué lo elegiste".

No me importa quién sea.

Palmer comprendió de inmediato que tenía la razón. ¿Qué más daba que fuera él u otro? Palmer creía estar pensando como un ser humano. "¿Por qué dejaste a cuatro pasajeros con vida? Eso ha causado muchos problemas".

¿Me estás interrogando?

Palmer tragó saliva; era una persona muy influyente que no se sometía ante nadie. La sensación de servilismo abyecto le era tan extraña como repugnante.

"Alguien sabe de ti", dijo Palmer con rapidez. "Un científico médico, un investigador de enfermedades. Aquí en Nueva York".

¿Qué importancia tiene un hombre para mí?

"Él... su nombre es Ephraim Goodweather, es un experto en control de epidemias".

Tus monitos glorificados. Tu especie es la epidémica, no la mía.

"Goodweather está siendo aconsejado por alguien; por un hombre que tiene un conocimiento detallado de tu especie. Conoce las tradiciones populares e incluso un poco de biología. La policía lo anda buscando, pero pienso que se requiere una medida más contundente. Creo que esto podría marcar la diferencia entre una victoria rápida y decisiva, y una lucha dilatada. Tenemos muchas batallas por librar, tanto en el frente humano como en los demás.

Yo prevaleceré.

Palmer no tenía dudas en ese sentido. "Sí, por supuesto". Quería conocer personalmente al anciano y confirmar de quién se trataba antes de transmitirle cualquier información al Amo. Era por eso precisamente que se esforzaba en no pensar en el anciano, pues sabía que cuando se está ante el Amo, uno debe proteger sus pensamientos...

Me he encontrado con ese anciano. Cuando no estaba tan viejo.

Palmer se sintió completamente derrotado. "Usted recordará que tardé mucho tiempo en encontrarlo. Mis viajes me llevaron a los cuatro rincones del mundo; hubo muchos callejones sin salida y caminos que no conducían a ninguna parte. Tuve que lidiar con muchas personas, y él fue una de ellas". Intentó cambiar de tema, pero tenía la mente nublada. Estar en presencia del Amo era como el combustible frente a una mecha ardiente.

Veré al tal Goodweather y me encargaré de él.

Palmer ya habría preparado un informe sobre los antecedentes del epidemiólogo del CDC. Sacó la hoja de su chaqueta y la extendió en la mesa. "Aquí está todo, Amo. Su familia, sus conocidos..."

Se escuchó un arañazo en la mesa y el papel desapareció. Palmer sólo se atrevió a mirar la mano de reojo. El dedo del corazón, retorcido y con la uña afilada, era más largo y grueso que los demás.

Palmer dijo: "Lo único que necesitamos ahora son unos días más".

Se había desatado una discusión en el interior de la residencia de la estrella del rock, en la casa sin terminar que Palmer había tenido el infortunado placer de conocer para asistir al encuentro en el patio. Había sentido un profundo disgusto por el dormitorio del *penthouse*, la única parte terminada de la casa, con su decoración excesiva y recargada, que apestaba a lujuria primaria. Palmer nunca había estado con una mujer. No lo hizo durante su juventud debido a su enfermedad, y a los sermones de las dos tías que lo educaron; y por elección propia cuando alcanzó la edad adulta. Había concluido que nunca contaminaría la pureza de su mortalidad con el deseo.

La discusión se hizo más acalorada y adquirió un tono indiscutiblemente violento.

Tu hombre está en problemas.

Palmer se sentó derecho. El señor Fitzwilliam estaba allí, aunque Palmer le había prohibido expresamente que ingresara al patio. "Dijiste que su seguridad estaría garantizada aquí".

Palmer oyó que alguien corría. Escuchó unos gruñidos y un grito humano.

"Detenlos", dijo Palmer.

Como siempre, la voz del Amo era lánguida e imperturbable.

Él no es a quien ellos buscan.

Palmer se levantó del susto. ¿El Amo se estaba refiriendo entonces a él? ¿Se trataba de una trampa? "¡Hemos suscrito un acuerdo!"

Siempre y cuando sea de mi conveniencia.

Palmer escuchó otro grito cercano, seguido de dos disparos. Una de las puertas se abrió hacia adentro, y la reja fue empujada. El señor Fitzwilliam, el ex *marine* que pesaba 260 libras, entró corriendo, agarrándose el brazo izquierdo con la mano derecha, y la mirada desencajada por la angustia. "Señor; vienen detrás de mí..."

Sus ojos dejaron de mirar el rostro de Palmer y se posaron en la figura increíblemente alta que estaba detrás de él. La pistola cayó de las manos del señor Fitzwilliam y rebotó contra el piso. El señor Fitzwilliam se puso pálido, se balanceó un momento como si estuviera en la cuerda floja, y cayó de rodillas.

Detrás de él venían los transformados, ataviados con diversos atuendos que iban desde la ropa de marca a los vestidos góticos, pasando por el *pret-a-porter* de los *paparazzi*. Todos ellos apestaban y estaban cubiertos de tierra. Entraron al patio como criaturas obedeciendo a una señal.

Al frente de ellos estaba Bolívar, enjuto y casi calvo, con una bata negra. Como todo vampiro de primera generación, era más maduro que el resto. Su piel tenía una palidez de alabastro; era casi brillante y desprovista de sangre, y sus ojos eran como dos lunas muertas.

Detrás de él había una fan a quien el señor Fitzwilliam le había disparado un tiro en la cara en medio de su desespero. El hueso de la mejilla estaba abierto hasta la oreja, de modo que sonreía de manera atroz con la otra mitad de su boca.

Los demás vampiros ingresaron a la noche naciente, emocionados por la presencia de su Amo. Se detuvieron para mirarlo sobrecogidos.

Eran niños.

Ignoraron a Palmer, pues la presencia del Amo irradiaba una fuerza tal, que los mantuvo embelesados. Se congregaron frente a él como seres primitivos frente a un túmulo sagrado.

El señor Fitzwilliam permaneció de rodillas, como si hubiera sido golpeado.

El Amo habló de un modo que Palmer creyó estar dirigido exclusivamente a él.

Me has traído hasta aquí. ¿No vas a mirarme?

Palmer había visto una vez al Amo, en un sótano oscuro de otro continente. No con mucha claridad, aunque sí lo suficiente. Esa imagen nunca lo había abandonado.

Era imposible evitarlo ahora. Palmer cerró los ojos para armarse de valor, los abrió y se obligó a mirar, como arriesgándose a quedar ciego después de observar el sol.

Deslizó su mirada del pecho del Amo a...

...su rostro.

El horror. Y la gloria.

La impiedad. Y la magnificencia.

Lo abyecto. Y lo sagrado.

El terror desmesurado hizo que la cara de Palmer se transformara en una máscara de miedo, esbozando una sonrisa triunfal con los dientes apretados.

Era Él, trascendente y horroroso.

He allí, el Amo.

Calle Kelton. Woodside, Queens

KELLY CRUZÓ RÁPIDAMENTE la sala. Traía una bolsa con ropa limpia en una mano, y un par de baterías en la otra. Entre tanto, Matt y Zack veían las noticias en la televisión.

"Vámonos", dijo Kelly, metiendo las cosas en una bolsa de lona que había sobre una silla.

Matt se dio vuelta y le sonrió, pero ella no estaba para esas galanterías. "Kelly, por favor..."

"¿Acaso no me has escuchado?"

"Te escuché con mucha atención". Se levantó de la silla. "Mira, Kel; tu ex esposo se está interponiendo de nuevo entre nosotros; ha lanzado una granada en nuestro hogar. ¿Acaso no te das cuenta? Si se tratara de algo realmente serio, las autoridades oficiales ya se habrían pronunciado al respecto. ¿No lo crees?"

"Claro que sí: los funcionarios públicos nunca mienten". Se dirigió al clóset y sacó el resto del equipaje. Kelly tenía la bolsa recomendada por la Oficina de Emergencias de la ciudad de Nueva York para una evacuación. Era una fuerte bolsa de lona con agua, barras de granola, un radio AM/FM de banda corta marca Grundig, una linterna Faraday, un botiquín de primeros auxilios, cien dólares en efectivo, y un paquete impermeable con las fotocopias de los documentos de identificación.

"En tu caso, esta es una profecía cumplida", continuó diciendo Matt mientras la seguía. "¿No lo ves? Él sabe cuál es la tecla que debe presionar. Por eso es que ustedes no pudieron vivir juntos".

Kelly sacó dos raquetas viejas del clóset y le dio una patada a Matt por hablar así delante de Zack. "Estás equivocado, Matt. Yo le creo".

"Lo están buscando, Kel. Ha sufrido un colapso, una crisis nerviosa. Todos estos supuestos genios son básicamente personas frágiles, como los girasoles que siembras en el jardín de atrás: tienen la cabeza muy grande y se derrumban por su propio peso". Kelly le lanzó una bota de invierno que él alcanzó a esquivar. "Sabes que esto tiene mucha relación contigo. El suyo es un caso patológico y tampoco ha podido olvidarte. Planeó todo esto para mantenerse cerca".

Ella estaba agachada frente a uno de los cajones del clóset y lo miró por debajo de sus lentes con suspicacia. "¿Realmente piensas esto?"

"A los hombres no les gusta perder. Nunca se rinden".

Ella sacó una maleta y salió del clóset. "¿Es por eso que no quieres irte de aquí?

"No me iré porque tengo que trabajar. Créeme que lo haría si pudiera utilizar la excusa apocalíptica de tu esposo chiflado para evitarme el inventario de la tienda. Pero sucede que en el mundo real te despiden si no vas a trabajar".

Ella se dio vuelta, descompuesta con su terquedad. "Eph dijo que nos fuéramos. Nunca antes se había comportado así ni se había expresado en esos términos. Se trata de una amenaza real".

"Todo se debe a la histeria provocada por el eclipse. Lo están diciendo en la televisión. La gente se está enloqueciendo. Si yo fuera a huir de Nueva York a la primera ocurrencia, hace mucho rato me habría ido de aquí". Matt puso las manos en los hombros de ella. Kelly lo rechazó inicialmente, pero luego dejó que la abrazara. "Cada vez que pueda iré a la sección de artículos electrónicos y le echaré un vistazo a las noticias televisivas; así me enteraré de lo que suceda. Sin embargo, todo sigue funcionando, ¿no es verdad? Por lo menos para los que tenemos trabajos reales. Quiero decir, ¿vas a abandonar tu trabajo en la escuela así nomás?"

Las necesidades de sus estudiantes eran muy importantes para ella, pero Zack estaba por encima de todas las demás. "Es probable que cierren la escuela durante algunos días. Ahora que lo pienso, muchas niñas faltaron hoy a la escuela sin explicación alguna..."

"Son niñas, Kel. Seguramente se resfriaron".

"Creo que realmente es por el eclipse", dijo Zack, al otro lado del cuarto. "Fred Falin me lo dijo en la escuela. Todos los que observaron la luna sin la debida protección quedaron con el cerebro tostado".

Kelly dijo: "¿Cuál es tu fascinación por los zombis?".

"Ellos existen", respondió el chico. "Hay que estar preparados. Apuesto a que ni siquiera saben cuáles son las dos cosas más importantes que se necesitan para sobrevivir a una invasión de zombis".

Kelly no le hizo caso. "Me rindo", dijo Matt.

"Un machete y un helicóptero".

"¿Un machete?" Matt negó con la cabeza. "Yo preferiría una pistola".

"Estás equivocado", comentó Zack. "Los machetes no necesitan recargarse".

Matt aceptó su argumento y se dirigió a Kelly. "Fred Falin realmente sabe de qué está hablando".

"¡Cállense los dos!" Ella no estaba dispuesta a tolerar una confabulación en su contra. Le habría encantado ver a Zack y a Matt bromear juntos en otras circunstancias. "Zack, lo que estás diciendo es absurdo. Se trata de un virus real. Tenemos que irnos de aquí".

Matt estaba al lado de la maleta y la bolsa. "Cálmate, Kel. ¿De acuerdo?" Sacó las llaves del auto y las hizo girar con el dedo. "Toma un baño y respira profundo. Por favor, piensa en términos racionales. No confíes en la supuesta información 'confidencial' ". Se dirigió a la puerta principal. "Los llamaré después".

Salió de la casa y Kelly se quedó mirando la puerta.

Zack se acercó a ella con la cabeza ligeramente inclinada, tal como lo hacía cuando preguntaba qué era la muerte o por qué algunos hombres se tomaban de la mano. "¿Qué te dijo mi papá sobre esto?"

"Él sólo... quiere lo mejor para nosotros".

Ella se llevó la mano a la frente para taparse los ojos. ¿Debería alarmar a Zack? ¿Debería irse con Zack y abandonar a Matt? Pero si ella confiaba en Eph, ¿no tenía acaso la obligación moral de advertírselo?

El perro de los Heinson comenzó a ladrar en la casa de al lado. No era el ladrido rabioso de siempre, sino un gruñido agudo y nervioso. Eso bastó para que Kelly saliera al patio de atrás, donde observó que la lámpara se había encendido al detectar un movimiento.

Permaneció allí con los brazos cruzados, observando el jardín en busca del origen del movimiento. Todo parecía inmóvil, pero el perro seguía gruñendo. La señora Heinson lo entró, pero el perro todavía ladraba.

"¿Mami?"

Kelly saltó, asustada por la mano de su hijo, y perdió el control.

"¿Estás bien?", le preguntó Zack.

"Odio esto", dijo ella, conduciéndolo de nuevo a la sala. "Simplemente odio todo esto".

Decidió empacar por los tres.

También decidió vigilar.

Y esperar.

Bronxville

TREINTA MINUTOS AL NORTE de Manhattan, Roger Luss estaba ocupado con su iPhone en el bar con paredes de roble del Siwanoy Country Club, esperando su primer martini. Le había dicho al conductor del servicio de taxis TownCar que lo dejara en el club en lugar de llevarlo a casa, pues necesitaba hacer una pausa. Si Joan estaba enferma como parecía indicar el mensaje de la niñera, entonces los niños también lo estaban, y no le aguardaba nada agradable. Esta era una razón de peso para prolongar una o dos horas más su estadía por fuera de casa.

Desde la zona de comidas se veía la cancha de golf, completamente desierta a la hora de la cena. El mesero le trajo su martini con tres aceitunas servido en una bandeja cubierta con un mantel blanco. No era el mesero de siempre, sino un mexicano, como los que estacionaban autos a la entrada del club. Tenía la camisa salida por detrás y no llevaba correa. Sus uñas estaban muy sucias. Le pondría la queja al administrador del club a primera hora del día siguiente. "Ahí están", dijo Roger, observando las aceitunas en el fondo de la copa en forma de "V", como pequeños globos oculares conservados en salmuera. "¿Dónde están todos?", preguntó con su voz profunda. "¿Acaso es día de fiesta? ¿La Bolsa cerró hoy? ¿Se murió el presidente?"

El mesero se encogió de hombros.

"¿Dónde está todo el personal?"

El hombre negó con la cabeza y Roger percibió que se veía asustado.

Roger lo reconoció; el uniforme de barman lo había confundido. "¿Eres el jardinero, verdad? El que poda los árboles y el césped". El jardinero vestido de barman asintió con nerviosismo y se apresuró al vestíbulo.

¡Qué extraño!, pensó. Levantó la copa de martini, y miró alrededor, pero no había nadie con quién brindar ni a quién asentirle; nadie con quién conversar. Y como nadie lo estaba viendo, Roger Luss bebió dos tragos grandes y dejó la copa a la mitad. El líquido se alojó en su estómago y él dejó escapar un leve zumbido. Sacó una de las aceitunas y la escurrió antes de llevársela a la boca. La deslizó por su paladar antes de morderla con las muelas cordales.

Vio fragmentos de una conferencia de prensa en el televisor sin volumen que estaba empotrada encima de los espejos del bar. El alcalde se veía abatido y estaba rodeado de varios funcionarios. Después pasaron las imágenes de archivo donde aparecía el avión de Regis Air en la pista del JFK.

El club estaba tan silencioso que Roger miró de nuevo a su alrededor. *"¿En dónde diablos están todos?"*

Algo estaba sucediendo. Estaba pasando algo y Roger no se estaba dando cuenta.

Bebió otro sorbo —y luego otro más—, dejó la copa en la mesa y se puso de pie. Caminó hacia el frente, echó una mirada en el *pub*, pero también estaba vacío. La puerta de la cocina al lado del *pub* estaba forrada de negro y tenía una ventana pequeña en la parte superior. Roger vio al jardinero-barman completamente solo, preparándose una carne y fumando un cigarrillo.

Cruzó la puerta principal y llegó donde había dejado su equipaje. No había empleados para pedirles que llamaran un taxi, entonces sacó su iPhone, buscó en Internet, encontró la compañía de taxis más cercana y pidió un auto.

Estaba esperando bajo las luces altas de la entrada de la cochera y el sabor del martini comenzaba a hacerse amargo en su boca, cuando oyó un grito; un llanto desgarrador en la noche, no muy lejos de allí, tal vez proveniente de Bronxville, y no de Mount Vernon. Era posible incluso que proviniera de la cancha de golf.

Roger esperó inmóvil. Sin respirar. Expectante.

Antes que el grito, le asustó más el silencio que siguió a continuación.

El taxi llegó, conducido por un hombre maduro del Medio Oriente con un bolígrafo en la oreja, quien acomodó sonriente su equipaje en el baúl.

Roger miró la cancha y creyó ver a alguien allá, en uno de los caminos, a la luz de la luna, mientras recorrían la extensa carretera privada que había en el club.

Estaba a tres minutos de su casa. No vio ningún coche, y casi todas las casas estaban oscuras. Doblaron por Midland y Roger vio a un peatón en el andén, algo extraño a esas horas de la noche, pues no iba con su perro. Era Hal Chatfield, antiguo vecino suyo y uno de los dos miembros del club que le habían servido como fiadores para entrar a Siwanoy cuando había comprado la casa en Bronxville. Hal caminaba de una forma peculiar, con los brazos completamente rígidos, y llevaba una bata de baño abierta, una camiseta y calzoncillos.

Hal se dio vuelta y vio pasar el taxi; Roger lo saludó con la mano, y cuando giró la cabeza para ver si lo había reconocido, vio que corría detrás del taxi arrastrando las piernas. Era una escena inquietante: un hombre en una bata de baño que ondeaba como una capa, persiguiendo a un taxi en mitad de la noche.

Roger miró al taxista para ver si también había visto la escena tan peculiar, pero el hombre estaba escribiendo algo mientras conducía.

"Oye", le dijo Roger. "¿Sabes qué es lo que está pasando?"

"Sí", dijo el taxista con una sonrisa y asintiendo cortésmente, aunque no tenía la menor idea de lo que le había dicho Roger. El taxi recorrió dos calles más y llegó a su casa. El conductor abrió el baúl. El vecindario estaba desierto y tan oscuro como la casa de los Luss.

"¿Sabes qué? Espera aquí". Roger señaló la banqueta adoquinada. "¿Puedes esperar?"

"Pague".

Roger asintió. Ni siquiera sabía por qué le había pedido que esperara; tal vez fue porque se sentía muy solo. "Tengo el dinero en la casa. Espérame aquí. ¿De acuerdo?"

Roger dejó su equipaje en el pequeño cuarto contiguo a la puerta lateral y entró a la cocina. "¿Hola?", dijo. Movió el interruptor de la luz pero no sucedió nada. Vio los números verdes titilando en el reloj del microondas y concluyó que había corriente eléctrica. Avanzó tanteando al lado del mostrador; llegó al tercer cajón y buscó la linterna. Sintió un olor putrefacto, superior al de las sobras mohosas que había en el cubo de la basura, lo cual aumentó su ansiedad y lo impulsó a moverse con rapidez. Agarró el astil de la linterna y la encendió.

Alumbró la cocina amplia, y vio el mostrador, la mesa que estaba más allá, la estufa y el horno doble. "¿Hola?" dijo de nuevo, sintiendo vergüenza del miedo que denotaba su voz. Vio una salpicadura oscura en las puertas de vidrio de los gabinetes y alumbró con su linterna lo que parecía ser una mancha de *ketchup* y mayonesa. Ver eso le produjo rabia. Vio la silla hacia arriba y las huellas sucias (*¿huellas?*) en la isla de granito que había en el centro.

¿Dónde estaba Guild, la empleada? ¿Dónde estaba Joan? Roger se acercó al gabinete y alumbró la mancha espesa. No sabía qué era la sustancia blanca, pero definitivamente la roja no era ketchup. No podía decirlo con seguridad... pero creyó que podría ser sangre.

Vio algo moverse en el reflejo del cristal y se dio vuelta para alumbrar con la linterna. Las escaleras estaban vacías, y comprendió que era él, que acababa de mover la puerta del gabinete. No le gustaba imaginar cosas y entonces subió a la segunda planta y revisó cada uno de los cuartos con la linterna. "¿Keene? ¿Audrey?" Encontró unas notas garabateadas sobre el vuelo de Regis Air en la oficina de Joan. Tenían cierta coherencia, pero su caligrafía se había deteriorado en las dos últimas frases, las cuales eran incomprensibles. La última palabra, garabateada en el ángulo inferior derecho del bloc, decía: "hummmmmm".

Las sábanas del dormitorio principal estaban en desorden, y en el sanitario sin vaciar flotaba algo que tomó por un vómito espeso de varios días. Recogió una toalla del suelo, la extendió, y descubrió coágulos oscuros de sangre, como si un tísico hubiera tosido en ella.

Salió corriendo hacia las escaleras, cogió el teléfono y marcó el 911. Timbró una vez y otra, pero una voz grabada le dijo que esperara. Colgó y marcó de nuevo. Escuchó un timbre, y luego la misma grabación.

Oyó un golpeteo en el sótano y soltó el auricular. Abrió la puerta de un empujón para llamar en voz alta, pero algo lo hizo detenerse. Oyó y escuchó... algo.

Pasos avanzando. Eran muchos, subiendo las escaleras, aproximándose al rellano donde las escaleras daban un giro de 90 grados en dirección a él.

"¿Joan?", dijo. "¿Keene? ¿Audrey?"

Sin embargo, estaba yendo hacia atrás, retrocediendo y golpeando la puerta, y después atravesando la cocina, pasando al lado de la masa viscosa que había en la pared. Lo único que quería era salir de allí.

Abrió la puerta, salió a la entrada y corrió a la calle, gritándole al conductor que estaba sentado al volante, y quien casi no entendía el inglés. Roger abrió la puerta de atrás y saltó adentro.

"¡Asegura las puertas! ¡Asegúralas!"

El conductor se dio vuelta. "Sí. Ocho dólares y treinta centavos".

"*¡Cierra las malditas puertas con seguro!*"

Roger miró en dirección a su casa. Tres seres extraños —dos mujeres y un hombre— salieron por la puerta del lavadero y comenzaron a cruzar el jardín.

"¡Muévete! ¡Muévete!¡Arranca!"

El chofer movió la rejilla del buzón de pago del separador.

"Me pagas, yo me voy".

Ya eran cuatro. Roger vio estupefacto cómo un hombre de aspecto conocido y que tenía una camisa desgarrada, empujaba a los otros para llegar primero que ellos al taxi. Era Franco, el jardinero. Miró a Roger a través de la ventanilla, sus ojos pálidos en el centro pero rojos en los bordes, como una corona demencial y ensangrentada. Abrió la boca como para gritarle a Roger, y luego salió aquella cosa, golpeando la ventana con un estruendo seco, justo enfrente de Roger.

Roger se quedó pasmado. "*¿Qué demonios acabo de ver?*"

Todo sucedió de nuevo. Roger entendió, a un nivel precario, bajo varias capas de miedo, pánico y manía, que Franco —o esa cosa en la que se había convertido— no conocía, había olvidado o subestimado las propiedades del cristal, y parecía confundido por las propiedades de este objeto sólido.

"*¡Arranca!*", gritó Roger. "*¡Arranca!*"

Dos de ellos se pararon frente al taxi. Un hombre y una mujer, las farolas iluminando sus cinturas. Siete u ocho criaturas rodeaban el auto, pero otros se estaban acercando desde las casas vecinas.

El chofer gritó algo en su idioma y hundió la bocina.

"*¡Arranca!*", gritó Roger.

El taxista buscó algo en el piso. Sacó una bolsa pequeña; abrió el cierre, derramando algunas barras de chocolate antes de agarrar un revólver pequeño de color plateado. Extendió el arma frente al parabrisas, completamente asustado.

La lengua de Franco estaba explorando la ventana de cristal. Solo que aquello no era una lengua.

El taxista abrió la puerta. Roger gritó: "*¡No!*" a través del cristal del separador, pero el hombre ya se había apeado. Disparó el arma protegiéndose detrás de la puerta y su mano se estremeció como si estuviera lanzando las balas con ella. Disparó una y otra vez, y las dos criaturas que estaban frente al auto se tambalearon al recibir el impacto de las balas de bajo calibre, pero sin caer al suelo.

El taxista disparó dos veces más, hiriendo al hombre en la cabeza. El cuero cabelludo voló hacia atrás y el hombre cayó al piso.

Alguien agarró al chofer desde atrás. Era Hal Chatfield, el vecino de Roger, con la bata azul colgándole de los hombros.

"¡No!", gritó Roger, pero lo hizo demasiado tarde.

Hal arrastró al hombre hacia la calle. La cosa salió de su boca y le atravesó el cuello. Roger vio gritar al conductor.

Alguien más apareció frente al taxi. No, no era otro, sino el mismo que había recibido el disparo en la cabeza. Un líquido blanco salía de su herida y resbalaba por un lado de su cara. Se apoyó en el taxi y avanzó hacia la ventanilla.

Roger quería correr, pero estaba acorralado. A su derecha, y a un lado de Franco, vio a un hombre con la camisa y los pantalones cortos cafés de la UPS saliendo del garaje contiguo con una pala al hombro, como un beisbolista a punto de tomar su turno al bate.

El hombre se sentó en el asiento del conductor. Miró a Roger a través del plástico grueso del tabique, con el lóbulo frontal derecho de su cabeza levantado como un mechón de carne. Tenía la mejilla y el mentón untados de un líquido blanco.

Roger se dio vuelta en el preciso instante en que el tipo de la UPS golpeó el auto con la pala, que rebotó contra la ventana trasera, dejando un rayón largo en el cristal, y la luz de los postes se filtró por la fisura resquebrajada y semejante a una telaraña.

Roger escuchó un arañazo en el separador de vidrio. El hombre de la herida sacó la lengua, e intentó pasarla por la ranura con forma de cenicero. La masa carnosa se extendió, husmeando casi el aire y tratando de tocar a Roger.

Él lanzó un grito, golpeando frenéticamente la ranura y cerrándola de tajo. El hombre dejó escapar un chillido infernal, y la punta mutilada de su cosa cayó sobre las piernas de Roger, quien se la quitó de encima, mientras aquella sustancia blanca chorreaba profusamente y el hombre enloquecía de dolor o de histeria producto de la súbita castración.

¡Bam! La pala se estrelló de nuevo contra la ventana posterior, detrás de la cabeza de Roger, y la pantalla protectora cedió y se resquebrajó, negándose sin embargo a quebrarse.

Pom–pom–pom. Ahora eran unas pisadas que dejaban cráteres en el techo del auto.

Había cuatro en la cuneta, tres al lado de la calle, y otro que venía al frente. Roger miró atrás, vio al desquiciado de la UPS golpear de nuevo la ventana con la pala. Era ahora o nunca.

Agarró la manija de la puerta y la abrió con todas sus fuerzas. La pala se estrelló contra la ventana, la cual se hizo añicos entre un estrépito de vidrios. Roger se lanzó a la calle y la cuchilla de la pala por poco se entierra en su cabeza. Alguien —Hal Chatfield, con los ojos brillantes y enrojecidos— lo agarró del brazo y le dio vuelta, pero Roger se deshizo de su chaqueta como una culebra se despoja de su piel, y siguió corriendo sin detenerse a mirar atrás hasta llegar a la esquina.

Algunos trotaban cojeando, y otros se movían más rápido y con más coordinación. Unos eran viejos, y tres de ellos eran niños. Eran sus vecinos y amigos, rostros que había visto en la estación del tren, en fiestas de cumpleaños, o en los servicios de la iglesia.

Todos iban tras él.

Flatbush, Brooklyn

EPH TOCÓ EL TIMBRE de la casa de la familia Barbour. La calle estaba en silencio, aunque había actividad en otras casas: luces de televisión y bolsas de basura afuera. Tenía una linterna Luma en la mano, y una pistola de clavos modificada por Setrakian colgando de una cuerda en el hombro.

Nora estaba detrás de él, al pie de las escalinatas de ladrillo, y también llevaba una Luma. Setrakian estaba atrás, con el bastón en la mano y su pelo canoso brillando bajo la claridad lunar.

Tocó dos veces y no hubo respuesta. No era inusual. Eph giró el pomo antes de buscar otra entrada, pero logró darle vuelta.

La puerta se abrió.

Eph entró primero y encendió una luz. La sala de estar se veía normal; los muebles estaban cubiertos y tenían algunos cojines.

"Hola", dijo, mientras Nora y Setrakian se acercaban a él. Avanzó furtivamente por la alfombra como un ladrón o un asesino. Quiso creer que todavía era un sanador, pero a medida que transcurrían las horas tenía mayores dificultades para hacerlo.

Nora subió las escaleras y Setrakian entró con Eph a la cocina. "¿Qué crees que encontraremos aquí? Dijiste que los sobrevivientes eran simples distractores...", preguntó Eph.

"Dije que esa era la labor que ellos cumplían. En cuanto a las intenciones del Amo, las desconozco. Es probable que exista un vínculo especial con él. En cualquier caso, tenemos que comenzar por algún lado. Los sobrevivientes son las únicas pistas con las que contamos".

Una taza y una cuchara estaban sobre un plato. En la mesa había también una Biblia abierta, llena de tarjetas religiosas y fotografías. Un pasaje estaba subrayado en tinta roja con mano temblorosa. Era el Apocalipsis, 11:7–8:

...La bestia que sube del abismo sin fin les declarará la guerra, los vencerá y los matará, y sus cadáveres quedarán tendidos en las calles de la gran ciudad, que en lenguaje figurado se llama Gomorra...

A un lado de la Biblia, y como instrumentos dispuestos en un altar, había un crucifijo y una botella de vidrio pequeña que, según Eph, contenía agua bendita.

Setrakian asintió en dirección a los artículos religiosos. "Son tan poco eficaces como la cinta aislante", dijo.

Entraron al cuarto de atrás. Eph dijo: "Su esposa debió encubrirlo. De lo contrario, habría llamado a un médico".

Inspeccionaron un clóset, y Setrakian golpeó las paredes con su bastón. "La ciencia ha progresado mucho en todos estos años, pero todavía falta inventar el instrumento que pueda sondear con claridad en el matrimonio de un hombre y una mujer".

Cerró el clóset, y Eph advirtió que ya habían abierto todas las puertas. "¿No hay sótano?"

Setrakian negó con la cabeza. "Explorar en un rastrojo es mucho peor".

"¡Vengan!" Nora los llamó desde la segunda planta; su voz denotaba urgencia.

Ann-Marie Barbour yacía sentada en el piso, entre la mesa de noche y la cama. En sus piernas tenía un espejo de pared que había quebrado contra el suelo. Había tomado el vidrio más largo y afilado para cortarse las arterias del radio y del cúbito de su brazo izquierdo. Cortarse las muñecas es la forma menos efectiva de suicidio, pues menos del 5 por ciento de quienes lo intentan lo logra. Es una muerte lenta porque la parte inferior de un brazo es muy estrecha y sólo se puede hacer un corte muy pequeño. También es extremadamente dolorosa, y en ese sentido, solo es un método empleado por aquellos que han perdido el juicio o están profundamente deprimidos.

Ann-Marie tenía una cortada muy profunda, las arterias cercenadas, y la dermis replegada, dejando al descubierto los huesos de la muñeca. Entre los dedos de su mano inmóvil tenía un cordón ensangrentado del que colgaba la llave de un candado.

Su sangre era roja. Sin embargo, Setrakian sacó su espejo de plata y lo puso en sentido diagonal a la cara de la difunta, simplemente para asegurarse. No hubo movimiento: la imagen era nítida. Ann-Marie no se había transformado.

Setrakian se puso de pie, intrigado por lo que acababa de ver. "Es extraño", dijo.

Ann-Marie tenía la cabeza hacia abajo, con una expresión de agotamiento desconcertante, y su rostro se reflejaba en los fragmentos del espejo. Eph observó un pedazo de papel debajo de un portarretratos que contenía la fotografía de un niño y una niña en la mesa de noche.

La letra roja revelaba un pulso muy tembloroso, al igual que el pasaje subrayado de la Biblia. Las *íes* minúsculas estaban rematadas con círculos, lo que le confería una apariencia juvenil a la escritura.

Comenzó a leer: "A mi amado Benjamin y a mi querida Haily..."

"No", lo interrumpió Nora. "No lo leas. No es para nosotros".

Ella tenía razón. Eph buscó la información relevante en la página: "Los niños están seguros con su tía paterna en Jersey", se saltó el resto y sólo leyó la parte final. "Lo siento, Ansel... no puedo utilizar esta llave... sé que Dios te maldijo para castigarme, que nos ha abandonado y ambos estamos condenados. Si mi muerte contribuye a curar tu alma, entonces Él podrá tenerla..."

Nora se arrodilló en busca de la llave y retiró el cordón sangriento de los dedos inertes de Ann-Marie. "Entonces... ¿dónde está?"

Escucharon un quejido leve, semejante a un gruñido. Era bestial y glótico, un sonido gutural que solo podía provenir de una criatura que no fuera humana. El sonido provenía de afuera.

Eph se asomó a la ventana. Miró hacia el patio trasero y vio el cobertizo.

Fueron allá y escucharon frente a las puertas cerradas . . .

Unos arañazos adentro. Sonidos roncos, bajos y ahogados.

Las puertas se *estremecieron*. Algo o alguien las empujó, probando la tensión de la cadena.

Nora tenía la llave. Se acercó a la cadena, introdujo la llave en el candado y le dio vuelta. El cerrojo se abrió.

No se oyó ningún ruido adentro, y Nora retiró el seguro; Setrakian y Eph estaban preparados; el anciano desenvainó su espada de plata del bastón. Ella comenzó a desenrollar la cadena, pasándola entre las manijas de madera... esperando que las puertas se abrieran de inmediato...

Sin embargo, no pasó nada. Nora haló el extremo de la cadena y retrocedió. Eph y ella encendieron sus lámparas UVC. El anciano fijó la vista en las puertas, y al notarlo, Eph respiró profundo y las abrió.

El interior del cobertizo estaba oscuro. La única ventana que había estaba cubierta con algo, y las puertas abiertas hacia fuera bloqueaban casi toda la luz que llegaba del porche de la casa.

Transcurrieron algunos instantes antes de que vieran la silueta agachada.

Setrakian avanzó y se detuvo a dos pasos de la entrada, con la espada extendida ante el presunto ocupante del cobertizo.

La cosa atacó, persiguiendo a Setrakian y saltando para agarrarlo. El anciano estaba preparado con su espada, pero la cadena se tensionó y la criatura no pudo avanzar.

Le vieron la cara. Tenía la boca abierta, y las encías eran tan blancas que parecía como si los dientes estuvieran adheridos directamente a la mandíbula. Los labios estaban pálidos por la sed y el poco cabello que le quedaba era blanco en las raíces. Estaba en posición supina sobre una cama de tierra, con un collar firmemente amarrado al cuello, penetrándole la carne.

Setrakian preguntó, sin quitarle los ojos de encima a la bestia: "¿Es este el hombre del avión?".

Eph lo observó. La criatura era como un demonio que había devorado al hombre llamado Ansel Barbour y asumido su forma a medias.

"Ese *era* él".

"Alguien lo encadenó", dijo Nora. "Y lo encerró aquí".

"No", replicó Setrakian. "Él se encadenó".

Eph comprendió. Se había encadenado para no atacar a su esposa ni a sus hijos.

"Permanezcan atrás", les advirtió Setrakian. Y en ese instante, el vampiro abrió la boca y le lanzó el aguijón a Setrakian. El anciano permaneció erguido, pues el vampiro no pudo alcanzarlo a pesar de que el aguijón tenía varios pies de largo. Se encogió en señal de fracaso, y la masa repugnante le colgó del mentón, revoloteando alrededor de su boca abierta como el tentáculo rosado de alguna criatura de las profundidades oceánicas.

Eph dijo: "Santo cielo...".

Barbour se encolerizó. Retrocedió con sus ancas y bramó. El espectáculo insólito hizo que Eph recordara que tenía la cámara de su hijo en el bolsillo. Le entregó su lámpara a Nora y sacó la filmadora.

"¿Qué haces?", le preguntó Nora.

Encendió la cámara, y vio a la cosa en el visor. Retiró el seguro de su pistola de clavos automática y le apuntó a la bestia.

Chac–chac. Chac–chac. Chac–chac.

Eph le disparó tres clavos de plata, la herramienta dio un culatazo.

Los proyectiles atravesaron al vampiro, desgarrando sus músculos enfermos, y sacándole un grito ronco de dolor que lo hizo desplomarse hacia delante.

Eph siguió grabando.

"Ya basta", dijo Setrakian. "Debemos ser piadosos".

La bestia estiró el cuello debido al dolor. Setrakian pronunció el conjuro y descargó la espada en el cuello del vampiro; su cuerpo colapsó con un estertor en las piernas y los brazos. La cabeza rodó por el suelo, los ojos parpadearon algunas veces, y el aguijón se estremeció como una serpiente moribunda antes de quedar inmóvil. El líquido blanco y caliente manó de la base del cuello, despidiendo un vapor moribundo en el frío aire nocturno. Los gusanos capilares se revolcaron en la tierra como ratas escapando de un barco que naufraga, buscando un nuevo anfitrión.

Nora se tapó la boca para contener el llanto que surgía en su garganta.

Eph miró asqueado, olvidándose de observar por el visor.

Setrakian retrocedió con la espada hacia abajo, la sustancia blanca y viscosa humeando en la cuchilla de plata y salpicando el césped. "Miren allá: debajo de la pared".

Eph vio un hueco cavado en el fondo del cobertizo.

"Alguien o algo más estuvo aquí con él", dijo el anciano. "Pero se arrastró y escapó".

Podía estar en cualquiera de las casas que había en el vecindario. "No hay señales del Amo".

Setrakian negó con la cabeza. "Aquí no, tal vez en la casa de al lado".

Eph miró bien el cobertizo, tratando de identificar los gusanos de sangre alumbrados por las lámparas de Nora. "¿Crees que debería irradiarlos?", le preguntó a Setrakian.

"Hay una forma más segura. ¿Ves esa lata roja en el estante?"

Eph la vio. "¿La lata de gasolina?"

Setrakian asintió, y Eph comprendió de inmediato. Se aclaró la garganta, levantó la pistola de clavos, apuntó con ella y apretó dos veces el gatillo.

La herramienta era efectiva desde esa distancia. La gasolina brotó de la lata perforada, empapando el estante de madera y cayendo al piso de tierra.

Setrakian se desabotonó el sobretodo y sacó una caja de fósforos de un bolsillo que tenía en el forro. Con uno de sus dedos retorcidos sacó un fósforo de madera y lo encendió después de frotarlo contra el rastrillo de la caja. La llama naranja brilló en la noche.

"El señor Barbour ha sido liberado", dijo.

Arrojó el fósforo encendido y el cobertizo estalló en llamas.

Rego Park Center, Queens

MATT EXAMINÓ varias prendas de ropa juvenil, guardó el lector de códigos de barras con el que hacía el inventario y bajó las escaleras para ir a comer algo. Después de todo, los inventarios a puerta cerrada no eran tan malos. Era el administrador de la tienda y podía modificar su horario de trabajo durante la semana para compensar las horas extras. El resto del centro comercial estaba cerrado, las puertas de seguridad clausuradas, lo que significaba que no había clientes ni multitudes. Además, tampoco tenía que utilizar corbata.

Tomó el ascensor para bajar a la bodega de recibo de mercancías, pues las mejores máquinas expendedoras de golosinas estaban allá. Iba caminando al lado de los mostradores de la joyería del primer piso, comiendo Chuckles (en orden ascendente de preferencia: regaliz, limón, lima, naranja y cereza), cuando escuchó algo en el centro comercial. Se dirigió a la amplia puerta de metal y vio a un guardia de seguridad revolcándose en el piso a tres locales de distancia.

Se estaba agarrando la garganta con la mano como si estuviera malherido o ahogándose.

"¡Oye!", lo llamó Matt.

El guardia lo vio y estiró la mano, no en señal de saludo sino implorando ayuda. Matt sacó el llavero e introdujo la llave más grande en la ranura, levantando la puerta a sólo 4 pies para deslizarse por debajo y socorrer al hombre.

El guardia de seguridad lo agarró del brazo y Matt lo llevó a una banca cercana junto a la fuente de los deseos. El hombre estaba jadeando. Matt vio que tenía sangre en el cuello, debajo de sus dedos, pero no como para tratarse de una herida de arma blanca. También tenía gotas de sangre en su uniforme, y el pantalón mojado, lo cual evidenciaba que se había orinado.

Matt lo conocía de vista y le parecía arrogante. Era un tipo grande que recorría el centro comercial con los dedos metidos en el cinturón como un sheriff sureño. No llevaba puesto el sombrero, y Matt vio que era casi calvo, con apenas un par de mechones negros y grasientos cubriéndole el cráneo. El hombre estaba completamente asustado, aferrándose adolorido al brazo de Matt, sin su hombría habitual.

Matt le preguntó varias veces qué le había sucedido, pero el guardia se limitaba a observar a su alrededor con la respiración entrecortada. Matt escuchó una voz que parecía provenir del radio del guardia. Matt lo sacó del cinturón. "Hola, ¿me escuchan? Soy Matt Sayles, administrador de Sears. Uno de sus hombres está herido aquí en el primer nivel. Sangra por el cuello y su estado parece ser grave".

Le respondieron de inmediato: "Sí; soy el supervisor. ¿Qué está sucediendo?"

El guardia intentó decir algo pero solo salió un silbido de su garganta devastada.

Matt respondió: "Fue atacado. Tiene contusiones a ambos lados del cuello, heridas, y... está completamente asustado. Pero no veo a nadie por aquí..."

"Estoy bajando por las escaleras de servicio", dijo el supervisor. Matt escuchó el eco de sus pasos a través del radio. "¿Dónde dijiste que...?"

La señal se interrumpió. Matt esperó que se reanudara y hundió el botón para comunicarse de nuevo. "¿Que dónde qué?"

Soltó el botón para escuchar, pero nada.

"¿Hola?"

Oyó una fuerte interferencia durante casi un segundo, y luego un grito sofocado: "GGHRGGH".

El guardia se cayó de la banca y se arrastró hacia el Sears. Matt se puso de pie con la radio en la mano, y se dirigió hacia el aviso de los baños, pues a un lado estaba la puerta de la escalera de servicio.

Escuchó un golpeteo, como si alguien saltara.

Luego oyó un zumbido. Miró hacia su tienda y vio que la puerta de seguridad estaba casi cerrada. Y él había dejado las llaves adentro.

El guardia herido se había encerrado allí.

"¡Oye; *oye!*", gritó Matt.

Pero antes de poder correr hacia allá, Matt sintió una presencia detrás de él. Vio al guardia retroceder con los ojos desorbitados, trastabillando contra un estante de ropa y arrastrándose. Matt se dio vuelta y vio a dos chicos con jeans sueltos y capuchas que les quedaban excesivamente grandes. Salieron del corredor en dirección a los baños. Parecían drogados, su piel era oscura y amarillenta, y apenas movían sus manos.

Seguramente eran drogadictos. Matt se asustó aún más, pues pensó que le habían clavado una jeringa contaminada al guardia. Sacó su billetera y se la lanzó a uno de ellos. El chico no se dio por enterado; la billetera le dio en el estómago y cayó al suelo.

Matt retrocedió hacia la puerta de su tienda, pues los dos tipos se le estaban acercando.

Calle Vestry, Tribeca

Eph se estacionó frente a las dos casas adjuntas de la residencia de Bolívar, en cuya fachada había un andamio de tres pisos de altura. Se dirigieron a la puerta y vieron que estaba cerrada con tablas. No de manera temporal ni por protección; estaba cubierta con una lámina muy gruesa clavada al marco la puerta, completamente sellada.

Eph observó la fachada de la edificación bajo el cielo nocturno. "¿Por qué se estará escondiendo?", dijo. Puso un pie en el andamio, preparándose para subir. Setrakian lo detuvo.

Había testigos en el andén frente a la edificación contigua observándolos desde la oscuridad.

Eph se dirigió a ellos. Sacó el espejo con soporte de plata del bolsillo de su chaqueta, tomó a uno de ellos por el brazo y lo dirigió hacia él para mirar su reflejo, pero su imagen no se movió. El chico, no mayor de quince años, pintado de manera lúgubre con maquillaje gótico y labial negro, se desprendió de Eph.

Setrakian examinó a los demás con su espejo: ninguno se había transformado.

"Son fans", dijo Nora. "Y están en vigilia".

"Váyanse de aquí", les ordenó Eph. Pero estos eran jóvenes neoyorquinos y sabían que no tenían por qué irse.

Setrakian miró la casa de Bolívar. Las ventanas estaban oscuras, y no pudo saber si estaban clausuradas o simplemente en proceso de restauración.

"Subamos por el andamio", dijo Eph. "Y entremos por una ventana".

Setrakian negó con la cabeza. "Es imposible entrar sin que los vecinos llamen a la policía para que te detengan. Recuerda que te están buscando". Setrakian se apoyó en su bastón y miró de nuevo la casa oscura antes de alejarse. "No; nuestra única opción es esperar. Recojamos un poco de información sobre esta casa y su propietario. Podría ser útil saber primero en dónde nos estamos metiendo".

LUZ
DIURNA

Bushwick, Brooklyn

La primera parada de Vasiliy Fet la mañana siguiente fue en una casa en Bushwick, no muy lejos de donde había pasado su infancia. Las llamadas se habían disparado, y el tiempo habitual de espera, que oscilaba entre dos y tres semanas, se había duplicado. Vasiliy todavía estaba poniéndose al día con el trabajo del último mes, y le había prometido a ese tipo que hoy era el día que iría a su casa.

Se estacionó detrás de un auto plateado y sacó los implementos de su camioneta: su varilla y el carro de mano con las trampas y los venenos. Lo primero que notó fue un arroyo de agua que corría entre dos casas, constante e ininterrumpido, como si se hubiera roto una tubería. No era tan apetitoso como los desperdicios líquidos y cremosos de una alcantarilla, pero era más que suficiente para deleitar a toda una colonia de ratas.

La ventana del sótano estaba rota, rellena con trapos y toallas viejas. Podría tratarse de un simple deterioro urbano, pero también podía ser obra de los "plomeros de medianoche", una nueva modalidad de ladrones que retiraban las tuberías de cobre para venderlas en las tiendas de artículos usados.

El banco era el propietario de las dos casas luego del derrumbe de las hipotecas, pues sus propietarios habían dejado de pagar las cuotas y éste había tenido que ejecutar la hipoteca. Vasiliy se iba a encontrar con un administrador. La puerta de la primera casa no tenía seguro. El exterminador tocó el timbre y llamó. Metió la cabeza por el pasillo que conducía a las escaleras, inspeccionando los zócalos en busca de huellas y excrementos. Una persiana rota colgaba de una ventana, proyectando una sombra puntiaguda en el desvencijado piso de madera. El administrador no aparecía por ninguna parte.

Vasiliy tenía muchas cosas qué hacer y no podía esperar allí. Además del atraso en su trabajo, no había dormido bien la noche anterior y quería regresar al sitio del World Trade Center en la mañana para hablar con uno de los encargados. Vio un portapapeles metálico entre las balaustradas del tercer peldaño de las escaleras. El nombre de la compañía que aparecía en la tarjetas sujetas al portapapeles era igual al de la orden de trabajo de Vasiliy.

"¡Hola!", llamó de nuevo, y desistió. Encontró la puerta del sótano y decidió comenzar de una vez. El sótano estaba oscuro, gracias en parte a la ventana rellena que había visto desde afuera. La luz parecía haberse apagado hacía mucho tiempo, y era improbable que el plafón del techo tuviera un bombillo. Vasiliy dejó su carro a un lado para abrir la puerta y bajó las escaleras con la varilla en la mano.

La escalera doblaba a la izquierda y lo primero que vio fue unos mocasines, y después unas piernas enfundadas en unos pantalones caquis: el administrador estaba desplomado contra la pared de piedra en aquel nido para drogadictos, su cabeza a un lado y sus ojos abiertos, con la mirada vacía.

Vasiliy había estado en demasiadas casas abandonadas en muchos sectores peligrosos de la ciudad como para apurarse a acudir a su ayuda. Miró alrededor del último peldaño de las escaleras, tratando de adaptarse a la oscuridad. El sótano no tenía nada excepcional, salvo los dos tubos de cobre cortados que estaban en el suelo.

Al lado derecho de las escaleras estaba la base de la chimenea, a un lado de la caldera. Vasiliy vio cuatro dedos sucios en el extremo inferior del mortero de la chimenea.

Alguien estaba acurrucado allí, escondido y esperándolo.

Se había dado vuelta para subir las escaleras y llamar a la policía, cuando vio que la luz proveniente de las escaleras había desaparecido: habían cerrado la puerta. Alguien estaba al otro lado del sótano.

El primer impulso que sintió Vasiliy fue salir corriendo, y así lo hizo, llegando rápidamente a la chimenea, donde estaba acurrucado el propietario de la mano sucia. Vasiliy profirió un grito de ataque y golpeó fuertemente esos nudillos con su varilla, triturándole los huesos contra la argamasa.

El atacante se abalanzó rápidamente sobre él sin prestarle atención al dolor. *"Seguramente es un adicto al crack"*, pensó. Sin embargo, era una niña, completamente sucia. Tenía sangre alrededor de la boca y el pecho. Vasiliy vio todo esto en fracciones de segundo, antes de que ella se abalanzara sobre él con una velocidad asombrosa, empujándolo hacia atrás con una fuerza más sorprendente aún, y golpeándolo con fuerza contra la pared, a pesar de tener la mitad de su estatura. Emitió un ruido furioso y ahogado, y cuando abrió la boca le salió una lengua inusitadamente larga. Vasiliy levantó la pierna, la pateó en el pecho y ella cayó el suelo.

Escuchó los pasos de alguien bajando por las escaleras y supo que no podría salir victorioso en medio de la oscuridad. Retiró los trapos embutidos en la ventana con rapidez.

Se dio vuelta y vio la expresión de horror en los ojos de la niña, quien estaba justo enfrente del rayo solar, y una especie de grito angustiado salió de su cuerpo, el cual colapsó de inmediato, aniquilado y humeante. Aquello le recordó a Vasiliy la imagen que tenía de los efectos producidos por la radiación nuclear en un ser vivo, calcinándolo y disolviéndolo simultáneamente.

Todo había sucedido con una rapidez insólita. La niña —o lo que fuera— yacía disecada en el piso inmundo del sótano.

Vasiliy observó horrorizado, aunque esa no era la palabra. Se olvidó por completo de la persona que estaba bajando las escaleras, hasta que ésta gimió al ser iluminada por la luz. Retrocedió y cayó al lado del administrador, pero logró levantarse para subir las escaleras.

Vasiliy reaccionó justo a tiempo para meterse debajo de las escaleras. Sacudió la varilla con fuerza por entre las tablas, y el hombre cayó aparatosamente. Vasiliy salió esgrimiendo la varilla mientras el hombre se ponía de pie. Su piel antiguamente morena, era de un color amarillo y macilento, como si tuviera ictericia. Abrió la boca y Vasiliy vio que no tenía lengua, sino algo mucho peor.

Levantó la varilla y le golpeó la boca con fuerza; el hombre trastabilló y cayó de rodillas. Vasiliy lo agarró por detrás de la nuca como lo haría con una serpiente o una rata, obligándolo a mantener esa cosa fuera de su boca. Miró el rectángulo de luz irisado de polvo que había aniquilado a la niña. Sintió que el hombre intentaba desprenderse, le pegó un fuerte varillazo en las rodillas y el hombre se desplomó muy cerca del rectángulo iluminado.

Vasiliy estaba aterrorizado, pero quería ver de nuevo el efecto letal de la luz. Le dio una patada y el hombre rodó al charco de luz solar. Vasiliy lo vio sucumbir y desmoronarse en un instante, aniquilado por los rayos calcinantes que redujeron su cuerpo a cenizas y vapor.

South Ozone Park, Queens

La limosina de Eldricht Palmer entró en una bodega localizada en un parque industrial invadido por la maleza, a menos de una milla del antiguo Hipódromo del Acueducto. Lo acompañaba una caravana modesta, conformada por una limosina de reemplazo por si la suya sufría alguna avería, y por una furgoneta negra acondicionada que era en realidad una ambulancia privada, equipada con su máquina de diálisis.

Una de las puertas de la bodega se abrió para que entraran los vehículos. Cuatro miembros de la Sociedad Stoneheart lo estaban esperando. Eran representantes de una subsidiaria del Grupo Stoneheart, el poderoso conglomerado de inversiones internacionales.

El señor Fitzwilliam le abrió la puerta y todos se sorprendieron al ver a Palmer: una audiencia con el presidente del conglomerado era un privilegio muy escaso.

Sus trajes oscuros eran iguales al suyo. Palmer estaba acostumbrado a su papel protagónico. Sus inversionistas lo consideraban una figura mesiánica a cuyos conocimientos del mercado financiero debían sus fortunas. Sus discípulos lo seguirían hasta el mismísimo infierno.

Palmer se sentía lleno de vigor aquel día, y se desplazaba solo con la ayuda de su bastón de caoba. La bodega de la antigua compañía fabricante de cajas estaba casi vacía. El Grupo Stoneheart la utilizaba ocasionalmente para guardar vehículos, pero el valor que tenía aquel día residía en su incinerador antiguo, simple y subterráneo, al cual se accedía por una puerta del tamaño de un horno.

Al lado de los miembros de la Sociedad Stoneheart había una Kurt hermética sobre una camilla con ruedas. El señor Fitzwilliam estaba a su lado.

"¿Algún problema?", preguntó Palmer.

"No, Señor Presidente", respondieron al unísono. Los dobles del doctor Goodweather y la doctora Martínez le entregaron al señor Fitzwilliam las credenciales falsas del Centro para la Prevención y Control de Enfermedades.

Palmer observó el cuerpo consumido de Jim Kent que yacía en la camilla aislada y transparente. El cuerpo del vampiro sediento de sangre estaba marchito como un fetiche tallado en la madera mohosa de un abedul. Sus músculos y sistema circulatorio se veían a través de su piel descompuesta, salvo en su garganta inflamada y ennegrecida. Sus ojos estaban abiertos, y miraba fijamente desde las cuencas de su rostro apagado.

Palmer tocó al vampiro hambriento y exánime. Sabía lo que significaba la mera supervivencia para un cuerpo mientras el alma sufre y la mente se debate en medio de las tribulaciones.

Sabía lo que se siente al ser traicionado por el propio creador.

Eldricht Palmer estaba a un paso de la emancipación. A diferencia de aquel desgraciado, Palmer estaba próximo a alcanzar la liberación y la inmortalidad.

"Destrúyanlo", dijo.

Y retrocedió, mientras la camilla era llevada al interior del incinerador y el cuerpo era arrojado a las llamas.

Estación Pennsylvania

Su viaje a Westchester para encontrar a Joan Luss, la sobreviviente del vuelo 753, se vio interrumpido por las noticias de la mañana. La aldea de Bronxville había sido cerrada por la Policía del Estado de Nueva York y por los equipos HAZMAT debido a un "escape de gas". Las grabaciones realizadas por los helicópteros de los canales noticiosos mostraban un poblado pequeño y casi inmóvil al amanecer, y los únicos vehículos que se encontraban en las calles eran las patrullas policiales. Los avances de última hora mostraban el edificio de la Oficina del Forense, en la Primera Avenida y calle Treinta siendo sellado con tablas, y difundían los rumores sobre un mayor número de personas que habían desaparecido en el sector, y de incidentes de pánico colectivo entre los residentes locales.

La Estación Pennsylvania era el único lugar donde podían encontrar un teléfono público. Eph estaba frente a las cabinas de plástico en compañía de Nora y Setrakian, en medio de los usuarios del tren que deambulaban por la estación.

Eph miró el listado de LLAMADAS RECIENTES en el teléfono de Jim, y buscó el número telefónico del director Barnes. Jim recibía casi cien llamadas diariamente, y Eph siguió mirando el listado mientras Barnes contestaba el teléfono.

"Everett, ¿realmente crees en la farsa del 'escape de gas'?". "¿Cuánto crees que puede durar semejante patraña en las circunstancias actuales?", le dijo Eph.

Barnes reconoció su voz. "¿Dónde estás, Ephraim?"

"¿Fuiste a Bronxville? ¿Viste cómo están las cosas?"

"Estuve allá.... Todavía no sabemos de qué se trata realmente..."

"¿No sabemos? Por favor, Everett".

"Esta mañana encontraron vacía la estación de policía. Toda la aldea parece haber sido abandonada".

"No está abandonada. Todavía están allá. Simplemente se están escondiendo. Anda esta noche: el condado de Westchester te parecerá igual a Transilvania. Lo que necesitas son escuadrones de ataque; soldados que vayan casa por casa como si estuvieran en Bagdad. Es la única forma, Everett".

"Lo que no queremos es crear un pánico que..."

"El pánico ya está comenzando. El pánico es la respuesta más apropiada en estas circunstancias, mucho más que la negación".

"Los Sistemas DOH de Vigilancia Sindrómica de Nueva York no registran señales de ningún brote".

"Ellos solo monitorean patrones de enfermedad luego de rastrear las salas de emergencia, las ambulancias y las farmacias, y ninguna de esas instancias encaja en este escenario. Toda la ciudad irá por el mismo camino de Bronxville si te quedas cruzado de brazos".

El director Barnes dijo: "Quiero saber qué le hiciste a Jim Kent".

"Ya había desaparecido cuando fui a verlo".

"Me han informado que estás involucrado en su desaparición".

"¿Qué crees que soy, Everett: la Sombra? Sí, estoy al mismo tiempo en todas partes. Soy un genio malvado".

"Ephraim; escucha..."

"Escúchame tú a mí. Soy un médico, y me contrataste para hacer un trabajo: identificar y contener las enfermedades que pongan en riesgo la salud de la población norteamericana. He llamado para decirte que todavía no es demasiado tarde. Han pasado cuatro días desde el aterrizaje del avión y del estallido de la epidemia, pero todavía existe una oportunidad. Podemos aislarlos aquí, en la ciudad de Nueva York.

Escúchame bien: los vampiros no pueden cruzar masas de agua en movimiento. Declararemos la cuarentena en la isla y sellaremos todos los puentes..."

"Sabes muy bien que no tengo esa clase de poder".

Se oyó el anuncio de un tren en los parlantes de la estación. "Sí; estoy en la Estación Pennsylvania. Envía al FBI si quieres. De todos modos me iré antes de que lleguen".

"Ephraim... regresa. Te prometo darte una oportunidad para que expongas tus argumentos. Trabajemos juntos en esto".

"No", dijo Eph. "Acabaste de decirme que no tienes esa clase de poder. Estos vampiros —pues eso es lo que son, Everett— son virus que se encarnan, y van a invadir esta ciudad hasta que no quede ninguno de nosotros. La cuarentena es la única respuesta. Si llego a saber que te estás moviendo en esa dirección, probablemente considere la posibilidad de regresar para ayudarte. Hasta luego, Everett..."

Eph colgó el teléfono. Nora y Setrakian esperaron que dijera algo, pero uno de los números que aparecía en el directorio había llamado la atención de Eph. Todos los contactos de Jim estaban clasificados por su apellido, a excepción de uno. Era alguien de la ciudad, a quien Jim había llamado varias veces en los últimos días. Eph seleccionó el nombre, hundió la tecla cero y esperó a que le respondiera una persona de carne y hueso.

"¿Sí? Tengo un número en mi teléfono y no recuerdo de quién es. No quiero pasar la vergüenza de llamar y no saber con quién estoy hablando. El prefijo es 212, y supongo que es el teléfono de una casa. ¿Puedes hacer el favor de revisar?"

Él le dio el teléfono a la operadora y escuchó el tecleo del computador.

"El número está registrado a nombre del Grupo Stoneheart, piso setenta y siete. "¿Quiere la dirección del edificio?"

"Por favor".

Cubrió el auricular con la mano y le dijo a Nora: "¿Por qué Jim habría llamado a alguien del Grupo Stoneheart?".

"¿Stoneheart?", dijo Nora. "¿Te refieres a la compañía de inversión de ese anciano?"

"Al gurú de las inversiones", señaló Eph. "Creo que es el segundo hombre más rico del país. Se llama Palmer algo".

"Eldricht Palmer", dijo Setrakian.

Eph lo miró y vio la consternación en el rostro del profesor.

"¿Qué pasa con él?"

"Este hombre; Jim Kent", dijo Setrakian. "No era amigo de ustedes".

Nora señaló: "¿Qué dices? Por supuesto que lo era..."

Eph colgó después de recibir la dirección. Señaló el número en la pantalla del teléfono y hundió la tecla SEND.

La línea sonó, pero no hubo respuesta ni ningún mensaje de voz.

Eph colgó, todavía mirando el teléfono.

Nora dijo: "¿Recuerdan lo que nos dijo la administradora del pabellón de aislamiento después de que los sobrevivientes se marcharon? Ella dijo que había llamado, pero Jim aseguró que no lo había hecho, y luego dijo que había dejado de recibir algunas llamadas".

Eph asintió. Había algo que no encajaba. Miró a Setrakian: "¿Qué sabes de Palmer?"

"Hace años acudió a mí para que le ayudara a encontrar a alguien que yo también estaba muy interesado en encontrar".

"Sardu", adivinó Nora.

"Él tenía el dinero y yo los conocimientos. Pero nuestro trato terminó pocos meses después, pues me di cuenta de que ambos lo buscábamos por razones muy diferentes".

Nora le preguntó: "¿Fue él quien te desprestigió en la universidad?".

"Siempre he creído eso", respondió Setrakian.

El teléfono de Jim vibró en la mano de Eph. El número no pertenecía al listado telefónico, pero era una llamada local. Probablemente era alguien de Stoneheart. Eph respondió.

"Sí", dijo la voz. "¿Me contestan del CDC?"

"¿Quién llama?"

La voz era ronca y profunda. "Estoy buscando al tipo del proyecto Canary que está metido en ese problema. ¿Podrías pasármelo?"

Eph sospechó que podría tratarse de una trampa. "¿Para qué quieres hablar con él?"

"Estoy llamando desde afuera de una casa en Bushwick, aquí en

Brooklyn. Hay dos personas muertas en el sótano. Son víctimas del eclipse y alérgicas al sol. ¿Esto le recuerda algo?"

Eph se emocionó. "¿Con quién hablo?"

"Con Vasiliy Fet. Trabajo con la Oficina de Servicios para el Control de Pestes de la ciudad. Soy exterminador y también estoy trabajando en un programa piloto para el control integrado de pestes en el Bajo Manhattan. El programa se ha financiado con setecientos cincuenta mil dólares aportados por el CDC. Es por eso que tengo su número. ¿Estoy hablando con Goodweather, o tal vez me equivoco?"

Eph vaciló un momento. "No; yo soy el doctor Ephraim Goodweather".

"Podría decirse que trabajo para usted. Es la única persona a la que he pensado contarle esto. Estoy viendo señales por toda la ciudad".

Eph dijo: "No es el eclipse".

"Eso mismo creo yo. Pienso que usted debería venir aquí, porque tengo algo que necesita ver".

Grupo Stoneheart

EPH TENÍA QUE HACER dos paradas en el camino: una con Nora y Setrakian, y la otra solo.

Pudo pasar por el control de seguridad del vestíbulo principal del Edificio Stoneheart gracias a sus credenciales del CDC, pero no por el segundo control que había en el piso setenta y siete, donde era necesario cambiar de ascensor para tener acceso a los últimos diez pisos del edificio localizado en el sector de Midtown.

Dos guardias enormes estaban parados sobre el logo dorado del Grupo Stoneheart. Detrás de ellos, unos trabajadores en overol cruzaron por el vestíbulo empujando los soportes con ruedas que contenían equipos médicos de gran tamaño.

Eph pidió ver a Eldritch Palmer.

El más alto de los dos guardias por poco sonrió. El bulto que formaba la pistola era evidente debajo de su chaqueta. "El señor Palmer no acepta visitantes sin cita previa".

Eph vio una de las máquinas desarmadas. Era una máquina de diálisis Fresenius, sumamente costosa, tanto que solo se encuentran disponibles en las salas renales de los hospitales.

"Están empacando", comentó Eph. "¿Con que de mudanza? Se van de Nueva York justamente cuando las cosas se ponen buenas. ¿Acaso el señor Palmer no necesita su máquina para el riñón?"

Los guardias no respondieron, ni siquiera se molestaron en mirarlo.

Eph comprendió en ese momento. O creyó hacerlo.

Se reunieron de nuevo afuera de la residencia de Jim y Sylvia, en un edificio alto del Upper East Side.

Setrakian dijo: "Palmer fue quien trajo al Amo. Por eso está dispuesto a arriesgarlo todo, incluso el futuro de la raza humana, con el fin de lograr sus objetivos".

"¿Cuáles?", preguntó Nora.

Setrakian señaló: "Creo que Eldricht Palmer está intentando alcanzar la vida eterna".

Eph dijo: "No si hacemos algo al respecto".

"Aplaudo su determinación", dijo Setrakian. "Pero gracias a su poder y a su inmensa fortuna, mi antiguo conocido lleva todas las de ganar. Ustedes deben entender que ésta es su apuesta final, y que para él no hay marcha atrás. Hará lo que esté a su alcance para alcanzar su meta".

Eph no podía darse el lujo de considerar el asunto en términos globales, pues correría el riesgo de descubrir que está librando una batalla perdida. Se concentró en la misión que tenía frente a él. "¿Qué descubriste?"

Setrakian dijo: "Mi breve visita a la Sociedad Histórica de Nueva York fue bastante fructífera. La propiedad en cuestión fue reconstruida totalmente por un contrabandista que amasó su fortuna durante la Prohibición. Su casa fue requisada varias veces pero nunca se logró encontrar más que media botella de alcohol ilícito a causa de sus destilerías subterráneas, que estaban dotadas de una red de túneles, varios de los cuales fueron ampliados posteriormente para las rutas del Metro".

Eph miró a Nora. "¿Y tú?"

"Lo mismo. Que Bolívar compró la propiedad porque allí habían fabricado alcohol de contrabando, y porque se decía que el antiguo propietario celebraba ritos satánicos en un altar improvisado en la terraza a comienzos del siglo veinte. Bolívar ha estado reformando esa edificación desde el año pasado para anexionarla con la de al lado.

Juntas, las casas forman una de las residencias privadas más grandes de Nueva York.

"Bien", señaló Eph. "¿Dónde encontraste eso? ¿En la biblioteca?"

"No", dijo ella, pasándole un impreso con fotos del interior de la casa original, así como fotos recientes de Bolívar maquillado. "Las descargué de la edición digital de la revista *People*. Fui con mi portátil a un Starbucks".

Los anunciaron y subieron al apartamento localizado en el noveno piso. Sylvia abrió la puerta; llevaba puesto un vestido de lino muy apropiado para una astróloga, y su cabello recogido con una banda elástica. Se sorprendió al ver a Nora, y aún más a Eph.

"¿Qué están haciendo...?"

Eph entró al apartamento. "Sylvia; tenemos unas preguntas muy importantes, y muy poco tiempo. ¿Qué sabes sobre Jim y el Grupo Stoneheart?"

Sylvia se llevó la mano al pecho como si no hubiera entendido. "¿El grupo qué?"

Eph vio un escritorio en el rincón, y un gato atigrado durmiendo sobre un computador portátil cerrado. Se dirigió allí y comenzó a abrir los archivos del computador. "¿Te molesta si le echo una mirada rápida a sus documentos?"

"No", respondió ella. "Si crees que servirá de algo, adelante".

Setrakian permaneció cerca de la puerta, mientras Eph y Nora examinaban el escritorio. Sylvia pareció recibir una fuerte vibración debido a la presencia del anciano. "¿Alguien quiere beber algo?"

"No", dijo Nora, sonriendo brevemente y reanudando la búsqueda.

"Regresaré en un momento". Sylvia fue a la cocina.

Eph retrocedió confundido. Ni siquiera sabía qué estaba buscando. ¿Jim trabajando para Palmer? ¿Desde cuándo? ¿Cuáles podrían ser sus motivaciones? ¿Dinero? ¿Sería cierto que los había traicionado?

Eph fue a la cocina para hacerle una pregunta delicada a Sylvia sobre las finanzas de la pareja y vio que se disponía a hacer una llamada telefónica. Ella retrocedió con una expresión extraña.

Eph se sintió confundido inicialmente. "¿A quién estabas llamando?"

Nora y Setrakian se acercaron. Sylvia tanteó la pared y se sentó en una silla.

Eph dijo: "¿Qué pasa, Sylvia?".

Ella respondió sin moverse, irradiando una extraña calma con sus ojos grandes y condenatorios. "Ustedes perderán".

Escuela pública 69, Jackson Heights

KELLY NUNCA MANTENÍA encendido su teléfono móvil en el salón de clases, pero esta vez le quitó el volumen y lo dejó al lado izquierdo del calendario. Matt se había ausentado toda la noche, lo que no era inusual durante los inventarios nocturnos, después de los cuales acostumbraba invitar a los empleados a desayunar. Sin embargo, siempre llamaba para reportarse. Estaba prohibido utilizar teléfonos celulares en la escuela, pero ella lo había llamado algunas veces y siempre le respondía el correo de voz. Tal vez él estaba sin señal. Ella trataba de no preocuparse, pero estaba perdiendo la calma. Por otra parte, la asistencia a la escuela fue muy escasa ese día.

Se arrepintió de hacerle caso a Matt y haber sucumbido a la arrogancia con la que él le había dicho que no se fuera de la ciudad. Esperó que Eph no hubiera puesto en riesgo a Zack...

Entonces su teléfono se iluminó y ella vio el icono del sobre. Era un mensaje de texto del móvil de Matt.

Decía: VEN A CASA.

Eso era todo. Tres palabras sin puntuación. Intentó devolverle la llamada de inmediato, pero el teléfono sonó y luego dejó de hacerlo como si él hubiera respondido; sin embargo, no le hablaba.

"¿Matt? ¿Matt?"

Sus estudiantes de cuarto grado la miraron extrañadas. Nunca habían visto a la profesora Goodweather hablar por teléfono en clase.

Kelly llamó a su casa, pero la línea estaba ocupada. ¿Habría dejado de funcionar el buzón de mensajes?

Decidió marcharse. Le pediría el favor a Charlotte, la profesora de al lado, que cuidara a sus estudiantes. Pensó en empacar sus cosas y en recoger a Zack, pero desistió. Iría directamente a su casa para ver cuál era el problema, evaluar la situación y decidir qué hacer.

Bushwick, Brooklyn

EL HOMBRE QUE SE ENCONTRÓ con ellos en la casa vacía era tan grande que ocupaba casi todo el marco de la puerta. La sombra de una barba de dos días oscurecía su barbilla prominente como una mancha de hollín. Llevaba un costal blanco y una funda de almohada con algo pesado adentro.

Después de las presentaciones, el hombre se metió la mano al bolsillo de su camisa y sacó una copia gastada de una carta con el sello del CDC. Se la mostró a Eph.

"Dijiste que tenías algo para mostrarnos", le dijo Eph.

"Dos cosas. Primero ésta".

Fet aflojó la cuerda del costal y vació su contenido. Cuatro roedores peludos cayeron al suelo.

Eph retrocedió y Nora hizo un gesto de repulsión.

"Siempre he creído que si quieres llamar la atención de la gente, lo mejor que puedes hacer es mostrarles una bolsa llena de ratas". Fet agarró a una de la cola, y el cuerpo de ésta se balanceó lentamente bajo su mano. "Están saliendo de sus nidos por toda la ciudad, incluso durante el día. Algo las está haciendo huir, y eso significa que algo no está bien. Sé que las ratas caían muertas en las calles durante la peste bubónica que asoló a Europa en la Edad Media. Pero ahora no salen para morir, sino que están completamente desesperadas y hambrientas. Créanme si les digo que cuando se presenta un cambio importante en la etología de las ratas, es porque algo muy malo viene en camino. Cuando las ratas comienzan a asustarse, es hora de vender todo y de marcharse. ¿Entienden lo que quiero decir?"

Setrakian dijo: "Entiendo perfectamente".

Eph señaló: "Creo que no he entendido algo. ¿Qué tienen que ver las ratas con...?".

"Son una señal", dijo Setrakian, "como lo ha dicho acertadamente el señor Fet. Es un síntoma ecológico". "Stoker popularizó el mito de que un vampiro puede cambiar de forma y transformarse en una criatura nocturna como un murciélago o un lobo. No obstante, este principio falso se fundamenta en una verdad. Antes de que las edificaciones tuvieran sótanos o cavas, los vampiros anidaban en cuevas y guaridas en las afueras de las aldeas. Su presencia corruptora desplazó a otras criaturas, especialmente a los murciélagos y lobos, y los expulsó para apoderarse de las aldeas. Su aparición siempre ha coincidido con la propagación de la enfermedad y la corrupción de las almas".

Fet escuchaba con atención al anciano. "¿Sabe algo?", le dijo. "Le escuché decir la palabra 'vampiro' en dos ocasiones".

Setrakian lo miró algo extrañado: "Así es".

Después de una pausa y de mirar largamente a Nora y a Eph, Fet dijo: "Ya veo", como si estuviera comenzando a entender. "Ahora permítanme mostrarles la otra cosa".

Los condujo al sótano. El olor era pestilente, como el de un cuerpo enfermo que hubiera sido quemado. Les mostró la carne y los huesos atomizados, reducidos a frías cenizas en el suelo. El rayo de luz que entraba por la ventana rectangular se había alargado y cambiado de dirección, brillando ahora contra la pared. "El rayo estaba aquí, ellos recibieron la luz y quedaron carbonizados en un instante. Pero antes de eso me atacaron con esta... *cosa* que les salía de debajo de la lengua".

Setrakian le hizo un breve recuento: el Amo maligno camuflado en el vuelo 753; el ataúd desaparecido; los muertos saliendo de las morgues y regresando al "encuentro" de sus seres queridos; las guaridas en las casas; el grupo Stoneheart; el efecto de la plata y de los rayos solares; los aguijones.

Fet dijo: "Echaban la cabeza hacia atrás, abrían la boca... y era como ese dulce para niños... que venía con los personajes de la *Guerra de las Galaxias*".

Nora pensó un momento y dijo: "un dispensador Pez".

"Sí; les hundes el mentón y los dulces salen del cuello".

Eph asintió. "Es una descripción acertada, salvo por el contenido".

Fet lo miró. "¿Cómo te convertiste en el enemigo público número uno?"

"Porque su arma es el silencio".

"Al diablo con eso. Alguien tiene que hacer ruido".

"Exactamente", dijo Eph.

Setrakian notó que Fet portaba una linterna en el cinturón. "Permíteme preguntarte algo. Si no me equivoco, las luces negras se utilizan en tu profesión, ¿verdad?"

"Claro que sí. Para detectar la orina de los roedores".

Setrakian miró a Eph y a Nora.

Fet le lanzó una mirada al anciano vestido con saco y chaleco. "¿Sabes algo sobre fumigación de plagas?"

Setrakian dijo: "Tengo algo de experiencia". Se detuvo para mirar al administrador, quien se había arrastrado para alejarse de los rayos solares y permanecía acurrucado en un rincón. Setrakian lo examinó con el espejo de plata y le mostró el resultado a Fet. El exterminador miró alternativamente al espejo y al administrador, cuyo reflejo vibraba en la superficie. "Pero tal parece que eres un experto en criaturas que hacen madrigueras para esconderse; en criaturas que anidan y se alimentan de seres humanos. ¿Tu trabajo consiste en erradicar este tipo de plaga?", le preguntó el anciano.

Fet miró a Setrakian y luego a sus acompañantes como un hombre que fuera en un tren expreso y acabara de comprender que había tomado la ruta equivocada. "¿En qué estás tratando de involucrarme?"

"Dínoslo. Si los vampiros son unas alimañas, una infestación que se propaga rápidamente por toda una ciudad, ¿qué harías tú para detenerlos?"

"Puedo decirte que, desde el punto de vista del control de plagas, los venenos y las trampas son soluciones inmediatas que no son efectivas a largo plazo. Coger a estos animales uno por uno no conduce a nada. Las únicas ratas que vemos son las más débiles, las estúpidas. Las inteligentes saben cómo sobrevivir. Lo que realmente funciona es el control: intervenir su hábitat, trastornar su ecosistema, eliminar su fuente de alimentos y hacerlas morir de hambre. Solo así se llega a la raíz de la infestación y se corta de tajo".

Setrakian asintió lentamente y después miró a Eph. "El Amo; él es la raíz de este mal. Actualmente está en algún lugar de Manhattan". El anciano miró de nuevo a la criatura desgraciada que yacía acurrucada en el piso, y que se reanimaría en la noche convertida en un vampiro, en una alimaña nefasta. "Retírense por favor", dijo desenfundando su espada. Decapitó al hombre acostado luego de pronunciar las palabras rituales, asestándole un golpe certero con la espada que sostenía con las dos manos. Una sangre rosada y pálida brotó del cuello, pues todavía no se había transformado por completo, y Setrakian limpió la hoja en la camisa del hombre y la enfundó de nuevo en su bastón. "Si solo tuviéramos un indicio sobre el refugio del Amo. Él debió aprobarlo, o incluso escogerlo. Una guarida digna de su condición. Un lugar oscuro que le ofrezca refugio y al mismo tiempo acceso al mundo de la superficie". Se dio vuelta y miró a Fet. "¿Tienes alguna idea de dónde pueden estar saliendo estas ratas; del epicentro de su desplazamiento?"

Fet asintió de inmediato y su mirada se concentró en un punto lejano. "Creo que sí".

Calle Church y Fulton

Bajo la luz agonizante del día, los dos epidemiólogos, el prestamista y el exterminador estaban en la plataforma localizada en el extremo norte de la construcción del World Trade Center, donde la excavación tenía una calle de ancho y setenta pies de profundidad.

Gracias a las credenciales oficiales de Fet y a una mentira piadosa —pues a fin de cuentas Setrakian no era un especialista en roedores de Omaha reconocido en todo el mundo— pudieron entrar al túnel sin un escolta. Fet los condujo por la misma línea fuera de servicio que había recorrido anteriormente, alumbrándolos con su linterna. El anciano avanzó con cuidado por las traviesas de la vía férrea, apoyándose con su bastón. Eph y Nora iban detrás con las lámparas Luma.

"No eres de Rusia", le dijo Setrakian a Fet.

"Sólo mi nombre y mis padres".

"En Rusia los llaman _vourdalak._ El mito imperante es que uno puede inmunizarse contra ellos si se mezcla la sangre de un _vourdalak_ con harina y se hace un pan, el cual debe comerse".

"¿Y funciona?"

"Tan bien como cualquier remedio popular. Lo que equivale a decir que no es muy efectivo". Setrakian permaneció al lado derecho del tercer riel electrificado. "Esa varilla de acero parece ser útil".

Fet miró su barra. "Es tosca como yo, supongo. Pero hace bien su trabajo, al igual que yo".

Setrakian bajó la voz para que el eco no retumbara en el túnel. "Tengo otros instrumentos que te parecerán efectivos".

Fet vio la manguera del cárter en la que habían trabajado los albañiles. Más adelante, el túnel se ensanchaba en una curva y Fet reconoció el cruce de inmediato. "Aquí", dijo, alumbrando con la linterna alrededor suyo.

Se detuvieron a escuchar el goteo del agua. Fet iluminó el suelo con su linterna. "La última vez eché polvo para rastrear. ¿Lo ven?"

El polvo tenía huellas humanas. De zapatos, de zapatillas deportivas y de pies descalzos.

Fet dijo: "¿A quién se le ocurriría caminar descalzo en un túnel del metro?"

Setrakian levantó su mano cubierta por un guante de lana. La acústica del túnel, semejante a la de un tubo metálico, les trajo gruñidos lejanos.

Nora dijo: "Dios Santo..."

Setrakian murmuró: "Sus lámparas, por favor. Enciéndanlas".

Eph y Nora lo hicieron y sus potentes rayos UVC iluminaron el túnel, revelando unos colores extravagantes; innumerables manchas esparcidas en la pared, el piso, los montantes de hierro... en todas partes.

Fet se estremeció asqueado. "¿Todo esto es...?"

"Son excrementos", dijo Setrakian. "Las criaturas defecan una sustancia blanca mientras se alimentan".

Fet miró sorprendido a su alrededor. "Supongo que los vampiros no necesitan mantener una buena higiene".

Setrakian comenzó a retroceder. Le dio vuelta al bastón para desenvainar la espada brillante y afilada. "Debemos irnos de aquí ahora mismo".

Fet estaba escuchando los ruidos de los túneles. "No me opongo en absoluto".

Eph tropezó con algo y saltó hacia atrás, pensando que eran ratas. Alumbró con su lámpara UVC y descubrió una pila de objetos en un rincón.

Eran teléfonos móviles, cien o más, apilados como si hubieran sido arrojados allí.

"¡Já!", exclamó Fet. "Alguien dejó un cargamento de teléfonos móviles aquí".

Eph examinó algunos que estaban arriba. Los dos primeros estaban descargados. El tercero tenía solo una barra titilando en la carga de la batería. Un icono en forma de X arriba de la pantalla indicaba que no había señal.

"Es por eso que la policía no puede rastrear a los desaparecidos", dijo Nora. "Sus teléfonos están bajo tierra".

"A juzgar por esta evidencia", dijo Eph, arrojando a la pila el móvil que tenía en la mano, "la mayoría de los desaparecidos se encuentra aquí".

Eph y Nora le echaron un vistazo al montículo y se pusieron en marcha.

"Rápido", dijo Setrakian, "antes de que seamos detectados". Los condujo fuera del túnel. "Debemos prepararnos".

LA
GUARIDA

Calle Worth, Barrio Chino

A comienzos de la cuarta noche, Ephraim pasó por su edificio antes de seguir hacia la tienda de Setrakian, donde iban a equiparse con las armas necesarias. No vio patrullas de la policía. Se estaba arriesgando, pero desde hacía varios días llevaba puesta la misma ropa; sólo necesitaba cinco minutos para subir y cambiarse. Les señaló la ventana en el tercer piso, y dijo que si no había problemas bajaría la persiana.

Cruzó sin novedad el vestíbulo del edificio y subió las escaleras. Encontró la puerta de su apartamento ligeramente abierta y se detuvo a escuchar. Los policías nunca dejaban la puerta así.

Entró y dijo: "¿Kelly?" No hubo respuesta. "¿Zack?" Ellos dos eran los únicos que tenían una copia de las llaves.

El olor lo alarmó inicialmente, pero recordó que eran los restos de la comida china que había en la basura desde la última visita de Zack, que ahora se le antojaba remota. Fue a la cocina para ver si la leche del refrigerador no se había estropeado... y se detuvo.

Miró, y tardó un momento en entender lo que estaba observando.

Dos policías uniformados yacían en el piso de la cocina, contra la pared.

Escuchó un ruido en el apartamento, que rápidamente se convirtió en algo semejante a un grito, como un coro de agonía.

La puerta de su apartamento se cerró de un golpe, y Eph se dio vuelta.

Dos hombres estaban allí. O dos seres. Dos vampiros.

Eph lo supo de inmediato. Su postura; su palidez.

No conocía a uno de ellos. Pero el otro era Bolívar, el sobreviviente. Se veía tremendamente muerto, muy amenazante y muy hambriento.

Eph sintió una presencia todavía más amenazante en la habitación, pues estos dos transformados no eran la fuente del ruido. Girar su cabeza hacia la habitación principal le tomó una eternidad, aunque realmente tardó sólo un segundo.

Vio a un ser descomunal cubierto con una túnica larga y oscura. Era más alto que el apartamento, e incluso que el techo; tenía el cuello inclinado y miraba a Eph desde arriba.

Su rostro...

Eph se sintió mareado ante la estatura sobrehumana de aquel ser que reducía el espacio del cuarto con su presencia, y a él también. La visión hizo que le temblaran las piernas, incluso cuando se dio vuelta para correr hacia la puerta y huir por el corredor.

El ser se interpuso, bloqueándole la única salida, como si no fuera Eph, sino el piso el que hubiera girado. Los otros dos vampiros, de estatura humana, estaban a cada lado suyo.

El ser estaba más cerca ahora. Inclinado sobre él. Mirándolo.

Eph cayó de rodillas. El simple acto de estar ante esta criatura descomunal tenía un efecto paralizante, igual que si lo hubiera derribado físicamente.

Hmmmmmmmmmmm.

Eph sintió aquello de la misma forma en que la música en vivo se siente en el pecho: un ruido sordo retumbando en su cerebro. Desvió su mirada al suelo. Estaba paralizado por el miedo. No quería verle el rostro de nuevo.

Mírame.

Eph creyó que esa cosa lo estaba estrangulando con su mente. Pero su falta de aire se debía al terror físico, al pánico que hacía mella en su alma.

Levantó sus ojos ligeramente. Temblaba cuando atisbó el dobladillo de la túnica del Amo y sus manos al final de las mangas. Eran asquerosamente descoloridas y sin uñas, inhumanamente grandes. Los dedos de un tamaño desproporcionado, eran iguales de largos, salvo el del medio, que sobresalía de los demás por su grosor y por el espolón en la punta, semejante a una garra.

Era el Amo. Estaba allí por él. Iba a transformarlo.

Mírame, cerdo.

Eph lo observó, levantando la cabeza como si una mano lo agarrara del mentón.

El Amo lo miró desde arriba, su cabeza inclinada bajo el techo. Se llevó las manos inmensas a su capucha y la retiró de su cráneo. Su cabeza era lampiña y sin color. Sus boca, labios y ojos no tenían tonalidad alguna, y eran ajados y desteñidos como linos raídos. Su nariz era negra y desgastada como la de una estatua al aire libre, una simple protuberancia con dos huecos negros. Su garganta palpitaba con la pantomima hambrienta de la respiración. Su piel era tan pálida que parecía transparente. Visibles detrás de la carne, como un mapa difuso de reino antiguo y en ruinas, sus venas desprovistas de sangre, rojizas y dilatadas; eran los gusanos sanguíneos circulando, los parásitos capilares arrastrándose debajo de la piel cristalina del Amo.

Es la hora de la verdad.

La voz se incrustó en la cabeza de Eph con un rugido terrorífico. Sintió vértigos. Todo se hizo confuso y oscuro.

Tengo a tu maldita esposa y pronto tendré a tu maldito hijo.

Eph sintió su cabeza a un paso de explotar de asco y de rabia. Se sintió como un lobo dispuesto a atacar. Deslizó un pie hacia atrás y se irguió ante aquel demonio inmenso.

Te lo arrebataré todo y te dejaré sin nada. Ese es mi estilo.

El Amo avanzó con un movimiento rápido y difuso. Eph sintió una sensación taladrante en la parte superior de su cabeza, así como un paciente anestesiado siente la presión de la fresa del dentista; sus pies se levantaron del suelo y él agitó sus brazos y piernas. El Amo le levantó la cabeza con una mano, como si fuera una pelota de básquetbol, y la alzó hasta el techo y frente a sus ojos, para que viera los gusanos de sangre revolcarse como una plaga de espermatozoos.

Soy el ocultamiento y el eclipse.

Alzó a Eph como si fuera una uva grande. El interior de su boca era oscuro, su garganta una caverna desolada, una ruta directa al infierno. La cabeza le colgaba precariamente del cuello, y Eph por poco pierde la razón. Sintió la garra del Amo atenazándole la parte posterior de su cuello, y la presión sobre su columna vertebral. El Amo le echó la cabeza hacia atrás como si estuviera abriendo una lata de cerveza.

Soy un bebedor de hombres.

Se oyó un sonido húmedo y crujiente, y la boca del Amo comenzó a abrirse. Su mandíbula se retrajo, enrolló la lengua y sacó su monstruoso aguijón.

Eph gritó, cubriéndose con las manos de manera desafiante para que esa cosa horrible no se clavara en su cuello, y aullando en el rostro salvaje del Amo.

Y entonces, algo diferente a los aullidos de Eph hizo que la gran cabeza del Amo girara levemente.

Sus fosas nasales se dilataron como un demonio husmeando en busca de aire.

Sus ojos de ónix se posaron de nuevo en Eph como dos esferas muertas. Observándolo, como si él se hubiera atrevido a engañar al Amo.

No estás solo.

En esos momentos, Setrakian subía por las escaleras a dos pasos de Fet. Se agarró del pasamanos y sus hombros se desplomaron contra la pared. El dolor penetró en su cabeza como un aneurisma, y una voz vil, presuntuosa y blasfema tronó como una bomba explotando en un teatro concurrido.

SETRAKIAN.

Fet se detuvo y miró hacia atrás, pero el anciano le hizo una seña para que continuara subiendo. Lo único que pudo balbucear fue un susurro: "Está aquí".

Nora entornó su mirada. Fet corrió hacia el rellano pisoteando con fuerza. Nora condujo a Setrakian al interior del apartamento.

Fet golpeó el primer cuerpo que encontró como si estuviera en un campo de batalla, pero lo agarraron por debajo y rodó por el piso. Se incorporó rápidamente con la intención de atacar a su oponente y vio la cara del vampiro. Tenía la boca abierta, no porque estuviera sonriendo, sino para sacar su aguijón y alimentarse.

Luego vio al ser gigantesco al otro lado del salón. Era el Amo, monstruoso e hipnotizante, que tenía a Eph entre sus manos.

El otro vampiro se acercó a Fet y lo lanzó contra la puerta del refrigerador.

Nora entró corriendo y logró encender su lámpara Luma cuando Bolívar la iba a atacar. Éste profirió un grito ahogado y trastabilló hacia atrás. Nora le vio al Amo la parte posterior de su cabeza inclinada contra el techo, y a Eph colgando en las garras del monstruo. "¡Eph!"

Setrakian entró blandiendo su larga espada. Quedó paralizado al ver al Amo, al gigante, al demonio. Allí frente a él, después de tantos años.

Le apuntó con su espada de plata. Mientras tanto, Nora arrinconó a Bolívar contra la pared frontal del apartamento. El Amo estaba acorralado; haber atacado a Eph en un espacio tan pequeño había sido un error garrafal.

El corazón de Setrakian se agitó con fuerza contra su pecho mientras descargaba su espada en el demonio.

El zumbido se expandió súbitamente por el apartamento, y el anciano sintió una explosión de ruido en su cabeza, al igual que sus aliados. Fue una oleada paralizante que lo doblegó por un momento.

Creyó ver una sonrisa negra cruzar el rostro del Amo. El vampiro arrojó a Eph al suelo, y el médico cayó estrepitosamente el suelo después de chocar contra la pared opuesta. El Amo agarró a Bolívar del hombro con sus manos largas y llenas de garras, y se abalanzó contra la ventana que daba a la calle Worth.

Un estruendo de astillas sacudió el edificio mientras el Amo escapaba en una lluvia de vidrio.

Setrakian corrió hacia la brisa intempestiva que entraba por el marco de la ventana rodeado de cristales rotos. Tres pisos más abajo, la lluvia de vidrios comenzaba a estrellarse contra el pavimento del andén, brillando bajo la luz de los postes.

El Amo era muy veloz; ya había cruzado la calle y estaba trepando por el edificio. Con Bolívar suspendido de su otro brazo, llegó a la reja y subió al techo, amparado por la noche.

Setrakian se inclinó, incapaz de aceptar que el Amo hubiera estado en ese apartamento y que ahora hubiera escapado. Su corazón latía agitado contra el pecho como si le fuera a salir.

"¡Ayúdenme por favor!"

Miró a un lado; Fet tenía al otro vampiro en el suelo y Nora lo neutralizaba con la lámpara. Setrakian sintió una nueva oleada de furia y avanzó con su espada de plata.

Fet vio sus ojos desorbitados. "No, espera..."

Setrakian atacó al vampiro, atravesándole el cuello con su espada y rozando las manos del exterminador. Apartó el cuerpo decapitado de un puntapié antes de que la sangre blanca cayera sobre Fet.

Nora corrió hacia Eph, que estaba desplomado en el piso. Tenía la mejilla cortada y los ojos dilatados y aterrorizados, pero no parecía transformado.

Setrakian sacó el espejo para examinarlo. Lo sostuvo frente a la cara de Eph y no vio ninguna distorsión. Nora le alumbró el cuello con su lámpara: no tenía ninguna incisión.

Lo ayudó a sentarse, y Eph hizo una mueca de dolor cuando ella le tocó el brazo derecho. Nora le miró la mandíbula debajo de la cortada y sintió la necesidad de abrazarlo, pero sin lastimarlo más. "¿Qué pasó?", dijo ella.

"Él tiene a Kelly", respondió Eph.

Calle Kelton. Woodside, Queens

EPH CRUZÓ EL PUENTE hacia Queens y marcó el número de su teléfono móvil.

Inmediatamente apareció su correo de voz.

Hola, soy Kelly. En estos momentos no puedo contestar tu llamada...

Entonces llamó a Zack; su teléfono sonó y se fue al buzón de mensajes.

Dobló a toda velocidad hasta llegar a la calle Kelton, frenó en seco junto a la casa, saltó la reja y subió las escaleras de la entrada. Golpeó la puerta y tocó el timbre. Había dejado las llaves en su apartamento.

Tomó impulso y golpeó la puerta con su hombro lastimado. Lo intentó de nuevo y sintió un fuerte dolor en su brazo. Se abalanzó con todo el cuerpo en el tercer intento; la puerta cedió y Eph cayó adentro.

Se levantó y examinó rápidamente la casa, pateó las paredes de los rincones y subió al segundo piso. Se detuvo frente al dormitorio de Zack. El cuarto del chico estaba vacío. Muy vacío.

Bajó las escaleras saltando peldaños. Vio la bolsa de emergencia de Kelly en el piso. Vio maletas empacadas pero sin cerrar. Ella no se había ido de la ciudad.

Oh, Dios, pensó. *Es cierto.*

Sus compañeros llegaron justo cuando alguien lo golpeaba desde atrás. Alguien lo había embestido. Eph reaccionó de inmediato, su cuerpo rebosante de adrenalina. Derribó al atacante y lo inmovilizó.

Era Matt Sayles. Eph vio sus ojos muertos y sintió el calor de su metabolismo.

La cosa salvaje que una vez había sido Matt lanzó un gruñido. El vampiro recién transformado comenzó a abrir su boca y Eph le sujetó la garganta, apretándolo con fuerza debajo del mentón para bloquear el mecanismo que activaban el aguijón. A Matt se le brotaron los ojos y sacudió la cabeza para desprenderse.

Eph vio a Setrakian sacar su espada. Gritó "¡No!", y apartó a Matt de una patada.

El vampiro lanzó un gruñido y se incorporó.

Estaba inclinado hacia delante y movía la boca de un modo extraño. Era un vampiro reciente acostumbrándose a sus nuevos músculos, y su lengua se agitaba alrededor de sus labios abiertos con una confusión lasciva.

Eph miró a su alrededor en busca de un arma, pero sólo vio una raqueta de tenis afuera del clóset. La agarró del mango con las dos manos y se dispuso a atacar a Matt. Todo lo que sentía por aquel hombre que se había metido en la casa y en la cama de su esposa, que quería ser el padre de su hijo, que intentaba reemplazar a Eph, surgió con fuerza mientras le asestaba un raquetazo en la mandíbula. Quería destrozarlo a él y a todo el horror que había en su interior. Los seres recién transformados no era muy coordinados, y Eph le asestó siete u ocho golpes contundentes, partiéndole los dientes y haciéndolo hincarse de rodillas. Sin embargo, Matt lo agarró del tobillo y lo derribó. En el interior de aquel ser aún había una gran dosis de furia hacia Eph. Se levantó rechinando sus dientes partidos, pero Eph le dio una patada en la cara y lo lanzó hacia atrás. Eph corrió a la cocina y vio el cuchillo suspendido de un soporte magnético.

La furia nunca es ciega; simplemente tiene una concentración peculiar. Cuando Eph miró por el vitral de la cocina sintió como si estuviera mirando por el lado opuesto de un telescopio, pues sólo vio el cuchillo y a Matt.

Su rival se acercó y Eph lo arrinconó contra la pared. Lo agarró del pelo y le echó la cabeza hacia atrás para hacerle estirar el cuello. Matt abrió la boca y le disparó a Eph con su aguijón, emitiendo un sonido extraño. Eph lo atacó, apuñalándolo con fuerza y rapidez, hasta atravesarle el cuello con su cuchillo, el cual se enterró varias veces en la pared. Le trituró la vértebra cervical y el líquido blanco comenzó a borbotear. Su cuerpo se debilitó y sus brazos se aflojaron. Eph lo apuñaló hasta quedar con la cabeza en sus manos mientras el cuerpo se derrumbaba sobre el piso.

Eph se detuvo. Sin darse cuenta realmente, vio la cabeza en su mano con el aguijón *colgando del cuello cercenado,* todavía sacudiéndose.

Vio a Nora y a sus dos compañeros que lo miraban desde la puerta. Vio la pared llena de salpicaduras blancas. Vio el cuerpo decapitado en el suelo. Vio la cabeza en su mano.

Los gusanos de sangre treparon por la cara de Matt, se arrastraron por sus mejillas y sus ojos abiertos, subieron a su cuero cabelludo y se dispusieron a trepar por los dedos de Eph.

Soltó la cabeza y ésta golpeó el suelo con un ruido sordo y se detuvo en seco. También soltó el cuchillo, que cayó sobre el cuerpo de Matt.

"Se llevaron a mi hijo", dijo.

Setrakian lo alejó del cuerpo y de la sangre infestada de vampiro. Nora encendió su lámpara Luma e irradió el cuerpo de Matt.

"¡Mierda!", exclamó Fet.

Eph repitió, a manera de explicación: "Se llevaron a mi hijo", como un clavo que acababa de enterrarse en su alma.

El grito homicida en sus oídos comenzó a desvanecerse al escuchar el sonido de un auto que se detenía en la casa. Abrieron la puerta y se escuchó una música suave.

Una voz dijo: "gracias".

Esa voz.

Eph salió a la puerta casi destrozada. Vio a Zack saliendo de una minivan con un morral en uno de sus hombros.

No había cruzado la puerta cuando Eph lo estrechó en sus brazos. "¿Papá?"

Eph lo observó, tomando la cabeza del niño en sus manos y examinando sus ojos y su cara.

"¿Qué estás haciendo...?", preguntó Zack.

"¿Dónde estabas?"

"En casa de Fred". Zack intentó desprenderse de su padre. "Mamá no me recogió, y Fred me invitó a su casa".

Eph soltó a su hijo. *Kelly.*

"¿Qué pasó con la puerta?" preguntó Zack.

Dio unos pasos hacia delante; Fet estaba junto a la puerta y Setrakian detrás. El niño vio a un tipo grande con una franela y botas de trabajo, y a un anciano vestido de *tweed*, que sostenía un bastón con la cabeza de un lobo.

Zack miró a su padre y comprendió que algo malo había sucedido. "¿Dónde está mamá?", preguntó.

Préstamos y curiosidades Knickerbocker, Calle 118, Spanish Harlem

EPH ESTABA en el corredor atestado de libros en el apartamento de Setrakian. Vio a su hijo comerse un Devil Dog en la pequeña mesa de la cocina del anciano mientras Nora le preguntaba por la escuela y lo mantenía ocupado y distraído.

Eph aún sentía las garras del Amo en su cabeza. Había creído en ciertas cosas durante toda su vida, pero todo aquello en lo que podía confiar ya había desaparecido. Concluyó que ya no sabía nada.

Nora lo vio desde el corredor, y por su expresión, Eph supo que la había asustado con su mirada.

Él sabía que ya no sería el mismo de antes y que había quedado ligeramente trastornado.

Bajó las escaleras para dirigirse a la armería del sótano. Las luces de alarma de la puerta estaban apagadas, pues el anciano le estaba mostrando sus cosas a Fet, quien admiraba una pistola de clavos modificada que parecía una subametralladora Uzi, aunque más larga y delgada, de color negro y naranja, y con el cargador de clavos a un lado del cañón.

"¿Ya comiste?", le preguntó Setrakian.

Eph negó con la cabeza.

"¿Cómo está tu hijo?"

"Asustado, aunque no lo va a demostrar".

Setrakian asintió. "Así como todos nosotros"

"¿Lo has visto antes? ¿A esa cosa; al Amo?"

"Sí".

"¿Intentaste matarlo?"

"Sí".

"¿No pudiste?"

Setrakian entrecerró los ojos como si estuviera vislumbrando el pasado. "No estaba debidamente preparado, pero no volveré a fallar".

Fet estaba contemplando un objeto semejante a una linterna con una púa en la punta y comentó: "Dudo que lo hagas con este arsenal".

"Ensamblé algunas partes con artículos que han llegado a mis manos. Pero no soy un fabricante de bombas", dijo levantando sus manos retorcidas para demostrarlo. "Un platero de Nueva Jersey me fabrica las púas y agujas".

"¿Quieres decir que no compraste esto en Radio Shack?"

Setrakian tomó el objeto pesado y con forma de linterna de las manos del exterminador. Tenía una cubierta plástica, una base grande para las baterías, y una punta de acero de seis pulgadas en la base. "Es básicamente una lámpara ultravioleta; un arma desechable que emite un rayo de luz UVC letal para los vampiros. Está diseñada para espacios grandes y se calienta bastante cuando está cargada. Hay que asegurarse de mantenerse lejos de ella, pues la temperatura y la radiación pueden ser bastante... incómoda".

Fet preguntó: "¿Y esta pistola de clavos?"

" Funciona con pólvora. Lanza cincuenta clavos de una pulgada y media por carga. Obviamente, son de plata".

"Claro", dijo Fet, admirando el aparato y palpando su agarradera de caucho.

Setrakian miró a su alrededor: las armaduras antiguas en la pared, las lámparas UVC y los cargadores de baterías en los estantes; las espadas y espejos de plata; algunas armas convencionales; sus cuadernos y bosquejos. Se sintió casi abrumado por la magnitud del momento, y simplemente esperó que el miedo no lo convirtiera de nuevo en el joven indefenso que había sido alguna vez.

"He esperado este momento durante mucho tiempo", señaló.

Subió las escaleras y Eph quedó en compañía de Fet. El exterminador levantó la pistola de clavos. "¿Dónde encontraste a este anciano?"

"Él me encontró a mí", respondió Eph.

He estado en muchos sótanos gracias a mi trabajo. Después de ver todo esto, sólo puedo pensar que está loco de remate".

"No está loco", dijo Eph.

"¿Te mostró esto?", le preguntó Fet. Se dirigió a la jarra de vidrio que contenía el corazón sumergido en el líquido. "Conserva el corazón de un vampiro que mató como si fuera una mascota. Claro que está loco de atar. Pero no pasa nada: yo también lo estoy un poco". Se arrodilló y acercó su cara al frasco. "Hola cachorrito...". La ventosa golpeó el cristal en su intento por atacarlo. Fet se puso de pie y miró con incredulidad a Eph. "Esto es un poco más de lo que estaba dispuesto a aceptar cuando desperté esta mañana". Vio la pistola de clavos sobre el frasco y preguntó: "¿Puedo tomarla?"

Eph dijo: "Adelante".

Eph subió las escaleras y se detuvo en el pasillo al ver a Setrakian y a Zack en la cocina. El anciano se sacó la cadena de plata que tenía en el cuello con la llave del sótano, la pasó por la cabeza de Zack, la dejó en su cuello y le dio una palmadita los hombros.

"¿Por qué hiciste eso?", le preguntó Eph cuando estaban solos.

"Abajo hay cosas, cuadernos, escritos, que deben conservarse. Pueden serles útiles a las futuras generaciones".

"¿No piensas regresar?"

"Simplemente estoy tomando todas las precauciones posibles". Setrakian miró a su alrededor para asegurarse de que estaban solos. "Por favor entiende; el Amo tiene una velocidad y un poder infinitamente superiores al de estos vampiros nuevos y torpes que estamos viendo. Es algo que está más allá de lo que podemos saber. Él ha vivido en este planeta durante varios siglos. Sin embargo..."

"Es un vampiro".

"Y los vampiros pueden ser destruidos. Nuestra mayor esperanza es obligarlo a salir, herirlo y conducirlo hacia los rayos letales del sol. Debemos esperar hasta el amanecer.

"Quiero buscarlo ahora mismo"

"Lo sé. Pero eso es exactamente lo que él quiere".

"Tiene a mi esposa. Kelly está donde está por una sola razón: por mí".

"Sé bien que usted tiene algo personal en juego, doctor, y tiene razón en hacerlo. Pero también debe saber que si él la tiene a ella, su esposa ya se ha transformado".

Eph negó con la cabeza: "Ella no".

"No se lo digo para hacerlo enojar . . ."

"¡*Ella no!*".

Setrakian asintió después de un momento y esperó a que Eph se calmara.

"Los Alcohólicos Anónimos me han ayudado mucho, pero lo que nunca pude digerir es eso de tener la serenidad para aceptar las cosas que no puedo cambiar", dijo Eph.

Setrakian señaló: "Lo mismo me sucede a mí. Tal vez sea ésta característica que tenemos en común lo que nos ha hecho emprender juntos esta misión. Nuestras metas están perfectamente alineadas".

"Casi", dijo Eph. "Porque sólo uno de los dos puede aniquilar a ese desgraciado. Y lo haré yo".

Nora estaba ansiosa por hablar con Eph y lo abordó tan pronto se separó de Setrakian, conduciéndolo al baño del anciano.

"No", dijo ella.

"¿No qué?"

"No me preguntes lo que vas a preguntarme", le imploró con sus penetrantes ojos cafés. "Por favor no".

Eph le dijo: "Pero necesito que tú..."

"Estoy completamente asustada, pero me he ganado un lugar a tu lado. Tú *me necesitas*".

"Así es. Necesito que cuides a Zack. Además, uno de los dos tiene que quedarse aquí. Para continuar en caso de..." Eph dejó la frase sin terminar. "Sé que es pedir mucho".

"Demasiado".

Eph no pudo dejar de mirarla a los ojos. "Tengo que ir por ella", le dijo.

"Lo sé".

"Sólo quiero que sepas..."

"No hay nada que explicar", dijo ella. "Pero me alegro que quieras hacerlo".

Él la estrechó entre sus brazos y ella le acarició el pelo. Nora retrocedió para mirarlo y decirle algo, y más bien decidió besarlo. Fue un beso de despedida que insistía en su regreso.

Eph le asintió para hacerle saber que había entendido.

Después vio a Zack mirándolos desde el corredor.

Eph no intentó explicarle nada. Dejar a ese niño bello y bueno y abandonar la seguridad aparente del mundo exterior para descender y enfrentarse a un demonio era el acto menos natural que podía hacer. "Te quedarás con Nora, ¿de acuerdo? Hablaremos cuando regrese".

Zack tenía una mirada preadolescente y autoprotectora, pues las emociones del momento eran demasiado descarnadas y confusas para él. "¿Cuándo regreses de dónde?"

Envolvió a su hijo entre sus brazos, como si el chico al que tanto amaba se fuera a quebrar en un millón de pedazos. Eph juró ganar esa batalla, pues tenía mucho que perder.

Escucharon gritos y bocinas afuera, y todos se apresuraron a mirar por la ventana que daba al oeste. La fila de autos detenidos se extendía cuatro calles abajo, y las personas saliendo a las calles y enfrascándose en peleas. Un edificio estaba en llamas, pero no se veían camiones de bomberos.

Setrakian dijo: "Es el comienzo del colapso".

Morningside Heights

GUS ESTABA HUYENDO desde la noche anterior. Las esposas dificultaban sus movimientos: la vieja camisa con la que se había cubierto los brazos como si los tuviera cruzados no habría engañado a casi nadie. Entró a una sala de cine por la puerta de salida. Pensó en un desguasadero de autos que conocía en West Side, pero cuando logró llegar después de mucho tiempo, descubrió que no había nadie. El sitio no estaba cerrado; simplemente estaba vacío. Hurgó en las herramientas con la intención de cortar la cadena que unía sus muñecas. Encontró una sierra de vaivén, la sostuvo con fuerza, y casi se corta. No pudo hacer mayor cosa y se marchó disgustado.

Salió a buscar a algunos de sus cholos, pero no encontró a nadie. Sabía lo que estaba sucediendo. Y cuando el sol comenzó a ocultarse, comprendió que se le estaban acabando el tiempo y las opciones.

Ir a su casa era arriesgado, pero no había visto muchos policías ese día. Además, estaba preocupado por su madre. Entró a su edificio y subió las escaleras, tratando de disimular sus brazos con naturalidad. Subió los dieciséis pisos por las escaleras para evitar a los vecinos que estaban junto al ascensor, cruzó el corredor, y no vio a nadie.

Escuchó detrás de la puerta. La televisión estaba encendida como siempre.

Sabía que el timbre no funcionaba y tocó la puerta. Esperó y tocó de nuevo. La golpeó con los pies, y la puerta y las paredes endebles se estremecieron.

"Crispín", dijo. "Oye, cabrón. Abre la maldita puerta".

Gus oyó que retiraban la cadena y el pasador. Esperó, pero la puerta seguía cerrada. Entonces se sacudió la camisa que le cubría las manos, se dio vuelta y giró el pomo.

Crispín estaba de pie en un rincón, al lado izquierdo del sofá donde dormía cuando estaba en casa. Las persianas estaban cerradas y la puerta de refrigerador abierta.

"¿Dónde está mamá?", preguntó Gus.

Crispín no respondió.

"Crackero de mierda", le dijo Gus, cerrando el refrigerador. Se había derretido algo y un charco de agua se extendía por el piso. "¿Está durmiendo?"

Crispín permaneció en silencio y lo miró fijamente.

Gus cayó en la cuenta. Observó a Crispín, quien escasamente lo merecía, y le extrañó el contraste entre sus ojos negros y su rostro demacrado.

Se acercó a la ventana y corrió las persianas. Era de noche y una columna de humo subía por la escalera de incendios.

Se dio vuelta, pero Crispín ya se había abalanzado sobre él. Gus levantó los brazos y le apretó la garganta con las esposas para impedirle que sacara su aguijón.

Lo agarró por detrás y lo derribó. Los ojos negros de su hermano vampiro se brotaron en su lucha por abrir la boca, pero la fuerte sujeción de Gus no se lo permitía. Quería asfixiarlo, y Crispín seguía pataleando pero no se desmayaba. Gus recordó que los vampiros no necesitan respirar y que es imposible darles muerte de ese modo.

Lo levantó del cuello y Crispín trató de impedírselo. Durante los últimos años, su hermano sólo había sido una carga para su madre y Gus no lo soportaba. Ahora que ya no era su hermano sino un vampiro, el cabrón que había sido permanecía intacto. Y para retribuirle en algo todas su molestias, Gus lo golpeó contra el espejo decorativo de la sala, un óvalo antiguo de cristal grueso que alcanzó a romperse cuando cayó al suelo. Gus puso a Crispín de rodillas, lo lanzó boca abajo y agarró el vidrio más grande que vio. Acababa de arrodillarse cuando Gus le deslizó la punta del cristal por la parte posterior del cuello. Le cortó la columna y la piel hasta la nuca, pero sin cercenarle la cabeza. Utilizó el vidrio a manera de serrucho, decapitando prácticamente a su hermano, pero olvidó que era un objeto afilado y se cortó las manos. Sintió un fuerte dolor, pero sólo soltó el pedazo de vidrio cuando cabeza y cuerpo quedaron separados.

Retrocedió, mirándose las cortadas sangrientas de sus dos manos. Quería asegurarse de que ninguno de los gusanos que salían de la sangre blanca lo tocaran. Ya estaban en la alfombra y Gus se mantuvo a una distancia prudente. Miró el tronco decapitado y sintió asco por el vampiro, pero en cuanto a la pérdida de su hermano, Gus permaneció inmutable. Hacía muchos años que Crispín había muerto para él.

Se lavó las manos en el fregadero. Las cortadas eran largas pero superficiales. Utilizó una toalla absorbente de la cocina para detener el sangrado antes de ir a inspeccionar el cuarto de su madre.

"¿'amá?"

Rogó para no encontrarla allí. La cama estaba tendida y vacía. Se dio vuelta para salir, lo pensó dos veces y se agachó para mirar debajo de la cama. Sólo vio algunas cajas de ropa y las pesas que ella había comprado hacía diez años. Estaba regresando a la cocina, escuchó un sonido en el clóset y se detuvo para oír mejor. Fue a la puerta y la abrió. Todas las ropas de su madre estaban fuera de los ganchos, amontonadas en una pila grande sobre el piso.

La pila se movió. Gus sacó un vestido amarillo con hombreras y su madre lo miró de reojo; tenía los ojos ennegrecidos y la piel amarillenta.

Gus cerró la puerta. No la cerró con fuerza ni corrió: simplemente la cerró y permaneció allí. Sintió deseos de llorar pero no le salieron lágrimas: solo un suspiro, un gemido suave; se dio vuelta y miró el cuarto de su madre en busca de un arma para cortarle la cabeza...

...entonces se sintió horrorizado por la forma en que el mundo se había transformado. Se recostó, inclinando la frente contra la puerta cerrada.

"Lo siento, 'amá", susurró. Debería haber estado aquí. Debería haber estado aquí con usted..."

Caminó confundido hacia su cuarto. No podía cambiarse siquiera la camisa debido a las esposas. Empacó algunas prendas de ropa en una bolsa de papel para cuando pudiera cambiarse y se la metió bajo el brazo.

Se acordó del anciano y de su casa de empeños en la calle 118. El anciano le ayudaría a él, y también a combatir esa plaga.

Salió del apartamento y llegó al pasillo. Unas personas estaban afuera del ascensor. Gus bajó la cabeza y caminó hacia allá. No quería que lo reconocieran, ni entenderse con ningún vecino.

Iba casi a medio camino del largo corredor cuando advirtió que aquellas personas no hablaban ni se movían. Miró con atención: eran tres, y lo estaban observando. Se detuvo al ver que también tenían los ojos hundidos y oscuros. Eran vampiros bloqueando la salida.

Caminaron hacia él, y lo próximo que supo fue que los estaba golpeando con sus manos esposadas, lanzándolos contra las paredes y aplastándoles las caras contra el piso. Les molió a puntapiés pero no pensaba quedarse allí más tiempo del necesario; no les dio la oportunidad de sacar sus aguijones, fracturó algunos cráneos con el tacón de sus botas mientras corría hacia el ascensor, y las puertas de éste se cerraron en las narices de sus perseguidores.

Permaneció en el ascensor, respirando profundo y contando los pisos. Había perdido su bolsa durante el enfrentamiento y sus ropas habían quedado esparcidas por el pasillo.

Llegó al primer piso, las puertas se abrieron y Gus se preparó para pelear.

El vestíbulo estaba vacío. Sin embargo, afuera de la puerta ondulaba una luz de un naranja difuso, y oyó gritos y aullidos; salió a la calle, vio el incendio en la otra calle y las llamas propagándose por los edificios vecinos. La gente corría hacia el incendio con tablas y otras armas improvisadas.

Miró hacia el otro lado y vio un grupo de seis personas desarmadas que iban caminando sin prisa. Un hombre corriendo se cruzó con Gus y dijo: "¡Los hijos de puta están por todos lados!", y acto seguido, los seis integrantes del grupo lo atacaron. Cualquier espectador desprevenido diría que se trataba del típico asalto callejero, pero la luz anaranjada de las llamas le permitió a Gus ver un aguijón saliendo de una boca. Los vampiros estaban contagiando y transformando a las personas en las calles.

Mientras contemplaba la escena, una camioneta negra con potentes lámparas de halógeno apareció rápidamente entre la humareda. Eran policías. Gus se dio vuelta, pisó su propia sombra proyectada por las luces de los postes y tropezó con el grupo de seis, quienes lo acecharon con sus rostros pálidos y sus ojos negros iluminados por las farolas de la camioneta. Gus escuchó el tropel de botas que saltaban al pavimento, y quedó atrapado entre las dos amenazas. Atacó a los vampiros, golpeándolos con sus manos esposadas y dándoles cabezazos en el pecho. No quería darles la menor oportunidad de que abrieran la boca, pero uno de ellos metió su brazo entre las esposas y lo derribó al suelo. En un segundo, la horda estaba sobre él, forcejeando entre sí para beber la sangre de su cuello.

Entonces se oyó un sonido apagado y el chillido de un vampiro. Luego se escuchó un *splat*, y la cabeza de otro voló por el aire.

El vampiro que estaba sobre él recibió varios golpes en un costado y cayó al suelo. Gus logró levantarse en medio de la trifulca.

Realmente no eran policías. Los atacantes llevaban capuchas negras, los rostros cubiertos con pasamontañas, pantalones negros de combate y botas militares del mismo color. Disparaban ballestas pequeñas y grandes con culatas de rifle. Gus vio que un tipo le clavaba una saeta a un vampiro, y antes de que alcanzara a llevarse las manos a la garganta, la saeta explotó, desintegrándole el cuello y decapitándolo.

Las saetas estaban rellenas con cargas de impacto y tenían puntas de plata.

Eran cazadores de vampiros, y Gus los miró sorprendidos. Otros vampiros salían de las puertas de los edificios, pero los francotiradores tenían una puntería infalible con sus ballestas, y las saetas se clavaban en el blanco a veinticinco o treinta yardas de distancia.

Uno de ellos se acercó rápidamente a Gus como si lo hubiera confundido con un vampiro, y antes de que pudiera hablar, el cazador le puso la bota en los brazos, aprisionándolos contra el pavimento. Recargó la ballesta y le apuntó a la unión de las esposas. Una saeta traspasó el acero y quedó clavada en el asfalto. Gus hizo una mueca, pero la saeta no explotó. Sus manos quedaron libres, aunque con los brazaletes metálicos, y el cazador lo levantó de un tirón con una fuerza sorprendente.

"¡Chingón!", dijo Gus, completamente entusiasmado. "¿Cómo hago para enlistarme?"

Pero su salvador se había distraído con algo. Gus lo miró más de cerca, por entre las sombras de su capucha, y observó que su rostro era tan blanco como la clara de un huevo. Sus ojos eran negros y rojos, y la boca seca y casi desprovista de labios.

El cazador le estaba mirando las cortadas de las manos.

Gus conocía esa mirada: acababa de verla en los ojos de su hermano y de su madre.

Intentó retroceder, pero lo sujetaron firmemente del brazo. La cosa abrió la boca y la punta del aguijón asomó.

Otro cazador se acercó y le apuntó con su ballesta. Le quitó la capucha, y entonces Gus pudo ver la cabeza calva y despojada de orejas de un vampiro maduro, así como sus ojos envejecidos. El vampiro le cedió su presa al segundo cazador, y Gus reparó en su rostro pálido mientras lo llevaban a la camioneta negra y lo arrojaban al asiento de la tercera fila.

Los demás vampiros encapuchados subieron al vehículo, que arrancó haciendo un giro de 180 grados a toda velocidad en medio de la avenida. Gus advirtió que era el único ser humano a bordo del vehículo. ¿Qué querrían de él?

Un golpe en la sien lo dejó inconsciente y Gus no alcanzó a hacerse más preguntas. La SUV regresó al edificio en llamas, atravesó la humareda de la calle como un avión traspasando una nube, dejó los motines atrás, dobló por la próxima esquina y se dirigió al norte.

La bañera

La "BAÑERA" del derribado World Trade Center, la cuenca de siete pisos de profundidad, estaba tan iluminada como si fuera de día para los trabajos nocturnos que se realizaban, incluso antes del amanecer. Sin embargo, el sitio estaba silencioso y las grandes máquinas apagadas. Los labores que se habían realizado durante las veinticuatro horas del día casi desde el colapso de las torres se habían paralizado.

"¿Por qué aquí?", preguntó Eph.

"Porque se sintió atraído". Los topos construyen sus madrigueras en los troncos muertos de los árboles caídos. La gangrena nace en las heridas. Sus orígenes están en la tragedia y el dolor".

Eph, Setrakian y Fet se sentaron en la parte posterior de la furgoneta del exterminador, estacionada en la calle Church y Cortland. Setrakian se sentó al lado de la ventana con un telescopio. Había poco tráfico y solo circulaba el taxi o el camión de reparto ocasional antes del amanecer. No había peatones ni otras señales de vida. Estaban buscando vampiros y no habían visto ninguno.

Setrakian, con el ojo puesto en el lente, dijo: "Hay demasiada luz aquí. Ellos no quieren dejarse ver".

"No podemos seguir dando vueltas alrededor del sitio una y otra vez", señaló Eph.

"Si hay tantos como sospechamos", dijo Setrakian, "entonces deben estar cerca, a fin de regresar a su madriguera antes del amanecer". Miró a Fet. "Son como alimañas".

Fet señaló: "Les confesaré algo. Nunca he visto una rata entrar por la puerta principal". Meditó un poco más en el asunto y le dijo a Eph: "Tengo una idea".

Avanzó por el norte hacia el ayuntamiento, una cuadra al noreste del WTC. Llegaron a un parque grande, y Fet se estacionó en el espacio designado para autobuses.

"Este parque es uno de los nidos de ratas más grandes de la ciudad. Todos los contenedores de la basura fueron reemplazados, pero no sirvió de nada. Las ratas juegan aquí como ardillas, especialmente al mediodía, pues muchas personas vienen a almorzar. La cercanía de la comida les complace, pero ellas pueden procurársela casi en cualquier sitio. Lo que realmente ansían es la infraestructura", dijo señalando el suelo. "Allá abajo hay una estación del metro abandonada. Es la antigua estación del ayuntamiento".

"¿Todavía está conectada?", preguntó Setrakian.

"Todo se conecta de una manera u otra bajo tierra".

Observaron con atención y no tuvieron que esperar mucho.

"Allá", dijo Setrakian.

Eph vio a una mujer desastrada, iluminada por la luz de un poste a unas treinta yardas. "Una mujer desamparada", dijo.

"No", respondió Setrakian, pasándole el telescopio infrarrojo.

Eph vio una mancha roja intensa contra un fondo difuso.

"Es un organismo", dijo Setrakian. "Allá hay otra".

Era una mujer gorda que caminaba como un pato y poco después se resguardaba bajo la sombra, al lado de la reja del parque.

Después vieron a otra persona; era un hombre con un delantal de vendedor ambulante, llevando un cuerpo al hombro. Lo dejó sobre la reja y trepó con torpeza. Se rompió el pantalón tras enredarse, se incorporó como si no hubiera sucedido nada, recogió a la víctima y se dirigió a un árbol.

Sí", dijo Setrakian. "Aquí es".

Eph se estremeció. La presencia de esos patógenos ambulantes, de esas enfermedades humanoides le hacía sentir un asco profundo. Sintió náuseas al verlos avanzar tambaleantes hacia el parque; esos animales inferiores que evitaban la luz y obedecían a algún impulso inconsciente. Notó que tenían prisa, como si fueran pasajeros tratando de tomar el tren a casa.

Bajaron silenciosamente de la furgoneta. Fet llevaba un overol Tyvek de protección y botas altas de caucho. Les ofreció estos implementos a Eph y a Setrakian, quienes sólo aceptaron las botas. Sin decir nada, Setrakian los roció a ambos con una lata en aerosol para eliminar olores que tenía la imagen de un ciervo en el centro de una mira telescópica. Obviamente, la sustancia no podía neutralizar el dióxido de carbono que emitían al respirar, y mucho menos el sonido de su sangre corriendo por las venas.

Fet era el que más cosas llevaba. En una bolsa tenía la pistola de clavos y tres cargadores adicionales con clavos de plata. Llevaba varias herramientas en su cinturón, incluyendo su monóculo de visión nocturna y su lámpara de luz negra, además de una daga de plata que le había prestado Setrakian, en una funda de cuero. Tenía una lámpara Luma en la mano, y la UVC en una bolsa de malla sobre el hombro.

Setrakian llevaba su bastón, una lámpara Luma y un lente infrarrojo en el bolsillo de su abrigo. Se tocó el pecho para ver si tenía las pastillas en el chaleco y dejó el sombrero en la furgoneta.

Eph también llevaba una Luma, así como una espada de plata de veinticinco pulgadas con la funda terciada en el pecho.

Fet dijo: "No creo que tenga mucho sentido combatir contra la bestia en su territorio".

Setrakian replicó: "No tenemos otra alternativa. Esta es la única hora en la que sabemos dónde está". Observó el cielo tornándose azul con los primeros rayos de la aurora. "Vamos. La noche está terminando".

Se dirigieron a la puerta de la reja, la cual permanecía cerrada con candado durante la noche. Eph y Fet treparon por ella y le dieron la mano a Setrakian. El sonido de unos pasos en el andén —rápidos, como de unos talones arrastrándose— los hizo avanzar con rapidez.

El parque estaba oscuro y lleno de árboles. Escucharon el agua que circulaba en la fuente y los automóviles que comenzaban a circular.

"¿Dónde están?", susurró Eph.

Setrakian sacó su lámpara de calor. Inspeccionó la zona y se la pasó a Eph, quien vio formas rojas brillantes moviéndose con sigilo.

La respuesta a su pregunta era: están en todas partes. Y convergían afanosamente en un punto localizado al norte.

No tardaron en descubrir cuál era el lugar: un quiosco situado a un lado de Broadway, una estructura oscura que Eph no podía ver bien desde donde estaba. Esperó a que el número de vampiros empezara a disminuir, y la lámpara de Setrakian no detectó otras fuentes significantes de calor.

Corrieron hasta allí. La luz creciente les permitió ver que era una caseta de información. Abrieron la puerta; el quiosco estaba vacío.

Entraron al pequeño pabellón donde había varios estantes metálicos atiborrados de folletos turísticos y horarios de *tours* en el mostrador de madera. Fet alumbró dos puertas metálicas en el piso con su pequeña Maglite. Tenían un par de agujeros abiertos en los extremos, y los candados habían desaparecido. Las letras MTA estaban grabadas en las puertas.

Eph encendió la linterna. Las escaleras descendían a la oscuridad. Setrakian alumbró un aviso casi borrado y Fet comenzó a bajar.

"Es una salida de emergencia", informó Fet. "Sellaron la antigua estación del ayuntamiento después de la Segunda Guerra Mundial. La curva de las vías era demasiado abrupta para los nuevos trenes y la plataforma demasiado estrecha, aunque creo que el tren local número 6 todavía pasa por aquí". Miró a ambos lados. "Creo que demolieron la antigua salida de emergencia y colocaron este quiosco encima".

"De acuerdo", dijo Setrakian. "Vamos".

Eph los siguió sin molestarse en cerrar las puertas, pues quería habilitar una salida a la superficie por si era necesario. Los costados de los peldaños estaban sucios y empolvados, pero la parte del centro estaba limpia debido a las pisadas constantes. Aquel lugar era más oscuro que la noche.

Fet dijo: "Próxima parada, 1945".

Las escaleras terminaban en una puerta abierta que conducía a otras más amplias y con acceso al antiguo mezzanine. Una cúpula de baldosas con cuatro arcos dejaba filtrar la luz azul por la claraboya ornamentada y moderna de cristal. La caseta de los tiquetes estaba cubierta por escaleras y andamios. Las entradas en arco no tenían torniquetes.

El arco del extremo conducía a otras escaleras amplias, después de las cuales había una plataforma angosta. Escucharon el chirrido lejano del freno de los trenes y entraron a la plataforma.

Era como la nave central de una catedral. Los antiguos candelabros de bronce con bombillos oscuros y desnudos colgaban de los arbotantes, y los baldosines parecían cremalleras gigantes. Dos claraboyas de la bóveda filtraban la luz por los vitrales de color amatista; las otras habían sido selladas poco después de la Segunda Guerra Mundial para evitar posibles bombardeos. Más allá, la luz se colaba débilmente por las rejillas, pero con la suficiente claridad para que ellos vieran las curvas agraciadas de las vías férreas. No había un solo ángulo recto en todo el lugar. Las superficies cubiertas con baldosas estaban muy deterioradas, incluyendo un aviso terracota cercano; era dorado y con bordes verdes, empotrado en placas blancas con letras azules que decían: AYUNTAMIENTO.

Una película de polvo metálico revelaba huellas de vampiros que se perdían en la oscuridad.

Siguieron las huellas hasta el final de la plataforma y saltaron a los rieles todavía en uso. Apagaron las linternas, y la lámpara de Eph mostró una gran cantidad de rastros iridiscentes y multicolores de orina que se perdían en la distancia. Setrakian estaba buscando su lente térmico cuando oyeron unos ruidos detrás. Eran vampiros retrasados que bajaban por las escaleras del mezzanine para ir a la plataforma. Eph apagó la lámpara, cruzaron los tres carriles y se ocultaron detrás de un saliente que había en la pared.

Las alimañas bajaron de la plataforma y arrastraron los pies por las piedras polvorientas a ambos lados de los rieles. Setrakian las observó con su detector de calor y vio dos siluetas de un anaranjado brillante; su forma o postura no revelaron nada inusual. Una de las criaturas desapareció y Setrakian no tardó en comprender que se había deslizado por una abertura en la pared. La otra se detuvo, se dio vuelta y miró en dirección a ellos. Setrakian no se movió, pues sabía que la visión nocturna de la criatura era potente pero aún no se había desarrollado del todo. Su lente térmico indicaba que la zona más caliente de los vampiros era su garganta. Una mancha líquida de color naranja se escurrió por su pierna y adquirió un color amarillo tan pronto cayó al suelo;

estaba evacuando su vejiga. Alzó la cabeza como un animal husmeando a su presa, miró las vías... entró la cabeza y desapareció por la grieta del muro.

Setrakian salió de nuevo a la vía férrea seguido por sus dos compañeros. El desagradable olor de la orina fresca y caliente invadió el túnel, y el olor a amoníaco quemado despertó recuerdos oscuros en Setrakian. Sus compañeros se dirigieron a la grieta.

Eph sacó su espada de la funda. El pasaje se ensanchaba en una catacumba con paredes irregulares y vaporosas. Encendió su lámpara Luma y un vampiro agazapado lo atacó de inmediato, lanzándolo contra la pared antes de que Eph pudiera golpearlo. Su lámpara cayó entre un montón de basura, y por el destello índigo logró ver que era —o había sido— una mujer. Llevaba una chaqueta estilo ejecutivo sobre una blusa blanca y sucia, maquillaje negro y ojos amenazantes como los de un mapache. Abrió la quijada y enrolló la lengua en el preciso instante en que Fet irrumpió desde el pasadizo.

La apuñaló con su daga y ella se dobló hacia delante. Fet gritó y la apuñaló de nuevo en el pecho, debajo del hombro, donde anteriormente había estado su corazón. La vampira trastabilló hacia atrás pero se abalanzó sobre él. Fet le hundió la daga en el vientre; ella se retorció y gruñó, más por la sorpresa de verse agredida que por su propio dolor. Era claro que no se daría por vencida.

Eph ya se había incorporado, y cuando la vampira atacó a Fet, él agarró su espada con las dos manos y la descargó en ella desde atrás. El impulso asesino todavía le era ajeno, y por eso su golpe no fue tan fuerte como para decapitarla. Sin embargo, le trozó las vértebras cervicales, y la cabeza de la vampira se desplomó hacia delante. El tronco y los brazos convulsionaron al caer sobre la basura, como si chisporroteara en una sartén con aceite hirviendo.

No tenían tiempo para impresionarse con la escena. Los sonidos *splash-splash-splash* que retumbaban en la catacumba eran los pasos apresurados de otro vampiro que corría a avisarles a los demás.

Eph recogió su Luma del suelo y salió a perseguirlo con la espada en ristre. Imaginó que perseguía al vampiro que había acechado a Kelly, y la rabia lo impulsó a avanzar con decisión entre los charcos del pasadizo vaporoso. El túnel giraba a la derecha, y una gruesa tubería salía de las piedras y se adentraba por un hueco estrecho. El vapor contenía algas y hongos que resplandecían bajo la luz de su lámpara. Distinguió las siluetas vagas de los vampiros que corrían adelante con sus manos abiertas y arañaban el aire con sus dedos.

El vampiro desapareció por un recodo. Eph observó asustado con su linterna, y vio unas piernas deslizándose por un orificio que había debajo de la pared. El ser se movía con la misma agilidad de un gusano y se escurrió por la grieta. Eph le lanzó un sablazo a esos pies inmundos, pero éstos se movieron con mucha rapidez y su espada se estrelló contra el suelo.

Se arrodilló pero no pudo ver el otro lado del hueco. Escuchó pasos, pero recordó que Fet y Setrakian estaban muy atrás. Sin embargo, decidió que no podía esperarlos y comenzó a descender.

Se escurrió por el hueco con los brazos levantados, bajando la lámpara y la espada. *No puedo quedarme atrapado aquí,* pensó, pues si lo hiciera, nunca volvería a salir. Sintió el espacio descubierto en sus brazos y cara, y salió al otro lado.

Jadeando, alzó la lámpara como una antorcha. Había llegado a otro túnel provisto de vías férreas y piedras bajo los durmientes, donde se sentía una calma inquietante. Vio una luz a su izquierda, a menos de cien yardas.

Era la plataforma de una estación. Cruzó la vía férrea y subió. No tenía el esplendor propio de la estación de un ayuntamiento; las vigas de acero no tenían ningún revestimiento y las tuberías del techo estaban a la vista. Eph creía conocer todas las estaciones del sector del Downtown, pero nunca había estado en ésta.

Varios vagones del metro estaban detenidos al final de la plataforma, y en una puerta se leía FUERA DE SERVICIO. Una antigua torre de control estaba en el centro, pintada con graffitis explosivos y antiguos. Intentó abrir la puerta pero estaba cerrada con llave.

Oyó ruidos dentro del túnel. Eran Fet y Setrakian, que venían a su encuentro. Adelantarse sin compañía no había sido la decisión más inteligente. Eph decidió esperarlos en aquel remanso de luz, y escuchó el sonido de una piedra arrojada a la vía del tren. Se dio vuelta y vio a un vampiro salir del último vagón del metro y alejarse de las luces de la estación abandonada.

Eph corrió por la plataforma, llegó al extremo, saltó a la vía y lo siguió en medio de la oscuridad. Los rieles doblaban a la derecha y terminaban allí. Las paredes del túnel parecían vibrar mientras él corría. Escuchó el eco de pasos apresurados; eran unos pies descalzos avanzando con lentitud entre las piedras. Eph le dio alcance a la criatura y el calor de su lámpara la asustó. Se dio vuelta, y su rostro iluminado por la luz índigo era una máscara espeluznante.

Eph le descargó su espada, decapitando al monstruo de inmediato.

El cuerpo sin cabeza se desplomó hacia delante. Eph se detuvo para alumbrar el cuello mutilado y matar los gusanos que comenzaban a escapar. Se enderezó de nuevo y su respiración se normalizó... pero tuvo que volver a contener el aliento.

Escuchó cosas. O más bien, las sintió. Eran cosas a su alrededor. No eran pasos ni movimientos, simplemente... estertores.

Sacó su pequeña linterna y la encendió. Una multitud de cadáveres yacía en el suelo irregular del túnel. Los cuerpos estaban alineados a ambos lados como víctimas de un ataque con gas, todavía vestidos. Algunos tenían los ojos abiertos y la expresión desvaída y macilenta de los enfermos. Eran los transformados, los recién mordidos, los infectados que habían sido atacados esa misma noche. Los estertores que había escuchado Eph no eran más que la metamorfosis en el interior de sus cuerpos: no eran el producto del movimiento de sus extremidades, sino los tumores colonizando todos los órganos, y las mandíbulas transformándose en aguijones.

Los cuerpos ascendían a varias decenas, y había muchos más al fondo, pero sus siluetas difusas estaban más allá del alcance de su linterna. Eran hombres, mujeres y niños; víctimas de todas las condiciones. Alumbró rápidamente un rostro y otro buscando a Kelly, mientras rezaba para no encontrarla en aquel lugar.

Estaba en esas cuando Fet y Setrakian le dieron alcance. "Ella no está aquí", les dijo Eph con algo cercano al alivio, no menos que al desespero.

Setrakian tenía la mano contra el pecho, pues tenía dificultades para respirar. "¿Cuánto falta?", preguntó.

Fet dijo: "Esa era la estación del ayuntamiento de la línea BMT. Era un nivel inferior que nunca fue puesto en servicio, y sólo lo utilizaron como zona de almacenamiento y bodegaje. Eso significa que estamos debajo de la vía del tren de Broadway. Este giro de las vías conduce a las bases del Edificio Woolworth. Luego sigue la calle Cortland, y el World Trade Center está...". Miró hacia arriba como si estuviera viendo una edificación de diez o quince pisos entre las rocas. "Cerca".

"Terminemos esto de una vez", dijo Eph. "Ahora mismo".

"Espera", dijo Setrakian, tratando de recobrar el aliento. Alumbró los rostros de los transformados y se hincó en una rodilla para mirarlos con su espejo de plata. "Primero tenemos una obligación aquí".

Fet se encargó de exterminar cada uno de los vampiros incipientes, alumbrado por la luz de la lámpara de Setrakian. Cada decapitación era como un atentado contra la lucidez de Eph, pero él se forzó a presenciarlo de todos modos.

Eph también se había transformado: pero no ser humano a vampiro, sino de curador a destructor.

El agua se adentraba en las catacumbas; raíces extrañas y plantas trepadoras sedientas de sol, así como unos retoños albinos, descendían del techo irregular y se introducían en el agua. Las ocasionales luces amarillas del túnel no mostraban el menor indicio de graffitis. El polvo blanco se asentaba en las orillas y recubría la superficie de las aguas estancadas. Eran los residuos del World Trade Center.

Los tres tuvieron cuidado de no pisar, manifestando el respeto que se siente por una tumba.

El techo se hacía paulatinamente más bajo y llegaba a un punto muerto. Setrakian alumbró y descubrió una abertura en la parte superior de la pared retorcida, suficientemente ancha para que cupiera una persona. Un ruido sordo, vago y lejano se hizo más intenso. Los rayos de sus linternas mostraron que el agua empezaba a agitarse. Era el rugido inconfundible de un tren subterráneo y se dieron vuelta para mirar, aunque ese túnel no tenía vías férreas.

Un tren estaba frente a ellos y venía en su dirección, desplazándose por los rieles que había encima, y entraba a la plataforma activa BMT de la Estación del Ayuntamiento. El chirrido, el estruendo y la vibración se hicieron insoportables, alcanzando la fuerza y los decibeles de un terremoto, y entonces comprendieron que esta poderosa irrupción era su mejor oportunidad.

Se colaron por la grieta y entraron a otro túnel sin vías férreas; los bombillos estaban apagados y las luces de la construcción se estremecieron debido al paso del tren. Varias pilas de basura y desperdicios yacían apiladas junto a las vigas de acero que se elevaban hasta el techo a una altura de treinta pies. Una luz brillaba débilmente en un recodo distante. Apagaron las lámparas Luma y avanzaron rápidamente por el túnel oscuro, viendo cómo se ampliaba cuando doblaron por la esquina y llegaron a una cámara larga y abierta.

El suelo dejó de temblar, el estruendo del tren se desvaneció como una tormenta pasajera, y ellos se detuvieron. Eph sintió a las criaturas antes de verlas, sintió sus siluetas sentadas y acostadas en el suelo. Su presencia las había despertado pero no los atacaron. Los tres hombres reanudaron la marcha, para buscar la guarida del Amo.

Los vampiros se habían alimentado bien esa noche. Estaban cubiertos de sangre como si fueran sanguijuelas, descansando y haciendo la digestión. Su languidez era la de seres resignados a esperar que anocheciera para alimentarse de nuevo.

Empezaron a levantarse. Llevaban ropas de construcción, trajes ejecutivos, atuendos deportivos, piyamas, ropa de gala, delantales sucios o simplemente no llevaban nada encima.

Eph agarró con fuerza su espada y examinó sus rostros mientras pasaba a su lado. Eran rostros muertos con los ojos inyectados de sangre.

"Debemos permanecer juntos", susurró Setrakian, sacando con cuidado la mina UVC de la bolsa que Fet tenía en su espalda mientras seguían caminando. Retiró la cinta de seguridad con sus dedos retorcidos y giró el botón para activar la batería. "Espero que funcione".

"No me digas eso", señaló Fet.

Una criatura se acercó a ellos; era un anciano que tal vez no estaba tan saciado como los demás. Fet le mostró su espada de plata y el vampiro resolló. Puso su bota en el muslo de la criatura y le dio un puntapié, mostrándoles la espada de plata a los demás.

"Nos estamos metiendo en un túnel muy profundo".

Los rostros asomaron enrojecidos y hambrientos por las paredes. Los vampiros más viejos, de primera o segunda generación, se distinguían por su pelo blanco. Se escucharon gruñidos animales y sonidos guturales, como si intentaran hablar, pero su voz hubiera sido sofocada por los apéndices que les crecían debajo de la lengua; sus gargantas inflamadas se movían de un modo perverso.

Setrakian dijo: "La batería debe activarse cuando la punta haga contacto con el suelo".

"¡Más vale que así sea!", comentó Fet.

"Deben resguardarse detrás de estas columnas antes de que se encienda". Las columnas oxidadas y rematadas por remaches se encontraban a intervalos regulares. "Es cuestión de pocos segundos. Cierren los ojos y no miren, pues la explosión los dejaría ciegos".

"¡Apúrate!", dijo Fet, acosado por los vampiros.

" Todavía no..." El anciano abrió el bastón, la hoja de plata asomó, y pasó las yemas de sus dedos retorcidos contra el filo. Las gotas de sangre cayeron al suelo empedrado y el aroma atrajo a los vampiros, que comenzaron a llegar desde todos los puntos cardinales, saliendo de rincones invisibles, curiosos y sumamente hambrientos.

Fet agitó su daga en el aire polvoriento para mantenerlos a raya mientras seguía caminando.

"¿Qué esperas?", le dijo a Setrakian.

Eph observó los rostros, buscando a Kelly entre las mujeres de ojos muertos. Una de ellas se movió hacia él, pero Eph le enterró la punta de su espada en el pecho, y ella retrocedió como si se hubiera quemado.

Se escucharon más ruidos, y la multitud que se agolpaba atrás empujaba a los vampiros que se encontraban adelante, pues el hambre era más fuerte que el temor, y el deseo se imponía sobre la espera. La sangre de Setrakian goteó en el suelo, y su aroma —así como lo inesperado del suceso, los volvió frenéticos.

"¡Hazlo!", dijo Fet.

"Unos segundos más..."

Los vampiros se acercaron y Eph los contuvo con la punta de su espada. Se le ocurrió encender su linterna Luma, y ellos se inclinaron sobre los rayos repulsivos como zombis mirando el sol. Los que estaban adelante se encontraban a merced de los de atrás. La burbuja comenzó a colapsar... y Eph sintió que una mano lo agarró de la muñeca...

"¡Ahora!", dijo Setrakian.

El anciano lanzó al aire el globo con púas como un árbitro lanzando un balón. El pesado objeto giró con el vértice hacia arriba, y sus púas apuntaron hacia abajo mientras caía al suelo.

Las cuatro púas de acero se hundieron en las piedras y se escuchó un runruneo, como el de una vieja linterna que se estuviera recargando.

"¡Corran, corran!", dijo Setrakian.

Eph corrió hacia el poste para resguardarse allí. Sintió que los vampiros lo agarraban y lo halaban; oyó las cortadas producidas por su espada, y los gruñidos y aullidos indescifrables. Examinó sus rostros en busca de Kelly y derribó a todas las criaturas que encontró a su paso.

El runruneo de la mina se transformó en un silbido, mientras Eph repartía puñaladas y patadas a diestra y siniestra, abriéndose paso hasta la viga de soporte, y pisando su propia sombra en el instante en que la cámara subterránea comenzó a llenarse de una luz azul resplandeciente. Cerró los ojos y se los cubrió con el brazo.

Escuchó la agonía bestial de los vampiros despedazados; el sonido de sus cuerpos lacerados derritiéndose y despellejándose, para secarse a continuación a un nivel casi químico, colapsando del mismo modo en que lo hacían sus almas calcinadas. Escuchó los gemidos estrangulados en sus gargantas escaldadas.

Fue una inmolación masiva.

Los quejidos agudos no duraron más de diez segundos, y el rayo de luz azul lo iluminó todo antes de que la batería se descargara. La cámara se oscureció de nuevo, y Eph bajó el brazo y abrió los ojos cuando el único sonido audible era una ebullición residual.

El hedor nauseabundo de la carne achicharrada emanó en un vapor humeante de las criaturas que yacían en el suelo. Era imposible caminar sin chocar con esos demonios putrefactos, sus cuerpos desmoronándose como leños artificiales consumidos por el fuego. Sólo aquellos vampiros que tuvieron la suerte de estar lejos permanecieron levantados, pero Eph y Fet se apresuraron a liberar a estas criaturas inválidas y semidestruidas.

Fet se acercó a la mina consumida por el fuego y observó el efecto que había causado.

"Muy bien", dijo. "Realmente funcionó".

"¡Miren!", dijo Setrakian.

En el extremo posterior de la cámara vaporosa, y sobre una pila voluminosa de suciedad y escombros reposaba una caja larga y negra.

Eph se acercó al lado de sus compañeros con el mismo temor con que lo harían los agentes de un escuadrón antibombas al aproximarse a un objeto sospechoso y sin llevar la protección adecuada, y la situación se le hizo terriblemente familiar. No tardó en identificarla: había sentido exactamente eso mismo mientras se dirigía al avión oscurecido en la pista de rodaje, cuando todo aquello había comenzado.

Era la sensación de acercarse a algo que estaba muerto y a la vez no lo estaba. Algo proveniente de otro mundo.

Se acercó para confirmar que realmente se trataba del armario negro y largo que venía en la zona de carga del vuelo 753. Sus puertas superiores dejaron ver las figuras humanas exquisitamente grabadas y retorciéndose como si ardieran en llamas, así como los rostros alargados en un grito de agonía.

Era el ataúd del Amo, dispuesto en ese altar de basura y escombros bajo las ruinas del World Trade Center.

"Esta es", dijo Eph.

Setrakian se acercó a un lado, casi tocando los grabados, pero retiró sus dedos retorcidos. "He buscado esto durante mucho tiempo", dijo.

Eph se estremeció, pues no quería encontrarse con esa Cosa de nuevo, con su tamaño apabullante y su solidez despiadada. Permaneció donde estaba, temiendo que las puertas se abrieran en cualquier momento. Fet se acercó a un lado de la caja sin manijas ni puertas. Tendrían que pasar los dedos por debajo de la unión del centro y halarla. Sería difícil e incómodo hacerlo con rapidez.

Setrakian se acercó a un extremo del cajón con su espada en la mano y expresión sombría. Eph comprendió el motivo en los ojos del anciano, y aquello lo consternó.

Era demasiado fácil.

Eph y Fet pasaron sus dedos por debajo de las puertas dobles, y las halaron a la cuenta de tres. Setrakian se acercó con su lámpara y su espada... y sólo vio una caja llena de tierra. La revolvió con el arma y tocó el fondo con la punta de plata, pero no había nada.

Fet retrocedió sorprendido, con una carga de adrenalina que no podía controlar.

"¿Se ha ido?"

Setrakian sacó la espada, retirando la tierra contra el borde de la caja.

Eph estaba sumamente decepcionado. "Escapó". Eph se apartó del ataúd, mientras miraba el erial lleno de vampiros asesinados en la cámara sofocante. "Él sabía que estábamos aquí. Escapó al sistema de los trenes *hace quince minutos.* No puede salir a la superficie debido al sol... así que permanecerá bajo tierra hasta que anochezca.

"Al sistema de transporte masivo más grande del mundo. Son ochocientas millas de vías férreas".

Eph tenía la voz ronca de la desesperación. "Creo que nunca tendremos otra oportunidad como ésta para atraparlo".

Setrakian se veía exhausto pero imperturbable, y sus ojos emitían una luz fresca. "¿No es así como usted extermina las alimañas, señor Fet: alejándolas del nido y desterrándolas?

Fet dijo: "Sólo si sabes en dónde van a esconderse".

"¿Acaso no todos los roedores, desde las ratas a los conejos, construyen una especie de puerta trasera...?", añadió Setrakian.

"Un refugio", dijo Fet, entrando en materia. "Una salida de emergencia. Si el predador viene en una dirección, tú escapas hacia el otro lado".

Setrakian dijo: "Creo que hicimos huir al Amo".

Calle Vestry, Tribeca

No TUVIERON TIEMPO de destruir el ataúd, pero lo retiraron de su altar inmundo, lo volcaron hacia abajo, y derramaron la tierra en el suelo. Decidieron regresar después para concluir su trabajo.

Desandar el camino a través de los túneles para llegar de nuevo a la furgoneta les tomó un tiempo considerable a los tres, y una gran dosis de energía a Setrakian.

Fet se estacionó en la esquina de la residencia de Bolívar. Caminaron hasta la puerta, sin molestarse en ocultar sus lámparas Luma ni sus espadas de plata. No vieron a nadie fuera de la residencia a esa hora temprana, y Eph comenzó a subir por el andamio. Arriba de la puerta sellada había un dintel decorado con el número de la dirección. Eph lo rompió, retiró los vidrios que habían quedado y despejó el marco con su espada. Tomó una lámpara y entró al vestíbulo principal.

La luz violeta iluminó las panteras de mármol. El ángel alado que estaba en la base de las escaleras serpenteantes lo miró torvamente.

Eph escuchó y sintió algo; era el ronroneo de la presencia del Amo. *Kelly*, pensó, sintiendo una opresión en el pecho. Ella tenía que estar allí.

Setrakian fue el próximo en entrar, sostenido por Fet. El anciano sacó la espada tan pronto pisó el suelo y Eph lo ayudó a bajar. También sintió la presencia del Amo, y con ello, un alivio, pues a fin de cuentas no habían llegado demasiado tarde.

"Está aquí", dijo Eph.

"Entonces ya sabe que hemos llegado", comentó Setrakian.

Fet le pasó dos lámparas grandes UVC a Eph y pasó por el dintel, golpeando el piso con sus botas.

"De prisa", dijo Setrakian, conduciéndolos debajo de las escaleras por la primera planta, que estaba en proceso de renovación. Atravesaron la cocina grande llena de cajas en busca de un clóset. Lo encontraron, pero estaba vacío y sin terminar.

Empujaron la puerta falsa de la pared posterior, tal como aparecía en las fotos de la revista *People* descargadas por Nora.

Las escaleras conducían hacia abajo. Un plástico que había en el piso crujió; se dieron vuelta con rapidez, pero era la corriente de aire que se elevaba desde abajo. El viento trajo el olor del subterráneo, del hedor y la descomposición.

Era el camino hacia los túneles. Eph y Fet encendieron las dos lámparas para que todo el pasadizo recibiera la luz cálida y letal, sellando así el paso subterráneo. Esto impediría que subieran otros vampiros, y más importante aún, se asegurarían de que la única salida de la casa estuviera expuesta a la luz solar.

Eph miró atrás y vio a Setrakian apretar las yemas de los dedos contra su corazón. Eph sospechó algo malo y se dirigió hacia él, pero la voz de Fet lo detuvo."¡*Maldición!*" Una de las lámparas había caído al piso. Eph inspeccionó los bombillos, y sujetó la lámpara con cuidado para evitar la luz radiactiva.

Fet le ordenó callarse, pues había escuchado ruidos abajo; eran pasos. El olor del aire cambió y se hizo más acre y fétido. Los vampiros se estaban reuniendo.

Eph y Fet salieron del clóset iluminado de azul, de su refugio seguro. Eph se dio vuelta para mirar al anciano, pero había desaparecido.

Setrakian había regresado al vestíbulo. El corazón le dolía; estaba abrumado por el estrés y la ansiedad. Había esperado mucho tiempo. Demasiado...

Sus manos retorcidas comenzaron a dolerle. Flexionó los dedos y agarró la empuñadura de la espada, debajo de la cabeza de lobo. Después sintió algo; era una brisa sumamente leve anticipando un movimiento...

Haber movido su espada en el último momento lo salvó de un golpe contundente y letal. Sin embargo, el impacto lo lanzó hacia atrás, haciendo que su cuerpo envejecido rodara por el piso de mármol y chocara contra el zócalo. Sin embargo, mantuvo el arma empuñada. Se incorporó rápidamente y blandió su espada en todas las direcciones, pero no vio ninguna amenaza en el vestíbulo oscuro.

Así de rápido se movía el Amo.

Él estaba allí. En algún lugar.

Ya eres un hombre viejo.

La voz retumbó dentro de la cabeza del anciano como una descarga eléctrica. Setrakian extendió la espada frente a él. Una silueta negra y borrosa pasó junto a la estatua del ángel sufriente que presidía las escaleras.

El Amo intentaría distraerlo. Así era como actuaba. Nunca se enfrentaba directamente, cara a cara, sino que engañaba para atacar por sorpresa desde atrás.

Setrakian retrocedió contra la pared que había a un lado de la puerta principal. Detrás de él había una ventana estrecha y del tamaño de una puerta, con un vitral Tiffany pintado de negro. Setrakian la golpeó, y quebró la pieza exquisita con su espada.

La luz del día penetró en el vestíbulo como un cuchillo.

Eph y Fet escucharon el estruendo y encontraron a Setrakian con la espada en alto, iluminado por la luz del sol.

El anciano vio a la mancha oscura subir las escaleras. "¡Allá está!", gritó, saliendo a perseguirlo. "¡Ahora!"

Eph y Fet lo siguieron, pero unos vampiros los estaban esperando. Eran los miembros del cuerpo de seguridad de Bolívar, sus escoltas altos y fornidos que ahora eran unas moles hambrientas y andrajosas. Uno de ellos golpeó a Eph, quien trastabilló hacia atrás y casi pierde el equilibrio, teniéndose que agarrar del muro para no rodar por las escaleras. Sacó su lámpara Luma, el maniquí grande retrocedió, y Eph le rebanó un muslo con la espada. El vampiro jadeó y lo atacó de nuevo. Eph le clavó la espada en el vientre, atravesándolo casi hasta el otro lado antes de sacar la hoja, y el vampiro se desparramó en el rellano como un globo desinflado.

Fet contuvo a su rival con la lámpara, y cortó las manos que lo sujetaban con su daga. Levantó la lámpara a la altura de su cabeza; el vampiro se estremeció con los ojos desorbitados. Fet le dio un puntapié y se hizo detrás de él, apuñalando al escolta en la parte posterior del cuello y arrojándolo por las escaleras.

El vampiro que había atacado a Eph intentó levantarse, pero Fet lo detuvo con una patada en las costillas. Quedó con la cabeza recostada en el peldaño superior, y Eph le descargó su espada con un grito.

La cabeza cayó por las escaleras y ganó más velocidad con cada peldaño. Chocó contra el cuerpo del otro vampiro y rodó hasta la pared.

La sangre blanca brotó del cuello abierto y mojó la alfombra escarlata. Los gusanos salieron y Fet los achicharró con su lámpara.

El guardia que yacía en el suelo no era más que un saco de huesos rotos, pero todavía estaba animado, pues tenía el cuello ileso. Sus ojos estaban abiertos y miraba fijamente la larga escalera con el fin de moverse.

Eph y Fet encontraron a Setrakian con la espada extendida junto al ascensor, intentando golpear a una silueta oscura que se movía con rapidez. "¡Cuidado!", dijo, pero el Amo golpeó a Fet desde atrás antes de que las palabras salieran de la boca del anciano. Cayó estrepitosamente y por poco rompe la lámpara. Eph no tuvo mucho tiempo para reaccionar; la silueta pasó a su lado, disminuyendo la velocidad para que Eph viera de nuevo el rostro del Amo, su carne agusanada y su boca desdeñosa, antes de que lo lanzara contra la pared.

Setrakian se impulsó hacia delante agarrando la espada con las dos manos, y obligando a la silueta veloz a refugiarse en la planta amplia de techo alto. Eph se incorporó y avanzó, al igual que Fet, con un hilo de sangre resbalando por su sien.

El Amo se les apareció frente a la chimenea grande y de piedra que había en el centro del salón. La habitación tenía ventanas a ambos extremos, pero la luz del sol no alcanzaba a llegar hasta el centro. La capa del Amo dejó de moverse, y los miró con sus ojos horribles, pero especialmente a Fet, pues tenía sangre en la cara. Con algo semejante a una sonrisa retorcida, agarró unas tablas y fardos de cables eléctricos con sus manos descomunales, así como otros objetos que estaban a su alcance, y los lanzó contra ellos.

Setrakian se recostó contra la pared, Eph se refugió en un rincón y Fet se escondió detrás de una placa de madera.

Los tres se miraron cuando el asalto terminó, pero el Amo había desaparecido de nuevo.

"¡*Cielos*!" murmuró Fet, limpiándose la sangre con la mano y arrojando la placa a un lado. Lanzó su daga de plata a la chimenea apagada, pues era un arma inservible contra aquel gigante. Recibió la lámpara que le pasó Eph, y el médico agarró su espada con ambas manos.

"Persigámoslo", dijo Setrakian tomando la delantera. "Debemos obligarlo a salir por el techo así como el humo sale por una chimenea".

De repente, cuatro vampiros se abalanzaron sobre ellos. Parecían ser fanáticos de Bolívar, pues tenían piercings y el cabello rasurado.

Fet los alumbró y ellos retrocedieron. Eph le mostró su espada de plata a una joven que parecía una vampira rechoncha, con su falda de dénim y sus medias de malla rotas, y que tenía la rapacidad curiosa de los vampiros recién transformados que Eph había aprendido a reconocer. Le apuntó con la espada, la vampira amagó a la derecha y luego a la izquierda, y bufó a través de sus labios blancos.

Eph escuchó a Setrakian gritar "¡*Strigoi!*" con su voz imponente. El sonido producido por la espada del anciano le dio valor a Eph. La vampira lo amenazó, y Eph le rasgó la camisa negra a la altura del hombro, hiriendo a la bestia en su interior. Abrió la boca y enrolló la lengua, y Eph retrocedió un poco tarde, pues por poco le clava su aguijón en el cuello. Siguió atacándolo con la boca abierta, pero Eph le descargó la espada en el aguijón lanzando un grito de rabia; la hoja penetró hasta la parte posterior de su cabeza, y la punta se clavó en la pared en obra negra.

Los ojos de la vampira se salieron de sus órbitas. Su aguijón cercenado manó sangre blanca, la cual le llenó la boca y se escurrió por su mentón. Estaba inmovilizada contra la pared; se estremeció e intentó derramar su sangre agusanada sobre Eph, pues los virus se propagan como pueden.

Setrakian había aniquilado a los otros tres vampiros, y el piso que antes estaba reluciente quedó manchado con la sustancia blanca. Se acercó a Eph, y gritó: "¡Vamos!"

Eph trató de sacar la espada de la pared. Setrakian golpeó a la criatura en el cuello, y la fuerza de la gravedad arrojó su cuerpo decapitado al suelo.

La cabeza quedó pegada a la pared, la sangre blanca brotando de su cuello cercenado y sus ojos negros de vampira mirando desorbitados a los dos hombres... pero pronto perdieron su brillo y quedaron inmóviles. Eph agarró la empuñadura de la espada, sacó el arma por debajo de la boca, y la cabeza cayó sobre el cuerpo.

No tenían tiempo para irradiar la sangre blanca con las lámparas. "¡Arriba! ¡Arriba!", dijo Setrakian, subiendo por las escaleras circulares y apoyándose en las barandas de hierro. El espíritu del anciano era fuerte pero se estaba quedando sin fuerzas. Eph se le adelantó y miró a ambos lados; observó los pisos acabados de madera y las paredes sin revocar bajo la luz tenue, pero no vio a ningún vampiro.

"Separémonos", dijo el anciano.

"¿Estás bromeando?", replicó Fet, ayudándole a subir las escaleras. "La primera regla es no dividirnos nunca". Alumbró las cuatro paredes con las lámparas. "He visto muchas películas como para optar por esa alternativa".

Una lámpara se apagó. El bombillo estalló debido al recalentamiento de la unidad, y pronto explotó en llamas. Fet la soltó sofocando las llamas con sus botas; sólo le quedaba una lámpara.

"¿Cuánto tiempo le queda a la batería?", preguntó Eph.

"No lo suficiente", dijo el anciano. "Él hará que nos cansemos, pues nos obligará a perseguirlo hasta que caiga la noche".

"Tenemos que atraparlo", dijo Fet. "Como a una rata en un baño".

El anciano se detuvo al escuchar un sonido.

Tu corazón está débil, anciano miserable; puedo escucharlo.

Setrakian permaneció inmóvil con su espada en vilo. Miró alrededor, pero no había rastros del Ser Oscuro.

Has conseguido un arma útil.

"¿No la reconoces?", preguntó Setrakian en voz alta y respirando profundo. "Era de Sardu, el chico de cuyo cuerpo te apoderaste".

Eph se acercó al anciano tras advertir que estaba conversando con el Amo. "¿Dónde está ella?", gritó. "¿Dónde está mi esposa?"

El Amo lo ignoró.

Tu vida entera te ha conducido a este punto. Fracasarás por segunda vez.

Setrakian dijo: "Probarás mi plata, *strigoi*".

Te probaré a ti, anciano. Y a tus torpes apóstoles...

El Amo lo atacó desde atrás y lo envió de nuevo al piso. Eph se repuso y blandió su espada en la corriente de aire repentina que dejaba el Ser Oscuro al desplazarse, lanzando un par de espadazos a tientas. Y cuando atrajo la espada hacia él, vio que la punta estaba untada de blanco.

Había herido al Amo. Por lo menos lo había cortado.

Pero escasamente había constatado esto cuando el Amo regresó y lo golpeó en el pecho con sus garras. Eph sintió que sus pies se elevaban por el aire, su espalda y hombros chocaban estruendosamente contra la pared, y que sus músculos estallaban de dolor mientras caía al suelo.

Fet avanzó con su lámpara, y Setrakian blandió su espada hincado en una rodilla, manteniendo la bestia a raya. Eph se incorporó tan rápido como pudo, preparándose para recibir más golpes... pero no recibió ninguno.

Estaban solos de nuevo; podían sentirlo. No se escuchó ningún sonido, salvo el zumbido de las luces del techo, muy cerca de las escaleras.

Eph dijo: "Lo corté".

Setrakian utilizó su espada para ponerse en pie, pues tenía un brazo herido. Subió un peldaño y vio la sangre blanca del vampiro.

Subieron las escaleras adoloridos pero con decisión. Llegaron al penthouse de Bolívar, localizado en la planta superior de la casa más alta. Buscaron rastros de sangre de vampiros pero no vieron indicios. Fet pasó a un lado de la cama sin hacer y arrancó las cortinas de las ventanas que oscurecían el cuarto; penetró un poco de luz, pero no los rayos del sol. Eph inspeccionó el baño y le pareció más grande de lo que había imaginado, especialmente por los espejos de marcos dorados que lo reflejaban hasta el infinito. Vio un ejército de doctores Goodweather portando espadas en sus manos.

"Por aquí", jadeó Setrakian.

En una silla de cuero negro del salón de conferencias había rastros frescos de sangre blanca. Dos entradas con arcos y cortinas gruesas dejaban filtrar una luz tenue debajo del dobladillo de los encajes, y el techo de la casa contigua se veía un poco más abajo.

El Amo estaba allí, en el centro del cuarto, su rostro infestado de gusanos, inclinado hacia ellos, mirándolos con sus ojos de ónix, y de espaldas a la luz diurna y mortífera. La sangre blanca e iridiscente goteaba espaciadamente por su largo brazo y su mano, cayendo desde la punta de su garra inhumana al piso.

Setrakian avanzó renqueando, arrastrando su espada por el piso de madera. Se detuvo y levantó la hoja de plata con el brazo indemne, para enfrentarse al Amo, mientras su corazón latía desaforadamente.

"*Strigoi*", dijo el anciano.

El Amo lo miró impasible, diabólicamente majestuoso, sus ojos como dos lunas muertas en nubes de sangre. El único indicio de su padecimiento era el rebullir excitado de los parásitos sanguíneos en su rostro aterrador.

Para Setrakian, la oportunidad estaba casi a su alcance... y sin embargo, su corazón se estaba ahogando y apagando.

Eph y Fet acudieron a él, y el Amo no tuvo otra alternativa que luchar para escapar de allí. Su rostro exhibió una mueca feroz. Le arrojó una mesa a Eph de un puntapié, enviándolo hacia atrás, y con su brazo ileso le lanzó una silla a Setrakian. Los dos hombres se apartaron y el Amo se escurrió por el medio resuelto a embestir a Fet.

El exterminador levantó la lámpara, pero el Amo la esquivó y lo arañó en un costado. Fet cayó al lado de las escaleras. El Amo se abalanzó sobre él, pero Fet reaccionó con rapidez y le descargó la lámpara en su rostro contrahecho. Los rayos UVC lo hicieron tambalear hasta la pared, y el yeso crujió con el peso de su tamaño descomunal. El Amo retiró las garras de su rostro; sus ojos se veían más grandes que antes, y su mirada extraviada.

El Amo estaba ciego, pero sólo temporalmente. Los tres hombres comprendieron la ventaja que tenían, y Fet se acercó con la lámpara. El Amo retrocedió frenéticamente. Fet obligó a la bestia inmensa a replegarse en los arcos, y Eph avanzó con rapidez, haciéndole un corte en la capa y arrancándole un pedazo de piel. El Amo lanzó un manotazo errático.

Setrakian intentó esquivar la silla que le había lanzado la bestia y su espada cayó al suelo.

Eph arrancó las gruesas cortinas, y la luz brillante del sol inundó el recinto. Unas rejas de hierro resguardaban las puertas de cristal, y de un golpe desprendió el pestillo, desatando una lluvia de chispas con su espada.

Fet siguió acorralando al Amo. Eph le hizo un gesto a Setrakian para que le diera el golpe de gracia. Fue entonces cuando vio al anciano tendido en el piso, agarrándose el pecho al lado de su espada.

Eph permaneció inmóvil mirando al Amo inerme, y a Setrakian agonizando en el piso.

Fet, quien sostenía la lámpara frente al vampiro como un domador de leones lo haría con un aro de fuego, dijo: "¿Qué estás esperando?"

Eph corrió hacia el anciano. Vio el sufrimiento reflejado en su rostro y su mirada distante. Tenía los dedos adheridos al chaleco, sobre su corazón. No se atrevió a practicarle un resucitamiento cardiopulmonar para no fracturar su frágiles costillas. Momentos después observó que el anciano intentaba meter los dedos en su chaleco.

Fet se acercó sobrecogido para saber por qué diablos no podían asestarle el golpe de gracia a la bestia. Vio a Setrakian tendido en el piso y a Eph arrodillado sobre él.

Aprovechando su distracción, el Amo le hundió la garra en el hombro y lo levantó del suelo.

Eph hurgó en los bolsillos del chaleco del profesor y sintió algo. Sacó la pequeña caja de plata y retiró la tapa con rapidez. Una docena de pequeñas pastillas blancas cayeron al suelo.

Fet era un hombre grande, pero se veía como un niño ante el Amo.

Aún tenía la lámpara en la mano, pero no podía mover los brazos. Encandiló al Amo, quemándolo en un costado, y la bestia enceguecida rugió de dolor pero no lo soltó. El Amo lo sujetó fuertemente, y el cuello del exterminador quedó expuesto a pesar de su resistencia. Entonces Fet se encontró cara a cara con aquel rostro indescriptible.

Eph recogió una de las tabletas de nitroglicerina y le levantó la cabeza al profesor. Le abrió la mandíbula e introdujo la píldora debajo de la lengua helada del anciano. Lo sacudió y le gritó, y el anciano abrió los ojos.

El Amo abrió la boca y disparó su aguijón, el cual pasó encima de los ojos desorbitados y de la garganta expuesta de Fet. El exterminador se defendió como pudo, pero la compresión en la parte posterior del cuello impidió el flujo de sangre a su cerebro, y el cuarto se oscureció y sus músculos flaquearon.

Eph gritó "¡No!", y arremetió contra el Amo con su espada, atravesando la hoja hasta la empuñadura en la espalda de la criatura abominable. Fet cayó al piso. El Amo movió la cabeza, su aguijón se agitó en el aire, y sus ojos nublados se posaron en Eph.

"*¡Oye el canto de mi espada de plata!*", gritó Eph, golpeándolo arriba del pecho. La hoja cantó realmente, pero el Ser Oscuro retrocedió y alcanzó a esquivarlo. Eph lo atacó de nuevo, fallando otra vez, y el Amo trastabilló hacia atrás desorientado, pues los rayos del sol que entraban por las puertas de cristal de la terraza lo golpearon de lleno.

Eph lo tenía acorralado, y el Amo lo sabía. Eph agarró la espada con las dos manos, listo para descargarla sobre el cuello palpitante de la bestia. El rey vampiro lo miró con disgusto, pareció hacerse incluso más alto, y haló la capucha para proteger su cabeza.

"*¡Muere!*", dijo Eph corriendo hacia él.

El Amo se dio vuelta y atravesó las puertas de cristal entre un estallido de vidrios. Tendido sobre las tibias baldosas de arcilla del patio, el vampiro encapuchado quedó completamente expuesto a los rayos letales del sol.

Permaneció un momento inmóvil, hincado en una rodilla.

Eph lo empujó y miró fijamente al vampiro encapuchado, a la espera del momento final.

El Amo tembló, y una oleada de vapor se elevó de su capa oscura. Entonces el rey vampiro se encogió por completo, temblando como si estuviera sufriendo un ataque fulminante, sus grandes garras apretadas sobre el pecho como dos zarpas abominables.

Se quitó la capa con un rugido y la prenda cayó humeando a las baldosas. El cuerpo desnudo del Amo se retorció, y su carne nacarada se oscureció, carbonizándose y pasando del blanco azucena a un tono macilento, oscuro y muerto.

La herida que Eph le había propinado en la espalda se convirtió en una cicatriz profunda y negra, como si hubiera sido cauterizada por los rayos del sol. Se dio vuelta tembloroso para observar la figura de su verdugo, mientras que Fet permanecía en la entrada y Setrakian se incorporaba penosamente con sus rodillas. Quedó desnudo, era fantasmagóricamente delgado, su pubis liso y desprovisto de sexo. Los gusanos enloquecidos por el dolor hicieron estremecer sus músculos exangües bajo la piel chamuscada.

El Amo dirigió su rostro hacia el sol esbozando la sonrisa más terrible, una mueca de dolor intenso y aún de triunfo, dejando escapar un grito en señal de desafío, una maldición siniestra. Llegó al extremo el patio con una velocidad escalofriante, se deslizó por un muro bajo que había en el borde del techo, descendió rápidamente hasta el tercer piso por el andamio... y desapareció en las sombras matinales de la ciudad de Nueva York.

EL
CLAN

Nazareth, Pennsylvania

En una mina de asbesto abandonada hace mucho tiempo y de la cual no existía ningún registro, en un inframundo localizado en las profundidades subterráneas de los bosques de Pennsylvania, cuyos túneles laberínticos y madrigueras se extendían varias millas, tres Ancianos del Nuevo Mundo conversaban en una cámara completamente oscura.

Sus cuerpos se habían vuelto tan suaves como piedras de río gracias al paso del tiempo, y sus movimientos eran casi imperceptibles. No tenían la menor necesidad del mundo que se extendía allá arriba en la superficie. Sus sistemas corporales habían evolucionado hasta alcanzar la mayor eficiencia posible, y sus mandíbulas de vampiro funcionaban a la perfección. Asimismo, su visión nocturna era extraordinaria.

Los Ancianos habían comenzado a almacenar alimentos para el invierno en las jaulas al oeste de los túneles profundos. El grito ocasional de un humano cautivo retumbaba en los socavones, reverberando como un llamado animal.

Ha sido obra del Séptimo.

A pesar de su apariencia humana, ellos no necesitaban hablar para comunicarse. Sus movimientos, así como la mirada de sus ojos rojos y ahítos, eran espantosamente lentos.

¿Qué es esta incursión?

Es una violación.

Él piensa que somos viejos y débiles.

Alguien más está participando en esta trasgresión. Alguien tuvo que ayudarle a cruzar el océano.

¿Uno de los otros?

Uno de los Ancianos del Nuevo Mundo viajó mentalmente al Viejo Mundo a través del océano.

No siento eso.

Entonces el Séptimo se ha aliado con un humano.

Con un ser humano, contra todos los demás.

Y contra nosotros.

¿Acaso no es evidente que es el único responsable de la masacre búlgara?

Sí. Ha demostrado su disposición para matar a su propia especie si pudiera cruzar el océano.

Es indudable que la Guerra Mundial le hizo mucho daño.

Durante mucho tiempo se alimentó en las trincheras, y se dio un banquete en los campos.

Y ahora ha roto la tregua. Ha pisado nuestra tierra. Quiere todo el mundo para él.

Lo que quiere es otra guerra.

La garra del más alto se movió, un acto físico extraordinario para un ser tan curtido en las deliberaciones y en la inmovilidad elemental. Sus pieles eran simples cáscaras, pues eran renovables. Quizá se habían vuelto complacientes. Demasiado cómodos.

Entonces le daremos lo que quiere. No podemos seguir siendo invisibles.

El cazador entró a la cámara de los Ancianos y esperó a ser llamado.

Lo has encontrado.

Sí. Intentó regresar a casa, como todas las criaturas.

¿Bastará con él?

Será nuestro cazador solar. No tiene otra opción.

En una jaula cerrada del túnel occidental y tendido en el frío piso de tierra, Gus yacía inconsciente, soñando con su madre y ajeno al peligro que le esperaba.

EPÍLOGO

Calle Kelton, Woodside, Queens

Se reunieron en la casa de Kelly. Eph y Fet limpiaron el desastre dejado por Matt y quemaron sus restos con hojas y ramas en el jardín trasero de la casa. Entonces Nora llevó a Zack de nuevo a su casa.

Setrakian estaba acostado en la cama plegable del patio cubierto. Se había negado a ir a un hospital, y Eph aceptó su decisión. A fin de cuentas, tenía fuertes contusiones en el brazo, pero no estaba fracturado. Su ritmo cardiaco era lento, aunque uniforme, y se estaba recuperando. Quería que Setrakian descansara sin la ayuda de medicamentos, y le llevó un vaso de brandy cuando fue a verlo al final de la noche.

Setrakian dijo que el dolor no le molestaba. "Es el fracaso lo que no deja dormir al hombre".

Estas palabras le recordaron a Eph que no había podido encontrar a Kelly. Una parte de él quería creer que esa era una razón para conservar la esperanza.

"No fuiste tú quien falló", dijo Eph. "Sino el sol".

Setrakian comentó: "Él es más poderoso de lo que pensaba. Tal vez lo sospechaba... lo temía... seguramente... pero nunca lo supe a ciencia cierta. Él no es de este mundo".

Eph coincidió. "Él es un vampiro".

"No; no de este planeta".

A Eph le preocupaba que el golpe le hubiera afectado el juicio al anciano. "Lo importante es que lo herimos y lo marcamos. Y ahora está huyendo".

El anciano no se consoló con esto. "Todavía anda por ahí. Continuará acechando". Aceptó el vaso que le había llevado Eph, bebió el brandy y se recostó de nuevo. "Estos vampiros... están en su infancia. Pronto seremos testigos de una nueva etapa de su desarrollo. Se requieren siete noches para transformarse por completo, y para que su nuevo sistema de órganos parasitarios termine de formarse. Cuando esto ocurra, cuando sus cuerpos ya no estén conformados por órganos vitales —corazón, hígado, pulmones—, sino por una serie de espacios anfitriones en el cuerpo, entonces serán menos vulnerables a las armas convencionales. Seguirán madurando y aprendiendo, haciéndose más inteligentes y adaptados a su ambiente. Se agruparán y coordinarán sus ataques, y se volverán mucho más diestros y letales, lo cual hará que sea mucho más difícil encontrarlos y derrotarlos. Llegará un momento en que será imposible detenerlos". El anciano terminó el brandy y miró a Eph. "Creo que lo que vimos esta mañana en aquella terraza supone el fin de nuestra especie".

Eph sintió el peso del futuro gravitando sobre ellos. "¿Hay algo que no me hayas dicho todavía?"

Setrakian extravió la mirada y sus ojos reflejaron pesimismo. "Son demasiadas cosas juntas como para mencionarlas ahora".

El anciano no tardó en dormirse. Eph miró sus dedos retorcidos sostener el dobladillo de la sábana. El anciano tenía sueños febriles, y Eph no pudo hacer otra cosa que limitarse a observar.

"¡Papi!"

Zack estaba sentado frente al computador, y Eph lo agarró desde atrás, lo envolvió en otro abrazo, le besó la cabeza y respiró el aroma de su pelo.

"Te amo, Z", le susurró.

"Y yo a ti, papi", respondió Zack. Eph le acarició el cabello antes de soltarlo.

"¿En qué vamos?"

"Ya casi terminamos", dijo Zack mirando el computador. "Tuve que inventarme una dirección de correo electrónico. Escoge una contraseña".

Zack le estaba ayudando a subir el video de Ansel Barbour que había grabado en el cobertizo —aunque Eph todavía no se lo había mostrado— a la mayor cantidad de páginas Web de videos y de intercambio de archivos posible. Quería que la gente viera a un vampiro en la Internet. Era la única forma efectiva para crear una conciencia colectiva sobre la gravedad de la situación. No le preocupaba la posibilidad de estimular el caos y el pánico; los motines continuaban, reducidos básicamente a los barrios pobres, aunque su propagación era simplemente cuestión de tiempo. La alternativa de guardar silencio de forma deliberada ante la posibilidad de la extinción de la raza humana era demasiado absurda para considerarla.

Esta plaga tendría que ser combatida de raíz, pues de lo contrario todo estaría perdido.

Zack dijo: "Selecciono un archivo —este por ejemplo— y lo subo a la página..."

"Miren esto". La voz de Fet provenía de la cocina, donde estaba viendo televisión y comiendo una ensalada de pollo en un envase plástico.

Eph fue a la cocina. La grabación de los helicópteros mostraba varios edificios en llamas, y espesas columnas de humo negro se levantaban por todo Manhattan.

"La situación se está agravando", dijo.

Eph vio que los papeles escolares que tenía Zack en la puerta del refrigerador se desprendían. Una servilleta voló por encima del mostrador y cayó a los pies de Fet.

Eph miró a Zack, quien había dejado de escribir en el computador. "¿Qué fue ese viento?"

Zack respondió: "La puerta de atrás debió abrirse".

Eph buscó a Nora. Ella salió del baño y preguntó: "¿Pasa algo?", pues todos la estaban observando.

Eph miró hacia el otro extremo de la casa, en dirección a la puerta de cristal corrediza que conducía al jardín de atrás.

Una persona apareció y se detuvo con los brazos rígidos a los lados.

Eph la observó paralizado.

Era Kelly.

"¡Mami!"

Zack corrió hacia ella, pero Eph lo agarró por detrás. El chico pareció molestarse, pues se desprendió de su padre y lo miró sorprendido.

Nora se apresuró a contenerlo.

Kelly estaba de pie, observándolos sin expresión alguna, y sin parpadear. Se veía sumamente conmocionada, como aturdida por una explosión reciente.

Eph comprendió de inmediato; era lo que más había temido hasta ahora y sintió un dolor agudo en el pecho.

Kelly Goodweather se había transformado. Una cosa muerta había regresado a su hogar.

Sus ojos vacíos se posaron en Zack. En su Ser Querido. Había regresado por él.

"¿Mami?", exclamó Zack, tras comprender que su mamá no estaba bien.

Eph sintió un movimiento rápido atrás. Era Fet, quien llegó corriendo y agarró la espada de Eph. La blandió, mostrándole a Kelly la hoja de plata.

El rostro de Kelly se contrajo. Su expresión se hizo perversa y le enseñó los dientes.

Eph sintió que el corazón se le caía a los pies.

Ella era un demonio, una vampira.

Uno de ellos.

Había desaparecido para siempre de su vida.

Zack retrocedió con un gemido ahogado al ver a su madre diabólica... y se desmayó.

Fet avanzó hacia ella con la espada, pero Eph levantó los brazos para impedirle el paso. Kelly retrocedió al ver la espada como un gato erizado y les gruñó. Le lanzó una última mirada siniestra a su hijo inconsciente... se dio vuelta y escapó.

Eph y Fet la vieron saltar la verja que había entre su casa y la de sus vecinos, para desaparecer en la noche.

Fet cerró la puerta con seguro, bajó las persianas y miró a Eph, quien permaneció en silencio, mirando a Nora, quien estaba arrodillada al lado de Zack con una expresión completamente angustiada.

Eph comprendió entonces lo terrible que era esa peste, en la que un familiar se enfrentaba a otro, y la muerte se oponía a la vida.

El Amo la había enviado a ella. La había convertido y transformado para hacerle daño a Eph y a Zack, para atormentarlos y vengarse.

Si el grado de devoción hacia un ser querido en la vida era proporcional al deseo de reunirse con él en la muerte.... Eph sabía muy bien que Kelly no descansaría hasta lograr su propósito. Ella seguiría acechando a su hijo por siempre, a menos que alguien la detuviera.

Comprendió que la batalla por la custodia de su hijo no había terminado. En realidad, sólo había pasado a otro nivel. Eph vio la expresión vacilante de sus acompañantes, los incendios en la televisión... y luego miró el computador. Hundió la tecla *Enter*, terminando lo que Zack había iniciado. Envió el video con el que demostraba la irrupción violenta de los vampiros en el mundo... y luego fue a la cocina, donde Kelly guardaba el whisky. Y por primera vez en mucho tiempo, se sirvió un trago...

Los autores valoran, reconocen, agradecen y recomien-
dan con entusiasmo el libro: *The Rats: Observations on
the History and Habitat of the City's Most Wanted Inhabi-
tants*, de Robert Sullivan (Blooomsbury, 2004).